LA PROMESSE D'EDNA

ROMINA CASAGRANDE

LA PROMESSE D'EDNA

Traduit de l'italien
par Anaïs Bouteille-Bokobza

fleuve
ÉDITIONS

Titre original :
I Bambini di Svevia

Première publication en Italie par Garzanti en janvier 2020

MIXTE
Papier issu de sources responsables
FSC® C003309

L'éditeur de cet ouvrage s'engage dans une démarche de certification FSC® qui contribue à la préservation des forêts pour les générations futures.

Pour en savoir plus :
www.editis.com/engagement-rse/

ISBN : 978-2-265-15505-3

Dépôt légal : mars 2021

PRÊTS À ENTREPRENDRE UN VOYAGE QUE VOUS N'OUBLIEREZ JAMAIS ?

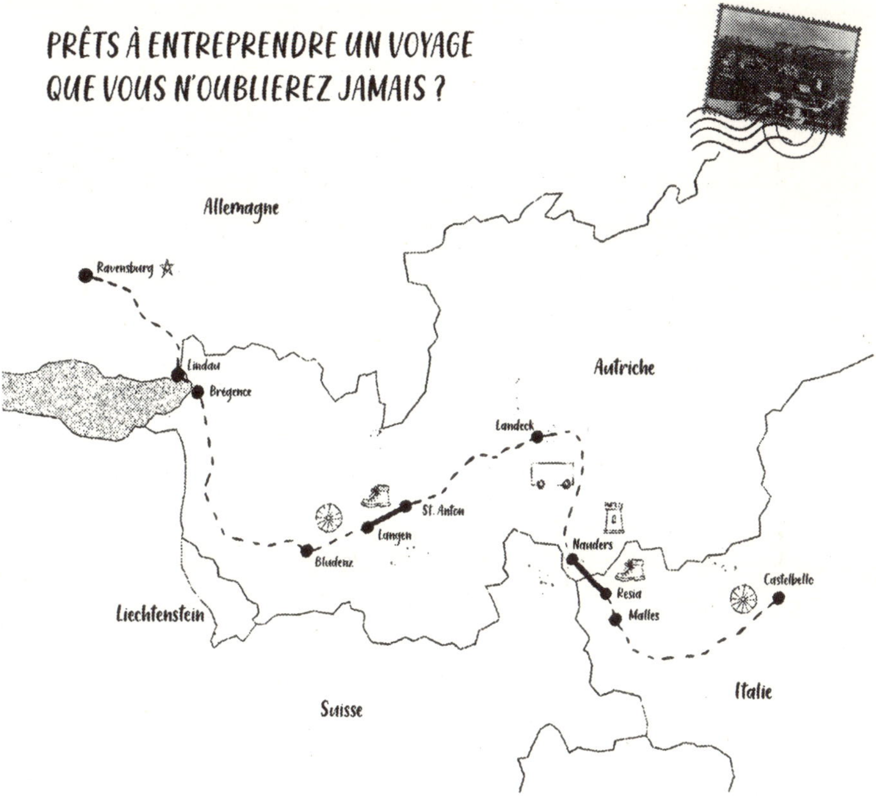

Être grand signifie avancer,
avancer signifie aller loin,
aller loin signifie revenir.

Lao Tseu

Prologue

Un goût terreux dans la bouche et les mains moites de peur, la fillette avait couru jusqu'à ce que ses chevilles la brûlent dans ses godillots. Elle ne s'était pas retournée, elle n'avait repris son souffle qu'en apercevant le cerisier en haut de la colline et l'enfant aux yeux tombants qui l'attendait. Alors son cœur avait ralenti malgré la hâte, parce qu'elle ne se sentait plus seule.

Bientôt la nuit tomberait et les paysans les compteraient. Personne ne devait manquer à l'appel. Pourtant, quand elle était avec lui, elle avait l'impression que le temps s'arrêtait, elle respirait à fond comme si elle avait retenu son souffle pendant de longues heures. Assise à ses côtés, elle se sentait stupide parce que son cœur battait la chamade tandis que lui, l'enfant aux yeux tombants qui n'avait peur de rien, était toujours calme. Le cerisier était leur refuge, pas totalement sûr – rien n'était sûr, à la ferme –, pas vraiment secret – la ferme était un monstre qui voyait tout et captait la moindre pensée. Mais quand ils étaient assis sous leur arbre, caressant l'herbe, leurs mains meurtries par le labeur les faisaient moins souffrir. Ils mesuraient le temps qui passe à la couleur des bourgeons du cerisier qui devenaient feuilles puis fruits, à la rugosité du bois, aux rides de son écorce aux sillons creusés par la pluie. C'étaient les jours qui les séparaient de chez eux.

— Ça fait si longtemps, murmura la fillette.

La voix de sa mère lui manquait. Ses souvenirs s'estompaient douloureusement. Et si elle oubliait sa voix, comment pouvait-elle continuer à lui parler en pensées, maintenant qu'elle n'était plus qu'un fantôme muet de plus en plus lointain ? Et si elle oubliait aussi la couleur de ses cheveux, de ses mains ? Ses caresses chaudes ?

— Nous rentrerons à la maison, je t'en fais le serment, lui dit-il, le regard concentré sur les ombres mouvantes entre les branches.

— Ensemble, promit-elle.

Elle le sentait, au fond de son cœur. Rien ne les éloignerait jamais. Personne ne les séparerait.

1

Bonjour, Edna

Il n'existe pas de meilleur calendrier qu'un jardin qui se transforme au fil des mois et des saisons, songea Edna, les poumons gonflés d'orgueil et de parfum de mélisse. Elle reconnaissait le passage lent et inéluctable du temps à la couleur de l'herbe et à la manière dont les branches s'habillaient de feuilles nouvelles pour se protéger de la vigueur du soleil. Elle observait les empreintes des animaux sauvages qui profitaient de l'ombre pendant les chaleurs estivales, et les tanières des petits amphibiens et des hérissons qui s'endormaient dans la terre souple, protégées par une mince couche de glace, avant l'arrivée de l'hiver.

Elle venait de tirer les rideaux et observait les reliefs harmonieux de la prairie, encadrés par les fenêtres comme la composition d'un peintre. En cette demi-saison, tout changeait avec une rapidité à couper le souffle.

Les dernières roses pointaient entre les buissons, les parsemant de blanc, et les clématites, aux tiges rampantes si tenaces, avaient commencé à couvrir la pergola de minuscules fleurs roses. Bientôt, il lui faudrait se procurer du fer pour renforcer les racines.

Emil fut le premier à entendre la sonnette de vélo qui annonçait l'arrivée d'Adele, une voisine qui, depuis des années, passait parfois bavarder avec Edna. Le perroquet secoua sa grosse tête rouge et la gratta nerveusement avec sa patte rugueuse tandis que le son s'intensifiait, de plus en plus impertinent. Edna sourit en apercevant la femme sur son vélo chargé de paquets.

— Quelle chance que vous soyez chez vous, Edna, haleta Adele en posant ses cabas sur la table de la cuisine. Ces jours-ci j'ai perdu la notion du temps. Je ne pensais pas qu'organiser un déménagement était si difficile. Entre les papiers et… Et bien sûr Max, mon vaurien de mari, qui ne lève pas le petit doigt pour m'aider, dit-elle les yeux au ciel.

Edna savait qu'en réalité Adele adorait ce petit homme tout en mots et bretelles colorées, même si elle n'avait jamais compris ce qu'elle lui trouvait.

— Avec ma fille qui répète tous les soirs et mon petit-fils Lukas qui dîne chez nous, j'ai l'impression d'avoir à nouveau trente ans. Je vous ai dit que Lisa a repris le théâtre, n'est-ce pas ? demanda-t-elle en soufflant sur une mèche accrochée à son œil.

Il était tôt, mais Adele avait déjà étalé son fard à paupières « bleu avec paillettes dorées », comme elle disait, oubliant que le bleu avait une infinité de nuances très différentes. Celui-ci était outremer. Mais Adele manquait de précision avec les mots. Edna n'y prêtait plus attention, voire s'en amusait. Même « déménagement » n'était pas correct : il s'agissait en fait d'un délogement en bonne et due forme. Dans un autre village, plus proche de la ville, qu'Adele n'avait nommé que deux ou trois fois.

Assise sur le banc, Edna attendait patiemment que la visiteuse lui montre le contenu de ses cabas. Adele, qui tenait l'épicerie du village, lui avait proposé de lui livrer les denrées les plus encombrantes.

Edna lui servit une infusion à la mélisse, puis la regarda déballer les courses. Les packs de jus de pomme (deux, non gazeux), les bouteilles d'eau minérale plate (trois, en verre, parce que, avec la chaleur, le plastique relâche des substances cancérigènes), *Stern* (son hebdomadaire favori), le sirop de menthe (un, étiquette verte), l'huile de tournesol (un bidon). Comme chaque jeudi.

— Du pain frais, comme ça vous n'avez pas à passer au magasin aujourd'hui, poursuivit Adele en repliant son cabas. Et voici une part de tarte du petit-déjeuner – je me suis permis de briser la monotonie de votre pain de seigle – ainsi qu'une mangue et une grenade pour Emil. Les plus fraîches, comme toujours, dit-elle non sans une pointe d'orgueil en les sortant de leur sachet avec un petit paquet. Qu'est-ce qu'il mange, cet animal ! Et ça, c'est pour lui, de la part de mon petit-fils. Il sait qu'il les adore.

Elle fit rouler des noix sur la table.

Le petit-fils d'Adele était un garçon sympathique, à l'esprit vif.

— Chaque fois que je viens au magasin, il me demande si j'amènerai Emil la prochaine fois, dit Edna en pliant sa serviette en deux.

Sur la table, la boîte à biscuits attendait Adele. Edna ne la déplaçait jamais : elle trônait au centre, à côté du vase contenant les boutons-d'or.

Adele but une gorgée d'infusion brûlante et prit un biscuit au beurre.

— J'oublie tout aujourd'hui ! s'exclama-t-elle en se tapant le front.

Edna fit semblant de la croire. Leur petit jeu du jeudi ne la surprenait plus. Mais elle aurait été désolée qu'Adele s'en rende compte, aussi elle ne se départait pas de son sourire, qui aurait semblé faux à n'importe qui d'autre.

La revue *Stern*, dont une mosaïque de photos composait la couverture brillante, glissa sur la table. Les gros titres évoquaient toujours un scandale ou un coup de théâtre qu'Edna n'aurait voulu manquer pour rien au monde.

— Et voilà pour votre collection ! lança Adele en indiquant le buffet où étaient empilées avec soin des dizaines de revues, une étoile blanche au dos. Un jour, vous me direz ce que vous en faites. Par curiosité, en avez-vous déjà jeté une ?

— Je l'ai attendue toute la semaine.

Edna posa la revue au bord de la table, à bonne distance des taches d'infusion laissées par Adele. La couverture lui sembla légèrement gondolée. Un dépliant était caché entre les pages.

Lorsque Edna s'en empara, Adele s'éclaircit la voix.

— Max m'a demandé de vous remettre ça, pour que vous y jetiez un coup d'œil. Je vous aiderai pour les valises, ne vous en faites pas. Nous avons encore un peu de temps.

Max lui avait déjà tout expliqué. Alors qu'Adele employait les mots comme des serviettes trop grandes ou trop petites, Max emmitouflait les concepts les plus simples sous des couches de tissu à fleurs. Avec lui, Edna se sentait toujours confuse, même si elle ne se laissait pas totalement embobiner. On appelait ça une « maison de retraite ». À première vue, cela n'avait pas l'air mal. Chaque pensionnaire disposait d'une chambre avec vue sur les montagnes et d'un carré de terre pour faire un potager (et ses bulbes ?). Il y avait une piscine (elle ne savait pour ainsi dire pas nager, mais, quand elle l'avait dit à Max, il avait secoué la tête en affirmant que cela n'avait pas d'importance), une salle de sport et de massage et un cuisinier qui s'adaptait à tout régime alimentaire, bien qu'elle n'en suive pas (soixante kilos tout ronds, le poids idéal pour son mètre cinquante-sept – d'après le *Stern* de la troisième semaine de septembre).

À chacune de ses objections, Max avait secoué la tête avant de passer au point suivant : elle cherchait toujours la petite bête, il ne fallait pas s'arrêter aux détails.

Mais si elle était libre d'agir à sa guise, alors pourquoi ne l'autorisait-on pas à emmener Emil ?

— Vous savez que c'est pour votre bien, n'est-ce pas ? Rappelez-vous ce qui s'est passé...

Adele se référait à ce stupide épisode, au sujet duquel Edna avait toujours des doutes.

— Je suis tout à fait sûre que quelqu'un est entré chez moi, Adele. Il manquait de l'argent dans mon portefeuille...

— Non, vous l'aviez caché derrière le tableau, dans une enveloppe. Il n'était pas perdu, mais vous l'aviez oublié.

(Deuxième tableau, mur de droite. Or elle avait cherché derrière le quatrième. Une petite étourderie.)

— Et quand vous vous étiez enfermée à clé dans la salle de bains et que Max a dû enfoncer la porte ?

— Cette clé a disparu, objecta Edna en essayant de refouler ce souvenir, parce qu'elle se rappelait très bien la sensation d'enfermement et qu'en y repensant elle avait encore la gorge sèche.

Pendant quelques semaines, elle avait eu du mal à trouver le sommeil, tourmentée par sa mémoire. Chaque été, quand le soleil était plus fort et que la lumière débusquait tout, des fragments de sa vie d'autrefois lui revenaient et reprenaient vie. Et les années qui passaient, apportant de nouveaux silences, les recomposaient de plus en plus nettement.

Adele ne pouvait pas comprendre. Elle avait néanmoins raison sur un point : ce jour-là, Edna s'était sentie sans défense. C'est ce qui avait convaincu le couple. Heureusement, il ne s'agissait pas d'une véritable décision. Ils avaient juste mis son nom sur une liste d'attente. Or tout le monde sait que sur une liste d'attente on attend, c'est tout. On ne décide rien. Quand elle avait entendu la voix de la secrétaire à l'autre bout du fil, après des mois, Edna avait cru qu'il s'agissait d'une erreur.

— Ce sera comme chez vous, sauf que vous serez plus gâtée, sourit Adele. Vous ne pouvez pas laisser passer cette chance, Edna, vous le comprenez ? Il y a beaucoup de gens sur cette liste qui aimeraient être à votre place. Et puis, je ne peux pas vous imaginer ici, toute seule, quand Max et moi serons partis.

— Emil et moi nous sommes toujours bien débrouillés, dit soudain Edna, sans s'apercevoir qu'elle pensait à voix haute. Ce n'est plus arrivé...

— Edna...

Bien sûr, elles en avaient longuement discuté. Edna acquiesça.

— Adele, il y a aussi les poubelles, abrégea-t-elle en regardant à l'autre bout de la pièce, décidée à profiter de sa présence ce matin-là. Deux sacs, bien fermés. Si je les garde trop longtemps au jardin, les chats sauvages les ouvrent et éparpillent le contenu à travers champs.

Adele ramassa les sacs en souriant, puis se tourna pour saluer Emil.

Le perroquet était resté sur son perchoir à l'entrée, occupé à se nettoyer l'aile avec son bec – comme toujours quand il la voyait, il semblait victime d'un prurit insupportable. Adele l'observa en se demandant si les perroquets, comme les chiens, pouvaient avoir des puces.

Sa tournée n'était pas terminée, il y avait le pain frais à déposer et certains clients fidèles n'avaient pas perdu l'habitude de se faire livrer le lait. Edna l'accompagna à la porte.

— Bonjour, chochotte ! la salua une voix métallique dissimulée dans l'obscurité du couloir.

— On dit « au revoir », Emil. Vous ne lui avez pas appris ça, Edna ? rit Adele. Et ce n'est pas poli de traiter les gens de chochotte !

— Emil a la tête bien faite. C'est le premier mot qu'il a appris et il s'en souvient encore.

Edna devança Adele dans le jardin pour lui ouvrir le portail.

Pendant un instant, le visage d'Adele laissa transparaître une grande lassitude quand elle posa le pied sur la pédale, mais l'impression se dissipa aussitôt.

— Vous ne trouvez pas qu'on a de la chance de vivre entourées de toutes ces merveilles ? Voyez le ciel ! On sent l'été qui arrive. Et avec deux vieilles roues on va partout, au village. Sans polluer. Ça va me manquer. Vous au moins, vous resterez ici, vous profiterez du paysage depuis le balcon de votre nouvelle chambre.

En effet, se dit Edna en la regardant s'éloigner, le bras levé pour la saluer, elles avaient vraiment beaucoup de chance.

En observant les montagnes, géants de terre et de roche qui griffaient le ciel, on n'imaginait pas à quel point elles étaient vivantes et grouillantes de vie. Ni que les maisons, le fleuve et la route semblaient minuscules, vus d'en haut. Elle le savait. Mais elle l'avait presque oublié.

Elle se tourna vers sa maison aux tuiles rouges branlantes, enveloppée dans un cocon rassurant de plantes grimpantes. Elle ajusta ses lunettes en se laissant doucement embrasser par le soleil du matin et referma la porte sans faire de bruit.

2

Garde-moi avec toi

L'infusion était tiède, mais le goût encore agréable. Edna y ajouta du sucre et y trempa sa part de tarte.

— Maintenant, arrête de te cacher, dit-elle à Emil, qui pencha la tête sur le côté.

Il ne se grattait plus, ses plumes étaient lisses et compactes sur son petit corps parfaitement serein.

— Je ne comprends pas pourquoi tu n'aimes pas Adele. Parfois elle se mêle des affaires des autres et elle a son petit caractère, c'est sûr, mais elle t'apporte des noix et des fruits.

Edna caressa la couverture brillante de la revue posée sur la table. Elle aimait le grain du papier, son odeur et la façon dont les titres et les articles étaient composés. Il y avait toujours des reportages sur les familles royales d'Europe, les escapades d'un acteur ou la lutte courageuse d'une actrice contre une maladie insidieuse, dont l'évolution était décrite dans les moindres détails.

Elle tourna les pages à la hâte : la première fois, elle se contentait de survoler. Puis elle prenait toute la semaine pour lire chaque article et revenir sur les plus longs.

Les pages centrales étaient consacrées à la vague de mauvais temps qui s'était abattue sur la moitié est de l'Europe.

Edna observa les photos des fermes aux toits arrachés et des fleuves en crue recouvrant les campagnes d'eaux boueuses.

Une automobile grise était pliée sous le poids d'un énorme arbre déraciné.

Edna leva les yeux et regarda par la fenêtre. Le ciel était limpide. *Aucune pluie en vue*, observa-t-elle en se sentant privilégiée.

Puis ses yeux se posèrent sur un encart sur le côté. Soudain, ses poumons se vidèrent et elle suffoqua, comme si quelqu'un avait aspiré tout l'air de la pièce.

Sur la photo, quelque chose l'avait fait tressaillir. Dans ces couleurs de terre et de boue, le sourire de l'homme détonait comme un coup de poing dans le ventre. Ses yeux tombants contrastaient avec ses lèvres souriantes. Ils lui donnaient toujours un air un peu triste, même quand le bleu de ses iris s'emplissait de lumière. Une grande cicatrice à la paupière (la gauche) formait une vague entre les rides. C'était ce détail, si unique et dont elle connaissait l'histoire, qui lui avait coupé le souffle.

Il ne manquait qu'un nom.

Edna suivit les lignes du doigt pour rester concentrée sur la lecture, bien que son attention fût régulièrement attirée par la photo. La barbe naissante cachait en partie les traits de l'homme, dont la peau était sillonnée de rides profondes.

Il avait été emporté par un glissement de terrain. La coulée boueuse de débris, cailloux et racines avait fait céder la colline, qui avait glissé en laissant derrière elle un mur de terre nue. Il avait été surpris à l'intérieur de son habitation (qu'il avait construite seul, travaillant le bois de ses mains).

Secours. Blessés. Hôpital de Ravensburg. Deux enfants. Une famille. Le doigt d'Edna s'arrêtait sur chaque mot, revenant parfois au début de la phrase. Puis, enfin, le prénom qu'elle cherchait : Jacob.

Jacob Kneip.

Le plus drôle, c'est qu'elle n'avait jamais su son nom de famille. Le bonheur et la peur se mêlèrent en elle.

3

Jacob

Elle revit un enfant, les mêmes yeux tombants et la paupière gauche coupée, rouge comme une blessure ouverte. Il courait alors qu'autour le monde se brouillait, les contours des arbres enneigés et des pierres sur les chemins s'effaçaient. Il tentait de la rejoindre, son bras sale tendu vers elle, qui le fixait sans bouger. Au lieu de l'aider à monter dans la charrette qui s'éloignait, mettant de plus en plus de boue et de vent entre eux, elle restait immobile, paralysée par la peur.

Edna regarda la photographie qu'elle avait posée à côté de la revue.

Elle l'avait décrochée de l'intérieur de la porte du buffet où elle conservait ses *Stern*. Elle avait toujours su que ces magazines lui serviraient. De même que cette photo punaisée, qui la saluait chaque jour alors que les saisons défilaient, que le monde évoluait. Et qu'elle-même changeait.

— Je t'ai trouvé, Jacob, dit-elle d'une voix lente et profonde, avec la satisfaction de ceux qui savent qu'ils ont toujours eu raison.

Elle observa les piles de revues impeccablement rangées. Il en avait fallu, du temps. Dieu merci, la poussière n'avait pas attaqué la photographie posée sur la table. C'était l'ocre du papier – plus que les vêtements, les visages sales et les godillots – qui les faisait se ressembler. Une dizaine d'enfants, bien droits, alignés devant la façade de la ferme, aux visages de petits adultes.

Ils étaient arrivés sur cette terre étrangère au début du printemps, après de longs voyages depuis différents pays que certains d'entre eux ne reverraient jamais. L'hiver n'avait pas ramené ces malheureux chez eux et leur courage n'avait pas suffi à vaincre la maladie et la fatigue, ni à changer la volonté de ceux qui avaient décidé. Dans tous ces regards, Edna voyait la déclinaison d'une même mélancolie. Elle et Jacob posaient l'un à côté de l'autre.

Elle lut la date notée au dos (1938-1939) entre des gribouillis, puis compara l'image à celle du journal. Jacob n'avait pas seulement grandi : il avait vieilli, et même beaucoup. Comme elle.

Toutefois, les années n'avaient rien pu faire contre sa blessure, sinon creuser un peu la plaie à la paupière.

— Je t'avais dit, Jacob, que ça ne guérirait pas.

Elle relut l'article. Il avait été emmené à l'hôpital de Ravensburg avec les autres blessés. Il devait reprendre des forces, bien sûr. *Quand des tonnes de boue et de pierres vous tombent dessus, il faut plus qu'une bonne nuit de sommeil et quelques pastilles au gingembre pour vous en remettre*, réfléchit Edna.

Le journaliste avait enquêté sur la vie de l'homme, connu pour son engagement dans la protection de la nature. Elle secoua la tête. Jacob aurait-il pu devenir autre chose qu'un défenseur des plus faibles ?

Edna prit une grande inspiration. Emil l'observait, immobile. Elle referma la revue et ramassa les miettes de tarte.

Elle les jeta dans l'évier et fit couler l'eau, frottant la céramique à la paille de fer jusqu'à ce qu'elle brille. Ensuite elle coupa la grenade et remplit la gamelle d'Emil. Entre ses plumes bleues, elle vit deux enfants qui couraient dans la forêt obscure, terrorisés, un perroquet caché dans un sac à dos.

Alors elle changea l'eau du vase et jeta les boutons-d'or fanés. Elle essuya les tasses et ouvrit les fenêtres pour aérer, comme chaque matin. Puis elle alla au jardin couper des fleurs fraîches. Emil sifflotait, cherchant à attirer son attention, mais les images dans la tête d'Edna allaient plus vite que son regard, qui balayait machinalement les montagnes en face d'elle.

Des éclats de réminiscences se plantaient dans sa chair, arrivant dans le désordre, sans logique. Les souvenirs décident eux-mêmes à quel moment ressurgir, parfois ils guident la main avant l'esprit. Le cœur suit ou se contente d'écouter. C'est ce qui lui arrivait, pendant qu'elle choisissait des fleurs sans les voir, les cueillait avec une torsion rapide du poignet. La dureté de ce mouvement contenait la trajectoire brève et parfaite qu'elle avait apprise, répétée des centaines de fois, sur des plumes arrachées à la viande charnue.

À la ferme, les oies étaient plumées avant que les récoltes réquisitionnent tous les bras à disposition, y compris les siens. Les plumes étaient rangées par longueur dans trois paniers différents, à leur tour vidés dans de gros sacs chaque fois qu'ils étaient pleins. Le procédé était simple en apparence : on capturait l'oie, on s'asseyait sur un tabouret, on la serrait entre ses jambes, puis on arrachait les plumes, en commençant sous les ailes, toujours à l'arrière, sans insister trop longtemps au même endroit.

Mais Edna avait vite découvert que les oies étaient plus lourdes qu'il n'y paraissait et devenaient méchantes quand elles se défendaient. Leurs coups de bec la faisaient pleurer.

En réalité, la douleur n'était pas la seule cause des larmes d'Edna. Elle n'oublierait jamais les cris de ces animaux souffrants, terrorisés.

C'était « la musique du dimanche », disaient les enfants en bêchant la terre, les yeux rivés au sol. Jacob était parmi eux.

C'était de là, derrière les montagnes, que venait Emil. Depuis cette époque lointaine, elle partageait sa vie avec ce perroquet grassouillet. Elle avait appris à l'aimer, après les coups de bec du début. Jacob, lui, n'avait pas eu le choix. Maintenant enfermé dans une chambre d'hôpital, il avait perdu sa maison, de même qu'il avait perdu Emil, des années auparavant, après l'avoir sauvé et soigné. Par la faute d'Edna, à un moment leurs destins s'étaient inversés. Cela aurait pu être elle, dans ce lit d'hôpital. Jacob, lui, n'avait jamais quitté Ravensburg.

Dans la niche, près du buffet, était rangée une canne en bois écorcé. À côté, un sac à dos et un châle en laine, suspendus à un crochet, n'attendaient que d'être portés. Ils n'avaient pas servi depuis qu'elle était rentrée de la ferme, âgée de dix ans. Ils étaient prêts à repartir avec elle en voyage, pour ramener Jacob à la maison.

En observant ces objets (certes il manquait les godillots, si usés qu'il n'en restait que la semelle) et la cage à roulettes d'Emil posée en dessous, elle fut submergée par des questions sans réponse. Elle se demandait quelle importance avaient les rêveries de deux enfants arrachés au monde, enfermés dans une vieille ferme entourée d'un bois. Quel sens avaient leurs discours farfelus, assaillis par une réalité trop noire, plus sombre que les cauchemars de minuit.

Combien comptait la promesse qu'ils avaient échangée ? Était-elle assez forte pour survivre au temps et aux souvenirs ? À la distance ? Une simple promesse. Peut-être avait-il oublié, lui.

— Bonjour, chochotte !

Edna se tourna vers le perchoir d'Emil. Elle était tellement habituée à ce qu'il l'appelle ainsi, par ce surnom que Jacob lui avait appris il y a si longtemps, qu'elle n'y prêtait plus attention. Mais à cet instant, cela lui retournait les viscères.

Même une créature aussi fragile qu'Emil se souvenait de ces deux enfants.

De retour au salon, elle disposa dans le vase les boutons d'hortensia et de rose qu'elle venait de cueillir, les espaçant pour qu'ils prennent la lumière. Puis elle jeta un coup d'œil aux notes accrochées au mur (du fer pour les hortensias, conserver les bulbes pour l'automne) et reprit la revue à la page de Jacob. Elle plia le papier en faisant attention à ne couper aucun mot et le déchira minutieusement, en se demandant si le soleil était revenu à Ravensburg.

Enfants de la Souabe

La nostalgie est une bête qui suce les os, les lisse au point qu'on peut s'y mirer.

Edna avait laissé derrière elle cette sensation, qu'elle n'avait plus jamais ressentie avec la même intensité que dans son enfance, loin de chez elle.

À la ferme, dans les moments où le bonheur semblait s'éloigner à la vitesse d'un cheval au galop, elle tentait de toutes ses forces de ne pas se laisser emporter. Elle s'asseyait à l'écart des autres enfants, pleins d'animosité envers elle, et qui parlaient dans son dos depuis que le bruit courait qu'elle était la fille d'une Italienne. Elle n'était pas la seule, bien sûr, par exemple la fillette qui dormait dans le lit d'à côté venait de la même vallée qu'elle. Mais l'allemand, la langue qui comptait, n'était que sa langue paternelle, et elle avait du mal à en saisir toutes les nuances. Elle avait fait de son mieux pour ressembler aux autres enfants. Dans le fond, chez elle aussi son père haussait le ton et dictait les règles. À la ferme, c'était à peu près la même chose. Ses parents lui avaient promis qu'elle y serait bien. Elle n'avait qu'à suivre le père Gianni, un long voyage magnifique à travers les montagnes, sans hâte : elle y passerait le printemps, l'été, l'automne.

Edna leur avait fait confiance, même quand c'était difficile, parce qu'ils n'étaient plus qu'un lointain souvenir.

Elle avait courbé l'échine, elle s'était battue pour être acceptée, oubliant chaque soir les vexations des autres enfants et les cris du patron, comme on oublie la peur du vide quand on marche au bord d'un ravin.

Quand elle n'avait plus la force d'essayer encore, elle serrait dans sa main un éclat de la statuette en bois de saint Christophe, au pied de laquelle elle avait prié pendant le voyage, lors d'une pause dans une chapelle de montagne. Le père Gianni lui avait dit que cela la rassurerait. Mais le père Gianni avait dit beaucoup de choses et toutes n'étaient pas vraies. Et il ne lui avait pas dit que tout serait si difficile.

À la ferme, on se levait à quatre heures du matin.

Après avoir rempli à ras bord les mangeoires des cochons, Edna s'occupait de traire les vaches et nettoyer les étables. Puis elle ramassait le lin et les épis, lavait la vaisselle, faisait les lits, frottait le sol et battait les céréales. C'était très fatigant.

Les hommes et les garçons s'occupaient des champs, les fillettes des tâches ménagères, sous la houlette de la patronne. Quand elle n'était pas là, elle était remplacée par sa sœur, une femme qui souriait peu et semblait toujours s'être levée du pied gauche.

Certaines fillettes étaient douées pour tisser et tricoter, mais pas Edna, qui se piquait les doigts, emmêlait les fils et perdait le compte des points. Pour autant, elle ne pouvait pas rester sans rien faire. En plus de prendre soin des animaux – avec Bastian, un autre enfant rencontré sur la route à Landeck, elle s'occupait de dix vaches laitières, quatre chevaux de trait, des poulets et des oies –, elle aidait parfois les paysans à construire des enclos, à ramasser les pommes de terre et à secouer les arbres fruitiers. Mais, plus lente que les autres, elle n'avait jamais trouvé sa place. Et il fallait respecter la hiérarchie. Le patron et la patronne étaient les propriétaires de la ferme. Ils avaient deux enfants qui étaient traités comme les plus âgées des recrues. Bien qu'ils aient plus de liberté, Edna les voyait souvent se disputer et se bagarrer, comme des chiens qui devaient trouver leur rang dans la meute. Et s'ils étaient trop faibles pour y réussir, ils restaient seuls – comme cela lui serait arrivé sans la protection de Jacob – et alors mieux aurait valu être un chien pour de bon. Parce que le patron prenait bien soin de ses chiens de chasse. Il les respectait.

C'était aussi arrivé au fils aîné. Il était revenu de la ville, elle ne se rappelait plus laquelle, et la mère avait cuisiné pendant des jours juste pour lui, tellement elle était heureuse de son retour. Des mets succulents dont le parfum nouait de faim le ventre d'Edna. Mais ensuite, le jeune homme avait élevé la voix sur le patron, qui l'avait chassé. Edna l'avait envié parce qu'il était parti par les champs, libre, portant le sac à dos avec lequel il était arrivé (et qui lui avait même semblé plus lourd).

Les enfants restaient là, jamais sans rien faire. Le destin d'Edna semblait d'être de courir en permanence telle une abeille désorientée. Vite, d'un côté à l'autre, se rendre utile en tout, puisqu'elle n'était bonne à rien.

Pendant les semaines de moisson, elle devait apporter le repas aux paysans sur un petit chariot qu'elle tirait à la main. Chaque ration était composée de pain, fromage, œufs et Retting, une sorte de pain plat cuit sur la pierre, le tout accompagné d'un verre de moût. Aux heures les plus chaudes, elle multipliait les trajets entre la cuisine et les champs pour transporter des brocs d'eau, jusqu'à l'épuisement.

Le patron et sa femme mangeaient de leur côté, avec leur famille. Les paysans saisonniers, plus âgés, étaient séparés des enfants, qui prenaient leur repas dans la petite pièce du poêle. La soupe était servie dans un plat creux. Chaque enfant avait sa cuiller en bois, mais certains étaient plus rapides que d'autres et aucune distinction n'était faite entre garçons et filles, aussi rien ne garantissait de manger.

Le soir ils dormaient tous ensemble dans une sorte de dortoir, non chauffé l'hiver et très chaud l'été. Garçons et filles étaient séparés par une barrière de bottes de foin. Edna avait réussi à se créer un espace rien qu'à elle, assez loin du lit voisin d'Anja, une fillette de son âge, et parfois elle s'endormait avec le morceau de la croix de saint Christophe dans la main, après avoir récité les vingt « Protège-moi Seigneur » que lui avait assignés le père Gianni le soir, pendant leur voyage. Il était parti et ne pouvait plus la disputer si elle s'endormait au milieu ou butait sur les mots. Néanmoins, habituée à cette cantilène, elle aimait imaginer qu'elle était destinée à quelqu'un qui l'écouterait et prendrait soin d'elle.

4

Jour 1

Distance : 1 km

À deux rues, un jour et un kilomètre de là, Adele n'avait pas encore ouvert tous les volets. Elle était épuisée d'avance par la liste de ce qu'elle avait à faire. Ses chaussons roses aux pieds, cadeau de Lisa, elle zigzaguait entre les montagnes de cartons qui étaient apparues pendant la nuit.

Max avait noté leur contenu au feutre rouge. En reconnaissant son écriture allongée, bien droite, à peine un peu tremblante, elle imaginait son mari emballer les objets, concentré, une ride verticale au milieu du front, serrant le feutre entre ses doigts boudinés. Adele ressentit une pointe de tendresse mêlée à un sentiment plus obscur, qu'elle ne parvenait pas à définir. Pour Max, le déménagement était une affaire sérieuse. Il s'impliquait, mais avait décidé de commencer par ses maquettes, alors qu'il restait tant de meubles à vider, de vêtements à repasser et replier, de vieux bibelots à jeter. Remplir des sacs, monter et descendre les escaliers, ne plus sentir ses genoux.

Des maquettes… Aux avions, Max avait toujours préféré les bateaux de toutes sortes. Il possédait même une reproduction du *Titanic*, dont il était très fier.

Elle regarda à nouveau les cartons bien empilés : ils étaient *vraiment* en train de le faire.

Elle posa la cafetière moka sur le feu, ouvrit la porte vitrée et sortit sur la terrasse. Ils habitaient au premier étage d'un immeuble neuf, un cube de béton trop large et massif qui brisait l'harmonie du paysage. Adele n'apercevait les champs que de loin.

La continuité des cultures, qui se poursuivaient jusqu'au bas des montagnes, était interrompue par les toits des fermes, pour la plupart transformées en élégants gîtes aux piscines déjà remplies d'eau trop bleue pour sembler vraie, aux pelouses fraîchement tondues et aux plates-bandes soignées.

Un camion arriva dans la ruelle, soulevant des nuages de poussière qui recouvrirent les haies : Max n'allait pas être content. Adele pria pour que son mari ne sorte pas à cet instant. Chaque printemps, les travaux des voisins le mettaient de mauvaise humeur. Depuis que la belle-mère de Bernie était morte, ils avaient transformé leur taudis en charmante maison d'hôtes. Un endroit magnifique, force était de l'admettre : volets verts, murs propres, crépi couleur crème. Et tous ces parterres.

Adele rentra et, avant de se laisser tomber sur une chaise, décrocha un cadre contenant un dessin fait par Lisa à l'école primaire. Elle le tint, bras tendu, pour mieux en percevoir les détails. Posé sur le buffet, il faisait bel effet, constata-t-elle avec orgueil. La cuisine aurait eu besoin d'un bon coup de peinture – deux couches –, les murs étaient écaillés dans les coins et la porte du réfrigérateur ne fermait plus. Pourtant, Lisa avait appris à marcher ici même ; c'étaient les souvenirs qui rendaient la pièce chaleureuse.

Max la surprit avec un baiser, qui glissa sur son front comme une goutte de pluie, et l'enveloppa de son odeur de savon.

— Déjà debout ? s'étonna-t-il avec un petit sourire en se servant un café.

Adele avait pris pour elle la tasse ébréchée. Cela avait toujours été ainsi : selon un accord tacite, le premier levé mettait la table et, héritage d'une époque d'affection et de prévenance, gardait pour lui cet objet abîmé.

Max portait un short de plage à rayures et un t-shirt bleu. Ni pantalon ni veste polaire, contrairement à son habitude quand il travaillait à la coopérative maraîchère. Dans les hangars, la température était maintenue très bas, surtout en été. L'hiver, l'humidité pénétrait les os : même quand il posait ses fesses contre le poêle en rentrant, Max n'arrivait pas à se réchauffer. Il était tellement pâle qu'il se fondait dans la couleur coquille d'œuf des murs.

— Je me sens déjà un homme différent, Adele. Et Bernie…

Il éloigna la tasse de ses lèvres et grimaça.

Adele s'empressa de verser du lait froid dans le café brûlant.

— Je disais, poursuivit-il sans y prêter attention, que Bernie m'a parlé de son système photovoltaïque.

Depuis quand Max et Bernie se parlaient-ils comme deux vieux amis et s'échangeaient-ils des conseils ?

— On devrait y réfléchir nous aussi, tu sais ? Les aides de l'État vont jusqu'à cinquante pour cent, avec un amortissement de cent trente pour cent et une grande efficacité, en plus de la qualité garantie pour au moins trente ans.

— Tu n'as pas l'impression d'aller trop vite ?

Tandis qu'il secouait la tête avec une absolue conviction, Adele fixa les revues que son mari avait laissées sur une chaise la veille au soir. Des manuels de bricolage, des catalogues de meubles de jardin, un numéro spécial « Construire son poulailler ».

— Adele, ça fait presque un an que j'ai hérité de la maison de ma tante. Et on est encore ici, toi à apporter leurs courses aux vieilles à vélo, moi à me geler dans ces entrepôts comme un pêcheur de merlans en Antarctique. Je me lève quand il fait nuit et je rentre à la maison quand il fait nuit, trois cent cinquante jours par an. Le moment est venu de changer de vie, tu ne crois pas ? Tu sais combien Bernie et Clara gagnent en louant leurs chambres ?

Max avait fait un héritage inattendu : la maison d'une vieille tante que toute la famille avait oubliée, sauf lui, qui lui envoyait ses vœux chaque année en l'honneur d'un été passé chez elle dans son enfance.

Quarante-deux ans plus tard, il n'avait jamais cessé d'en parler, racontant des anecdotes chaque fois différentes et toujours exagérées, bien que personne n'ait jamais eu le courage de le lui faire remarquer.

Max ouvrit grand la porte-fenêtre. La poussière le fit tousser, mais pas assez pour effacer le sourire orgueilleux avec lequel il salua Clara et Bernie de l'autre côté de la haie :

— Excellent travail, les amis ! lança-t-il avant de murmurer à Adele : Attends de voir notre maison d'hôtes ! En comparaison, la leur aura l'air d'une cabane à outils.

Il avait le ton satisfait de ceux qui entreprennent un grand projet dont ils entrevoient le final glorieux.

Adele s'efforça de lui sourire.

— Tu as bien dormi ? demanda-t-il ensuite, comme si la conversation précédente n'avait pas eu lieu.

Elle acquiesça.

— Hier matin je suis passée chez Edna. Je suis un peu inquiète… Sa relation avec ce perroquet complique la situation.

Max balaya l'air de la main, chassant cette pensée stérile.

— Edna est une femme forte et pleine de ressources, mais si tu ne lui rendais pas visite, dans cette maison sombre… Tu as vu son jardin, tous ces arbres et ces plantes grimpantes qui colonisent les murs ? Il aurait besoin d'une sacrée taille.

— Elle l'adore…

— On se demande bien pourquoi. Elle est vieille, elle a sa propre vision du monde. À l'ancienne, dit-il comme si le mot était désagréable et incompréhensible. Et puis ce n'est pas bon pour elle, à son âge, d'être au contact de cet animal. La psittacose, la « maladie des perroquets », tu connais ? Ça commence comme une grippe, puis ça se transforme en pneumonie, en fait c'est une minuscule bactérie qui infecte le sang.

Adele pensa à la façon dont Emil se grattait la tête. Max avait raison.

— Le vétérinaire a une grande volière dans son jardin. Même Edna reconnaît que son perroquet serait plus heureux là-bas, à voler avec ses semblables en observant les oiseaux sauvages dans le ciel, plutôt que de rester chez elle à se gaver d'infusions. Et elle pourra aller le voir quand elle voudra.

Adele réfléchissait. De là où elle se tenait, elle apercevait la partie de la collection de Max qui trônait encore sur l'étagère de l'entrée. Des navires vikings.

— Éprouver de l'empathie ne veut pas dire se laisser submerger par les émotions, Adele. Ni accueillir la souffrance des autres comme si c'était la nôtre. Il faut garder notre lucidité et assez de détachement pour faire ce qui est juste. Pour faire le bien, dit-il en scandant les mots, avec une exaltation qui illuminait son visage et faisait vibrer l'air autour de lui.

Max avait entendu parler d'empathie lors d'une formation offerte par la coopérative à ses employés. C'était là qu'il avait découvert les neurones-miroirs, qui avaient changé sa vie. Adele devait s'en souvenir : les neurones-miroirs étaient la clé de tout. Toujours.

— À son âge, marcher est difficile et tout devient compliqué, poursuivit Max. Tu lui apportes ses courses. Que fera-t-elle après notre départ, sans voiture, avec la première épicerie à un kilomètre de chez elle ? Elle va mourir de faim, je te le dis. Et puis, Edna a besoin d'un endroit confortable et rassurant : elle n'est jamais allée plus loin que son jardin. Crois-moi, c'est une chance qu'ils l'aient acceptée. Ça lui donnera ce qu'elle a toujours cherché : la stabilité de murs protecteurs. Il en aura fallu, du temps… mais finalement les pièces du puzzle s'assemblent.

Il soupira, comme s'il avait partagé avec elle le tourment de l'attente.

Sans doute grâce à l'empathie et aux neurones-miroirs, pensa Adele. Max encadrait la réalité comme si elle était enfermée au centre d'une cible balistique. Quand Adele envisageait les choses sous cette autre perspective, plus profonde et détachée, elle comprenait à quel point il avait raison. Elle continuait d'apprendre de lui, et de l'admirer.

5

Le train

Cela ne serait pas si difficile. Il y avait le train, les bus et même les téléphériques. Mais Edna avait peur d'être suspendue dans les airs. Elle n'arrivait pas à s'imaginer dans le vide, sans la terre sous ses pieds. Il lui restait donc les bus et le train, la véritable révolution de la vallée, selon Adele. Mais elle les utiliserait avec parcimonie : quand le tracé de son itinéraire sur la carte était souligné, elle s'en remettait à ses chaussures de marche et à ses jambes. Quand elle avait dessiné des petites roues sur le trait, elle pourrait compter sur un moyen de transport rapide et confortable. Comme lors de son dernier voyage, le retour de la ferme.

Les pensées se bousculaient dans son esprit, tandis que les roulettes de la cage d'Emil s'enfonçaient dans le gravier humide, avalant des brins d'herbe et des pissenlits dans les virages avant de se bloquer. Que c'était lourd ! La dernière fois qu'elle avait mis Emil dans le panier en plastique, il n'était qu'un bébé déplumé, plus mort que vivant. C'était si loin. Le châle en laine, qui avait maintenant du mal à lui couvrir les épaules, était trop large, à l'époque. Un détail qui lui avait échappé quand elle préparait ses vêtements pour le départ, avec presque quatre-vingts ans d'avance.

Elle prit une longue inspiration. L'air sentait le pommier et apportait de doux nuages qui défilaient lentement, éclairés par le soleil qui teintait les crêtes de rose. C'était une belle journée. Elle déboucha sur la route principale, où elle fit attention à bien marcher sur le trottoir.

Sur les dalles en pierre, les roulettes produisaient le bruit d'un vieux moteur à explosion. Elle réfléchit à une alternative, mais il n'y en avait aucune pour rejoindre la gare ferroviaire. Elle regarda autour d'elle, espérant que le vacarme n'ait réveillé personne. Cela aurait été désagréable de croiser un voisin ou une connaissance. Et si on lui demandait ce qu'elle fabriquait là ? Une vieille avec sa canne et son perroquet dans une cage à roulettes, un sac fixé dessus tant bien que mal… drôle d'équipage !

Elle dépassa la serre, dont les immenses verrières reflétaient le bitume. Pendant quelques instants, elle lutta contre la tentation de s'asseoir sur un banc en bois foncé, dévoré par le soleil et le vent qui balayait la vallée les premiers jours de mars, chassant l'hiver le temps d'une trêve qui ne durait jamais. Un œil noir, tout rond, la scruta à travers une fente de la cage.

— On est vraiment en train de le faire, Emil.

Elle vérifia que le sac était bien fixé et parcourut mentalement la liste de ce qu'elle avait emporté, espérant n'avoir rien oublié. De toute façon, il était trop tard pour revenir sur ses pas. Elle se rappela avoir aligné sur la table ses chaussettes en laine (trois paires) pour protéger ses pieds des cors et du froid, des tranches de pain de seigle enveloppées dans du papier (sept) contre la faim, une gourde (neuve), un pot de cornichons et de la liqueur à la myrtille (contre la fatigue), de la pommade à l'arnica (pour les muscles douloureux) et des pastilles à la menthe et au gingembre (pour tout le reste). Au dernier moment, elle avait aussi glissé dans son sac une casquette à visière que Max avait oubliée dans son jardin l'été précédent. Elle était d'un rouge vif qui ne lui déplaisait pas (étrange, car elle aimait si peu de choses chez lui) et qui ferait bien l'affaire, avec son inscription sur le devant qu'elle ne comprenait pas. Ses yeux étaient trop usés pour supporter longtemps les rayons du soleil.

En revanche, elle était très fière de ses chaussures de marche (double nœud aux lacets). Car si on ne peut pas traverser les montagnes sans une gourde d'eau, on n'ira pas loin non plus si on maltraite ses pieds. Il lui avait fallu un après-midi entier pour remettre la main dessus à la cave : ses chaussures de quand elle était jeune et forte et que sa chevelure cuivrée indomptable encadrait son visage couvert de taches de rousseur. Ce n'étaient pas celles qu'elle portait à son retour de la ferme, mais une paire dont elle s'était longtemps servie.

Elle les avait essayées : elles lui allaient encore bien.

Parmi tous les nombres qui auraient pu la définir au cours de sa vie, sa pointure était le plus fiable. Depuis toute petite elle avait les pieds noueux et bosselés, de véritables racines de noyer.

Elle n'avait pas eu à chercher son morceau de la statue de saint Christophe, en revanche. Il était rangé dans la niche près du buffet, avec ses vêtements de voyage, son plan et sa canne.

L'éclat de bois du saint protecteur des voyageurs n'avait pas bougé depuis toutes ces années. Effleurer ses contours irréguliers lissés par le temps lui procurait la certitude d'avoir les pieds bien ancrés sur un chemin qui la conduirait quelque part. Des années auparavant, cette petite relique avait traversé les montagnes, vu des cieux gonflés de nuages et des sentiers recouverts de neige. Elle lui avait donné du courage dans l'obscurité des forêts et pendant qu'elle traversait pieds nus des torrents d'eau glacée. Elle l'avait conduite au-delà des montagnes.

Un *craaac* sonore la sortit de sa rêverie. Elle se tourna vers Emil et chercha son regard à travers la grille.

— Oh non, Emil. Cette fois, ce sera plus simple. Incroyablement plus simple.

Mais c'était à elle-même qu'elle le promettait, en remettant son amulette au fond de sa poche et en prenant appui sur sa canne pour affronter la dernière montée.

Elle sentit chacune de ses vertèbres s'étirer peu à peu et douloureusement, ses os et cartilages frotter les uns contre les autres tels les engrenages d'un mécanisme rouillé, qui aurait eu besoin d'une bonne dose d'huile.

Elle aperçut le bâtiment de la gare entre les pommiers. Une construction rustique et gracieuse, peinte en blanc, aux cadres de fenêtres verts. Les gouttières et la marquise étaient d'un rouge soutenu sur lequel se détachait le nom de l'arrêt, écrit en majuscules sans fioritures : CASTELBELLO.

Edna avait choisi un des premiers trains du matin parce qu'elle était certaine qu'il ne serait pas plein. Elle avait noté tous les arrêts sur sa carte. Et surtout, elle savait que de l'autre côté Jacob l'attendait (il n'était pas au courant de son voyage, bien sûr, mais ce n'était qu'un détail, à ce moment-là).

Elle ne voulait avoir affaire ni à des casse-pieds ni à des gens à remercier. Encore moins à des personnes qui s'inquiétaient pour elle ou qui voulaient décider à sa place.

Juste elle et Emil, comme au bon vieux temps.

— Il y a un chien, là-dedans ?

Edna se tourna à contrecœur, chaussa ses lunettes et observa la fillette qui la fixait d'un air peu amical. Elle était équipée d'un casque rose sur lequel était dessinée une licorne.

Edna jeta un coup d'œil circulaire, à la recherche de la mère ou d'un adulte venu la chercher. La place était vide. Le train n'était pas encore arrivé et le parking était plongé dans une calme désolation. Le seul mouvement provenait de la billetterie, où une femme gesticulait de façon menaçante en brandissant son billet. Peut-être la mère de la fillette.

Un train arriva, Edna avança sur le quai.

Les portes se refermèrent, elle s'installa près d'une fenêtre et s'assura qu'il s'agissait du sien. L'un allait vers le sud, l'autre vers la frontière, en suivant le cours du fleuve qui s'enfonçait dans la vallée glaciale coincée entre les hautes montagnes boisées de pins et de mélèzes. Elle vit la ligne tracée sur la paroi au-dessus des fenêtres, un long serpent de corail sur lequel des boutons rouges indiquaient les arrêts. Elle descendrait au dernier, le plus au nord. Ensuite, elle s'en remettrait à saint Christophe. Ou, plus probablement, elle chercherait un autocar.

En attendant, elle avait choisi le wagon avec le moins de sièges – il y avait une zone dégagée au milieu – et elle s'était installée du côté du versant ensoleillé des Alpes de l'Ötztal, sec et parsemé d'arbustes rares, et dont la roche nue avait des nuances rougeâtres. Derrière la route, le château qui donnait son nom au village et, plus bas, quelque part, le moulin où tant d'années auparavant – quand elle était rentrée de la ferme et que la guerre avait pour la deuxième fois emporté ses rêves, en plus de son père – elle avait retroussé ses manches. C'était là que sa mère et elle avaient recommencé, après les bombes, après ce mois de mai. Après l'été avec Jacob.

La fillette au casque rose avait pris place sur le siège en face du sien et demandait à sa mère, assise à côté, si elle connaissait cette femme à la canne. Edna regarda par la fenêtre, au loin, tandis que la question tournait dans sa tête. *Et toi, la connais-tu Edna ?*

6

Question de perspectives

Elle dressa la liste de tous les villages de la vallée, dans l'ordre, sans se tromper, pendant que le train se perdait dans le vert des champs.

La mère de la fillette au casque rose n'avait pas cessé de fixer son châle en laine et ses chaussures de marche, peut-être y voyait-elle un détail qu'Edna ne remarquait pas.

— Vous allez loin ? demanda-t-elle avec une expression qui lui rappela celle d'Adele quand elle essayait de la rassurer, sans y parvenir totalement, sur le fait qu'elle était tout à fait apte à s'occuper d'Emil.

Comme si elle n'en était pas capable. Une bouffée d'orgueil lui gonfla les poumons.

— Très loin, madame. Emil et moi traverserons les montagnes. Nous allons à Ravensburg.

Elle renifla et posa ses mains sur le pommeau de sa canne, dressée devant elle pareille à l'épée d'un templier.

— C'est un long voyage.

— Je l'ai déjà fait une fois.

C'était très longtemps auparavant, mais quelle importance ? Dans son sac, elle conservait sa carte, le plan du voyage qu'elle avait dessiné, enfant. Elle avait noté avec soin tous les arrêts, tous les moyens de transport utilisés et les sentiers parcourus à pied. Concentrée pour tenir son crayon bien droit, les lèvres serrées par la fatigue, l'Edna de l'époque s'était appliquée à ne négliger aucun détail, parce qu'elle avait la mémoire courte, Jacob le lui disait toujours. Quand ils se reverraient, elle pourrait le convaincre qu'il s'était trompé. L'imagination, ou le sentiment de culpabilité lui faisaient croire qu'ils se retrouveraient.

La carte était malgré tout restée pliée. Elle avait attendu, en sécurité dans la niche et dans la mémoire d'Edna, qui pulsait encore comme une blessure à vif, malgré le temps passé.

Le moment était venu de la dépoussiérer. C'était le trajet le plus sûr, le seul qu'elle connaissait. Et qui la liait à Jacob, parce qu'elle avait toujours su que ce plan servirait à cela : retourner le chercher. Elle le lui avait promis (même s'il n'avait pas pu l'entendre), y compris quand elle avait atteint le sommet de l'Arlberg et qu'elle s'était perdue dans la contemplation des nuages poussés par le vent. Il lui était arrivé une fois de ne pas tenir sa parole avec lui (les conséquences avaient été terribles) et elle ne pouvait plus le décevoir. Une faiblesse de ce genre était acceptable, deux auraient fait d'elle une menteuse. Or elle n'avait jamais été menteuse.

La fillette et sa mère bavardaient maintenant entre elles, indiquant des arbres et villages par la fenêtre, et Edna se sentit soulagée de ne plus devoir répondre à leurs questions.

Le train ralentit en arrivant à Lasa. Elle jeta un coup d'œil dehors : la ville avait bien changé. Elle n'apercevait que la marquise de la gare et les toits des maisons neuves accrochées à la montagne. Mais elle savait qu'en haut, entourée par les nuages, se trouvait la poudrière. Et plus bas, une place. Une place où, au début de cet étrange mois de mai 1945, les soldats allemands avaient arrêté onze hommes accusés d'avoir volé deux sacs de munitions. Elle se remémora le visage de sa mère quand elle avait vu les fils et les maris de ses amies, italiennes comme elle, attachés sur la camionnette qui avait démarré devant leurs yeux vides.

Elle se rappela le bruit lointain des coups de feu. Et ce qui lui était venu à l'esprit à ce moment-là. De tout son cœur elle avait espéré que, où qu'il se trouvât, il ne soit rien arrivé de similaire à Jacob. Elle avait espéré avec chaque fibre de son corps qu'il aille bien, malgré tout. Et qu'il soit heureux.

Au village, on ne parlait jamais des enfants qui étaient partis. Ce secret glissait sur la vallée comme la pluie froide de novembre, déversée par les nuages qui cachent le soleil en attendant que la terre se glace.

Seuls les vieux se souvenaient.

Parfois des enfants revenaient, un petit pécule en poche. Des autres, on ne savait rien. Edna était certaine que dans le fond tout le monde s'en moquait. Tout le monde sauf elle, qui pensait à Jacob et dont la conscience était noire et sale, comme le fond d'un baril.

Quand le train s'arrêta, vingt minutes plus tard, elle chercha la poignée de la portière, mais ne trouva rien à quoi s'agripper. Elle ne savait même plus comment elle avait ouvert, quand elle était montée. L'entrée était-elle libre ? Avait-il suffi de cogner contre la vitre ? Des surfaces de verre ou de plastique, des écrans, tout semblait vivant et sensible, désormais. Adele utilisait une tablette pour téléphoner. Une sorte de tuile qui s'éclairait quand on l'effleurait. Parfois elle se bloquait, alors il suffisait de la secouer pour qu'elle se remette à clignoter.

Elle posa ses mains sur la fenêtre et tenta d'appuyer avec ses paumes, jusqu'à ce qu'un touriste portant bermuda et lunettes de soleil, dehors, lui fasse signe de reculer. Il effleura un bouton entre les deux portières et elles s'ouvrirent, coulissant avec facilité. Edna descendit, écrasa les pieds de l'homme avec la cage et le remercia pour son aide. Tellement vite et bas qu'elle-même eut du mal à s'entendre. Elle avait besoin d'air.

Personne ne semblait inquiet, autour d'elle. Les cyclistes coloraient les quais, les parents et leurs enfants faisaient la queue au bar pour acheter des boissons énergisantes. Chacun semblait avoir un but et un chemin tracé à l'avance pour y arriver.

La fillette et sa mère poussaient leurs vélos avec légèreté, le soleil brillait sur les ailes de la licorne dessinée sur le casque rose.

Quelle idiotie. *Personne n'a besoin d'un cheval ailé*, se dit-elle en se dirigeant vers la gare, tenant dans sa main son abonnement Senior flambant neuf, qui lui permettait de prendre n'importe quel transport en commun sans payer de billet. La brise apportait une odeur de résine et d'herbe mouillée. La journée était splendide. Parfaite pour traverser les montagnes.

Les enfants méchants ne prient pas

C'était Jacob qui lui avait appris que se retrousser les manches valait bien plus qu'une cantilène. Elle venait d'arriver à la ferme et elle avait encore du mal à nouer amitié avec les autres. Le jour elle tenait la nostalgie à distance, parce qu'il y avait toujours quelque chose à faire, une mission sur laquelle courber l'échine, des taches à frotter sur le sol pour oublier ses préoccupations. Mais le soir, les souvenirs mordaient. Anja, la fillette qui dormait à côté d'elle, rentrait parfois plus tard. Quand ils la voyaient arriver, les autres enfants ricanaient comme s'ils savaient quelque chose qu'elle ignorait. Anja ne lui parlait pas, elle se jetait dans son lit, s'enveloppait dans les couvertures, son cocon, et ne répondait même pas quand Edna lui souhaitait une bonne nuit. Peut-être dormait-elle déjà si profondément qu'elle ne l'entendait pas.

Ce soir-là, elle était seule. La paille la cachait des autres enfants, mais elle ne trouvait pas le sommeil. Alors elle s'était agenouillée pour prier, de même que la nuit suivante, fière de se tenir aux recommandations du père Gianni. Peut-être avait-elle même haussé la voix, sans s'en apercevoir.

— Pourquoi pries-tu ?

Edna s'était retournée et avait vu derrière elle un enfant aux yeux noirs, plus denses que la nuit. Elle avait retenu un cri tandis que le rythme de son cœur s'accélérait. Les ragots allaient bon train sur lui : on racontait qu'il avait manqué d'arracher l'oreille d'un enfant qui venait d'arriver, parce qu'il avait caché ses chaussures pour lui faire une blague. Même s'il n'était ni sale ni puant, les plus grands gardaient leurs distances et baissaient les yeux quand il passait ou entrait dans une pièce.

— Parce que le père Gianni l'a dit.

— Tu fais tout ce qu'on te dit ?

Elle avait réfléchi.

— Oui, pour faire ce qui est juste et aller avec les anges au paradis, comme mamie.

Jacob avait éclaté de rire.

— Tu récites mes « Notre Père » à ma place ? En attendant, je vais aller manger quelque chose.

— C'est interdit, l'avait-elle arrêté, les yeux écarquillés de peur. Si on te trouve en train de voler à la cuisine, tu seras puni.

— Je savais que tu étais comme ça, avait dit Jacob en secouant la tête sans cesser de sourire. Je parie que tu as peur de l'eau froide. À plus tard, chochotte.

— Hé, ça veut dire quoi, chochotte ?

Il était déjà loin. Elle avait élevé la voix pour se faire entendre, bien que les autres dorment.

— Ce que j'ai dit. Que tu mets tes petits pieds dans l'eau uniquement si elle est tiède. Chochotte.

Edna l'avait regardé disparaître entre les ombres et elle avait serré le bois de saint Christophe dans sa main. Ce soir-là elle avait prié aussi pour lui, pour qu'il ne soit pas découvert et puni.

Ils n'avaient pas encore les ailes d'un oiseau de paradis pour les protéger. À ce moment-là, Emil n'était pas encore entré dans leur vie.

7

Le bar des nains dépravés

Edna ignora le bourdonnement de la ruche énervée derrière elle. C'était son tour, rien ne la ferait partir.

— Monsieur… demanda-t-elle en tentant de déchiffrer ce qui était écrit sur la plaque accrochée à sa veste bleue.

— Bernard.

Comme les gros chiens de montagne qui ont un petit tonneau d'eau-de-vie accroché à leur collier pour sauver les gens qui se perdaient dans les bois, pensa-t-elle.

— Je dois prendre un bus. N'importe lequel, qui m'emmène à la frontière. Et ma carte est en règle, vous pouvez la vérifier, dit-elle en la faisant glisser d'un geste décidé sous la vitre de séparation.

Elle ne comprenait pas ce qu'il y avait à contrôler.

— Weiss. Edna Weiss.

L'homme derrière le guichet baissa les yeux, s'essuya le front avec son mouchoir et repoussa la carte vers Edna.

— Je vous le répète, madame Weiss. En théorie, avec cette carte vous pouvez arpenter la région avec n'importe quel moyen de transport public, comme vous le soutenez depuis environ… vingt minutes, précisa-t-il, l'œil sur l'horloge murale. Mais votre carte n'est plus valide.

— C'est impossible. Elle est neuve, je ne m'en suis jamais servie, répondit-elle avec conviction en tendant le bras pour lui repasser la carte.

— Comment êtes-vous arrivée jusqu'ici ?

— Avec ma carte.

— Vous l'avez bipée sur la machine, dans le train ?

— Quelle machine ?

— J'imagine que vous n'avez pas vu de contrôleur, madame Weiss.

— En effet, d'ailleurs, laissez-moi vous dire qu'il faudrait plus de surveillance, parce que avec ce qu'on entend…

— La carte doit être renouvelée tous les douze mois. Vous n'avez pas utilisé la vôtre depuis sept ans, donc elle a été désactivée.

Il repoussa la carte vers Edna, qui ne bougea pas d'un pouce.

— Je dis ça pour vous. C'est dans votre intérêt, vous savez ? Sept ans, ça fait beaucoup. Vous voulez vraiment me faire croire que vous n'en avez pas eu besoin ?

— Je ne sors jamais de chez moi, monsieur…

— Bernard, dit-il en remarquant la file d'attente derrière Edna, de plus en plus longue et agitée. On va vérifier les horaires et trouver votre bus. Néanmoins, je vous le répète, vous pouvez tout à fait acheter un billet normal et passer la frontière. De là, vous poursuivrez pour l'Allemagne et…

— J'ai compris, j'ai compris. Dites-moi quand part le prochain.

Edna suivit le regard de l'homme, qui se tourna vers le parking.

À cet instant précis, les portes du bus garé sur la place se fermèrent avec un bruit sourd, il démarra et disparut dans le virage, le soleil se reflétant sur les vitres teintées.

— Le prochain part dans une heure, annonça Bernard en ressortant son mouchoir pour s'essuyer le front et les lèvres.

Entre-temps, si vous pouviez laisser les personnes derrière vous…

Edna sortit de la file en traînant la cage à roulettes, qu'elle n'avait jamais lâchée.

Bernard lui avait rempli la tête de noms étranges de villes et d'arrêts. S'il s'imaginait l'embrouiller uniquement parce qu'elle avait quatre-vingt-dix ans, il se trompait ! Elle allait s'offrir un capuccino avec du cacao saupoudré dessus. Et une part de gâteau. Ce petit contretemps n'était pas si malvenu, tout bien considéré.

Elle traversa la terrasse du café, contournant des nains de jardin disséminés partout qui lui semblèrent étranges, sans qu'elle sût dire pourquoi.

Quand la serveuse arriva avec le plateau où étaient posés le gâteau et le pain commandés pour Emil, le regard d'Edna se porta un instant sur l'animal empaillé à l'autre bout de la pièce. Elle ne put mettre de mots sur la sensation qui l'envahit aussitôt. Elle devait s'occuper d'Emil, qui réclamait son attention, une patte agrippée à la grille de sa cage, comme un prisonnier attendant sa soupe. Elle trouva bizarre qu'ils utilisent encore ces trophées à la peau flétrie, aux poils trop rares et aux yeux de verre. Ces figures macabres, qui appartenaient au passé, lui rappelaient la pièce d'où avait démarré son voyage dans les montagnes, des années auparavant. C'était un espace sombre plein d'yeux, de becs, de cornes et de museaux d'animaux qui, tels des cerfs, l'observaient en silence, l'enfermant au centre d'un labyrinthe. Toutes les pièces accueillant le poêle avaient la même odeur, qu'elle sentait encore dans ses narines : de moût et de viande en fumaison.

Là, après avoir rempli son ventre vide de pain de seigle et de speck offerts par le père Gianni, on lui avait dit qu'elle devait partir. Elle avait écouté les paroles du curé sans comprendre et elle avait vu l'argent glisser dans la main de son père. Elle avait levé les yeux vers lui pour scruter son regard noir, terni par la fatigue. « Si tu es forte et que tu n'as pas peur de retrousser tes manches, le paysan pour qui tu travailleras te donnera quelques pièces. Ce voyage sera bon pour tout le monde, Edna. Y compris pour toi », lui avait-il dit sans sourire. Elle ne s'était pas laissé abattre, elle n'avait pas protesté. Elle les avait crus. Peut-être parce que, le ventre plein, les problèmes disparaissent et le monde semble plus confortable. Ou parce qu'elle n'était qu'une fillette de dix ans.

— Vous attendez le train ?

Edna leva les yeux, le brouillard du passé s'éloigna soudain à la vitesse de propulsion d'un élastique. La serveuse, accroupie, caressait la tête d'Emil en glissant ses doigts à travers la grille de la cage.

— Oh non, je vais vers la frontière.

— Donc vous attendez le bus. Je n'avais jamais vu de perroquet, vous savez. Vous l'emmenez avec vous parce que vous ne savez pas à qui le laisser ? Moi aussi, j'emmène toujours mon chat, bien qu'il n'aime pas quitter la maison.

Edna eut la gorge nouée par cette question.

— Je dois le rapporter à un ami très cher, dit-elle sur un ton vague, comme si son histoire était trop longue et pas assez intéressante pour être racontée.

— Vous ne pouvez plus le garder ? C'était un cadeau ?

Edna acquiesça. Le sourire de la jeune fille devint mélancolique. Edna s'efforça de ne pas fixer le fil métallique qui passait entre ses dents.

— Je crois que ce paresseux et moi devons vraiment aller prendre notre bus, dit-elle en faisant mine de se lever.

Durant son voyage de retour, petite fille, elle avait marché pendant sept jours, les chevilles dans l'eau glacée ou la neige, la peau brûlée par le soleil et le vent. Traverser les montagnes aurait pu être beaucoup plus facile aujourd'hui. Mais elle tenait à refaire les mêmes parties du chemin à pied pour se souvenir.

Quand la serveuse la salua, elle comprit ce qui ne lui revenait pas, dans les nains de jardin sur la terrasse : l'un d'eux exhibait ses fesses roses et galbées, son pantalon en cuir baissé. La jeune fille, arborant toujours son sourire métallique, les suivit des yeux, elle et Emil, la main levée en signe d'au revoir, jusqu'à ce qu'ils arrivent à la gare routière. Edna se sentit presque coupable de ne pas lui avoir raconté la vérité. Elle aurait dû lui dire qu'Emil n'était pas un cadeau et qu'en réalité il ne lui avait jamais appartenu. Le perroquet rentrait chez lui. Elle prit une grande inspiration et ajusta ses lunettes. Au milieu de la cohue, leur car les attendait sous un cerisier.

Un nombre stupéfiant de personnes avaient décidé de parcourir la vallée de bon matin. Les touristes faisaient la queue pour déposer leurs sacs à dos dans les coffres du véhicule.

Un jeune garçon l'aida à monter les marches avec la cage. À l'intérieur, la lumière chaude qui filtrait par les fenêtres remplissait l'air d'une fine poussière dorée. Tête baissée, Edna traînait derrière elle la cage à roulettes qui – elle ne comprenait pas pourquoi – commençait à perdre de sa stabilité. Elle retira sa veste et son écharpe, les accrocha autour de sa taille et poursuivit vers le fond, se frayant un chemin dans le couloir étroit. Elle n'aperçut pas le chien et sursauta en entendant son aboiement aigu.

La cage fut secouée et la violence du choc manqua de lui arracher l'épaule. Les pattes d'Emil s'agrippèrent à la grille et il poussa un cri qui glaça les passagers, avant de se transformer en gloussements et *craaac* assourdissants.

Le chihuahua aboyait, Emil croassait, un bébé se mit à hurler.

Au bout de quelques minutes, le chauffeur fit signe à Edna d'approcher. La main toujours sur la poignée de la cage, elle vit son reflet dans les lunettes noires de l'homme en uniforme. Elle n'avait jamais eu de sympathie pour les uniformes. Et encore moins pour les hommes qui se peignaient les cheveux en arrière, croyant cacher ce qui n'était plus un secret pour personne.

— C'est un aigle, que vous avez là-dedans ? demanda l'homme très fort, pour couvrir le vacarme.

— Un perroquet.

— Soit vous le faites taire, soit vous quittez mon bus.

Entre-temps, le maître du chihuahua avait changé de siège, pour mettre une certaine distance entre les deux animaux.

Mais Emil – Edna le savait bien – était têtu comme une mule.

Le chauffeur se passa la main sur la nuque tandis qu'elle tentait de calmer la cage devenue folle.

— Madame, il y a des coffres pour les valises et les bagages.

— Vous n'êtes pas en train de me dire que…

L'homme hocha la tête.

— Emil n'est pas un bagage. Je préfère aller à pied, monsieur.

8

Dans la forêt des sorcières

Bernard et Ottavio. Elle se rappellerait ces prénoms, même si elle devait les noter, et au retour de son voyage elle leur réglerait leur compte. Elle s'imaginait déjà les réactions des dames du café où elle lisait chaque matin le journal, quand elles entendraient son récit. Un type qui voulait enfermer Emil dans un coffre, le priver d'air, lui faire subir le vacarme des roues… Elle avait assez d'éléments à charge pour lancer un boycott de tous les autocars de la vallée.

L'un après l'autre, il lui semblait que ses pas scandaient les syllabes de ces prénoms, une marche à cinq temps. *Ber-nard Ot-ta-vio.* Cela couvrait le bruit des voitures, résonnait dans les rues étroites du petit village et occultait tout le reste. Parfois Edna ralentissait et voyait son reflet dans les vitrines des magasins : son dos voûté, son bras qui tenait la cage à roulettes, comme si elle et Emil ne formaient qu'un unique ectoplasme flottant confusément entre les ombres et les reflets du soleil. Elle était essoufflée, chaque respiration lui ôtait un peu de force et de rage.

C'était une belle journée. Parfaite pour traverser les montagnes.

Elle n'avait qu'à suivre le ruban gris de l'asphalte et ses courbes, en restant sur la douce ligne des champs. Juste au-dessus de la piste cyclable, surplombant la roche rougeâtre et les mélèzes accrochés à la pente, l'apparition du château fut une surprise pour Edna.

Derrière elle, sur les hauteurs, émergeaient du bois les murs blancs et les toits noirs de l'imposante abbaye de Monte Maria. Elle ressemblait à une forteresse avec ses rangées de fenêtres étroites et ses flèches noires qui pointaient sous la neige l'hiver, indiquant sa présence, perdue dans la blancheur.

Elle était curieuse de savoir si on y faisait toujours de la bière, comme quand le père Gianni et elle y avaient été accueillis au début de leur voyage. Elle retint son rire en repensant que le curé s'était perdu dans la brasserie, pendant qu'elle l'attendait dehors en récitant les cinquante Ave Maria qu'il lui avait assignés. Elle croyait vraiment qu'il était entré pour réconforter des fidèles et qu'il ressortirait très vite, peut-être avant sa dernière prière. Elle croyait à tout, elle avait peur de tout. C'était pour cela que Jacob l'avait surnommée « chochotte ».

Elle constata avec une pointe de déception que la place où étaient autrefois alignées les tables était devenue un parking, et que l'odeur de malt et de bois avait cédé la place à une puanteur de pneus brûlés. Elle s'arrêta un peu plus loin, sous un châtaigner. Les murs en pierre et la tour carrée étaient identiques à son souvenir, comme si le temps s'était arrêté.

Elle posa son sac, en sortit son foulard, l'étendit sur l'herbe et y étala ses pains de seigle. Puis elle libéra Emil, qui se dégourdit les pattes et déploya ses ailes avec bonheur. Il parcourait les alentours, d'un œil puis de l'autre, comme un monsieur distingué à monocle.

En prenant une tranche de pain, Edna se remémora le jour où Jacob et elle avaient échangé leur promesse. Ils croyaient qu'Emil était un oiseau du paradis aux propriétés magiques ; Jacob ne parlait que de cela. Alors elle lui avait promis de tout faire pour que personne ne le lui enlève. Il avait ri et répondu que les promesses sont des affaires sérieuses, pas des histoires de chochotte. Personne ne lui prendrait Emil, elle pouvait être tranquille. Lui, en revanche, s'apprêtait à lui faire une promesse vraiment courageuse : il l'emmènerait loin de la ferme. Ensemble, ils prendraient la fuite.

Jacob avait tenu sa promesse, il l'avait sauvée. Elle, elle l'avait trahi. En emportant ce qui lui appartenait : Emil.

Jacob ne pouvait pas le savoir, mais la promesse qu'elle lui avait faite ce jour-là n'était pas une « affaire de chochotte ». Elle connaissait la douleur de se voir arracher ce qu'on aime.

Depuis qu'elle avait quitté la gare, elle avait marché plus d'une heure quasiment sans s'arrêter, et sa brève pause n'avait pas reposé les muscles endoloris de ses jambes et du bras qui tirait la cage à roulettes. Emil était plus coopératif, il ne cognait plus sa tête contre les parois. Semblant avoir trouvé un équilibre, il écoutait les bruits de la forêt. Pour autant, marcher en traînant ce fardeau n'en était pas moins fatigant.

Edna suça une pastille au gingembre pour se redonner des forces.

Le sentier se poursuivait dans la montagne, avec ses tonnes de terre, ses cailloux et les milliers de pas qui avaient tenté de la fouler.

Voir les cimes s'ouvrir et envelopper la vallée lui donnait le vertige. Combien d'incroyables nuances de vert existait-il au monde ?

Tant qu'elle aurait du souffle, il serait plus agréable de suivre la piste cyclable que d'emprunter la route nationale, dépourvue de trottoir et où la circulation était dense. Au moins sur une partie.

Le silence d'Emil la troublait. Elle ressentait un chatouillement, comme les pattes de minuscules insectes encastrés sous sa peau. « Chanter soulage la fatigue. » Tout à coup, Edna crut entendre la voix du père Gianni qui l'exhortait, ce qui était surprenant parce que sa vie d'alors ne semblait plus lui appartenir, tant elle était lointaine.

Cette Edna avait-elle vraiment existé ? La sueur, le fourmillement aux mains, les muscles de l'épaule tendus par la traction de la cage à roulettes, son poids butant contre les veines du bitume : tout l'ancrait solidement au présent. Cela n'empêchait pas son esprit de remonter le temps, comme une vague taquine à contre-courant s'approche de la rive pour lui voler une poignée de sable et l'emporter dans les profondeurs marines.

9

Croque-mitaine

Edna et Emil avaient traversé les champs et quelques villages, ne rencontrant que des touristes parlant différentes langues, qui leur souriaient. L'un d'eux s'était même arrêté pour leur demander s'il pouvait leur offrir du jus de pomme.

Edna aurait dû parcourir ce trajet en autocar, mais cela ne s'était pas passé ainsi et elle ne pouvait plus rien y faire.

À la ferme, les enfants disaient qu'il existait trois jokers, des sortes de bonus.

Le premier était la maladie. Quand on avait de la fièvre on ne travaillait pas, ce qui valait toujours mieux que de se casser le dos et se lever quand il faisait encore nuit. Même si Edna soupçonnait que cette attention était liée à la peur de la contagion, plus qu'à la compassion.

Le deuxième était la pluie. Une fois les travaux en intérieur achevés, on pouvait prendre un moment pour soi, au lieu de coudre ou couper du bois.

Enfin, il y avait le croque-mitaine. C'était un personnage de conte, un homme très méchant censé faire peur aux enfants, et donc les rendre plus sages. Personne ne se rappelait le nom du téméraire qui avait le premier affublé le patron de ce surnom, mais à la fin tout le monde l'appelait ainsi. En cachette, bien entendu. Dès qu'il avait le dos tourné ou que le travail aux champs mettait une distance suffisante entre lui et les autres. Le croque-mitaine avait le pouvoir de gâcher tous les plans, de punir. Ou de récompenser, quand on s'y attendait le moins.

Dans sa vie, Edna avait rencontré beaucoup de croque-mitaines. Des sales types, en général. Comme l'homme en uniforme qui les avait empêchés, Emil et elle, de prendre le bus.

En y repensant, elle eut envie de rire.

Elle retira sa casquette et s'essuya le front. La main qui tirait la cage était marquée de sillons rouges qui la brûlaient. L'air lui semblait chaud et étouffant, l'humidité lui collait à la peau et l'étouffait. Les premières gouttes lui caressèrent les joues. Il était fréquent, en cette saison, que le soir apporte de gros nuages noirs qui s'accrochaient aux cimes des montagnes comme des châles de fumée. La nuit, la pluie se déversait dans la vallée, remplissant l'air d'une odeur musquée et faisant déborder les gouttières, où l'eau grondait comme un torrent.

Il fallait qu'elle se mette à l'abri.

Edna posa sa main sur sa hanche. En sentant sous sa paume l'étoffe de son pantalon, elle sursauta. Puis elle ouvrit son sac et fouilla entre les sachets et les bouteilles en plastique, qu'elle éparpilla sur l'herbe. Quand le sac fut vide, elle repassa tout en revue et regroupa les objets par catégorie, en tentant de garder son calme. Il n'y avait pas trace de sa veste. Elle pouvait s'en passer, mais – se rappela-t-elle en revoyant le visage souriant de l'un des nains de jardin au pantalon baissé – elle y avait rangé son portefeuille en sortant du café. Elle était certaine de l'avoir nouée autour de sa taille après être montée dans le bus. Juste avant le tohu-bohu.

Abasourdie, il lui fallut quelques minutes pour se reprendre et analyser la situation. Elle était trop loin pour revenir sur ses pas, sans garantie et avec la nuit qui tombait.

La seule solution était de poursuivre. Quand elle trouverait une cabine téléphonique, elle appellerait la gare routière pour expliquer ce qui s'était passé.

Mais pour cela, elle devait retourner sur la route et trouver un bar. Naturellement, elle avait une petite réserve pour les urgences, cachée là où personne ne la chercherait. Cela suffisait pour un dîner frugal ou un billet d'autocar, pas plus. Elle rassembla ses forces et s'assit sur l'herbe. Puis elle se releva et repartit, traînant Emil dans les broussailles, direction la grande route. Il pleuvait à verse et sa chaussure droite lui semblait plus légère. Elle serrait ses dernières pièces dans sa main.

À partir de maintenant, il lui faudrait évaluer les priorités avec beaucoup de soin, distinguer ce dont elle pourrait se passer de ce à quoi il serait impossible de renoncer. Et parfois, le destin déciderait pour elle.

La poupée

Pendant le voyage avec le père Gianni, et plus tard à la ferme, elle avait appris que la vie est pleine de règles et d'interdits. Elle avait tout fait pour s'y conformer, dans les moindres détails (du moins ceux qu'elle comprenait).

Jacob, lui, transgressait sans jamais en subir les conséquences. On racontait néanmoins qu'il était si pauvre que, pour sa confirmation, il avait dû se chercher un parrain parmi les ivrognes du bistrot de son village. À la sortie de l'église, l'homme, campé sur ses deux jambes, lui avait ordonné de ramasser ses mégots de cigarette. C'est ainsi qu'Edna avait imaginé Jacob avant de lui adresser la parole : seul, penché pour chercher les mégots dans le sable, pendant que tous les autres enfants festoyaient avec leurs parents et que l'homme retournait au bar.

La ferme ne ressemblait pas à celles de sa région. C'était un bâtiment bas, tout en longueur, un bloc divisé en deux moitiés égales. Dans la partie avant, dont la belle façade était à colombages et les appuis de fenêtres ornés de géraniums, se trouvaient les chambres du patron et de sa famille, tandis que l'autre était destinée aux animaux.

Dans son village, les maisons les plus pauvres, comme la sienne, avaient une petite étable sombre à l'entresol. Chez les plus riches, les granges et les étables étaient séparées des habitations.

Un jour, elle avait entendu le patron expliquer avec orgueil à quelques paysans que sa ferme était l'une des plus vieilles de la région, mais il s'était plaint du manque d'espace. Les affaires marchaient bien, notamment la vente de lait, et ils comptaient bientôt s'agrandir.

Edna avait réfléchi, mais elle ne voyait pas comment la ferme aurait pu s'agrandir, ni jusqu'où elle aurait pu s'étendre, vu qu'elle avait déjà les dimensions d'un village. On aurait pu y caser la place centrale du sien, l'église et même leur maison et toutes celles qui l'entouraient, avec leurs minuscules terrains herbeux, avait-elle calculé en dessinant dans sa tête.

En arrivant sur la charrette qui la conduisait à destination avec les autres enfants, elle avait écarquillé les yeux d'émerveillement. Son regard avait couru des champs à la ferme et s'était arrêté sur le bâtiment du four, plus petit que les autres, mais grand comme quatre fois sa maison ! Elle s'était demandé combien de pains on pouvait y cuire… Un paysan avait expliqué la fonction des petites maisons en bois recouvertes de mousse – des refuges pour les animaux et des cabanes à outils –, du bâtiment des ruches puis du moulin à vent, et Edna avait alors remarqué une tour en béton brut, dont elle ignorait l'usage.

— L'électricité, lui avait dit Bastian, le garçon de Landeck avec une tache de naissance sur la joue.

Edna en était restée bouche bée.

— Le courant arrive par ici, avait-il poursuivi à voix basse. Le paysan chez qui j'étais l'an dernier avait la même chose.

Edna avait sans doute l'air de ne rien comprendre, parce que le garçon avait reniflé et répété plus lentement, comme si c'était là le problème.

— Ça apporte la lumière. On l'allume avec un interrupteur. Et l'eau est chaude.

Edna sentait son cœur plein d'espoir. Et de stupeur.

— Mais ça veut aussi dire que tu travailleras plus, avait-il conclu sur un ton sec.

Elle ne l'écoutait plus, déjà attirée par les nouvelles constructions, les paysans qui coupaient des planches et portaient des poutres, s'interpellant en sifflant et criant des mots qu'elle ne comprenait pas. Un peu au-dessus, des vaches à la robe grise dormaient dans l'herbe, si nombreuses et grasses qu'elles recouvraient presque entièrement le pré. Pourtant, il était grand ! Des kilomètres de pâturages, aussi étendus que les forêts de hauts mélèzes.

À l'arrivée, chacun recevait des vêtements de travail et se voyait attribuer un matelas, dans la partie du bâtiment où se trouvait la grange, entre les habitations et l'étable. Edna n'avait pas grand-chose dans son sac à dos, parce qu'on lui avait dit que là où elle allait elle n'aurait besoin de rien, sinon d'avoir la tête sur les épaules et de se montrer de bonne volonté. Juste le nécessaire. Un jour, Jacob lui avait demandé à voir le contenu de son sac et elle n'avait pas pu refuser. Elle le lui avait montré avec orgueil, mais sans suffisance. Parce que le père Gianni lui avait appris que la suffisance était un péché mortel.

Parmi les objets qu'elle avait ramassés pendant le voyage et glissés avec ses affaires importantes (un pull, une culotte), il y avait la pomme de pin en forme d'écureuil, le petit caillou marbré trouvé en marchant vers le col et l'éclat de bois de la statue de saint Christophe. Et puis son trésor, qu'elle avait mis en premier dans le sac, parce qu'il lui était plus nécessaire que le pain, et même qu'un pull en laine.

— Je ne la trouve pas terrible, avait dit Jacob.

Edna avait observé sa poupée au nez et aux yeux peints un peu tordus, son rembourrage en paille avec les creux et les bosses, grumeleuse comme une pomme de terre.

— Moi, je la trouve magnifique.

Son frère l'avait fabriquée et la lui avait offerte pour Noël. Et Martin, en plus d'être l'aîné, faisait toujours bien les choses. C'était papa qui le disait.

Après avoir récité les prières du soir, Edna contrôlait que tous les habitants de son petit monde étaient bien à leur place, celle qu'elle avait assignée à chacun, aux coins du matelas et sur le sol, à un pas de distance. Elle ne les déplaçait jamais et ils l'en remerciaient en montant la garde pendant la nuit et en la saluant au réveil. En ouvrant les yeux elle distinguait ces silhouettes familières, lors d'un tour d'horizon lent et précis, tel un inventaire. Alors elle était envahie par un sentiment de plénitude qui lui donnait la force de se lever et de se remettre au travail. Parce que l'enfant à la tache de naissance avait raison : la vie à la ferme n'était pas aussi simple qu'elle l'avait espéré et toute cette opulence avait un prix. Les heures de travail étaient exténuantes. Certes il y avait de la lumière et de l'eau chaude, mais pas pour eux.

Les derniers matins, elle s'était réveillée avec un nouveau problème : son matelas était trempé et une odeur désagréable lui piquait le nez. Sa culotte était humide.

Avant qu'elle comprenne, un des enfants de Landeck l'avait montrée du doigt et les autres avaient ri.

Elle s'était aperçue qu'elle mouillait son lit la nuit quand elle rêvait de la forêt qui entourait la ferme comme une muraille infranchissable, et hébergeait des créatures inconnues. Ou bien quand elle rêvait de Martin, allongé, blême, qui ne lui parlait pas, ne lui répondait pas, avant que les hommes l'emmènent pour l'enfermer dans un cercueil.

Un matin, la patronne était entrée dans le dortoir à grands pas, le visage sombre. Elle s'était dirigée vers elle, l'avait tirée de son lit, bien que le coq chantât encore, et avait passé la main sur son matelas. Les yeux de la femme s'étaient plantés dans les siens comme des lames et elle avait jeté tous ses objets par terre. Ses doigts s'étaient refermés sur sa poupée et l'avaient emportée. Elle lui avait dit qu'à la ferme on n'avait pas de temps à perdre avec les gamines, surtout les sang-mêlé, qui étaient faibles, fainéantes, stupides et inutiles, pareilles à du vin coupé à l'eau. À partir de ce jour, elle avait dormi sur un matelas de paille.

Grandir voulait-il aussi dire oublier Martin, sa maison et tout ce qu'il y avait au-delà des montagnes ?

Dans un geste de rébellion, elle avait ramassé l'éclat de saint Christophe, le petit caillou marbré et la pomme de pin, qui avait perdu quelques écailles. Elle ne ressemblait plus à un écureuil, mais elle s'en moquait. Cela lui avait pris du temps, toutefois elle avait remis chaque chose à sa place, avec soin et précision, laissant un espace vide pour la poupée. Juste la place qu'elle occupait.

On la lui avait enlevée et cela faisait mal, mais elle était déterminée à recréer son petit monde et à lui rendre justice. S'efforçant de ne pas se laisser submerger par la nostalgie, elle se demandait si elle reverrait sa poupée, si elle lui parlerait à nouveau. Comme avec Martin.

10

Eau

Edna avait froid et la pluie attaquait ses bras découverts avec la violence de flèches tirées dans toutes les directions.

Elle s'arrêta pour s'orienter, mais il n'y avait que des arbres et encore des arbres. La cage à roulettes persistait à s'enfoncer dans la boue, il pleuvait et comme si cela ne suffisait pas, elle n'avait pas de veste, pas d'argent, elle était trop loin de sa maison et à des centaines de kilomètres de son but. Elle voyait la distance se dilater et se multiplier devant elle, à l'instar des hautes silhouettes noires des arbres alignés.

Sa respiration s'accéléra, à chaque pas son souffle se condensait en voiles de brume qui embuaient ses lunettes. Elle avait l'impression que des yeux l'observaient depuis les buissons.

Cours, Edna. Une voix, dans sa tête, lui ordonnait de s'échapper. Mais dans quelle direction ? Et pourquoi ? *Cours, Edna.* La voix était douce et insistante, enfantine. Jacob était derrière elle et l'ombre du cabanon planait sur eux. Cet endroit la faisait frissonner et l'empêchait de dormir, quand elle était petite. Elle avait quand même presque réussi à l'oublier.

Le grondement du tonnerre se brisa contre la montagne avec la force d'une roche qui explose, projetant des éclats de pierre.

Cours, Edna. Mais Edna adulte, le dos voûté et les cheveux blancs, voulait s'arrêter pour observer ce cabanon caché dans l'ombre de sa mémoire.

Un coup de tonnerre plus fort la fit sursauter.

Edna haussa les épaules. Elle pouvait revenir en arrière et se convaincre que tout se réglerait avec un bon bain chaud. Oublier qu'elle avait retrouvé Jacob en lisant cet article. Si au moins Adele n'était pas passée. Si elle n'avait pas eu l'habitude de collectionner tous les exemplaires de *Stern* depuis les années soixante. Chaque semaine, chaque jeudi, comme des centaines d'autres jeudis de sa vie.

Désormais le mécanisme était enclenché, et seules les chochottes reviennent en arrière quand elles ont peur. Bien sûr, elle aurait pu continuer à se mentir à elle-même, comme elle l'avait fait durant toutes ces années. Mais maintenant qu'elle en avait la certitude, elle ne pouvait plus faire comme si de rien n'était, parce que l'idée qu'on peut oublier le passé, qu'on peut traverser les jours comme on évite des pierres sur un chemin, appartenait à ceux qui n'avaient pas vécu assez longtemps. Pas aussi longtemps qu'elle, du moins.

Elle s'était réveillée un matin et avait relu l'article, en faisant glisser lentement son doigt dessus pour ne pas perdre sa ligne. Alors elle avait vu sa vie défiler à l'envers, comme les pages d'un calendrier balayées par le vent. Tout ce qu'elle avait à faire, dès lors, c'était de les lire en commençant par la fin.

Quand elle était rentrée de la ferme, elle avait cru que tout serait arrangé. Elle n'avait jamais eu l'idée de raconter son expérience à sa mère. Parler avec Emil lui suffisait. Elle s'ingéniait à le faire manger pour tenter de le remplumer, avec la terreur de le retrouver mort un matin d'hiver plus froid que les autres. Si elle avait dû choisir une couleur pour décrire sa vie en tant que « fille », elle aurait choisi le noir. Le noir de la guerre qui avait imposé une distance insurmontable entre elle et Jacob, parce que le monde s'était brisé telle la surface glacée d'un lac et qu'ils étaient des radeaux à la dérive alors que tout explosait. La guerre avait estompé l'horreur de la ferme, parce que rien dans le passé ne fait aussi peur que le présent. Elle l'avait compris en entendant les coups de feu et les tirs de mitraillettes qui résonnaient entre les montagnes, en voyant les jeunes gens partir. Ne pas revenir. Et les mères pleurer.

De sa vie d'« épouse », elle n'avait que peu de souvenirs. Elle ne s'était pas mariée par passion, mais elle était convaincue que vivre seule serait difficile. Puis elle s'était aperçue qu'un homme – même aussi généreux qu'Albert – n'était pas la solution au vide qui l'habitait. Elle avait cru que devenir mère comblerait le gouffre dans lequel elle se sentait glisser. Les enfants n'étaient pas arrivés, et avec le temps elle s'était convaincue que même cela n'aurait pas refermé la boîte de Pandore du passé.

Maintenant, elle avait la possibilité de rebattre les cartes. Cette fois, ils chanteraient ensemble le final. C'était tout ce qu'elle avait toujours voulu. Revoir Jacob.

Elle prit une profonde inspiration et choisit une direction.

Personne ne savait où elle se trouvait. Peut-être qu'Adele, dans quelques jours, lancerait les recherches.

Elle songea à Emil avec une crainte nouvelle et dévastatrice : s'il lui arrivait quelque chose, qui s'occuperait de lui ? Il resterait enfermé dans sa cage à roulettes qui deviendrait sa prison. Ou bien il s'en échapperait, mais pour tomber entre les mains d'une nature sauvage qui lui était inconnue. Emil, convaincu que le soleil s'allumait d'un clic et capable de s'endormir uniquement dans le noir complet. Son ventre se noua à l'idée de son petit perroquet perdu seul dans la forêt.

Elle tira la cage avec plus de forces dans la boue, ignorant la douleur qui lui transperçait le ventre. Elle se concentra sur sa respiration, sur Emil qui l'appelait en disant « bonjour », bien que ce soit le soir, pour s'assurer qu'elle était toujours là. Sur le souvenir de son portefeuille et sa détermination désespérée à aller jusqu'au bout.

Puis elle sentit une odeur saumâtre, derrière celles de boue et d'herbe pourrissante. Et elle vit le brouillard posé sur une lame brune. C'était de l'eau. L'eau du lac.

11

Roland

Edna trouva singulier que la chapelle soit adossée à la route nationale. Ou bien la route avait-elle été adossée à la chapelle ? Dans tous les cas, l'établissement se trouvait juste derrière. Une construction couleur crème, avec de longs balcons en bois et des cadres de fenêtres aux décorations florales. L'inscription rouge sur le mur sous le jardin d'hiver était claire : BAR RESTAURANT – OUVERT.

Quelques voitures étaient garées devant. Un peu plus loin, sur la placette entre la chapelle et le bar, Edna aperçut des motos noires aux accessoires chromés et sièges en cuir, gardées par des hommes aux blousons frangés. Elle les trouva drôles. Elle redressa le dos et se fraya un chemin entre les bras tatoués qui tenaient des bouteilles de bière, demanda gentiment la permission de passer, tirant toujours la cage d'Emil, qui était étrangement immobile et peu loquace. Les hommes étaient bien plus grands et costauds qu'elle. Ils s'écartèrent sans interrompre leur conversation.

L'un d'eux tirait sur une cigarette à l'odeur douce et invitante. Edna avait fumé quelques fois, dans sa vie. Mais ce n'était pas le moment de recommencer : elle était encore essoufflée de sa longue marche.

Elle commanda une Sportwasser, de l'eau minérale avec une goutte de citronnade, pour accéder au téléphone du café.

Elle aurait aussi pu employer le terme Studentwasser, « l'eau de l'étudiant », mais cette référence à sa condition de sans-le-sou aurait été peu flatteuse.

La jeune fille derrière le comptoir ne posa aucune question quand Edna lui demanda de l'aide pour trouver le numéro de téléphone de la gare. Elle la laissa même essayer d'appeler un nombre de fois suffisant pour se convaincre que personne ne répondrait, sinon une voix qui donnait les horaires d'ouverture et l'informait, sur un ton froid, mais courtois, que les bureaux étaient fermés jusqu'au lundi matin.

Quand elle raccrocha, elle avait l'air si abattu que la jeune fille refusa qu'elle paie. Elle proposa même de l'aider à chercher le numéro de l'hôpital de Ravensburg. Après cette accumulation d'événements malheureux en un seul après-midi, Edna s'était dit que c'était le bon moment pour prendre des nouvelles de Jacob. Elle trembla d'émotion quand la jeune fille lui passa le combiné. Et tomba des nues quand la voix à l'autre bout du fil refusa de lui fournir des informations par téléphone. D'ailleurs, qui était-elle ? Pour Jacob, Edna n'était rien.

Elle retira sa casquette devant le miroir des toilettes et se passa de l'eau fraîche sur le cou. Elle était toujours Edna, avec ses yeux entourés de rides évoquant les vagues concentriques créées par un caillou jeté dans l'eau. Avec ses yeux clairs et son oreille gauche légèrement saillante, comme si elle avait voulu prendre son envol, mais n'avait jamais trouvé la force de le faire. C'était toujours elle, mais terriblement fatiguée.

Les motards étaient partis, sauf un.

Un type avec une drôle de coupe de cheveux – frange courte, longs sur l'arrière. Sa démarche était rigide. Son pantalon en cuir était si moulant qu'Edna se demanda comment il allait remonter sur sa moto.

En attendant, il semblait avoir des problèmes avec le bouchon de sa bouteille.

Il avait beau pousser, tirer et tourner, il ne bougeait pas d'un millimètre. Pourtant, il devait en avoir, de la force, vu les muscles saillants de ses bras.

— Vous voulez de l'eau ? demanda Edna en élevant la voix pour couvrir le bruit de la pluie et des voitures.

C'est ainsi qu'agissent les pèlerins qui sont sur le même chemin, pensa-t-elle : *ils s'entraident.*

L'homme leva la tête et jeta un regard circulaire pour comprendre d'où venait la voix.

— Ma gourde aussi se coince souvent, insista-t-elle. Moi je ne visse jamais le bouchon à fond, vous savez ? Mais presque à fond, quand même, sinon ça fuit.

Quand son interlocuteur lui donnait l'impression de ne pas la comprendre, Edna se mettait à parler sans pouvoir s'arrêter.

L'homme plissa les yeux et la dévisagea sans sourire, tout en faisant voler le bouchon dans la haie d'un geste sec et bourru. Puis il monta sur sa moto et démarra.

Edna empoigna la cage à roulettes et se dirigea vers la chapelle. Elle n'aimait pas les gens qui ne souriaient pas en la croisant. Or, à sa grande surprise, l'impolitesse des inconnus était désormais le cadet de ses soucis.

Il pleuvait toujours.

Elle sortit de sa poche le bois de saint Christophe et le foulard qu'elle avait utilisé comme nappe pour se couvrir les épaules. Elle se demanda si la pluie avait creusé des trous dans l'herbe de son jardin. Adele lui avait sans doute laissé un sac de pain accroché à la porte d'entrée, ne la voyant pas passer au magasin.

Elle se perdit dans le calcul des années : depuis quand se connaissaient-elles ? La première fois qu'Adele était entrée chez elle, c'était une jeune fille. Edna l'avait surprise dans le jardin – Adele avait sans doute été intriguée par la voix du perroquet –, alors elle avait ouvert la porte pour l'inviter à entrer. Cet après-midi-là, elles avaient mangé une boîte entière de biscuits au beurre. Le soir, Edna avait compris que leurs discours gênés et leurs rires inattendus resteraient enfermés à jamais dans la boîte vide.

Leur amitié était née ce jour-là. Un lien insolite entre deux femmes à la fois unies et séparées par leur différence d'âge, respectueuses des convenances. Elles se connaissaient depuis longtemps mais, dans le fond, en savaient peu l'une sur l'autre. Comme si ces instants, parfumés de mélisse, étaient un terrain neutre, une pause dans le flot de la vie, qui ne racontaient jamais le passé, même s'ils y faisaient parfois écho.

Elle n'avait jamais jeté cette boîte parce qu'elle était importante, même si Adele ne s'en souvenait pas. Elle était devenue la boîte à biscuits qui trônait toujours au centre de la table.

— Vous pouvez prier, ça n'arrêtera pas la pluie.

Edna se tourna et fut éblouie par une lumière orangée.

Elle posa sa main en visière sur son front et plissa les yeux. C'était le motard impoli qui était parti le dernier. Il avait retiré son casque et, les pieds plantés dans le bitume, tenait sa moto un peu inclinée.

— Vous allez où ? demanda-t-il d'un ton bourru.

— Ravensburg.

— Vous n'y arriverez pas cette nuit, en tout cas. Vous avez un endroit où dormir ?

— Bien sûr.

Il y eut un silence. Aucun des deux n'esquissa le moindre mouvement.

— Allez, montez.

— Pourquoi ferais-je une chose pareille ? Je ne vais pas vous faire le coup du « je ne vous connais pas », mais… Vous ne me plaisez pas, monsieur…

— Roland. Je vais vous dire pourquoi : je vous ai vue compter vos pièces, au bar. Vous m'avez tout l'air d'être fauchée, madame…

— Weiss. Edna Weiss.

— Madame Weiss, je peux vous offrir un endroit où dormir cette nuit. Au sec. Sans prétention, mais propre. Alors, qu'est-ce que vous faites ? Vous restez prier ici ?

Edna réfléchit.

— Ça fait longtemps que je ne suis pas montée sur une moto.

— Je ne me fais pas de souci pour vous. En revanche, ce truc… Vous devez vraiment l'emporter ?

— Je n'irai nulle part sans lui.

Roland descendit de la moto et la mit sur sa béquille. Il détacha le sac à dos d'Edna et le laissa tomber par terre.

— Bon, alors essayez d'être coopérative, dit-il en sortant une corde de l'une des sacoches placées au-dessus de la roue arrière.

— Vous n'allez pas l'attacher à la moto ?

— Je sais ce que je fais. Croyez-moi.

Roland était déjà à l'œuvre.

12

Le village endormi sous les eaux du lac

En effet, Roland connaissait son affaire : Emil et Edna étaient arrivés sains et saufs. Mais l'endroit n'était pas exactement ce à quoi elle s'attendait.

— Vous vivez ici ?

— Eh oui ! dit-il en s'essuyant le nez du revers de la main.

La caravane était petite et déglinguée, les parois décrépies, l'intérieur étouffant.

Roland lui montra le chemin – selon ses propres termes, ce qui amusa Edna – en grognant et en ramassant chaussettes, t-shirts et bouteilles vides à chaque pas.

— Voilà, on y est.

Edna remarqua un vieux téléviseur accroché dans un coin. Pas un de ces écrans plats dont on se demandait comment ils tenaient : un vrai téléviseur comme on n'en faisait plus. Et des photos, sur une étagère, mais elle était trop loin pour les détailler.

Un réchaud tenait lieu de cuisine. Du fromage et du pain traînaient sur une petite table d'angle. De façon inattendue, l'odeur n'était pas désagréable.

— Vous avez dîné ?

— Quand je voyage, je préfère rester légère, dit-elle en s'efforçant de faire taire les gargouillis de son ventre.

Roland la fixa un instant de trop, puis alluma une cigarette.

— Bon, moi je vais me préparer quelque chose, sinon je pourrais manger votre poulet multicolore, tellement j'ai faim.

Une chaleur agréable envahit son estomac, vide depuis l'après-midi... Elle n'avait pas mangé d'aussi bonnes saucisses depuis longtemps. Roland avait réchauffé le pain et ils l'avaient tartiné de sauces qui, si on ne s'arrêtait pas à leur aspect, relevaient agréablement la viande.

L'homme retira son blouson et le lança à côté d'Edna sur le banc.

— Vous pouvez le mettre si vous avez froid. Vous êtes encore trempée.

En l'enfilant, elle fut surprise par la rigidité du cuir et regretta son coupe-vent. Sans argent, elle ne pouvait pas en racheter un, et pour que son sac reste léger elle n'avait pas pris d'autres vêtements.

Un tatouage dépassait sous le t-shirt à manches courtes de Roland. Un crâne avec des ailes qui partaient des tempes, des flammes, une inscription qu'elle ne comprenait pas.

— Il vous fait peur ?

Edna secoua la tête.

— Non, mais je n'aime pas les crânes et ces trucs-là.

— ... des trucs de racaille, compléta-t-il en riant.

— Churchill en avait un, vous savez ? Une ancre, ici, dit-elle en indiquant son avant-bras.

— Vous êtes sûre que vous ne confondez pas avec Popeye ?

Mais Edna avait une bonne raison de ne pas se tromper :

— Je suis absolument certaine : Churchill était un homme sympathique, il aimait les perroquets.

— Comme celui que vous avez dans votre panier à chien ?

— L'un des siens est encore vivant, répondit-elle en acquiesçant. Imaginez, il a cent cinq ans, mais il n'a perdu ni son ironie, ni son habitude de crier la phrase qu'il lui avait apprise : « Au diable les nazis, au diable Hitler ! »

— Vous allez vraiment en Allemagne ?

— Je vais retrouver un ami.

— Et vous allez parcourir trois cents kilomètres à pied ?

Elle réfléchit.

— Juste quelques parties. J'ai un plan très précis, Roland. Tout est sur la carte. Ce soir, c'était un accident. Juste un petit détour, dit-elle en chassant l'idée d'elle et Emil se perdant dans le bois sombre.

Roland alluma une autre cigarette.

— Et vous, vous vivez seul ici ?

— Oui, depuis quelques années. Avant j'étais chez un ami, mais c'est important d'avoir son propre espace.

Derrière lui se dressait une montagne de cartons si serrés qu'on n'y aurait pas glissé un orteil.

Et sur l'étagère à côté de lui, les photos. Maintenant, Edna les voyait nettement.

Après le dîner, Roland lui montra son lit, qui se trouvait dans le seul coin de la caravane qui donnait une impression d'ordre. Il précisa qu'il ne s'en servait jamais. Edna se demanda alors pourquoi il était là.

— Si vous avez envie, vous pouvez allumer la télé. C'est un vieux modèle, pas de streaming. J'ai des cassettes vidéo, si vous voulez choisir un film.

Edna y jeta un coup d'œil pendant que Roland nettoyait la table et jetait les miettes dehors. C'étaient pour la plupart des dessins animés et des films d'animation. Elle en saisit un et le mit vite de côté quand elle comprit ce que représentait l'enchevêtrement de bras et de dos nus, sur la pochette.

Un autre titre lui sauta aux yeux et, sans bien savoir pourquoi, elle se sentit euphorique, comme si elle venait d'apercevoir un rocher alors qu'elle nageait en pleine mer, une crampe à la jambe. Elle avait trouvé ce qu'il lui fallait.

Elle aimait Julie Andrews (plus personne ne savait porter le carré comme elle) et, bien qu'il fût étrange de tomber sur ce film chez Roland, cette tranche de vie familière qui lui rappelait sa maison la mit en joie. Des centaines d'ailes de papillon lui chatouillèrent le cœur et l'emplirent de confiance. Elle était sur le bon chemin et tout irait pour le mieux, parce que tout était possible. Les petites surprises étaient là pour en témoigner.

Elle sortit pour l'annoncer à Roland qui finissait sa bière, assis sur le marchepied.

La pluie s'était arrêtée et la vue était à couper le souffle. La tour du clocher émergeait du lac comme s'il avait été collé au mauvais endroit par un enfant. Elle était éclairée par une lumière orange qui colorait la brume tout autour.

— C'est magnifique, murmura-t-elle.

— Il y a tout un village, là-dessous.

— Quand je suis passée ici pour la première fois, il y était encore, et le barrage n'était qu'un projet dont les gens ne voulaient pas. Puis les fascistes sont arrivés, les expropriations de force, la guerre. Et enfin l'entreprise d'électricité, qui a vaincu toutes les protestations. Ils ont dû partir. Certains ont émigré, d'autres se sont retrouvés dans des bidonvilles. Leurs maisons sont encore là-dessous.

— Qui sait combien de secrets elles cachent ?

Edna contempla le lac et songea aux siens. Roland fixait un point à l'horizon.

— Je n'aime pas rester longtemps au même endroit, mais je dois reconnaître que cette vue n'est pas mal du tout.

Edna n'arrivait pas à imaginer la vie de Roland.

— Vous voyagez beaucoup sur votre moto ?

— Un de mes amis disait que nous sommes des « saint-terriens », des vagabonds qui tentent de rejoindre la Terre sainte, mais qui n'y arrivent jamais. Ou bien des « Sans terre ». Je ne sais pas s'il a inventé ce jeu de mots ou s'il l'a entendu quelque part, ajouta-t-il. Des sans domicile en fait, parce que notre maison est partout.

— Moi je n'ai pas beaucoup voyagé.

Il y avait eu l'aller jusqu'à la ferme avec le père Gianni, puis le retour, seule.

— Et j'aime mon jardin. Il faut s'en occuper chaque jour, vous savez ? Ça demande de la constance. Mais ça doit être beau de pouvoir aller où on veut.

Il tira sur sa cigarette et garda longtemps la fumée dans sa bouche.

— À chaque départ on laisse quelque chose derrière soi.

— Et vous, vous avez laissé quoi ? demanda Edna en se rappelant les photos.

— Un fils.

— Il vous manque ?

Elle commençait à comprendre le pourquoi des cassettes vidéo pour enfants et du lit tout prêt, qui attendait quelqu'un.

— L'assistante sociale dit que je ne suis pas fiable et que ce n'est pas un endroit pour élever un enfant, dit-il en recrachant la fumée. Alors ça fait très longtemps que je ne l'ai pas vu.

Edna fixa de nouveau le clocher qui les observait, muet.

— Vous devriez. Vous savez, l'ami que je vais retrouver, je ne l'ai pas vu depuis l'enfance. Et je vous assure que ça en fait, des années. Bien plus que celles qui vous séparent de votre fils. Je ne suis même pas sûre qu'il me reconnaîtra.

— Alors pourquoi vous y allez ?

— Parce que j'ai une promesse à honorer.

— Je ne crois pas qu'on puisse arranger le passé.

— Attendez, je vais vous montrer quelque chose.

Edna disparut dans la caravane et en revint avec sa carte. Elle la déplia en faisant bien attention à ne pas la déchirer.

— Quand j'étais petite, j'ai travaillé dans une ferme. Très loin de chez moi, parce que mes parents avaient tout perdu, après la mort de mon frère. La grêle avait détruit notre champ et les maigres économies de mon père ne suffisaient pas à payer les dettes et repartir de zéro. Sur la carte, c'est le parcours que j'ai suivi au retour de la ferme. J'ai décidé d'emprunter le même chemin pour y retourner.

— Vous êtes sûre ? Ça a dû être difficile.

— J'avais dix ans, j'étais seule, sans guide ni argent, et je ne savais pas où aller. Mais j'ai réussi. Hier matin, un événement m'a ramenée à ce voyage. Je suis à l'endroit exact où je me suis arrêtée il y a si longtemps, et je dois repartir de là, si je veux que tout rentre dans l'ordre.

Roland l'écoutait. Chaque fois qu'il tirait sur sa cigarette, son visage s'éclairait.

— Personne ne vous y oblige. Vous êtes revenue, non ? Vous avez fait votre vie. Vous avez votre jardin, et aussi votre maison, j'imagine. Vous les avez gagnés.

Edna inspira profondément. L'air de la nuit avait une grande douceur.

— La vérité, Roland, c'est que je ne suis jamais vraiment rentrée de Ravensburg.

Le marché au bétail

Edna et les autres enfants rencontrés à Landeck étaient arrivés à Ravensburg après sept jours de marche en montagne, d'aumônes et de bains dans l'eau glacée. Des vagabonds aux mains calleuses et aux visages durcis par le temps. Ils avaient parcouru les routes de la ville en silence, sous un ciel aussi noir que la nuit, qui crachait de l'eau et de la neige.

Edna n'aimait ni la façon dont les dévisageaient les hommes amassés sur la place, ni les coups d'œil furtifs et mauvais des femmes.

Ils avaient été emmenés au marché au bétail. On les avait fait asseoir sur un long banc, dans un coin protégé par un mur en pierre, loin du centre de la place. Des paysans étaient arrivés et des enfants plus âgés étaient allés à leur rencontre, avaient montré leurs bras et s'étaient proposés pour le travail. L'homme à qui le père Gianni les avait remis après les avoir salués à Landeck les observait, debout, les mains serrées sur sa canne. Edna n'avait pas confiance en lui, parce qu'il ne racontait pas de belles histoires le soir. Et il devenait méchant quand on n'obéissait pas. À ce moment-là le plus courageux des enfants, qui connaissait les fermes pour y avoir déjà travaillé, avait subrepticement tracé un signe à la craie blanche sur le dos de l'un des paysans. Pendant ce temps, les hommes estimaient la taille des enfants, leur faisaient lever les bras, leur tâtaient les coudes et inspectaient leurs mains à la recherche de cals. Ils inspectaient même leur bouche. Edna trouvait très étrange cette façon de demander s'ils avaient fait bon voyage.

L'enfant aux yeux tombants n'était pas arrivé avec eux. Edna l'avait remarqué parce qu'il était venu seul et, bien que plus petit et maigre que les autres, avait été parmi les premiers à se proposer. Se demandant pourquoi il était si volontaire, elle l'observait pour apprendre de lui.

Sans qu'elle s'y attende, elle fut attrapée par les épaules et tirée en arrière. L'homme de Landeck avait abordé l'un des paysans, qui avait levé le bras et secoué la tête pour signifier son désintérêt.

— Ne vous laissez pas berner. Elle est gracile, mais dure à la tâche. Elle peut aider à la maison ou s'occuper des animaux, avait-il dit en la serrant si fort qu'elle en avait mal.

L'enfant aux yeux tombants, qui négociait avec un monsieur bien habillé, s'était tourné vers eux. L'homme observait maintenant les genoux d'Edna, se plaignant qu'ils étaient trop maigres. L'enfant avait vu la croix dans son dos et avait fait un signe de tête à Edna.

Elle avait plissé les yeux, mais n'avait su déchiffrer les mots qu'il prononçait silencieusement.

Alors il s'était approché, laissant le monsieur bien habillé, et il lui avait murmuré à l'oreille :

— Il a la croix. Sa ferme n'est pas un bon endroit où aller.

Mais les pièces avaient rebondi dans la main de l'homme de Landeck et Edna avait été emmenée avant de pouvoir lui répondre.

L'enfant l'avait suivie des yeux jusqu'à ce que la route l'emporte, loin.

Edna avait eu la surprise de le voir à la ferme, le lendemain matin.

Quelques semaines plus tard, elle avait compris que les récits des autres enfants étaient faux. Jacob n'était pas le fils querelleur d'un assassin, ni un naïf et encore moins un idiot, comme on le disait. Il savait ce qu'il trouverait à la ferme, mais il y était venu pour elle, la fillette qui lui avait souri depuis la charrette qui l'emportait au loin, sous un ciel sombre.

13

Jour 2

Distance : 40 km

À quarante kilomètres de là, l'activité battait encore son plein dans la maison et Adele aurait volontiers jeté la nappe et les assiettes à la poubelle, plutôt que de débarrasser. Elle était trop fatiguée pour suivre ce que Lukas lui avait raconté, le visage animé, ses mains saisissant le pain puis la fourchette, le verre, servant de l'eau, appuyant du pouce sur les boutons de la télécommande, sa bouche mâchant à toute allure et ses doigts tapant des messages sur son téléphone portable. Lukas arrivait à faire en même temps un nombre incalculable de choses, se dit-elle en se massant les tempes.

Lisa ne parlait pas. Elle raclait son assiette, loin de tout.

À côté d'elle, Max s'apprêtait à poser sa serviette d'un air séraphique pour filer faire d'autres cartons.

— Edna n'est pas passée à la boutique, ce matin, dit Adele en faisant mine de ramasser le pain.

Lukas tendit la main pour attraper le morceau restant.

— C'est un vrai fossile, celle-là. Quel âge elle a ? demanda Lisa, la bouche pleine de semoule. Elle crèvera peut-être avant votre départ, comme ça tu arrêteras de te faire du souci.

— Lisa ! la réprimanda Adele.

— Je pourrai garder Emil ? s'empressa Lukas, oubliant un instant son portable. Qu'est-ce qu'il y a ? Qu'est-ce que j'ai dit ? demanda-t-il en voyant l'œil sombre de sa grand-mère. Juste si elle crève !

— On ne souhaite pas la mort des gens, intervint Max en se penchant pour attraper la revue sur les installations photovoltaïques que lui avait prêtée Bernie.

Cependant, même Lukas avait remarqué que son grand-père s'efforçait de ne pas sourire. Et qu'il lui aurait donné raison, s'il avait pu, car il n'appréciait pas « la vieille », comme ils l'appelaient quand Adele n'était pas dans les parages.

Le garçon rêvait de débarquer à l'école avec Emil sur l'épaule, à la mode pirate. Peut-être que ce jour-là les autres arrêteraient de se moquer de sa petite taille – il faisait une tête de moins que ses camarades. Plus personne ne rirait de lui.

— C'est maman qui l'a dit, se justifia-t-il.

— Elle plaisantait. Pas vrai, Lisa ?

Lisa acquiesça sans enthousiasme.

Max soupira avec satisfaction, puis s'avança vers la porte. Mais Adele le saisit par le bras et lui jeta un regard oblique, comme chaque fois qu'elle avait besoin de son intervention.

— Au fait, Lisa, dit-il en se rasseyant, déçu que le rangement de la cave doive attendre. Comment ça se passe, ton cours de théâtre ?

— Stimulant.

— Vous préparez un spectacle ?

— En quelque sorte, répondit Lisa en dévisageant ses parents à tour de rôle.

— Un chœur, une scénographie, des costumes…

— Quelque chose de plus minimaliste. Deux femmes et un homme. Une toile noire.

— Intéressant, remarqua Max en hochant la tête.

— En mode existentialiste. Pas de costumes, pas de vêtements…

Adele et Max levèrent les yeux en même temps.

— On se barbouille le visage de sang de porc, parce qu'on est tous des animaux sacrifiés par le système. Des corps nus, libérés des contraintes, des modes… Ce genre de choses.

Max enchaîna pour empêcher Adele de réagir.

— Et vous allez le jouer dans un théâtre ?

— Dans quelques jours, papa. À la salle polyvalente du village. Ensuite on partira en tournée.

— L'art, c'est l'art. Ça ne se discute pas, Lisa, dit Max en fermant un instant les yeux pour chasser l'angoisse. Mais tu es vraiment sûre ?

— C'est bien dommage que tu ne veuilles pas reprendre la boutique, intervint enfin Adele, qui se sentit alors hors sujet, comme cela lui arrivait souvent. J'ai tant travaillé, pour vous laisser quelque chose.

Sa fille leva au ciel ses yeux aux paupières poudrées.

— Je te l'ai déjà dit, maman. Je ne veux pas finir ma vie derrière un comptoir ni apporter leurs courses aux vieilles.

Adele compta ses respirations en visualisant le chakra du plexus solaire pour retrouver son calme. Un point jaune qui s'étendait, lentement, acquérant de la force et consumant le noir autour tel un gigantesque soleil.

— Max, dis quelque chose.

— Adele, Lisa est juste en train d'essayer de t'expliquer que dans la vie il y a des passions et des rêves auxquels on ne peut renoncer. Parfois il est souhaitable de prendre des risques, non ? Et puis, quand l'Art nous appelle, il faut répondre, conclut-il en adressant un sourire indulgent à Lisa.

— Ce n'est pas ce que tu m'as dit quand j'ai arrêté mes études pour ouvrir le magasin.

Elle avait trimé sept jours sur sept pour payer l'électricité, le loyer et les charges, pendant que lui cherchait « sa place sur le marché », c'est-à-dire qu'il passait d'un poste à l'autre, jusqu'à s'engager, sans gloire aucune, à la coopérative maraîchère.

— Adele, ton talent est d'aider ceux qui en ont besoin. Tu es une mère et une grand-mère aimante, tu prends soin de tes proches. C'est ça qui te rend spéciale.

Adele vit sa vie défiler devant ses yeux à la vitesse d'un spot publicitaire. Elle ne pouvait donner tort à Max. Elle les revit en train de repeindre la maison, deux gamins qui s'embrassaient à toutes les pauses, dans l'escalier, sur la terrasse. Elle revit les minuscules pieds et le visage couvert de taches de rousseur de Lisa. La tenir sur ses genoux, juste après l'accouchement, avait été l'une de ses plus grandes joies. Sans savoir pourquoi, elle pensa aussi qu'Edna n'avait jamais eu d'enfants. Il était déjà arrivé qu'elle ne passe pas au magasin pendant plusieurs jours. Et dans le fond, elle l'avait ravitaillée jeudi. Malgré tout, elle ne se sentait pas tranquille. Peut-être parce que dans ce visage fier elle revoyait celui de sa mère, qui lui manquait depuis qu'elle était partie, trop tôt. Max avait raison. Elle savait qu'elle ne trouverait la paix que quand elle verrait Edna sur la délicieuse pelouse de la maison de retraite et Emil en sécurité dans une volière.

En attendant, elle allait passer la voir.

14

Le blouson en cuir

Dans son rêve, Edna était une fillette aux ongles incrustés de terre, debout bien droite devant la porte en bois du vieux cabanon. Elle aurait voulu l'ouvrir et voir à l'intérieur, mais ses jambes étaient emprisonnées dans le marbre. Il n'y avait personne, même si elle se sentait tirée par le bras et une voix, peut-être celle de sa peur grandissante, lui conseillait de repartir.

Elle vit sa petite main ouverte, ses doigts moites contre le bois rugueux. Puis elle entendit la porte s'ouvrir et l'obscurité l'aspira. Elle était à l'intérieur.

Les rayons de la lune filtraient par la lucarne, éclairant le fond du cabanon et dessinant des ombres qui se tordaient et se plissaient comme la surface d'un lac. Mais au milieu des outils en métal, des fourches et des vieilles bêches, quelque chose de vivant bougeait. C'était un lent chancellement, un balancement hypnotique qui la poussait à regarder alors que son sang s'était figé dans ses veines.

Sur les étagères bancales, entre les pots en fer-blanc et les pointes de métal, une silhouette apparut.

— Emil, murmura-t-elle.

Elle ne savait pas si elle devait rire de soulagement ou se sentir honteuse d'avoir eu peur.

Le perroquet se balançait toujours d'une patte sur l'autre. C'était un bébé qui pesait quelques centaines de grammes, transi de froid et déplumé. Sur son cou la peau était à nu, tendue sur ses os pointus. Il poussa un cri aigu et battit des ailes, les yeux rivés sur les ombres derrière elle. Elle les entendait maintenant respirer, en chair et en os, devenir la silhouette qu'ils craignaient tous deux. Puis Emil tomba. Quand il atteignit le sol, il n'était plus qu'une grosse oie sans plumes, complètement nue.

Edna ouvrit les yeux en sursautant.

La peinture blanche du plafond, lacérée, formait des bandes qui pendaient, évoquant les écailles d'un serpent en mue. Le matelas était plus bas que d'habitude et il n'y avait ni sa table de nuit ni l'interrupteur de la lampe de chevet sur sa droite. En plus – constata-t-elle en fouillant le sol du pied –, ses pantoufles n'étaient pas à l'endroit habituel, à un pas de son lit. Alors elle se souvint : elle était partie en voyage pour rejoindre Jacob.

Elle sentit une odeur d'œufs et de beurre fondu.

La première image qu'elle distingua nettement fut celle d'Emil, perché sur l'épaule de Roland qui s'affairait avec la poêle. La caravane était inondée de lumière. La montagne de cartons avait disparu. Les vêtements étaient pliés et empilés dans un coin.

— Vous avez bien dormi ?

Roland servait de la confiture et des louches d'œufs brouillés dans les assiettes, d'une seule main. De l'autre, il portait sa cigarette à sa bouche.

— Je m'imaginais détenir un record, mais je dois dire que vous me battez, en matière de ronflements ! dit-il en riant.

Il était de bonne humeur et elle aussi trouva alors facile de sauter du lit et de se préparer pour un jour nouveau.

— Vous êtes sûr que je peux le garder ?

Ils se tenaient devant la caravane, dos au lac. Il acquiesça.

— Il vous va bien.

Edna n'en était pas certaine. Elle ne s'était pas encore habituée à la rigidité du cuir et les boutons argentés lui évoquaient la cuirasse d'un chevalier. Mais cela valait toujours mieux que rien. Elle savait à quel point une veste lui serait utile, en plus celle-ci ne s'abîmerait pas.

— Donc vous êtes bien décidée à n'en faire qu'à votre tête ? Je peux vous déposer…

— Je vous remercie, Roland, mais je dois suivre ma carte.

Il prit une grande inspiration. Ses yeux noirs semblaient vouloir la mettre à l'épreuve.

— Et vous ? Qu'est-ce que vous allez faire ?

Il regarda autour de lui.

— J'ai réfléchi à ce que nous nous sommes dit hier soir. Je crois que je vais m'installer ici. La caravane a bien besoin d'un coup de neuf. Je vais prendre le temps de faire quelques travaux.

Edna sourit. Ils ne dirent plus un mot, mais il la salua en levant la main. Longtemps. Jusqu'à ce qu'Edna ne distingue plus sa silhouette, qui paraissait celle d'un géant à côté d'un jouet cabossé en forme de caravane.

— Bien, Emil, soupira-t-elle, on dirait qu'on reprend la route.

Elle contempla le soleil au-dessus de la cime des arbres : la journée était parfaite pour traverser les montagnes.

L'eau verte du lac scintillait comme une plaque d'étain. Il était vibrant à tel point qu'on l'aurait cru phosphorescent.

Les berges se remplissaient de touristes qui attendaient les gros bateaux pour aller photographier le clocher, moins sévère dans la lumière du matin.

Certains demandèrent à les prendre en photo, Emil et elle. Elle ne comprenait pas pourquoi les jeunes gens lui souriaient ainsi, ni pourquoi les motards chevauchant des bécanes du style de celle de Roland ralentissaient en la voyant et portaient index et majeur à leur front, leur visage sérieux caché derrière leurs lunettes noires.

Alors qu'elle avançait, fixant ses chaussures de marche qui s'enfonçaient dans la terre encore humide, Edna eut le sentiment que l'humeur du ciel changeait très vite. Elle était partie sous le soleil, puis elle avait dû se débattre avec la même boue que celle qui avait emporté Jacob. Et maintenant la terre sous ses semelles était en train de sécher, bientôt elle pourrait la faire partir d'un coup de talon, pour les voir briller à nouveau.

15

L'enfant au fusil en plastique

Assise sur un banc devant les pédalos échoués sur le sable, en mangeant les chips à la moutarde que Roland lui avait données, en plus de biscuits salés et sucrés, Edna fit l'inventaire de ses ressources. Sur son épaule, Emil se dégourdissait les ailes en essayant d'attraper avec son bec le coin de la vieille photographie, qu'elle s'empressa d'éloigner.

— Excuse-le, Jacob, dit-elle à l'intention du garçon qui posait à côté d'elle, le visage rond, un sourire retenu sur les lèvres.

Elle, en revanche, était pareille à un fantôme effrayé. Ses cheveux broussailleux étaient noués avec un morceau de ficelle.

— Pendant toutes ces années, Emil n'a pas changé. Je t'avais bien dit que c'était une très mauvaise idée, de le prendre avec nous.

Edna toussa. Cela lui arrivait de plus en plus souvent, depuis la veille au soir. Les quintes la faisaient trembler, elle craignait que sa poitrine n'explose. La douleur partait de ses poumons et remontait le long de sa gorge.

C'était à cause de l'orage.

Elle fit entrer Emil dans sa cage. Il lui faudrait parcourir la portion suivante du trajet à pied, elle n'avait pas d'alternative.

Même si la fatigue la ralentissait. La route, d'abord en pente douce, grimpait maintenant. Elle avait le souffle court.

Elle avait rangé le blouson dans son sac, où elle avait aussi replié son survêtement encore humide de la veille. On était seulement au début du mois de juin, pourtant à cette heure le soleil brûlait déjà. Et ils n'avaient plus d'eau, une fois encore.

Ils s'arrêtèrent dans une pension, qui faisait aussi bar-restaurant, parce que Edna espérait y trouver un journal. Elle voulait savoir comment allait Jacob et elle n'avait pas d'autre idée pour obtenir des informations.

Elle compta l'argent qui lui restait. Le recompta. Puis aida Emil à monter sur son épaule, après l'avoir arrosé des dernières gouttes de sa gourde.

— Ça te plaît, hein ? Moi aussi j'aimerais bien me baigner.

Se plonger dans l'eau fraîche, se mouiller les cheveux et poser les pieds sur le fond boueux du lac, quelle perspective alléchante ! Mais pour l'instant, elle voulait feuilleter un journal. Autour d'elle, rien ne semblait répondre à son agitation fébrile. Ni le craquètement monotone des grillons, ni la douce brise qui soufflait entre les aiguilles des mélèzes, se parfumant de résine.

Des couples prenaient le soleil sur la pelouse devant la pension. Deux enfants coururent vers elle pour observer le perroquet. Ils lui tournèrent autour en sautillant. Emil, les plumes encore mouillées, se lovait sur son épaule. Soudain, le plus jeune des enfants pointa son fusil en plastique sur lui et fit semblant de tirer.

Edna sentit les griffes d'Emil contre son pull et juste après, sous le coup de la peur, il s'envola.

Quand elle comprit ce qui s'était passé, le perroquet n'était plus qu'un petit point perdu entre les cimes des arbres.

L'autre enfant, main sur le front pour se protéger du soleil, suivait son vol.

— Waouh, il vole drôlement haut ! dit-il en pointant le doigt tandis que leur mère les rappelait. Il est parti par là.

Affolée, Edna cria le nom d'Emil dans toutes les directions. Enfin, elle l'aperçut, perché en haut d'un pin. Il jetait des regards inquiets autour de lui – quelque chose l'empêchait de redescendre : il n'était pas seul.

Des corbeaux volaient en groupe compact près de lui, en poussant des cris qui résonnaient dans le ciel. Emil, muet et immobile, espérait peut-être se rendre invisible.

Quand il vit Edna, il plongea pour atteindre son épaule. Mais les corbeaux le suivirent et il dut corriger sa trajectoire. Edna accéléra le pas, mais elle avait du mal à le suivre. À force de lever la tête, elle sentait que son cou devenait douloureux et sa tête tournait. Et la peur de perdre Emil, plus que la douleur, lui bloquait la respiration.

Les corbeaux, gros comme des aigles, volaient avec agilité et changeaient de direction avec la rapidité de l'éclair. Ils avaient encerclé Emil, qui tentait en vain de prendre de l'altitude. Edna frappa un bâton contre un tronc pour faire du bruit, mais les oiseaux noirs étaient trop hauts et trop loin pour avoir peur. L'un d'eux avait attrapé la queue du perroquet, qui vacilla. Les autres le rejoignirent et l'attaquèrent sur les côtés. Il haletait, bondissait puis ralentissait, à bout de forces. Les corbeaux ne lui laissaient aucune trêve, ils le poussaient, si fort qu'il se mit à trembler comme un cerf-volant cassé par le vent, avant de tomber dans l'épaisse forêt.

Edna se sentit elle aussi chuter dans le vide. Elle ne le voyait plus. Les corbeaux volaient en cercle au-dessus des cimes des arbres, poussant des cris qui déchiraient le silence du bois et s'éteignaient au loin, la laissant seule avec les griffures d'Emil sur son épaule, le cœur en miettes.

Après avoir inspecté la zone à deux reprises, les oiseaux disparurent dans le ciel. Il n'y avait plus trace du perroquet.

Edna sentait son désespoir croître à chaque pas, l'envahir avec la fureur d'une vague qui la plaquait à terre. Elle abandonna la cage à roulettes et s'enfonça dans les fourrés, prêtant attention à chaque bruit, s'efforçant de capter le moindre mouvement qui secouait les branches.

Le bar-restaurant de la pension était loin, désormais. Elle s'engageait sur le sentier sans guide, sans les taches de couleur et les cris d'Emil pour la guider.

Elle ne voulait pas envisager le pire, mais elle avait bien vu son petit corps secoué par le vent, avant qu'il perde de la hauteur.

Il pouvait être blessé. Ou du moins, désorienté. Et elle devait le trouver.

Emil ne survivrait pas longtemps en liberté dans les montagnes et elle ne parvenait pas à chasser ces images de sa tête. Trop de prédateurs, trop de dangers. Emil était convaincu que la nourriture poussait dans les écuelles et que l'air était toujours tiède, comme en été. Son monde n'était jamais véritablement sombre. Ni froid. Ni si différent d'un jour à l'autre.

Edna inspecta les buissons, se demandant comment elle pourrait passer toute la zone au crible. Il était impossible qu'il se soit éloigné. Deux battements d'ailes lui suffisaient pour parcourir plusieurs mètres, néanmoins les corbeaux constituaient encore un danger et, si Emil avait appris une chose durant toutes ces années, c'était à disparaître en cas de menace. Par exemple lors des visites d'Adele, pour éviter sa voix aiguë et ses ongles laqués de rouge, qu'elle glissait dans sa cage – son territoire – pour le caresser.

Edna était certaine qu'il préférerait rester immobile sur la branche la plus haute qu'il trouverait, plutôt que de s'enfuir. Mais elle doutait que ce soit une bonne chose. Convaincre un perroquet terrorisé de descendre de son perchoir était un véritable défi. Il pouvait mourir, là-haut, parce que la peur fait oublier la faim.

Craignant de se perdre, Edna prit comme point de repère un buisson de bruyère devant un long tronc tombé à l'horizontale. Elle fouilla dans les myrtilles sauvages, siffla, se griffa les jambes et les bras en écartant les branches de pin, jusqu'à ce que, le dos trempé de sueur et la tête bourdonnante, elle comprenne qu'elle avait tourné en rond. Elle était revenue au point de départ et ses jambes étaient de plus en plus lourdes.

Elle se revit à l'époque où on les avait chargés, Jacob et elle, de conduire les chevaux qui traînaient la lourde batteuse. Le travail à la ferme commençait à l'aube et se terminait quand l'ombre projetée par les machines monstrueuses s'allongeait, engloutissant tout. Ils avaient reçu l'ordre de tracer de grands cercles, sans pause ni détour, jusqu'à ce que le champ de blé ait perdu toute sa belle couleur dorée. La tête baissée, Edna se laissait porter par ses jambes jusqu'à confondre temps et direction. Alors Jacob la poussait et lui ordonnait de se reposer tandis qu'il conduisait les chevaux, les muscles des bras et des épaules tellement tendus que les veines de son cou semblaient sur le point d'exploser. Pendant quatorze jours, ils avaient dessiné dans l'or des cercles qui seraient effacés par la pluie.

Une décharge de douleur chassa le souvenir de Jacob et lui obscurcit la vue.

Des tentacules parsemés de minuscules aiguilles s'étaient enroulés autour de ses chevilles. Edna sentit la chaleur se diffuser dans sa chair et lui brûler le mollet. Elle avait marché dans des orties.

Elle sortit sa jambe du piège d'aiguilles vénéneuses, ce qui amplifia la douleur. Elle s'assit au bord du tronc arraché et releva ses chaussettes, cherchant une solution : la pommade à l'arnica ne serait pas d'une grande efficacité, mais elle pouvait espérer au moins un soulagement temporaire.

Elle planta son bâton dans le sol et fit levier avec l'autre bras. Elle tenait debout, mais au premier pas la douleur irradia son mollet et la fit vaciller. Elle savait que le venin affluerait dans son sang et se disperserait, laissant un léger engourdissement, comme quand on s'endort dans une position inconfortable. Elle n'avait qu'à attendre. Que la douleur passe. Qu'Emil trouve le moyen de la rejoindre ou se laisse repérer.

Peut-être le défi pour tous les deux était-il uniquement de résister à la peur, de l'empêcher de revenir telle une vague de plus en plus en colère qui les arracherait à la rive et les emporterait au large.

J'ai peur, Jacob

À la ferme – selon les tours dictés par le patron –, Jacob et Edna étaient parfois chargés de mener le troupeau au pâturage. C'étaient toujours des jours spéciaux, parce que cela leur laissait le temps de contempler le ciel, allongés sur l'herbe.

Edna aimait les vaches. Jacob les trouvait stupides et inutiles. Certes elles donnaient du lait et de la bonne viande, mais pour le lait il y avait aussi les chèvres, bêtes de caractère – pas comme ces trouillardes qui avaient peur des grillons –, et pour la viande il y avait le cochon, plus goûteux et que l'on pouvait accommoder à l'infini. On ne gâchait rien, dans le cochon, même les oreilles étaient données aux chiens ou cuites en soupe.

Ils écoutaient le vent et observaient le ciel, où les nuages les plus rapides se détachaient de la montagne, comme projetés par les arêtes.

Ce jour-là, l'orage les avait surpris avec la fureur de mille chevaux au galop, dont les crinières secouaient un courant froid et impétueux, leurs sabots foulant les têtes et les épaules.

Les vaches, têtues, avaient couru dans toutes les directions en ruant de peur. Leurs mugissements s'étaient perdus dans le tonnerre, les coups de cornes et le tintement des cloches en fer. Dans la confusion, les mères avaient écrasé leurs veaux et certaines étaient tombées, roulant sur l'herbe mouillée. Edna n'y voyait plus rien. Le ciel était sombre comme la nuit et la pluie striait leurs fronts, leur brûlait les yeux.

À la lueur d'un éclair, elle avait aperçu Jacob qui écartait les bras pour regrouper les bêtes à côté de la cabane. Mais les vaches, terrorisées, ne distinguaient pas les pattes des mains, sa voix se dispersait dans le sifflement du vent. Edna avait fermé les yeux devant cette marée de cornes, muscles et cous qui se contorsionnaient. Elle s'était retrouvée projetée à terre et avait entendu le martèlement fou des sabots passer juste à côté d'elle. Puis Jacob l'avait tirée par le bras.

Il lui avait fait signe de se mettre à l'abri dans la cabane.

Grelottant de froid derrière la vitre de la petite fenêtre sur laquelle leurs respirations syncopées créaient des grosses taches de condensation, ils avaient vu le troupeau se disperser.

— Tu les vois, Jacob ?

Il avait secoué la tête, le visage dur et ombreux. Edna avait senti son cœur se serrer.

— Je t'avais bien dit qu'elles étaient stupides, tes vaches.

Malgré sa colère, Edna n'avait pas perçu de réelle accusation dans la voix de Jacob. Il était désespéré, comme elle. Mais il ne le montrait pas.

— Et maintenant, qu'est-ce qu'on fait ?

Ils étaient restés à la fenêtre, parce qu'ils pouvaient seulement attendre, trempés, effrayés à l'idée de ce qui se passerait. Stupides ou non, les vaches valaient une petite fortune qu'ils ne pourraient pas rembourser, même en travaillant à la ferme pour le restant de leurs jours. Et puis, rien ne leur permettrait d'éviter la colère du croque-mitaine. On racontait beaucoup d'histoires sur le patron, sur les outils qu'il conservait dans son cabanon et qui ne servaient plus à faucher les prés. Des lames rouillées aux pointes acérées. Des cordes en chanvre. Edna et Jacob les sentaient déjà se serrer autour de leurs poignets et de leurs chevilles.

Ils n'avaient pas été réveillés par le tonnerre, mais par la main rugueuse d'un paysan qui leur secouait l'épaule.

De retour à la ferme, ils avaient découvert que les vaches étaient rentrées dans leur étable. Prenant leur temps, elles mastiquaient du foin. Sur leurs museaux paresseux, il n'y avait plus trace de la panique de la veille.

Malgré sa fatigue, Edna avait été traînée à la cuisine pour aider. Jacob, lui, avait été emmené par le patron. Edna les avait suivis du regard, le plus longtemps possible. Il semblait minuscule à côté de l'homme gigantesque aux épaules larges, à la peau tannée et aux mains couvertes de cals et de coupures, qui portait une veste de laine même en été.

Puis la femme lui avait donné une taloche pour qu'elle se concentre sur son travail. Parce que la précision était importante. La précision était la discipline, lui avait-on dit. Et la discipline ferait d'elle une adulte fiable.

Toute la journée, les bruits avaient couru sur le sort de Jacob. Certains soutenaient qu'on l'avait renvoyé, d'autres qu'on ne le retrouverait jamais. Et que le printemps suivant, le basilic aurait un goût d'enfant.

Jacob était revenu. Un jour et une nuit avaient passé.

— Qu'est-ce qu'ils t'ont fait ? avait murmuré Edna à l'ombre qui se découpait devant sa couche.

Elle s'était couvert la bouche de sa main en voyant le garçon s'asseoir sur la paille d'un mouvement gauche, lent et mécanique, comme si son corps avait instantanément vieilli.

— Rien de grave. Cet imbécile de croque-mitaine m'a fait rester debout toute la journée. Et toute la nuit.

Edna s'était redressée, tentant de flairer, telle une bête sauvage, une odeur ou un détail qui lui racontât ce qui s'était réellement passé.

— Ils t'ont emmené où ? Personne ne t'a vu. On disait que tu avais été chassé de la ferme.

Jacob avait hésité.

— Devant son lit. Je suis resté debout devant son lit, toute la nuit.

— Mais pendant qu'il dormait, tu...

Edna était certaine que Jacob avait trouvé le moyen d'échapper à son contrôle. Mais il se tut.

Ils étaient proches et les nuages s'étaient dissipés, libérant un instant la lumière bleuâtre de la lune, qui éclairait maintenant le visage du garçon. Edna avait frissonné.

Elle avait approché sa main du visage de Jacob, passé lentement son doigt sur le petit ruisseau écarlate. Il en avait pris la couleur. Jacob ne s'était même pas aperçu que le sang coulait de ses narines comme un torrent qui lui divisait le visage en deux. Edna aurait voulu, avec le peu de forces qu'il lui restait, les recoller – avant que le sang arrive à ses lèvres et qu'il en sente le goût – et faire tout redevenir comme avant. Avant l'orage, avant la ferme, avant le voyage à travers les montagnes.

— Tout va bien, chochotte, avait-il murmuré d'une voix traînante.

Puis il avait posé son front contre son épaule et il s'était endormi d'un sommeil si profond qu'au début elle avait eu peur qu'il ne soit mort.

16

Emil et les astragales

Edna se réveilla la gorge nouée, haletante, comme si quelqu'un lui avait maintenu la tête sous l'eau.

Elle ne savait pas combien de temps elle avait somnolé sous le soleil, mais sa jambe brûlait et piquait toujours. La cage était ouverte, abandonnée un peu plus loin. C'est alors qu'elle se rappela avec inquiétude qu'Emil avait été poursuivi par les corbeaux, et l'image de son petit corps en train de tomber acheva de lui couper le souffle.

Vite, il fallait se lever et repartir à sa recherche. Déjà la lumière du crépuscule filtrait à travers les branches, les colorant d'une teinte chaleureuse. Edna accrocha son sac sur la cage à roulettes, le stabilisa et traîna le chargement hors de la forêt de mélèzes, tout en écoutant les bruits, envahie par une sensation de danger, liée au souvenir de son rêve.

Au début, elle n'y prêta pas attention. Puis elle entendit à nouveau la plainte, plus longtemps cette fois. Était-ce un pleur ou un rire ? Elle isola le son et se tourna dans sa direction.

On aurait dit une voix de femme ou d'enfant. Un appel à l'aide. Plus Edna avançait, plus il lui était clair que cette personne était en danger. À chaque pas elle sentait monter l'angoisse de ce qu'elle trouverait, si ses jambes qui tremblaient malgré elle parvenaient à la porter.

Elle s'arrêta là où les branches dessinaient une fenêtre donnant sur la clairière et remonta ses lunettes sur son nez. Elle porta une main à sa bouche et lâcha la cage.

Une jeune fille agitait les bras pour se débarrasser de l'amas de plumes qui lui était tombé sur la tête.

Puis le paquet bariolé fut précipité vers le sol et elle lui courut après. Un garçon derrière eux, grand et maigre comme un clou, riait sans bouger le petit doigt.

Edna traversa la barrière de broussailles. Quand Emil l'aperçut de loin, il vola vers elle et se posa sur son épaule, le torse encore secoué de rapides hoquets.

Cette petite tête ronde était décidément la plus belle tache rouge qu'elle eût jamais vue. Elle essaya de se convaincre que tout était terminé.

Elle le fit glisser d'un geste délicat et le serra contre sa poitrine. Il cala sa petite tête au creux de son bras, pendant qu'elle lui caressait le dos. C'était comme toucher de la soie. Il y avait une tache de sang séché sur son aile et sa queue était effilochée. Edna vérifia rapidement qu'il n'avait pas d'autres plumes brisées. Mais Emil semblait juste mort de faim. Il faisait tourner dans son bec un petit caillou pointu, semblable à celui qu'il serrait dans une de ses griffes. Dans son sac, Edna avait deux paquets de biscuits salés. Ce n'était pas le plus indiqué pour un perroquet, mais Roland lui avait assuré qu'ils étaient très nourrissants. De toute façon, Emil avait besoin de reprendre des forces.

Derrière eux, quelqu'un s'éclaircit la voix. Edna tourna la tête.

— Il est à vous, ce perroquet ?

La jeune fille se planta devant elle, lui cachant le soleil. Le garçon se tenait un pas en arrière, une main sur la bouche, peut-être pour ne pas éclater de rire. Edna ne trouvait rien de comique à la situation. La jeune fille non plus : les mains croisées sur la poitrine, elle la fixait sans un battement de cils.

— C'est vous qui l'avez trouvé ? demanda Edna. Il était par ici ?

Son interlocutrice la scrutait, incrédule.

— Il a été agressé par des corbeaux et je l'ai cherché partout, poursuivit Edna sur un ton reconnaissant.

Emil lui tendait la joue pour qu'elle le gratte sous le bec, fermant les yeux de plaisir.

— Vous vous baladez dans les bois avec un perroquet en liberté ?

— Sur l'épaule, comme un pirate, ajouta son ami, qui ne semblait pas du tout énervé, lui.

La jeune fille le fusilla du regard, puis planta ses yeux dans ceux d'Edna.

— Écoutez, ce que vous faites ne m'intéresse pas, mais votre perroquet a pris mes astragales et il n'a pas l'air de vouloir me les rendre, dit-elle tandis que son visage s'empourprait.

— Vous voulez dire le petit caillou qu'il a dans le bec ? demanda Edna.

— Oui, et celui qu'il tient dans ses griffes. Ce ne sont pas des cailloux.

— Qu'est-ce que c'est, alors ?

— Écoutez, je peux les ravoir avant qu'il les avale ou je dois vous montrer une photo pour vous expliquer ce que c'est ?

— J'espère que ce n'est pas empoisonné, grogna Edna, les sourcils froncés. Allez, Emil, lui dit-elle ensuite d'une voix douce, rendons ces arpagales à cette jeune dame.

— Astragales.

Cependant, malgré le sourire d'Edna, Emil ne lâcha rien. Il s'agrippa encore plus fort à l'astro-truc, que ses griffes serraient comme un poing fermé.

— Il suffit de demander gentiment, n'est-ce pas, Emil ?

Edna lui caressa le bec en souriant, devant la mine furieuse de la jeune fille. Elle fouilla dans ses poches et en sortit un cerneau de noix. Quand elle le montra à Emil, celui-ci lâcha les astro-trucs et se précipita pour l'attraper. La jeune fille eut le temps de les glisser dans un petit sachet en chanvre.

— Vous avez vu ? Ça s'appelle le « pouvoir de la gentillesse ».

— Ou de la faim, grogna la jeune fille. Je m'appelle Priska, lui c'est Florian.

Edna chancela. Son mollet s'était remis à pulser et l'air autour d'elle était devenu laiteux.

— Ils ne sont pas empoisonnés, n'est-ce pas ?

— Ne vous en faites pas, votre perroquet ne risque rien. En revanche, votre jambe est mal en point. Urtica dioica.

Sur la peau rougie d'Edna se multipliaient de minuscules bulles de liquide, évoquant du riz soufflé.

— Des orties, précisa Priska. Venez avec moi.

Edna hésita.

— Vous pouvez me faire confiance, je ne suis pas une sorcière, ajouta Priska avec un sourire malicieux qui suggérait le contraire.

Priska et Flo avaient installé un véritable campement dans une petite clairière où stationnait un vieux van orange. Des cordes à linge étaient accrochées aux arbres, des casseroles séchaient sur des branches. De gros sacs isothermes et un engin qu'elle n'avait jamais vu avant, dont sortait un enchevêtrement de câbles et de boulons, reposaient à l'ombre des pins. Les sacs pouvaient contenir des provisions pour au moins une semaine. Au milieu de la clairière, l'herbe était encore noircie par les cendres d'un feu. Edna eut l'impression que les deux jeunes gens vivaient là depuis un moment.

Priska la fit entrer dans la plus grande tente et l'invita à s'asseoir sur un tapis de sol.

Edna respira l'odeur des touffes d'herbes et des fleurs mises à sécher, suspendues à des cordes en chanvre. De la menthe, de la rose sauvage. Du rhododendron. Elle en connaissait beaucoup. Elle savait aussi que certaines étaient de puissants poisons, comme l'aconit, une fleur qu'elle avait toujours trouvée d'une beauté surprenante, sorte d'épi violet vif aux feuilles vert foncé.

— Crachez dessus.

— Pardon ?

— Crachez sur votre blessure.

Les deux femmes s'étudièrent quelques instants.

Edna détailla le visage couvert de taches de rousseur de Priska, dont les tresses étaient maintenues sur le front à l'aide d'un bandeau fleuri. Elle portait un pantalon corsaire où les couleurs se mélangeaient telles des traces de sauce – moutarde et purée de courge – sur une vieille nappe.

Priska écarta les bras dans un geste d'impuissance.

— Il faudrait de la sève d'aloe vera ou de la pariétaire, mais je n'ai ni l'une ni l'autre. La substance relâchée par l'ortie est acide, il faut donc intervenir avec un principe basique. Comme votre salive. Vous préférez que je le fasse ?

Edna observa les bulles, qui semblaient sur le point d'exploser.

— Ce n'est pas ma faute si ce matin vous avez eu l'idée d'aller vous promener dans les bois avec votre perroquet sur l'épaule et de frotter votre jambe sur cette pauvre plante d'ortie.

— « Pauvre », je ne dirais pas, s'opposa Edna.

— Vous savez que ce ne sont pas des aiguilles qui vous ont injecté la substance urticante ? C'est le duvet des petites feuilles tendres, qui ont essayé de se défendre courageusement contre votre pied qui les écrasait.

Edna était embarrassée.

— D’accord, je me tourne, poursuivit la jeune fille, comprenant sa gêne. Ensuite ça ira mieux, vous verrez.

Tandis que Priska découpait un morceau de gaze, Edna lui demanda ce qu’étaient les astragales. Elle apprit qu’il s’agissait de minuscules os qu’on lançait sur l’herbe pour dévoiler l’avenir. Priska soutenait qu’ils étaient très anciens – pas les siens, mais la méthode, précisa-t-elle – et répandus parmi les peuples païens des Alpes, notamment les descendants de la déesse Réitia.

Prise de vertiges, Edna commençait à se demander où elle se trouvait, quand Florian entra, Emil sur l’épaule, et annonça que le dîner était prêt.

Elle n’avait pas envie de rester, mais le ciel s’assombrissait. Bientôt la journée prendrait fin et, bien que Florian l’ait rassurée en lui disant que la ville de Nauders, juste après la frontière autrichienne, était proche, elle savait que le voyage serait encore long. Et elle était si fatiguée qu’elle aurait pu s’endormir debout.

— Où voulez-vous aller, avec votre jambe dans cet état ? De nuit…

Pour la première fois depuis qu’elles s’étaient rencontrées, Edna et Priska étaient d’accord.

17

La chamane

Au dîner ils avaient mangé du seitan (cela ressemblait à un steak, mais hélas n'en était pas), du jambon de soja (qui était servi en tranches, mais n'avait de jambon que le nom) et des galettes de légumes (après les sauces de Roland, tout aurait semblé insipide).

Priska et Flo avaient une petite trentaine d'années. À son époque, les gens de leur âge rentraient de la guerre, avaient déjà fondé une famille, oublié la perte d'un enfant et subi les caprices du temps. Comme ses parents. Elle espérait que les deux jeunes gens n'avaient eu à surmonter aucun de ces malheurs.

— Il y a une chose que je ne comprends pas, poursuivit Florian, qui entre-temps avait débarrassé les assiettes et les couverts pour les plonger dans une bassine d'eau. Comment avez-vous l'intention de franchir l'Arlberg ?

Priska écoutait, les bras autour de ses genoux.

— À pied.

— Mais c'est difficile, Edna ! s'exclama la jeune femme. Il y a plus de cinq cents mètres de dénivelé. Et beaucoup de kilomètres à parcourir. En plus, vous devrez faire attention à Emil. Il y a un passage qui s'appelle le Sentier des Aigles, je vous laisse imaginer pourquoi.

Edna se contenta d'acquiescer.

Comment pouvait-elle expliquer ce que ce voyage représentait pour elle ? Elle avait beaucoup réfléchi à Jacob et à ce qui était arrivé à la ferme. Elle avait compris que, pour revenir au point de départ et boucler la boucle, elle devait suivre les traces du passé. Sans dévier. Chaque trait de crayon sur la carte de son enfance devait correspondre au même trajet, qu'elle pourrait ainsi gommer.

— Je sais ce que je fais. À mon âge, j'ai bien le droit de décider, Priska. Et croyez-moi, après toutes ces années je me sens enfin libre.

Les mots, sortis tout seuls, lui avaient permis de formuler une idée dont elle ne saisissait pas encore pleinement le sens jusque-là. Elle sentait confusément que cela représentait une partie importante du fouillis qui constituait sa vie.

— Vous êtes... Vous êtes folle à lier, Edna, lui dit Florian en éclatant de rire, les yeux grands ouverts, les pupilles brillantes, deux cristaux reflétés par le feu.

Il insista pour les prendre en photo, Emil et elle, puis il expliqua à Edna comment en prendre une de lui et Priska. Emil avait volé sur son épaule et déployé ses ailes juste avant qu'elle appuie sur le bouton. La photo était floue : Priska, surprise, reculait. En même temps elle riait.

— Au fait, vous ne nous avez pas raconté d'où vient Emil ! s'exclama-t-elle.

D'où venait Emil ? Il y avait deux réponses, Edna opta pour la plus évidente.

— C'est une espèce d'Amérique du Sud. Je ne sais pas comment il est arrivé en Europe.

— C'est donc un animal capturé, murmura Priska avec une note de tristesse. Ses forêts doivent lui manquer.

Edna n'y avait jamais réfléchi.

— Il aurait tant d'histoires à raconter. On en a tous au moins une secrète, pas vrai Emil ? dit Priska en se tournant vers Edna. Florian et moi sommes en train de parcourir l'ancienne voie romaine. Lui, une mosaïque dans une église ou un crucifix médiéval suffisent à l'émouvoir. Moi, je suis des traces plus antiques, mais nous nous retrouvons sur les mêmes lieux, parce que c'est là que s'est accumulée l'énergie de la Terre, quel que soit le nom qu'on lui donne. Chaque rencontre fait partie de quelque chose que nous avons déjà vécu et qui fera à son tour partie de nous pour toujours.

— Cette nuit, Priska réfléchira au sens à donner à sa rencontre avec Emil, plaisanta Florian en rinçant énergiquement les assiettes. Cela dit, Priska, est-ce que tu pourrais t'en occuper après avoir vérifié le générateur ? Moi je n'y comprends rien, à cette machine.

Edna observa Priska qui fouillait dans la caisse à outils, une clé anglaise entre les lèvres, et Flo qui faisait la vaisselle dans la bassine, un tablier autour de la taille. Ils formaient vraiment un couple étrange.

— Les photos, c'est notre contact avec le monde, expliqua Priska les mains pleines d'huile. Florian tient un blog. Il les poste et il répond aux commentaires des *followers*. On leur vend des t-shirts et quelques gadgets. Ça nous permet de continuer notre voyage.

Edna acquiesça avec conviction : elle ne comprenait pas un mot de ce que racontait la jeune fille.

— J'imagine que vous êtes très fatiguée. Vous avez déjà dormi dans une tente ? C'est le meilleur endroit pour passer la nuit. Il faut juste que vous fassiez attention à Emil, à cause des chouettes. Elles crient si fort qu'on dirait qu'elles sont tout près.

Ils lui avaient laissé la petite tente. Florian avait passé une bonne demi-heure à déplacer des livres et des papiers, avant de la remplir de coussins et de couvertures qui sentaient la vanille.

À travers la toile, Edna suivait les contorsions du feu et la danse de l'herbe agitée par le vent. Elle songeait aux paroles de Priska, aux astragales. La jeune fille avait dit que c'étaient des os (articulations tibio-tarsiennes de mammifères – moutons, vaches, mais aussi cerfs et même ours), toutefois Edna ne leur trouvait rien de spécial. Elle ne voyait pas comment ces petits os pointus et un peu élimés pouvaient prédire l'avenir.

Croyait-elle au destin ? À un fil rouge qui relie chaque chose, dont on n'a pas conscience avant qu'il nous caresse ou nous serre au point de nous étrangler ?

Elle l'ignorait. En attendant, elle devait s'occuper d'Emil, lui trouver un endroit pour la nuit. Elle scruta la tente en se mettant à sa place, imaginant son petit esprit toujours alerte, malgré l'indolence de la vieillesse. Si elle relevait la poignée de la cage à roulettes, il pourrait s'y percher. Satisfaite de cette solution, elle cajola son gros bec. Il lui prit le doigt, une prise douce, à peine perceptible. Comme une caresse. Edna savait que son bec était fait pour casser des noix de coco et creuser des nids dans les troncs d'arbres. Il aurait pu lui sectionner l'index aussi facilement qu'il émiettait les coques de noix, mais Emil traitait son doigt avec la même délicatesse qu'un morceau de cristal. Et elle avait confiance en lui.

Priska lui avait demandé d'où il venait. Sans pour autant croire à ses astragales et à ses dons de « chamane » comme elle se définissait, Edna se dit que la jeune femme avait raison sur un point : Emil était une créature spéciale. Peut-être venue du feu, tel un phénix, ou d'une terre chaude et lointaine, baignée par la mer. Peut-être, comme on le lui avait dit des années auparavant, Emil était-il descendu du paradis.

18

Le mur, la charrette et la poussière du sablier

Edna glissa la tête hors de la tente et essaya de comprendre ce qui s'était passé et où elle se trouvait.

Devant elle, une silhouette colorée enlacée à un arbre ne formait qu'un avec lui. Priska, la joue contre l'écorce, était-elle vraiment en train de lui faire une sorte de câlin ? Elle souriait. Puis elle ouvrit les yeux, se laissa tomber dans l'herbe, croisa les jambes et posa mollement ses bras sur ses genoux. Elle prit une grande inspiration et aperçut la tête ébouriffée d'Edna qui l'observait. Elle lui adressa un grand sourire et lui fit signe d'approcher.

— Vous avez bien dormi ?

Edna avait passé une bonne nuit. Elle se sentait reposée et revigorée. En revanche, elle s'inquiéta en voyant les nuages noirs immobiles derrière les crêtes et en humant l'odeur de pluie qui flottait dans l'air.

— Il va pleuvoir, confirma Priska comme si elle avait lu dans ses pensées. Le mauvais temps arrive du nord, ça va nous tomber dessus. Ce matin les arbres m'ont murmuré ce qui s'est passé là-haut, et je vous assure que ce n'est pas rassurant.

— Les arbres vous parlent ?

Dire que cela préoccupait Adele de l'entendre parler à Emil ! Au moins le perroquet disait « bon » quand il voulait un biscuit et « bonjour » le matin.

— Tout est relié par des fils invisibles, Edna. Cela a toujours été ainsi, mais nous avons perdu la capacité d'écouter. Ou alors nous n'avons plus la patience. Vous ne trouvez pas que tout va trop vite ?

Edna pensa à son voyage. Aux quelques kilomètres parcourus à une allure de tortue. Elle aurait voulu partager l'avis de Priska, mais elle n'y arrivait pas, elle qui n'avait jamais eu de bonnes relations avec les montres. Elle n'en possédait pas et préférait s'en remettre au soleil, au cadran solaire de l'église du village et aux cloches. Et puis il y avait Emil, qui réclamait ses repas à heures fixes, avec plus de précision qu'une horloge suisse.

— Je dois reprendre la route. Ravensburg est encore loin.

Une ombre traversa le visage de Priska, creusant un sillon profond au milieu de son front.

— Vous ne pouvez pas traverser les montagnes avec cette tempête. Pourquoi vous ne restez pas ici ?

— J'aimerais beaucoup, mais ma jambe est guérie et j'ai hâte d'arriver.

— Profitez de votre voyage, ce sont vos vacances, non ?

Pour les jeunes, tout était vacances. Edna doutait que Priska comprenne.

— Détendez-vous, respirez. Profitez de la tiédeur de ce soleil, faites-en des provisions. Faites comme moi, installez vos jambes de cette façon.

Elle l'aida à trouver la position. Edna n'arrivait pas à les croiser comme Priska, toutefois elle les replia tant qu'elle put.

— Fermez les yeux. Il faudrait un *dhyangro*, un tambour en peau. Mais Florian est parti au village acheter des toiles pour la pluie. On va faire sans. Suivez-moi.

Edna fit mine de se lever, mais Priska l'arrêta d'un geste ferme.

— Tous les voyages ne se font pas avec les jambes, lui murmura-t-elle.

Le soleil filtrait entre les feuilles et se coulait sur les femmes comme de la pluie.

— Respirez. Lentement. Sentez la chaleur de la terre. Nous allons descendre dans le monde souterrain pour retrouver la source de notre énergie. Mais attention, Edna, quoi que vous trouviez, il ne faudra rien rapporter de ce voyage.

Priska prenait de grandes inspirations, les yeux mi-clos. Sa cage thoracique s'élargissait et se contractait dans un mouvement rythmé. Bien que gênée par une irrépressible envie de tousser, Edna l'imita.

— Regardez l'arbre derrière nous.

Edna ouvrit les yeux.

— Non, pas pour de vrai, vous devez l'imaginer ! la corrigea Priska.

Edna referma les yeux.

— Effleurez-le de la main – rien que dans votre esprit –, tout doucement. Son écorce humide et poreuse, couverte de musc frais, vous chatouille les paumes des mains. Vous voyez une cavité ? Cela pourrait être le refuge d'un animal.

Edna flottait dans une mer noire constellée de petits points blancs et orange.

— Glissez-vous à l'intérieur et descendez.

La voix de Priska conservait le même ton détaché qu'au début, mais se teintait de sérieux et d'intensité.

— À travers le tronc, sous la terre noire. Suivez les racines de l'arbre qui creusent le sol. Elles sont noueuses et courbes. Suivez-les sur toute leur longueur. Laissez-vous aller au vertige, n'ayez pas peur de descendre, même s'il fait noir tout autour. Concentrez-vous sur les racines de l'arbre, Edna.

Le cœur de la vieille femme s'affola et elle perdit la perception du soleil qui battait sur ses paupières mi-closes, et même celle de l'herbe qui lui chatouillait les chevilles. Elle suivit les racines qui s'étendaient sous la terre, creusant des passages et des galeries surplombant le vide plus dense que la nuit.

La descente s'arrêta net et elle sentit son corps se balancer, accroché à une corde trop courte dont elle avait atteint l'extrémité.

L'image était trouble. Mais quand elle suivait les battements de son cœur, comme le lui suggérait la voix de Priska, de plus en plus lointaine et ouatée, la scène se recomposait et retrouvait peu à peu son unité et son sens.

De l'extérieur, elle voyait une fillette chaussant des godillots et portant un blouson en cuir noir trop grand pour elle. Celui que Roland lui avait offert l'avant-veille au soir. En revanche, la scène n'avait rien à voir avec le présent, même si elle la connaissait bien. Elle l'avait vécue.

Elle attendait, recroquevillée au pied du vieux muret, une odeur de pierre et de chaux dans les narines. Les mains moites de peur, elle plissait les yeux pour tenter de voir au loin dans l'obscurité.

La charrette s'était arrêtée exactement là où lui avait dit Jacob. L'homme à la peau sombre était descendu pour abreuver les chevaux à la source, deux autres l'aidaient à charger les sacs de grain et de plumes d'oie tandis qu'un quatrième, debout, surveillait la lisière du bois.

Seul le muret la séparait d'eux. Jacob aurait dû être là lui aussi, mais il n'arrivait pas. Morte de peur, elle se demandait ce qui lui était arrivé. Elle ne parvenait pas à réfléchir à autre chose. Elle devait malgré tout prendre une décision.

Derrière le muret, les chevaux de la charrette soufflaient en secouant leurs clochettes en cuivre. De l'autre côté, le bois sombre était faiblement éclairé par un maigre croissant de lune et la ferme se cachait dans ses ombres. Elle était au milieu. Seule. Et elle ne savait pas quoi faire.

— Vous pourriez rencontrer un obstacle, murmura Priska en la guidant vers un rayon de lumière. Une racine, ou alors une porte fermée.

La petite Edna avait continué à lorgner de l'autre côté du mur, puis elle s'était laissée tomber avant de ramper comme un lézard sur la surface rêche pour ne pas être attrapée. La peur chatouillait son dos et la faisait frissonner. Que devait-elle faire ? D'autres avaient déjà réussi dans les mêmes conditions, mais Edna n'arrivait pas à bouger. Elle se sentait piégée, un lapin pris dans les phares.

— Reviens, Edna, murmura la voix chaude et douce.

Elle sentit une main sur son épaule et ouvrit les yeux. Le visage de Priska était tout proche du sien.

— Ne vous inquiétez pas, ça m'arrive, à moi aussi, dit la jeune fille en se levant.

— C'est tout ?

Edna était déçue. Elle s'était revue enfant et, pendant un instant, il lui avait semblé totalement irréel d'avoir dû choisir entre la ferme et la liberté. Mais où était Jacob ? Que lui était-il arrivé ?

— Il faut des années pour surmonter l'obstacle. Parfois une vie ne suffit pas. Qu'est-ce que vous avez vu ?

— Un muret en pierre, murmura Edna, la gorge nouée.

— Moi, une porte. Je visualise toujours la même porte. Bon, il faudrait que vous travailliez là-dessus : ce muret est la clé de tout. Venez, l'invita Priska en lui tendant le bras. Si vous êtes décidée à repartir, il faut qu'on trouve de quoi vous protéger de l'orage.

Emil les observait, suspendu tête en bas à une corde à linge. Edna le trouva drôle. En le voyant voltiger dans les airs, elle se dit que lui seul connaissait la clé de tout. La clé, le point de départ.

L'oiseau de paradis

Ils étaient là depuis des mois. Certains enfants étaient repartis – ceux qui avaient été embauchés pour la cueillette, par exemple – mais eux restaient. On ne venait pas les chercher. Le père Gianni n'avait pas reparu. Personne ne semblait s'intéresser à leur sort. Pour le reste du monde, ils n'existaient plus. Et le reste du monde, pour eux, n'était qu'un souvenir qui leur rendait parfois visite dans leurs rêves. Le lendemain matin, ils n'avaient pas envie de parler. Le brouillard qui se levait sur les champs pénétrait leur cœur, leur cerveau, engourdissait leurs capacités de réflexion et leurs membres. Ils se sentaient fatigués.

Edna se retrouvait souvent avec Bastian. Quand Jacob les surprenait en train de bavarder, ses lèvres se pinçaient et il faisait semblant de ne pas les voir. Le cœur d'Edna se serrait. Elle le voyait de moins en moins souvent parce qu'il travaillait désormais à la construction de la nouvelle étable, avec les plus grands. Edna, Bastian et Anja, qui venait comme elle du Val Venosta, passaient de longues heures à nettoyer la maison et faire sécher les plantes. Ou alors ils s'occupaient des animaux.

Jacob lui manquait, mais elle n'avait pas le temps de réfléchir. C'était une chance, car son imagination n'en faisait qu'à sa tête, elle traversait les montagnes pour rentrer à la maison, allait retrouver sa mère, ses caresses et leurs promenades dans les bois. Puis ses mains, meurtries par l'eau froide et les brins de sauge, la ramenaient au présent, à genoux par terre. Elle n'avait aucun espoir. Dans sa tête, elle tenait le compte des jours. Elle n'était pas assez forte en mathématiques pour calculer les heures, les chiffres se mélangeaient. Avec Anja et Bastian, qui se mêlait toujours des affaires des autres, elle ne parlait pas de chez elle, ni d'avant. Peut-être parce que Anja avait toujours l'air trop triste pour l'écouter et qu'elle se méfiait de Bastian.

Ils accomplissaient leur devoir, le temps les endurcissait comme du bois qui mûrit sous l'écorce. C'était la deuxième saison à la ferme pour Anja et la première pour Bastian. L'été précédent il avait travaillé chez un autre patron, mais cette fois, il n'avait pas échappé à l'homme à la croix dans le dos.

Quand Edna avait demandé à Anja pourquoi elle était revenue, celle-ci lui avait répondu sans ambages, la voix lisse comme l'eau d'un lac :

— Je n'ai pas choisi.

Quand Anja parlait, Edna sentait que quelque chose lui échappait, qu'elle aurait dû comprendre parce que c'était là, sous ses yeux.

Avec le temps, elle avait cessé de poser des questions et de regretter son chez-elle. Elle essayait de ne pas déranger les paysans et d'écouter la patronne. Elle savait qu'il valait mieux parler peu et tenir les yeux baissés, elle anticipait de mieux en mieux les ordres. Parfois elle se demandait si la patronne était aussi dure avec les filles parce qu'elle n'avait eu que des fils. Comme son père, qui lui préférait Martin, à raison d'ailleurs : Martin était spécial, un frère parfait, il savait toujours quoi faire. Il lui rappelait Jacob, mais elle préférait éviter ce genre de considérations.

Telle une mule, elle travaillait sans lever les yeux, parce qu'il est plus facile de se concentrer sur la motte de terre sous ses pieds que de tenter de capturer un horizon insaisissable, qui s'éloigne à chaque pas. Parfois, l'ombre constituait une parfaite cachette. Alors le soleil faisait moins mal.

Le jour de la procession du Saint-Sang, les enfants de la ferme avaient le droit de sortir et de se mêler aux enfants normaux. Edna avait l'espoir de passer quelques heures avec Jacob.

Non loin de Ravensburg, dans la basilique de Weingarten, était conservée une relique, l'orgueil des notables de la ville et des paysans de la campagne environnante. On attribuait le mérite de cette illustre acquisition à l'empereur Henri III, qui était venu en Italie et avait arraché aux Mantouans rien de moins qu'une motte de terre du Golgotha, imprégnée du sang du Christ blessé par la lance de Longin.

Le lendemain de l'Ascension, des milliers de cavaliers élégants, divisés en groupes brandissant les étendards de la ville, des villages et des corporations dont ils provenaient, escortaient la relique portée par l'évêque. La longue procession parcourait les rues de Weingarten jusqu'à la basilique, accompagnée par des orchestres, des chœurs et des milliers de spectateurs.

Mais la fête, celle dont se souvenait Edna, avait commencé la veille au soir, quand une multitude de pèlerins et visiteurs étaient arrivés en ville, au terme d'un voyage qui avait duré des jours, et s'étaient mêlés à la lente retraite aux flambeaux qui grimpait sur le mont Kreuzberg.

Là, entre les flammes, le parfum des gâteaux et l'odeur aigre des pèlerins, les yeux d'Edna, grands ouverts, avaient emmagasiné la lumière.

Ses mains étaient moites d'émotion, à tel point qu'elle était presque reconnaissante qu'on ne lui ait pas confié un flambeau, qu'elle aurait sans doute laissé tomber. Jacob, lui, tenait le sien avec désinvolture. Mais il s'était vite lassé, alors il l'avait confié à un autre enfant et il s'était éclipsé avec Edna pour flâner devant les étals des vendeurs ambulants, les cracheurs de feu et les jongleurs qui improvisaient des spectacles à chaque coin de rue.

— S'ils ne nous trouvent pas, on va avoir des problèmes, Jacob.

Edna ne voulait pas être punie. Elle avait encore mal aux mains à cause de l'eau glacée avec laquelle elle avait dû récurer les casseroles de la patronne.

— Arrête de tout passer en revue avec cet air coupable, pour commencer, sinon on va se faire remarquer ! Viens.

Il avait volé un bretzel dans un panier et avait croqué dedans en souriant. Puis il l'avait saisie par le poignet et ils s'étaient glissés entre les étals, entre les jupes et les bottes, évitant les flaques laissées par la pluie des jours précédents. Jacob s'était arrêté net.

Il avait lâché le poignet d'Edna pour prendre sa main. Elle avait rougi. Son ami semblait ne s'apercevoir de rien, hypnotisé par un étal vide, à l'écart de la cohue.

Edna avait compris ce qui avait attiré son attention. Ce coin de rue était sombre et une niche cachait une partie de l'étal. Posé sur un perchoir, elle avait vu l'animal le plus étrange qu'elle ait jamais imaginé. C'était une sorte d'oiseau, mais il ne ressemblait à aucun de ceux qu'elle avait rencontrés dans les bois, même pendant son voyage dans les montagnes. Son gros bec était recourbé, son cou à nu, comme une poule déplumée, et sa queue effilochée.

Jacob avait remarqué autre chose, qui avait donné à ses yeux une lueur sombre qu'Edna n'y avait jamais vue.

— Il a la patte attachée, avait-il murmuré.

— Donc il ne peut pas voler.

— Même sans cette chaîne, il ne volerait pas : on lui a coupé les plumes des ailes.

— Ils ont fait ça avec des ciseaux, tu crois ?

Edna avait imaginé la douleur que l'oiseau avait dû ressentir et un frisson lui avait parcouru le dos.

Entre la réverbération des flambeaux et la lueur des bougies consumées, une ombre s'était formée sur l'étal. Edna avait sursauté. L'homme qui leur faisait face avait de longues moustaches et des yeux noirs pénétrants, même sa peau était inhabituellement foncée. Il portait des vêtements luisants comme de la soie. C'était sans doute un sorcier, à moins qu'il ne s'agisse d'un empereur ? Mais dans ce cas, il n'aurait pas traîné dans ces parages boueux et pleins d'excréments. Sans cesser de leur sourire, il s'était enveloppé dans un manteau.

— C'est vous qui lui avez coupé les plumes ? avait demandé Jacob sans hésiter, sérieux, les yeux plantés dans ceux de l'homme.

— Mon garçon, il faut apprendre à poser les bonnes questions, le réprimanda l'homme. Tu devrais d'abord me demander de quel animal il s'agit.

— C'est un oiseau, avait répondu Jacob sèchement.

— Un oiseau de paradis, l'avait corrigé l'autre en scandant les mots, d'une voix caverneuse, en approchant sa lanterne de l'animal immobile. Il peut voler, je t'assure. Quand il s'élève dans les airs, il plane jusqu'au soleil et sa tête rougit. Les plumes de son dos sont bleues, la couleur de l'océan où il plonge pour capturer les poissons des abysses. Les autres sont vert émeraude, comme celles des bois où il retourne pour dormir.

— Moi je le trouve déplumé.

L'homme avait éclaté de rire.

— C'est un oiseau de paradis, je te l'ai dit. Il a de nombreuses vertus et de grands pouvoirs. Chacune de ses plumes peut guérir une maladie, remédier à un malheur ou compenser les caprices de la malchance. Beaucoup de gens convoitent ses plumes. Certains tueraient même, pour en posséder une seule.

Jacob avait regardé le pauvre animal.

— On le prend.

Edna s'était retournée vers lui. Était-il devenu fou ? Ils avaient assez d'ennuis comme ça. Elle n'osait même pas imaginer ce qui se passerait si on s'apercevait de leur absence. Et puis, que diable Jacob voulait-il faire de cet oiseau de paradis ? Où comptait-il le cacher ?

Mais il semblait savoir ce qu'il faisait, même quand il avait sorti de son godillot les quelques sous qu'il avait gagnés à la ferme. C'était comme s'il avait vu quelque chose, dans cet animal aux grandes ailes pour voler, mais attaché à un piédestal dont il ne pouvait bouger ni s'échapper. Peut-être leur ressemblait-il. Et Jacob s'était dit que s'il arrivait à l'aider, alors eux aussi auraient un espoir.

19

Jour 3

Distance : 50 km

À cinquante kilomètres de là, Adele lorgnait avec angoisse à travers les fenêtres d'une maison aux tuiles rouges et aux murs recouverts de plantes grimpantes. Elle avait cherché Edna dans le jardin puis avait tenté d'ouvrir la porte arrière, en vain. Elle avait sonné un nombre de fois suffisant pour comprendre ce que signifiait le silence qui lui répondait. Il ne lui était jamais arrivé de ne pas trouver Edna chez elle à cette heure.

Peut-être la vieille femme s'était-elle attardée au café où elle lisait le journal. Elle s'inquiétait pour rien, comme toujours. Sans doute à cause de ses neurones miroirs défectueux.

Elle contrôla sa respiration, visualisa le point jaune de son plexus solaire qui s'élargissait, ravala ses pensées négatives et sourit en accrochant le sachet de pain à la poignée.

Elle monta sur son vélo et jeta un dernier coup d'œil à la maison avant de repartir. L'obscurité à l'intérieur était pesante, les pièces vides et silencieuses. Un détail l'avait toujours frappée, chez Edna : rien, dans cette maison, ne parlait de son passé. Cet antre sombre, sans photos, semblait déjà trop rempli par elle et Emil pour laisser de la place à quoi que ce soit d'autre. Comme si le temps, là-dedans, n'avait jamais eu l'intention de s'écouler.

20

Le maillot à paillettes

— La méditation vous a aidée, pas vrai ? demanda Priska.

Elles se trouvaient dans la tente, où Edna repliait ses vêtements avec soin avant de les remettre dans son sac. La jeune femme accrochait d'autres bouquets aux cordes en chanvre. Suspendu la tête en bas, Emil l'observait à l'envers.

— En effet, le dîner d'hier soir et la méditation m'ont redonné des forces, mentit Edna.

En réalité elle aurait pu dévorer un poulet entier et trois portions de pommes de terre rôties. Elle ne comprenait pas comment on pouvait se rassasier avec quelques feuilles de salade et toutes ces choses qui avaient un goût agréable au début, mais laissaient ensuite une sensation de ventre vide et une grande nostalgie de steak. En plus, depuis la méditation elle se sentait perdue. Elle n'aimait pas que ses pensées la ramènent sans cesse à la ferme. À Jacob. À leur dernière nuit.

— Bien, bien ! s'exclama Priska avec satisfaction.

Edna avait aligné le nécessaire : sa gourde (pleine, bouchon vissé, mais pas trop serré), le bocal de confiture (vide, mais elle s'en servirait à son retour), deux paires de chaussettes (elle avait dû en jeter une – quel dommage – parce qu'elle s'était trouée et qu'elle n'avait ni fil ni aiguille), le blouson de Roland (elle était toujours secouée en voyant le crâne avec les flammes qui sortaient des tempes, mais elle commençait à s'habituer au cuir, qui avait pris le pli de ses épaules un peu voûtées et ne lui faisait plus mal aux clavicules).

— Attendez, je vais vous trouver quelque chose, intervint Priska. Si jamais il pleut...

— J'ai mon blouson, répondit Edna avec une pointe d'orgueil.

Elle ne comprenait pas pourquoi Priska la dévisageait avec cet air inquiet.

— Oui, il n'est pas mal... mais je voyais quelque chose de plus... De plus adapté, pour vous. Il est sinistre, ce blouson.

Priska s'était agenouillée devant un énorme panier rectangulaire en osier. Elle posa les mains sur la natte rigide qui lui servait de couvercle et la secoua avec précaution avant de la déplacer. Elle extirpa divers tissus et objets, les soulevant parfois à la hauteur de ses yeux, puis les époussetant d'un geste prompt.

— Ça fait longtemps que je n'ai pas fouillé là-dedans. Je suis sûre qu'on va vous trouver quelque chose. Il vous faut un pantalon confortable.

Edna espéra qu'elle ne veuille pas lui en donner un similaire au sien.

— Le mien est plutôt pratique, réfléchit Priska à voix haute, mais le coton serait vite trempé. Ou alors...

Edna s'était approchée, Emil sur son épaule. Ils observaient Priska, son visage couvert de taches de rousseur, ses yeux qui se posaient sur un sac, une robe, un foulard.

— Oh, ça ! s'exclama-t-elle en riant devant un maillot de bain deux pièces à paillettes. Je l'avais oublié. C'est ma sœur qui me l'a offert, précisa-t-elle tandis que sa voix se brisait.

Elle avait le même. On devait partir ensemble, après mon diplôme. La Méditerranée, les îles grecques, l'Espagne. On avait passé un mois à prévoir notre itinéraire.

— Vous avez fait un beau voyage ?

Priska haussa les épaules.

— Nous ne sommes pas parties. J'aurais dû obtenir mon diplôme, mais…

Edna bloqua le bec d'Emil avant qu'il ne se jette sur les paillettes. Priska ne s'en aperçut pas.

— J'avais encore deux examens à passer et le mémoire, mais je ne l'ai jamais rendu. Il est resté à l'état de feuilles volantes.

— C'est vrai ? Vous avez changé d'avis ?

Priska la regarda avec étonnement.

— Au moment de me réinscrire, je suis restée devant la porte fermée du secrétariat. Je n'ai pas eu le courage d'entrer, je me suis dit que je reviendrais le lendemain. Ce que j'ai fait. Mais le secrétariat ouvrait plus tard. Alors je me suis dit qu'entre-temps, je pouvais aller voir ce van en vente qui était garé de l'autre côté de la rue – une bonne affaire – ou attendre au bar…

Ses doigts tachés de jus de groseille caressaient les paillettes, qui semblaient tout droit sorties de la loge d'une actrice.

Edna repensait à sa carte. Au voyage tracé au crayon et à la petite étoile qui indiquait Ravensburg.

— Et vous avez fini par oublier.

Mais un jour, quand on ne s'y attend plus, quelque chose nous y ramène. C'est comme si on n'était jamais parti et que le temps écoulé depuis cet instant ne comptait pas. On se demande alors ce qui s'est passé dans l'intervalle.

Les pensées d'Edna flottaient dans l'air, dans les effluves de menthe sauvage.

— Avec l'argent de l'inscription, j'ai acheté le van. En fait je n'ai jamais voulu devenir avocate, mais il est plus difficile de décevoir ceux qu'on aime que de se trahir soi-même. Au début je n'y ai pas cru, j'ai même essayé de cacher mes dessins et mes livres sur les fleurs, dit-elle en roulant le maillot en boule avant de le lancer dans le panier. Mais ça n'a pas fonctionné. J'aurais tant voulu qu'ils comprennent. Ce voyage en Espagne est le seul que je ne pourrai plus jamais faire. Et vous n'imaginez pas à quel point j'en ai envie ! Mais pour ma sœur, je suis désormais une sorte de sorcière qui vit dans les bois. Je crois qu'elle ne me fait plus confiance. En fait, il était moche, ce maillot ! conclut-elle en refermant le panier d'un coup sec.

La tristesse dans les yeux de Priska était arrivée sans prévenir, mais ne dura pas longtemps, tel un orage de montagne balayé par le vent qui repoussait les nuages derrière les cimes.

— Je ne comprends pas comment il a pu me plaire. Vous croyez qu'il est possible de changer autant ?

Edna revit le mur qui séparait la ferme et le bois de la route qui menait à la ville. À cet instant où elle s'était sentie coupée en deux Edna différentes, et qu'elle avait dû choisir laquelle devenir.

— Je crois que chacun d'entre nous a en soi des potentialités infinies. Simplement, à un moment, on choisit. Et ensuite chacun de nos pas est conditionné par ce choix, au point que nous oublions toutes les variantes que nous aurions pu être.

— Oui, c'est comme ouvrir une porte ou décider de la garder fermée.

Edna acquiesça. Il n'y avait pas de bons ou de mauvais choix. La différence, c'était que certains menaient à des jours heureux et d'autres plongeaient dans l'obscurité. Et elle ne comprenait toujours pas si on pouvait sortir de cette noirceur ou si on était condamné à la garder en soi pour toujours.

Priska baissa les yeux, puis les posa sur le fagot vert qui dépassait derrière le miroir. Elle offrit à Edna un sourire lumineux.

— Je crois que j'ai trouvé ce qu'il vous faut !

21

Cieux noirs

— Ça vous va à merveille, commenta Flo en se massant le menton.

Edna écarta les bras et la cape cirée s'ouvrit comme les ailes d'une chauve-souris. Elle ne voyait pas ses chevilles et la capuche touchait la monture de ses lunettes. Elle soupçonnait même que, sans ces dernières, le vêtement lui aurait recouvert le visage, tant il était large. Il était vert moisissure et, quand elle bougeait, Edna avait l'impression d'être une sorte de gros volatile sans membres ni taille.

Priska la serra fort dans ses bras, sa joue contre la sienne comme lorsqu'elle avait enlacé l'arbre, les yeux fermés. Edna avait du mal à respirer.

— Je vous souhaite de voir de l'autre côté du muret en pierre, Edna.

Après d'autres embrassades, des recommandations, des échanges de cadeaux (un astragale à mettre au fond du sac/une plume de la queue d'Emil) et des bavardages sur les fleurs et la météo, ils se séparèrent. Dans sa langue incompréhensible, Flo lui demanda si elle avait un profil sur les réseaux sociaux, un téléphone portable, une adresse mail ou un accès Drop-quelque chose. Enfin, ils se saluèrent avec une tape sur l'épaule et un « Soyez prudente, Edna ».

À ce moment-là, elle n'avait cependant rien à craindre. Le soleil était haut et les nuages toujours accrochés aux sommets.

Emil et elle avançaient d'un bon pas vers Nauders, dans une vallée de plus en plus étroite. Elle n'avait pas la moindre idée d'où se trouvait la frontière. Elle portait son blouson de cuir noir (on ne plaisante pas avec la santé : elle toussait toujours et frissonnait tantôt de froid, tantôt de chaud, selon qu'elle était à l'ombre ou au soleil), son pantacourt de trekking et des chaussettes en laine remontées sur les mollets. Les blessures causées par les orties étaient en train de guérir, Priska y avait appliqué une bande imbibée de vinaigre qui avait pris une couleur rouge sang. Edna traînait la cage à roulettes d'une main et, de l'autre, scandait ses pas avec sa canne.

Florian lui avait conseillé de suivre la route de Resia. Certes il y avait plus de voitures, mais les magasins et les cafés y étaient plus nombreux, il lui serait donc plus facile de se restaurer.

Le jeune homme ne pouvait pas savoir qu'Edna n'avait pas un sou et elle s'était bien gardée de le lui dire. Elle était certaine qu'il aurait insisté pour l'accompagner avec son van. Elle n'attendait pas du couple qu'ils comprennent – et approuvent – son projet fou de suivre sa carte.

Elle s'arrêta devant une épicerie située au pied des pistes de ski, qui se réduisaient à des étendues d'herbe brûlée par le soleil. Avec cette chaleur, elle avait du mal à imaginer de la poudreuse et des gens en combinaison et après-skis.

Sur le parking, elle aperçut un groupe de manifestants grimés derrière des masques de loup, brandissant des panneaux. De toute évidence, ils ne faisaient pas la queue pour les remonte-pentes. Des fillettes sautillaient au rythme d'une comptine dont Edna ne comprenait pas les paroles. Les banderoles aux inscriptions orange étaient trop loin pour qu'elle puisse les lire.

Elle s'assit sur un rocher à l'ombre d'un pin, déplia soigneusement sa carte et suivit le tracé du doigt. À partir de Nauders ce serait plus simple, parce que, en rentrant de la ferme, elle avait pris un car depuis St. Anton : aujourd'hui, elle avait donc le droit d'utiliser n'importe quel moyen de transport. Le problème, c'était qu'elle n'avait que quelques pièces de monnaie au fond de sa chaussure.

Un bâton couvert de poils se glissa entre son nez et sa précieuse carte, au niveau de Landeck et du rectangle à roues représentant un autocar. Agacée, Edna leva les yeux.

L'homme lui souriait. Derrière lui, des individus aux visages cachés derrière des lunettes aux verres réfléchissants mâchaient des chewing-gums en l'observant.

— Et vous, vous avez envie de raconter votre histoire à nos téléspectateurs ? demanda l'homme tandis que son bâton descendait vers le menton d'Edna.

— J'ai une longue route à parcourir et je suis pressée, grommela-t-elle en éloignant sa carte pour la mettre à l'abri.

— Vous allez où ? C'est un perroquet, que vous avez dans votre cage ? demanda l'homme en faisant signe au cameraman de la filmer.

Aveuglée par le reflet du soleil sur la caméra, elle posa sa main en visière sur son front.

— Nous sommes en voyage, nous ne pouvons pas nous arrêter longtemps.

Elle replia sa carte et la rangea dans son sac.

— Vous voulez au moins faire un commentaire sur les dernières déclarations de l'association des chasseurs ? insista l'homme en la suivant. Que pensez-vous de la réintroduction du loup dans les Alpes, si près des zones habitées ? Il y a beaucoup de touristes, ici. Et vous, qui voyagez… avec un blouson de motard et un perroquet dans une niche pour chien… Vous n'avez pas peur ?

— Les loups ont toujours existé, cher monsieur. Pour les tenir à distance, on élève des chiens de berger, dit-elle en se retournant. Et maintenant, au revoir.

Elle partit vers le bois. Elle ne se retourna pas, mais eut l'impression que les regards la suivaient et que les rires fusaient.

Quand ses oreilles furent enfin emplies des rumeurs de la forêt, Edna poussa un soupir de soulagement. Sous le couvert naturel des arbres, il est illusoire de s'imaginer qu'on trouvera du silence. Après les premières minutes, le temps de se débarrasser du bruit de fond des routes et des villes, les sens se mettent en alerte et en tension, telles des cordes prêtes à percevoir les vibrations. D'abord, il y a le chant des oiseaux. Les trilles et gazouillis émanant des branches finissent par créer une sorte d'harmonie.

Même les pas ont une voix. Les pas fatigués qui traînent dans le sable, coquillages baladés par les vagues lentes du ressac. Les pas qui filent vers un but précis, écrasant des pierres et des racines. Et puis, les pas alourdis par les idées noires, le doute ou la peur. Ce sont les plus difficiles à identifier, parce qu'ils possèdent une force trompeuse. Mais ils trébuchent parfois sur une branche morte et finissent par glisser avec la légèreté de la mélancolie et s'éteindre dans un craquement.

Ceux d'Edna laissaient des empreintes sur le chemin, ses chaussures de marche bien plantées dans la terre, sa canne l'aidant à avancer.

Et les roues de la cage – constata-t-elle le cœur serré – émettaient désormais un grincement métallique qui ne laissait rien augurer de bon.

Elle avait perdu du temps avec Priska et Flo ce matin-là, entre méditation et préparatifs. Maintenant, elle devait composer avec le ciel qui changeait très vite. L'horizon s'assombrissait, annonçant la tempête dont avait parlé Priska. Ou le crépuscule et l'obscurité prochaine.

Elle aperçut la lune, ronde malgré la clarté du soir. Ce serait sa première nuit à la belle étoile depuis très longtemps. Comme par hasard, c'était la pleine lune – il se passe toujours des événements bizarres et terribles, ces nuits-là. Priska aurait parlé de destin, mais Edna n'avait pas le temps d'y réfléchir : elle voulait trouver un endroit où dormir. En attendant, elle tentait de donner un sens au frisson qui lui parcourait le dos.

Avant tout, elle se demandait à quel moment elle avait dévié de son itinéraire. Quand elle avait fui pour échapper aux hommes à la caméra, elle avait emprunté sans réfléchir un chemin qui montait sur des kilomètres, à travers les bois. Elle n'avait pas su s'orienter avec le soleil. S'éloigner de la route principale était une très mauvaise idée.

Les roulettes de la cage avançaient chacune à un rythme différent. L'une perdait un tour, l'autre le récupérait plus vite ou patinait. À l'intérieur, Emil s'agrippait aux barreaux, ballotté de tous les côtés.

Désormais la nuit brouillait tout et les ombres se contorsionnaient en prenant la forme de créatures en embuscade.

Edna s'arrêta, à bout de souffle et les muscles endoloris. Des cals lui brûlaient la main.

Pour la première fois, elle se rendit au silence. À quelque chose de grand et d'incompréhensible, à la fois effrayant et magnifique. Quand elle leva la tête pour admirer les étoiles, le ciel lui sembla si profond qu'elle aurait pu s'y noyer.

Elle ne savait pas comment elle allait passer la nuit.

Elle reprit la cage et demanda un dernier effort à ses jambes. Sous ses pieds, les touffes d'herbe étaient des fils invisibles qui pénétraient sa chair et lui laissaient dans la bouche le goût amer du fer.

Épuisée, elle se laissa tomber, le dos contre le mur d'une cabane – en remerciant celui ou celle qui l'avait mise sur sa route – et elle observa le vaste champ interrompu par de petits édifices, qui servaient peut-être à la récolte du foin ou à stocker des outils. Peu importait. Elle était à bout de forces. Elle n'avait plus envie de continuer.

La lune était un œil rond et immobile. Edna ne se souvenait pas de l'avoir vue si proche et resplendissante. Autour d'elle, les ombres jouaient avec le vent et lui chatouillaient la peau. Elles la ramenaient en arrière, à la nuit où la lune l'avait trahie. Comme aujourd'hui, elle était sans défense, à la merci du ciel et des vagues de blé qui l'entraînaient, comme si elle n'avait plus ni poids ni forme.

La moisson

Les nuits de pleine lune étaient plus claires, à la ferme. Les loups ne sortaient pas de l'obscurité de la forêt, bien qu'Edna, recroquevillée en chien de fusil sur sa paillasse, entendît parfois leurs hurlements au loin. La colline brillait sous la lumière opalescente, dévoilant le champ à moissonner.

À la fin de l'été, quand le vent des hauteurs apportait les premiers flocons de neige et l'obscurité s'insinuait entre les arbres et les maisons, on attendait la première nuit de pleine lune pour moissonner le *Grummet*, le deuxième foin.

On sortait alors dans la nuit avec de longues faux où se reflétait la lune, et on travaillait jusqu'à l'aube.

C'était le labeur des paysans journaliers et des fils du patron. Cette année-là, certains enfants, dont Jacob, avaient été réquisitionnés. Edna avait donc bondi de joie quand la patronne lui avait demandé d'apporter à boire aux hommes et de ramasser le foin sur les charrettes. C'était Anja, toujours précise et rapide – comme ne manquait pas de le faire remarquer la maîtresse des lieux, qui la prenait comme exemple lorsque Edna laissait tomber une assiette ou mettait trop de temps à couper les légumes –, qui aurait dû y aller, mais elle était au lit avec de la fièvre. Cette explication n'avait pas convaincu Edna, qui avait vu la fillette la veille au soir en train d'étriller les mulets. Elles avaient même plaisanté au sujet de Mela, un vieux cheval infesté de mouches qui ne bougeait que si on lui plaçait un morceau de sucre devant le museau. Anja ne semblait pas malade. Elles avaient ensuite séparé les fleurs de colza (quatre pétales, jaune brillant) de celles de carthame (fleurs jaune orangé, feuilles épineuses), pour l'huile. Sa mère utilisait le carthame pour en extraire la couleur. Edna l'avait raconté à Anja, qui ne se souvenait de rien de semblable, dans son village.

Cet après-midi-là, avant qu'elle ne puisse l'interroger sur son amie, la patronne avait quitté la pièce en lui recommandant de ne pas faire de dégâts. Et elle lui avait fait comprendre d'un œil mauvais que ce n'était pas le moment de poser des questions.

Quelques heures plus tard, Edna avait observé l'immense champ et l'herbe qui ondoyait telle une mer mue par le vent. Elle n'avait jamais vu la mer, mais c'était ainsi qu'elle l'imaginait. De la même couleur, parce que la nuit le champ devenait bleu cobalt et saphir. Comme la laine que sa mère tissait en lui expliquant la différence entre les nuances de couleur et l'importance d'habituer l'œil à les reconnaître en les nommant : si on n'emploie pas les termes exacts ou qu'on n'en possède pas assez, comment expliquer le monde ou ce qu'on ressent, ce qui revient d'ailleurs au même ? Mais c'était avant que les hommes en noir emportent Martin dans la caisse en bois trop étroite pour qu'il puisse bouger ou se tourner, comme il faisait dans son sommeil. Depuis ce jour, sa mère n'avait plus touché la laine. Les brebis avaient été vendues pour payer le docteur et l'enterrement. Et les couleurs bannies.

On avait dit que c'était à cause de la maladie du sang qui lui avait pris ses forces, jour après jour, jusqu'à ce qu'il ne puisse même plus marcher. Edna lui apportait les grillons qu'elle capturait, comme il le lui avait appris. Elle aimait le voir sourire quand ils s'échappaient de ses mains entrouvertes. Il ressemblait au Martin qu'elle connaissait.

Mais Edna avait compris que son père n'était pas d'accord avec le docteur et qu'il avait son idée. Il était devenu plus dur avec elle, il lui adressait peu la parole et la disputait quand elle demandait à sa mère de lui apprendre les noms des couleurs dans sa langue et qu'elle essayait de les répéter, sans parvenir à rouler les R. Il devenait comme le ciel avant l'orage. Un ciel qui voulait la punir, la chasser avec le déluge comme une chose sale, peut-être parce qu'il était persuadé que la Mort s'était trompée, n'avait pas emmené le bon enfant.

Edna contemplait la colline en s'imprégnant de l'odeur de terre mouillée, de scabieuse et de crocus. Elle n'avait jamais rien vu d'aussi beau.

— Reste avec moi, lui avait murmuré Jacob.

Mais elle ne pouvait pas. Elle remplissait fièrement les carafes et les portait le dos bien droit. Elle coupait le fromage en petits dés, en tenant le couteau avec fermeté. Pour Jacob, elle taillait parfois un morceau plus gros. Juste un peu, pour que personne ne s'en aperçoive, hormis lui.

Autour, les hommes levaient leurs faux, les muscles tendus, baignés de sueur. Les lames crochues s'abattaient d'un coup sec – elle ne se lassait pas d'admirer leur précision – suivant un même rythme, comme une musique qui résonnait dans la vallée. Sa maison était de l'autre côté des montagnes. Elle se demandait s'ils dormaient, s'ils auraient été fiers de la voir se rendre utile, un tablier noué autour de la taille à l'aide d'un ruban. Elle était orgueilleuse de son uniforme, la chemise sous le petit gilet à boutons et les godillots.

Ses élancements au ventre, que la hâte d'arriver à la colline lui avait presque fait oublier, étaient revenus en force planter leurs griffes dans ses flancs.

Elle devait se plier pour continuer à marcher. La douleur était si aiguë qu'elle était convaincue qu'un rat avait élu domicile dans ses viscères et qu'il lui rongeait le ventre avec ses dents pointues et insistantes, dans le but d'ouvrir une brèche pour se libérer.

Après avoir apporté la dernière carafe, elle s'était éclipsée entre les arbres. Elle avait contourné le cabanon à outils pour ne pas être vue, mais elle avait surpris Bastian accroupi entre les buissons et leurs regards s'étaient croisés un instant avant qu'il décampe dans l'herbe haute. Intriguée par le comportement de son ami, elle s'était assurée qu'il n'y avait personne alentour et avait relevé sa jupe.

Le jet qui coula entre ses jambes lui procura un immense soulagement.

Néanmoins, après une courte trêve, les crampes étaient revenues avec encore plus de cruauté, irradiant jusqu'à l'aine.

En se relevant elle avait pensé à Jacob, aux carafes à remplir et au foin à ramasser au râteau. Elle n'avait pas remarqué les ombres qui sortaient du bois.

— On raconte que tu dors dans ta pisse.

Edna s'était retrouvée face à un homme. D'instinct, elle avait reculé, le dos contre la porte du cabanon.

L'inconnu avait fait un pas vers elle.

— C'est vrai que quand tu as peur tu pisses dans ta culotte ?

Il était accompagné de journaliers à qui elle avait apporté du fromage peu avant. Ils riaient. Edna n'entendait que leurs voix. Il n'y avait pas de lumière dans le cabanon où elle venait d'entrer. Il était à peine éclairé par la lune dont les rayons filtraient à travers l'unique petite fenêtre.

— Elle est de race faible, comme sa mère, poursuivit un autre en crachant par terre.

— On va voir. Tu es vraiment comme ta mère ou il y a aussi du bon, là-dedans ? avait renchéri un autre en lui taquinant l'oreille avec la pointe de sa faux.

Edna avait senti la brûlure de la lame et le sang qui coulait jusqu'à son tympan. Son cœur s'était affolé tandis que sa vue se brouillait. Elle avait reculé jusqu'au fond du cabanon.

Elle s'était agrippée à l'échelle et avait grimpé pour atteindre la mezzanine.

À chaque mouvement de bras, elle sentait la douleur lui fendre le ventre. Un échelon. Un autre. En haut, l'odeur de bois pourri avait pénétré ses narines et la poussière lui avait brûlé les yeux.

Il lui avait alors semblé que quelqu'un retirait la terre sous ses pieds. Elle s'était arrimée à l'échelle branlante et avait bondi, désespérée, jusqu'à une poutre de l'étage, avant que les échelons disparaissent et qu'il n'y ait plus que de l'air sous elle. Et du noir. Et des voix qui riaient.

Elle avait bougé les doigts, cherchant la meilleure position pour tenir.

Elle aurait voulu leur crier de la laisser en paix, mais elle savait que si elle lâchait ne serait-ce qu'un filet de voix, elle tomberait sur leurs faux.

Ses jambes pendaient dans le vide et pour la première fois elle haïssait ses godillots si lourds. En bas, les hommes riaient à gorge déployée.

— Tu as peur, fillette ? Et quand tu as peur, tu fais quoi ?

La lame était entrée dans sa cheville telle la griffe d'un chat furieux. La brûlure, furtive, l'avait contrainte à lâcher sa prise et à descendre un peu. Alors elle avait contracté ses muscles jusqu'à en perdre haleine et elle s'était concentrée pour serrer le plus fort possible le bois rugueux de la poutre.

Elle avait évoqué la plume d'Emil que lui avait donnée Jacob, cachée dans sa poche sous son tablier. Suffisait-il de se l'imaginer, d'en visualiser les couleurs, pour que la magie opère et la protège ? Peut-être, si elle se rappelait l'enchaînement des couleurs avec précision, le rouge, le bleu, les taches de vert, avait-elle pensé en plissant les yeux (d'abord le bleu, puis le rouge, stries vertes).

Le bois lui blessait les doigts.

Elle essayait désespérément de tenir. Mais quand elle avait senti le tissu se lacérer sur ses cuisses, la terreur s'était propagée comme une onde qui s'était emparée de son esprit. Elle s'était agrippée encore plus fort à la poutre, se demandant combien de temps ses bras résisteraient.

— Alors tu as bien un peu de bon ! Pas juste du sang italien pourri, avaient ri les voix dans l'ombre.

Edna ne savait pas où ils étaient, ni d'où provenaient les lames qui fendaient l'air tandis qu'elle se balançait comme un speck mis à sécher.

Son corps rigide, de plus en plus lourd, la tirait vers le bas, vers les voix, comme si elle en avait perdu le contrôle, alors que sa conscience s'obstinait à répéter les nuances des plumes (d'abord le rouge, puis le bleu, stries jaunes, rouge au-dessus du bec, dos bleu, ailes vertes).

La douleur au ventre avait explosé dans une secousse qui lui avait brouillé l'esprit et, à un moment donné, elle s'était sentie aussi légère qu'une plume d'Emil. Ses cheveux avaient flotté dans l'air, sa jupe s'était relevée.

Et elle s'était écrasée sur le sol.

Edna était restée recroquevillée dans la poussière, les paupières brûlantes et les yeux fermés, ou bien ouverts, mais elle ne voyait rien. Tout, autour, était noir.

La porte s'était ouverte, un violent courant d'air lui avait hérissé la peau en lui apportant l'humidité et la fraîcheur de la nuit.

Des bruits de pas faisaient taire les rires, les voix baissaient, devenaient murmures avant de disparaître.

La laine rêche d'un vêtement avait frotté contre son bras, une main l'avait saisie et relevée. On l'avait emmenée hors du cabanon, sous la lune. Edna n'avait pas eu le courage de lever les yeux, mais devant le patron elle avait eu honte du filet de sang qui réchauffait ses cuisses nues. Sa jupe était déchirée, son ruban perdu.

— À partir de maintenant tu vas devoir te tenir sur tes gardes, fillette, avait-il commenté en crachant. Je t'ai vue, tout à l'heure. Vous, les femmes, vous savez bien comment provoquer un homme. Vous le cherchez, et ensuite vous vous étonnez que votre ventre grossisse. Baisse les yeux quand tu croises les paysans et marche avec humilité. Ça t'épargnera tout un tas de problèmes. Allez, debout.

Quand il était parti, Edna avait scruté les alentours pour s'assurer que les hommes avaient disparu. Jacob se tenait immobile, rigide, à quelques pas de distance.

Edna aurait pu mourir de honte. Il savait ce qui s'était passé cette nuit-là. À partir de maintenant, chaque mois elle allait expier le péché d'Ève, qui faisait saigner les femmes et les rendait impures.

Jacob l'attendait. Il avait reniflé, les yeux rivés au sol.

— Tu as été courageuse, mais tu restes une chochotte. Je t'avais dit de rester avec moi.

Edna n'avait pas répondu. Était-ce l'inquiétude qui lui durcissait le visage ? Elle ne l'avait jamais vu aussi sérieux. Et elle se sentait sale et coupable : de s'être fait surprendre par les hommes, du sang qui coulait entre ses jambes. Puis Jacob avait déchiré un pan de son maillot de corps, là où il n'était pas trempé de sueur. Avec, il avait confectionné deux bandelettes. Edna avait observé ses mains calleuses qui tordaient soigneusement le tissu avant de le nouer autour de ses tempes. Puis Jacob avait roulé la deuxième bandelette en boule et la lui avait mise dans la main. Quand il s'était retourné, elle avait compris et l'avait glissée en vitesse dans sa culotte. Cette fois ce n'était pas la honte qui empourprait ses joues, mais la gratitude.

Ils étaient repartis. La lune, plus basse, projetait de longues ombres. Contrairement à celles du soleil, il fallait s'habituer les yeux pour les voir fluctuer, chacune avec son propre murmure. Oui, les ombres nocturnes aussi bruissaient, comme celle de Bastian, qui avait glissé dans l'herbe avant qu'elle ait pu lui demander ce qu'il y faisait.

Edna aurait voulu le raconter à Jacob, mais les mots ne venaient pas. Ils étaient bloqués dans un nœud d'émotions si complexes qu'elles se confondaient, comme les couleurs d'une queue de paon.

— Je crois que tu peux dire adieu à un petit morceau de ton oreille, lui avait-il dit avec un sourire de défi. Plus personne ne va vouloir t'épouser, maintenant.

— Tant mieux. Ça fera toujours ça de moins à mordiller pour Emil, avait rétorqué Edna en haussant les épaules, repensant à tous les coups de bec de la bestiole, avec qui elle n'arrivait pas à s'entendre.

Elle avait même eu envie de sourire. Mais le souvenir des lames et des rires des paysans avait anéanti sa joie, l'avait reléguée dans l'obscurité, comme pendant une éclipse qui relâche sur la terre la vibration malsaine d'une magie noire. Edna avait vu la ferme sous un autre angle. Avant, sa perception était brouillée par la fatigue et la quantité insurmontable de travail. Maintenant, elle distinguait tout ce qui lui avait échappé. Elle comprenait que la croix tracée à la craie par un enfant dans le dos du patron avait une signification bien pire que celle du dur labeur qu'elle avait imaginé. C'était la solitude, c'étaient les ombres qui glissaient en faisant un bruit qu'elle entendait, mais ne comprenait pas.

Mais parfois, même les ombres devenaient silencieuses.

Elles sombraient dans un abîme de questions que personne n'avait le courage de poser à voix haute.

22

Jour 4

Distance : 60 km

À quatre jours et soixante kilomètres de là, Adele se battait contre des rafales de vent et de pluie qui déportaient son vélo et lui faisaient perdre l'équilibre. Mais elle avait passé toute la nuit à réfléchir et elle entrerait coûte que coûte, même si elle devait dégonder la porte.

Des papiers et sachets se soulevaient en un tourbillon menaçant dans le jardin d'Edna. Elle reconnut la note de la boutique et le papier dans lequel elle avait enveloppé le pain.

Elle posa son vélo contre le muret et se planta devant l'entrée pour observer le lambeau de plastique qui pendouillait, accroché à la poignée, où elle l'avait noué la veille. Elle accusa mentalement les chats. En revanche, pas trace d'Edna et Emil. Ils ne répondaient ni à la sonnette ni à ses appels.

La bouche sèche et les mains parcourues de petites décharges électriques, Adele fit le tour jusqu'à l'arrière de la maison, chercha les clés dans le vase de roses et fut soulagée de les trouver, même si elle demeurait perplexe : il était midi passé et, à cette heure, Edna était toujours chez elle. Adele était allée au bistrot, où on lui avait dit qu'elle n'était pas venue depuis plusieurs jours.

Le silence et l'obscurité des lieux l'enveloppèrent.

— Edna ?

Sa voix sonnait bizarrement. Elle y reconnut un fond de peur qui lui glaça le sang.

Les volets étaient fermés, chaque chose à sa place. À la cuisine, la boîte à biscuits trônait au centre de la table. Mais dans le vase les tiges des hortensias nageaient dans un liquide vaseux. Edna n'aurait jamais laissé cela arriver : Adele ne se souvenait pas d'une seule journée, printemps, été et automne, sans fleurs fraîches dans cette maison.

Elle alluma la lumière et découvrit un papier replié avec soin et posé contre la boîte à biscuits.

Elle le lut.

Chère Adele, ~~un contretemps~~ une question ~~que nous ne pouvons plus ignorer~~ de la plus haute importance, nous contraint à partir, Emil et moi. Ne t'en fais pas pour nous, tout se passera bien. Edna.

Elle passa son index sur le coin tailladé par le bec d'Emil. Edna avait dû être assez rapide pour sauver le reste. Elle glissa le billet dans son sac en se demandant ce qu'aurait fait Max à sa place.

Tout à coup elle se sentit lourde et triste, et se laissa tomber sur le banc où Edna s'installait pour passer en revue les courses qu'elle lui avait apportées. Elle observa la cuisine, la table à laquelle elle avait mangé des centaines de biscuits au beurre, au diable les régimes, et le couloir où le perchoir était vide. Elle sourit en constatant que même le perroquet déplumé lui manquait.

Elle caressa l'étoffe des coussins et reconnut l'odeur d'Edna. La mélisse se mêlait au coton propre.

Ses doigts s'arrêtèrent sur le dernier numéro de *Stern*, ouvert à peu près au milieu. Adele fut surprise de constater qu'Edna en avait arraché une page. Elle se promit de chercher chez elle, dans son propre numéro, ce qui avait tant intéressé son amie.

Sous le magazine, Adele trouva aussi un cahier aux pages jaunies. Elle y découvrit des gribouillis d'enfant qui apprend à écrire. Les corrections, plus foncées, étaient tracées d'une écriture régulière. Les coins et les marges étaient remplis de dessins tremblants qui représentaient un poulet, ou une grosse dinde. Ou plutôt, comprit Adele, un perroquet déplumé. Chaque page, jusqu'à la dernière. Partout. Avec une frénésie aveugle et exubérante, sans règles ni objectif. Comme si cette main avait voulu remplir le vide. De messages qu'elle ne savait pas interpréter.

23

Edna, les roulettes mutines et l'article de journal

Il pleuvait à verse. Elle faisait tourner l'astragale entre ses doigts en tentant de se souvenir du tracé sur la carte, qu'elle ne voulait pas prendre le risque de mouiller en la sortant de son sac à dos. L'astragale était un cadeau de Priska pour Emil. La jeune fille lui avait dit que les objets, surtout ceux qui nous arrivent par hasard, ont un grand pouvoir. Elle lui avait même enseigné son truc pour lire l'avenir, mais Edna n'était pas sûre de vouloir s'y essayer.

Le soleil était caché par d'épais nuages qui emprisonnaient la lumière.

Elle s'agrippa à sa canne. Elle portait sa casquette et le manteau de Priska, dont la capuche lui descendait jusqu'au front.

Néanmoins, l'humidité lui collait à la peau. Elle la sentait se mêler à la sueur le long de son cou. Ses cheveux retombaient sur ses joues, tentacules de méduse ramenés à la rive par le courant.

Elle toussa et fit encore quelques pas, malgré le fil barbelé qui transperçait ses mollets déjà douloureux. La nuit à la belle étoile lui avait fait regretter la tente de Flo et Priska. Et même la caravane déglinguée de Roland.

— Bonjour, chochotte.

— Bonjour, Emil.

Il était déjà midi mais, pour Emil, peu habitué à cette obscurité, c'était l'aube.

Quand elle vit apparaître derrière le rideau de pluie le château en pierre sombre dont les tours surplombaient la colline, elle poussa un soupir de soulagement.

Le village de Nauders était constitué d'une poignée de maisons aux toits pentus, qui semblaient avoir été jetées là par la main d'un géant. Adossées les unes aux autres, elles se tenaient compagnie sous le ciel, jusqu'à la muraille de sommets enneigés.

Elle se demanda si le moulin devant lequel son bus s'était arrêté au retour, il y a si longtemps, existait toujours. Quand le contrôleur lui avait demandé son billet, une femme qui tenait son enfant dans ses bras avait posé sur elle ses yeux clairs. Elles s'étaient observées un instant, et l'autre avait perçu son désespoir, aussi noir que son visage. Puis elle avait souri au contrôleur en lui assurant que la fillette était avec elle. Il n'y avait pas réellement cru, mais la femme avait payé le billet – le reste importait peu – et il s'en était contenté. À partir de là, une fois les montagnes de l'Arlberg franchies, la route descendait, protégée par la vallée qu'Edna connaissait, menant à un horizon plus clair et plus large, comme les eaux d'un fleuve qui s'élargissent pour embrasser la mer. Pour elle à présent, en revanche, c'était la partie la plus difficile qui commençait. L'Arlberg l'attendait, avec ses sentiers étroits et ses pentes abruptes en bas desquelles on entendait le bruit impérieux des torrents, sans parvenir à les apercevoir.

Edna souleva la visière de sa casquette pour observer les alentours. Le centre du village était bien plus actif et coloré que dans son souvenir.

Le moulin était devenu un hôtel avec de larges baies vitrées donnant sur la montagne. Partout il y avait des magasins de sport, qui louaient des vélos ou des motos à quatre roues.

Tout semblait aller plus vite et elle avait du mal à tenir le rythme, comme si elle avait avalé une montre dont les aiguilles prenaient leur temps, imposant à ses muscles un rythme différent, qui détonnait avec ce qui l'entourait. Elle était enfermée dans une bulle de paix, résidu de sa nuit sous le ciel étoilé et de ses journées dans la forêt, avec ses odeurs harmonieuses et sa lumière ténue. Là, en revanche, chaque stimulation réveillait ses sens avec la violence d'un éclair. Le vrombissement des voitures, les rires gras, les sonnettes des vélos. La pluie qui rebondissait sur l'asphalte aussi, même si ce bruit évoquait plutôt une musique encourageante, qui forçait Edna à être plus réactive. Plus libre. Elle lui donnait plus de souffle, de rêves (un seul objectif, mais il valait autant que tous ceux qu'elle avait oubliés au fil des ans).

Elle réfléchit à ce que lui avait dit Priska et elle fut forcée d'admettre que celle-ci avait raison : le monde tournait vite. Et elle ne s'en était jamais aperçue ?

La cage s'arrêta net, lui bloquant le bras. Edna se tourna, tira plus fort.

Elle revint sur ses pas et fit le tour de la grosse boîte en plastique en observant le sol. Mais elle ne vit aucun trou.

Toutefois, la cage penchait d'un côté. Emil, accusateur, la dévisagea et elle eut l'impression qu'il lui demandait pourquoi elle avait mis tant de temps à s'en apercevoir : ils avaient perdu deux roues et une troisième était bloquée. Elle œuvra pour tenter de la dégager et ressentit une douleur aiguë, comme si de petites aiguilles se glissaient sous ses ongles.

Immobile, Emil suivait chacun de ses mouvements.

La pluie était si dense qu'elle couvrait maintenant tous les bruits. L'eau s'infiltrait dans les manches de son blouson, dans ses chaussures, se moquant de son ciré. Comme si cela ne suffisait pas, Emil et elle avaient un nouveau problème à résoudre. Edna traîna la cage sur plusieurs mètres, ralentie par le frottement du plastique. Emil, éclaboussé, se mit à éternuer. S'ils continuaient ainsi, ils allaient tous les deux attraper une pneumonie. Elle était désespérée. Dans le fond, elle était responsable de tout. Elle ne pouvait compter sur rien ni personne.

La température avait baissé et Edna se serra dans son manteau en essayant d'éviter les flaques qui formaient des cratères. Une odeur de terre mouillée émanait des bois qui bordaient le village.

Il lui restait quelques centimes dans sa chaussure.

Elle entra dans un café. Il n'y avait pas de terrasse, ni de baie vitrée, ni de panneau affichant le menu. C'était un simple bistrot où elle pourrait commander une *Sportwasser* et lire le journal.

Une fois aux toilettes, elle se sécha entièrement, passant même sa tête sous le sèche-mains pour se réchauffer et enlever l'humidité de sa chevelure.

— Si ça continue comme ça, on va avoir besoin de palmes pour sortir, déclara le jeune homme derrière le comptoir en souriant.

— Je vais en Allemagne. Ce soir, je voudrais au moins arriver à Landeck.

Le jeune homme haussa les épaules.

— Vous n'avez pas de chance avec le temps, je suis désolé, dit-il en regardant par la fenêtre, où l'eau descendait en cascade. Un peu de patience. J'ai entendu dire que les bus sont en retard et que la route vers Bregenz est bloquée. En attendant, pourquoi vous ne profitez pas du spectacle ? ajouta-t-il en indiquant la fenêtre.

Celle-ci était trop embuée pour qu'Edna distingue quoi que ce soit. Néanmoins, elle acquiesça et se força à sourire.

— C'est la maison qui offre, dit le jeune homme avec un sourire timide en posant sur la table une assiette contenant une part de gâteau roulé, avec sa *Sportwasser*. Et voici le journal que vous m'avez demandé.

Edna donna la paille à Emil, qui la saisit entre ses griffes et se mit à jouer avec.

Puis elle se laissa aller contre le dossier de sa chaise, défroissa le papier, huma l'odeur de journal mêlée à celle de la poussière et à une vague touche de friture. Elle ne savait précisément que chercher, entre les mots et les titres, mais elle espérait trouver une information sur Jacob.

Elle sauta les publicités et les annonces, parcourut les pages en rêvant que l'encre des lettres compose un mot familier. En vain. Alors elle se sentit tomber dans un gouffre, perdue dans une mer vaste et infinie où elle dérivait, plus seule que jamais.

À la fin de la rubrique des faits divers, elle repéra un entrefilet, coincé entre d'autres titres imposants. Son cœur s'emballa en découvrant les six lignes. Six lignes qui parlaient de l'éboulement, mais avaient oublié Jacob.

Edna but une gorgée d'eau et glissa Emil dans la carcasse de plastique qui avait été sa cage. Elle frotta la vitre pour retirer la condensation et plissa les yeux. Elle se demanda de quel spectacle parlait le jeune homme, quand il lui avait suggéré de regarder par la fenêtre. Les gens passaient à la hâte devant le café. Certains lui souriaient. Une banderole bleu et orange s'agitait dans le ciel gris et Edna craignit un instant de trouver à la sortie la troupe qui lui avait posé des questions sur les loups. Elle gardait une sensation désagréable de la caméra pointée sur elle. Alors, elle les vit.

On aurait dit des crocodiles. Edna observa leur carrosserie mouillée par la pluie qui rebondissait sur leurs toits noirs, entourée de brouillard, et elle se demanda la gorge nouée si par hasard elle avait remonté le temps.

Les voitures d'époque occupaient presque toute la place. Parfois, un passant curieux se faufilait pour jeter un œil à l'intérieur, le front collé à la vitre. Entassés dans un coin, des dizaines de pneus formaient des piles bancales. Il y en avait des neufs, des vieux, des larges et des fins.

Tandis qu'Edna essayait d'en évaluer le nombre et s'interrogeait sur la logique des piles (par groupe de dix, ou bien de cinq pour les plus larges), elle eut enfin une idée pour réparer la cage d'Emil.

Elle regarda ce qu'il en restait, les coins où les roulettes avaient disparu. Et à nouveau les pneus. Il y avait autant de différence qu'entre le *Titanic* et le modèle réduit que Max utilisait comme porte-clés (les goûts de Max étaient discutables). Mais cela signifiait que, là-bas, quelqu'un pouvait l'aider.

Tout n'était pas perdu. Elle prit une grande respiration, saisit la cage et trottina vers la porte.

Le jeune homme la salua, mais Edna ne saisit pas ce qu'il disait. Elle n'entendit que sa dernière phrase, sans réellement la comprendre :

— C'est drôle cette inscription, ajoutait-il en souriant, la main levée. Sur votre casquette...

Mais elle était déjà dehors.

24

Fer

— Je suis désolé, je ne peux rien faire. Regardez, l'invita le mécanicien en lui indiquant les endroits où le plastique avait été rongé. Peut-être que si vous ne vous étiez pas obstinée à la traîner, on aurait pu réparer. Mais là…

Il s'essuya les mains sur un chiffon. Edna observa ses cheveux longs jusqu'aux épaules, son teint mat, et s'arrêta sur son pendentif : une patte qui ressemblait beaucoup (trop) à celle d'Emil.

— Je vous remercie.

Elle soupira, sourit poliment et saisit la cage à roulettes avec une docilité inhabituelle. Cet homme ne lui plaisait pas, elle n'aurait pas dû s'adresser à lui. Et maintenant, elle pressentait l'arrivée d'une tempête. Pas de celles qui faisaient voler les papiers et courber les arbres. Une tempête d'un autre genre, mais non moins dangereuse.

— Attendez, l'arrêta-t-il.

Emil s'était agrippé à la porte de sa cage. Edna comprit qu'il n'avait aucune envie de retourner sous la pluie.

— C'est un ara, lança-t-il en s'approchant d'Emil.

Edna acquiesça.

— Et il doit être très vieux, murmura-t-il en s'agenouillant.

— Plutôt, oui.

— Un ara de son âge, c'est très précieux, madame. Ça a une grande valeur. Vous avez de la chance.

Il se releva, glissa son chiffon dans la poche arrière de son pantalon et lui tendit la main.

— Je suis Fernando, mais tout le monde m'appelle Fer.

Edna la lui serra. Il avait une sacrée poigne, elle aimait ça, mais elle ne lui faisait pas confiance à cause du pendentif.

— Madame Weiss, répondit-elle, le visage fermé. Edna. Edna Weiss.

Emil observait la scène, pas craintif du tout. Satisfait d'échapper à l'orage, il se lissait les plumes.

— Pourquoi vous ne le laissez pas en liberté ? Les aras n'aiment pas être enfermés.

— Nous sommes en voyage et Emil a peur des corbeaux. Et des chiens. En plus les bruits le dérangent.

Fer acquiesça.

— Il a toujours vécu en cage ?

— À la maison, il a un grand perchoir. C'est le petit-fils d'une de mes amies qui l'a construit à partir d'une branche de cerisier. Et de temps en temps, il vole jusqu'à la cuisine ou dehors. Nous aimons tous les deux beaucoup notre jardin. Bon, je vous remercie, je ne vais pas vous faire perdre plus de temps.

— Attendez. Vous êtes en voyage ?

— Nous allons jusqu'en Allemagne.

— Donc en bus, dit-il en réfléchissant.

— Jusqu'à Landeck, oui, puis un peu à pied.

— À pied ? Quelle partie ?

— Disons… l'Arlberg.

Fer plongea ses yeux dans les siens.

— La montagne ? Vous comptez franchir la montagne à pied ? s'exclama-t-il en secouant la tête.

— Exact, répondit-elle, très sérieuse. Je ne peux pas vous expliquer les détails. J'aimerais beaucoup, mais nous sommes pressés.

— Vous devez avoir vos raisons, excusez-moi. Il ne faut jamais se mêler des affaires des autres. On a tous quelque chose qu'on n'a pas envie de raconter.

Edna fixa à nouveau le pendentif de l'homme.

— Donc, vous comptez franchir les montagnes à pied, reprit-il. Et vous ne pouvez pas le libérer…

— Je vous l'ai dit, la dernière fois que…

— J'ai peut-être une idée, l'interrompit-il en disparaissant derrière une pile de pneus.

Edna prit une longue inspiration et attendit, mais Fer ne revenait pas. Elle saisit le manche de la cage à roulettes : si elle se dépêchait, elle pouvait filer sans dire au revoir. Elle doutait que cet homme au pantalon déchiré et aux cheveux en bataille puisse leur être utile, à elle et Emil. En revanche, elle tenait à protéger la petite tête ronde du perroquet, qui la dévisageait en se demandant visiblement si elle allait le ramener sous la pluie.

— Voilà ! s'écria une voix victorieuse.

Edna se retourna et découvrit Fer de retour, une planche sous le bras. Mais surtout, elle remarqua les roulettes fixées aux quatre coins de l'objet.

— Ce vieux skate-board devrait faire l'affaire. Il est encore en bon état.

Edna commençait à comprendre.

— Vous allez accrocher ces roulettes à la cage ?

— Non, madame. Nous allons faire mieux. Beaucoup mieux.

Fernando s'affairait avec des vis et des petites barres métalliques, surveillé avec attention par Emil, qui avait volé sur une pile de pneus.

Le temps filait. Depuis le garage qui sentait l'essence, Edna admirait les voitures, bouche bée devant leurs chromes et leurs courbes harmonieuses. Elle repensait à l'époque lointaine où on en voyait parfois une entre deux charrettes : les enfants se hissaient sur la pointe des pieds, collés les uns aux autres, pour admirer le prodige venu de la ville.

— Un sacré orage, commenta Fer.

Edna ne s'inquiétait ni du vent ni de la pluie oblique. Elle songeait à Jacob. Et à elle.

— Quand j'étais petit, pendant les après-midi pluvieux, on se rassemblait tous dans la maison du vieux, au village, et on écoutait ses histoires. Là d'où je viens, il y a une bonne histoire pour chaque temps, expliqua Fer.

Edna connaissait bien cette sensation de chaleur. Quand elle marchait dans les prés avec sa mère, tout était prétexte à une histoire : une source, une fleur, un papillon auquel il manquait une aile. Elle retenait son souffle. Sa mère était douée pour raconter. Mais c'était avant que Martin meure et que la ferme aux murs qui s'effritaient comme la peau d'un vieux lézard devienne leur tombeau.

— Vous venez d'où ?

— Du même pays qu'Emil. Ça ne vous dit rien, ça ?

La planche était peinte aux couleurs d'un drapeau. Trois bandes horizontales : celle du milieu était blanche, les deux extérieures bleu clair, avec un soleil au centre.

— Amérique du Sud. Argentine, poursuivit-il en attrapant une perceuse. Un minuscule village où vit un peuple orgueilleux, qui vient des plaines et dont je tiens une partie de mon sang métis. Nous ne sommes pas nombreux à avoir survécu aux conquêtes espagnoles, aux guerres et aux expropriations. Je ne peux pas y retourner, hélas.

Il alluma la perceuse avant qu'Edna puisse lui demander ce qui l'en empêchait, et il l'approcha de la base de la cage.

— Qu'est-ce que vous faites ? cria-t-elle pour couvrir le bruit de l'outil.

— Ne vous inquiétez pas. Vous voulez franchir l'Arlberg, ou non ?

Edna s'assit. Elle avait soif. Elle sortit sa gourde de son sac et dévissa le bouchon, les yeux rivés sur la perceuse et le trou minuscule qui s'élargissait en faisant gicler des éclats de plastique.

Les plaies de ses mains la brûlaient.

— Vous n'avez jamais remarqué ? reprit Fer en fouillant dans un sac de vis. Les histoires qu'on raconte aux enfants se ressemblent toutes et ont toujours un fond de vérité.

Il parlait sur un ton étrange et hypnotique en faisant vibrer les consonnes.

— Voyez cette pluie, par exemple. On dirait vraiment le déluge.

On avait appris à Edna que l'orage était une punition inévitable, nécessaire pour purifier le monde de ses péchés. Même les plus terribles, comme mentir ou se coiffer les cheveux par vanité. Après toutes ces années, la pluie n'était plus pour elle que de l'eau qui trempait les chaussettes et feutrait la laine.

— Imaginez une terre luxuriante, une végétation d'un vert aveuglant et des hommes simples. Ça commence comme ça, poursuivit Fer.

Les gens accéléraient le pas, cachés sous leurs parapluies. Edna et Fer, au sec, distinguaient à peine le monde brouillé par les coulées argentées. Elle écouta.

— Il y a très longtemps, le Tout-Puissant appela le Soleil et lui dit que la Terre devait être nettoyée par des pluies impétueuses. Mais le Soleil le supplia de ne pas le faire, parce que ce serait la fin de ses enfants Ranquels. Les peuples qui vivaient près de l'eau avaient des barques sur lesquelles flotter et ceux des montagnes étaient en sécurité. Mais ceux des plaines ?

— Les Ranquels, c'est le peuple dont vous me parliez ?

Edna observa les petites statues en terre posées sur l'étagère, entre les bidons d'huile et les tournevis. Elles étaient peintes de couleurs vives, les femmes avaient le ventre rond et les hommes les cheveux noirs. Fer acquiesça.

— Le Tout-Puissant se laissa convaincre. Il détacha un morceau de plaine et le souleva jusqu'au ciel avec ses habitants. Après avoir accompli leur devoir et lavé le monde, les eaux se retirèrent et tout redevint comme avant. Mais il manquait les Ranquels. Le Tout-Puissant n'avait aucune intention de les rendre à la Terre, parce que là-haut, dans le ciel, ils avaient éclairé ses autres enfants de leur lumière. Or le Tout-Puissant ne pouvait avoir de préférence. Alors le soleil alla voir sa femme, la Terre, qui en bonne mère avait la solution. Elle produisit beaucoup de nourriture. Une telle quantité de nourriture que les nandous, des sortes d'autruches, dansèrent de joie. Un ballet si long et si intense que le sable soulevé par leurs pattes arriva au ciel, formant un escalier par lequel les Ranquels retournèrent dans leurs plaines. Ce bout de terre dans le ciel est la lune, *Kuyen*. Celle qui fait la lumière dans l'obscurité et qui nous a sauvés. L'escalier de sable est la Voie lactée. La danse des autruches est la danse sacrée des Ranquels, et leur patte notre symbole.

— C'est ça que vous portez au cou ? demanda promptement Edna. Une patte d'autruche ?

Fer serra le pendentif dans sa main en riant.

— Juste un doigt. Une patte de nandou est grosse comme quatre fois celle d'Emil. Et ne vous en faites pas, ce n'est pas moi qui l'ai tué ! Et voilà, conclut-il en poussant la planche.

Edna observa l'engin.

— Vous êtes sûr ? demanda-t-elle en remontant ses lunettes sur son nez.

Fer avait fixé la cage sur la planche. Edna était perplexe.

— Les roues sont plus larges, plus épaisses et mieux amorties. Et j'ai tout renforcé. Essayez !

Edna saisit le manche à contrecœur et les roulettes glissèrent docilement, suivant ses pas en silence. La cage semblait en papier, tant elle était légère. Elle était aussi plus rapide et bien plus maniable.

— Je dois admettre que ce n'est pas mal du tout, monsieur Fernando.

Fer souriait, les bras croisés.

— Allez faire un tour dehors, juste pour vérifier la stabilité.

Edna zigzaguait entre les rangées de voitures d'époque sur la place. Elle s'arrêta devant un modèle foncé, qui lui avait donné une sensation de déjà-vu.

— Elles sont belles, n'est-ce pas ? demanda Fer dans son dos.

— Elles sont à vous ?

— J'aimerais bien ! Elles parcourent le Bodensee-Klassik, une course qui traverse l'Allemagne, l'Autriche et la Suisse. Mais le temps les ralentit, elles aussi. Et certaines sont devenues capricieuses.

— Donc vous devez les réparer…

Edna se tenait maintenant devant une berline noire, dont les grands phares ronds la scrutaient. Elle caressa la carrosserie.

— Disons que chacune d'entre elles a sa voix. Moi, je l'écoute. Et je comprends si elles ont besoin d'huile, d'une vérification des freins ou d'autre chose. Je ne saurais même pas vous dire pourquoi elles me plaisent tant. Au départ, je m'occupais de motos. Et puis, au retour de la guerre des Malouines, j'ai trouvé une de ces voitures dans un vieux garage.

Une épave, qui appartenait au père d'un ami. Il m'a demandé de la réparer. J'ai passé des mois à chercher les pièces de rechange et à astiquer les pistons. Cela requiert de la discipline et de la constance. En travaillant, je n'avais que ça en tête, rien d'autre. En un sens je me suis réparé moi aussi, dans ce garage, affirma-t-il en posant la main sur la courbe élégante du pare-chocs. Vous savez, c'est fou, je passe ma vie à bichonner ces voitures, mais je ne pourrai jamais en avoir une à moi.

Son sourire se refléta dans la vitre du véhicule, à côté du visage d'Edna. Emil, dans sa cage, écoutait.

— Vous savez, monsieur Fernando, dit Edna : il m'a fallu de nombreuses années, deux fois votre âge, pour comprendre que rien, mais vraiment rien, ne nous appartient.

Que les personnes peuvent disparaître du jour au lendemain, englouties par le néant, comme c'était arrivé à Anja. Et que tout peut basculer en un instant. L'ombre agréable de son jardin, le pain de seigle du petit-déjeuner, la lecture des journaux au café : tout avait disparu. De même que l'idée qu'Emil était à elle et la peur de le perdre pour toujours, quand il s'était envolé dans le bois. Le souvenir de Jacob qui sauvait l'oiseau avant que quelqu'un ne l'emporte.

— Et vous savez quoi, conclut-elle : on n'est pas si mal, finalement.

La toile de son imperméable sentait encore les herbes sauvages, les sommets enneigés se reflétaient dans ses yeux. Emil était toujours avec elle, ils s'apprêtaient à rejoindre Jacob. Le monde changeait continuellement de forme, elle n'avait qu'un sac, accroché à la cage à roulettes. Et une montagne à escalader qui l'attendait.

— Vous vous rendez compte, je ne suis jamais montée dans une voiture comme ça.

Elle observa les lignes douces de la carrosserie. Quand elle leva les yeux, Fer lui adressa un sourire complice.

— Vous avez raison. Nous ne possédons rien. Mais rien ne nous empêche d'emprunter les choses au bon moment, dit-il en fouillant dans sa poche.

Anja

Anja était devenue une ombre oubliée de tous.

Sauf d'Edna et de Jacob. Ils parlaient d'elle avant de s'endormir, quand il se faufilait dans son lit, profitant du lourd sommeil des autres enfants.

— Il y a quelques nuits je l'ai entendue crier, avait-il murmuré un soir. Dans la grange. Et puis plus rien.

Edna s'était endormie avec ces mots dans les oreilles, entourée de fantômes tapis dans le noir. Le lendemain matin, un jour d'été qui semblait lavé des pensées sombres par la pluie des semaines passées, elle en avait parlé avec Bastian.

Ils nourrissaient les cochons (tubercules, racines, si possible avec quelques insectes). Certains étaient si petits qu'il était amusant de les voir trottiner, leur queue en tire-bouchon et leurs grandes oreilles sursautant à chaque pas.

— Qu'est-ce qu'il a entendu d'autre, Jacob ?

Edna s'était tournée vers Bastian, tandis que le petit cochon s'échappait de ses bras. Elle avait sans doute manqué de prudence : maintenant son ami la dévisageait pour savoir ce qu'elle cachait. Il n'avait l'air ni inquiet pour Anja, ni curieux de savoir ce qui lui était arrivé. Il était froid et immobile. C'était Jacob qui l'intéressait.

— Rien d'autre. Et puis, ce n'est pas lui qui l'a entendue crier. C'est un des grands, il ne m'a pas dit qui, avait-elle menti.

— Edna, je tiens à toi. Ici, tu es la seule qui ne me traite pas comme si cette tache de naissance était la marque d'une sorcière.

Au contraire, Edna l'avait toujours trouvée amusante, plus que monstrueuse. Elle rendait Bastian reconnaissable. Et donc spécial ?

— À la ferme, il se passe des choses moches. Mais c'est comme un jeu : si tu suis les règles, il ne peut rien t'arriver. Tu ne dois pas en faire qu'à ta tête, compris ? Obéis, parle le moins possible, fais ton travail. Et tout ira bien.

— Anja aussi faisait son travail. Elle était meilleure que moi, même. Mais il lui est arrivé quelque chose, pas vrai ? Quelque chose de moche.

Elle avait eu la nette impression que Bastian en savait bien plus que ce qu'il lui disait.

— Fais ce que je t'ai dit, Edna, avait dit Bastian en baissant la voix, car un paysan approchait. Et n'écoute pas Jacob. Il s'attire plein d'ennuis et il n'est pas très apprécié, ici. Personne ne veut payer pour ceux qui ne restent pas à leur place.

Il était entré dans l'étable. Par la suite, Edna n'avait plus parlé d'Anja avec personne. Pas même Jacob.

Toutefois, quelques semaines plus tard elle avait repensé à elle. Des voix murmuraient son nom, portées par le vent sinistre qui répandait les rumeurs à la ferme. Dans ce monde souterrain, on ne savait jamais où était la vérité, où commençait l'imagination, à quel point la réalité avait été déformée.

Les enfants s'étaient réunis la nuit. Ils s'étaient assis en cercle sur le parquet du dortoir, entre la maison des patrons et les étables des animaux.

L'un d'eux, surnommé l'enfant-truite, avait le visage long et étroit, comme sorti d'une presse, et les lèvres gonflées. Ses paroles firent frissonner Edna, qui depuis le début de la soirée n'avait pas lâché son éclat de bois de saint Christophe.

— Ils la trouveront dans la grange.

— Comment tu le sais ? avait demandé Jacob.

— J'ai entendu ses cris. Ils venaient de là. Et je sais qu'Anja travaille sur les machines à filer le crin que le patron a fait descendre.

Un autre enfant avait affirmé qu'elle s'était enfuie. Peut-être la nuit. Elle avait essayé de traverser l'étang pour brouiller les pistes, pour que les chiens ne flairent pas sa piste, et s'était noyée. L'eau était boueuse et profonde, les algues suffisamment denses pour l'entraîner vers le fond.

Ou alors elle avait réussi.

S'enfuir était une très mauvaise idée, avait dit un autre enfant. Ils les rattrapaient toujours. Dans tous les cas, ça finissait mal.

Jacob et Edna s'étaient dévisagés. Ils n'étaient pas assis côte à côte, mais leurs pensées étaient à l'unisson.

Edna se demandait si Anja fuyait quelque chose. De même qu'elle avait essayé d'échapper aux faucilles et aux blagues obscènes des paysans. Que se serait-il passé, cette nuit-là, si le patron n'était pas arrivé ? C'était drôle, elle pouvait presque remercier le croque-mitaine. Et puis il y avait Bastian, qui était resté dans un coin, silencieux, qui avait tout écouté sans ouvrir la bouche. Qui étaient les gentils ? Les méchants ? Peut-être y avait-il du bien et du mal dans chacun d'entre eux. Ils cherchaient juste à survivre, or jusqu'où pouvons-nous aller, pour cela ? Et Jacob et elle, qu'étaient-ils prêts à faire ?

Toute la nuit, allongée sur le dos, elle avait revu Anja qui s'échappait, terrorisée, qui courait, le sang battant dans ses tempes. Le cœur près d'exploser. Les pieds blessés par les échardes. Puis la sensation de voler, de n'avoir plus de poids ni de limites. Edna avait vu son corps tomber dans la cuve à grains avec un bruit sourd. Chacun des grains minuscules ne pesait rien, mais ensemble ils étaient des tonnes, une presse qui écrasait les poumons. Plus elle bougeait, essayait de remonter pour respirer, plus elle était prise au piège. Alors qu'elle était entraînée vers le fond, dans cet océan de grains qui se refermait au-dessus d'elle, lui ôtant l'air et la vie, peut-être Anja avait-elle imaginé la mer, qu'ils n'avaient jamais vue, où aucun d'entre eux ne tremperait jamais ses pieds. Mais dont ils avaient tant parlé : elle était chaude et profonde, peuplée de monstres des abysses. De cette mer et de ces rêves, à la ferme, il ne restait que les monstres. Qui mordaient les chevilles, entraînaient vers le fond et emprisonnaient pour toujours.

Le lendemain matin, Edna s'était réveillée tôt. Tout le monde dormait encore dans le dortoir dépouillé. Il pleuvait. À travers la vitre embuée, elle avait vu quatre hommes qui sortaient de la grange, le visage dur. Ils portaient un sac très lourd.

Edna n'avait rien dit de ce qu'elle avait vu, sauf à Jacob. Mais ce jour-là, aucun des enfants n'avait touché à sa soupe de céréales. À cause des cauchemars ou de ce qu'avait raconté l'enfant-truite, Edna avait mis sa main sur sa bouche et était sortie en courant, saisie de haut-le-cœur.

Avant qu'elle s'endorme, Jacob était venu la voir. Dehors, un vent glacial secouait les arbres et sifflait entre les branches.

Après quelques instants de silence durant lesquels ils avaient observé la lune, il lui avait dit :

— Il faut nous enfuir, Edna.

— C'est à cause d'Anja ? Toi aussi tu crois qu'elle est morte…

— Personne ne le sait. Mais tu as vu les hommes, et moi j'ai entendu les cris.

L'enfant-truite l'avait dit : s'échapper était dangereux. Elle avait songé au père Gianni et à son père, qui lui enfilait son sac à dos sur les épaules, le jour de son départ.

— Nous avons un contrat. Ils nous laisseront partir. Dès qu'on aura fini de moissonner le champ et…

— Personne ne viendra jamais nous chercher. Quand est-ce que tu le comprendras, chochotte ?

Edna s'était sentie stupide. La vérité était devant elle et elle refusait de la voir. Tout était là : dans cette honte qui, au dernier moment, avant qu'elle parte, avait fait baisser les yeux à son père, dans la pauvreté de leur maison, dans l'argent caché au fond de sa poche, dans le désespoir muet de sa mère qui avait pleuré, pas à cause de Martin comme elle l'avait cru, mais pour elle.

— On va le faire ensemble ?

— Je te le promets. Je t'emmènerai loin d'ici.

Edna avait acquiescé.

— Nous resterons toujours ensemble.

Jacob s'était tu, mais il était resté allongé à côté d'elle. Cette nuit-là, ils s'étaient endormis sur la paille, sous la clarté d'une lune qui les ramènerait pour toujours à la nuit de la moisson. Ils savaient que, où qu'ils soient, au fil des ans, dans chaque recoin de la Terre, la pleine lune les unirait dans ce souvenir et cette promesse.

Edna, Jacob et Emil.

Ils survivraient. Et ils ne se sépareraient jamais, quoi qu'il arrive.

25

La Fiat Balilla

Edna ouvrit son sac, chercha la photo de Jacob et la contempla, dissimulée entre son maillot de corps et ses chaussettes.

— Regarde ça, Jacob, murmura-t-elle.

— Vous êtes bien installés, derrière ? demanda Fer en guettant dans le rétroviseur.

Edna acquiesça et referma son sac à la hâte. Elle s'était installée à l'arrière pour s'assurer qu'Emil ne souffrait pas du voyage.

— Cette voiture est très belle ! s'exclama-t-elle.

— Je suis bien d'accord. Et dire que je n'ai jamais roulé aussi loin avec, répondit Fer. Le tour d'essai s'arrête officiellement là-bas derrière.

— Et vous, comment vous sentez-vous ?

— Dans la mesure où c'est moi qui l'ai réparée, j'espère bien qu'elle nous emmènera jusqu'à Landeck.

— C'est quel modèle ?

— Une Fiat 508 Balilla de 1937, à cinq portes. À la pointe de la modernité, pour l'époque.

— J'en ai vu une, il y a très longtemps, plus ou moins de la même couleur. Peut-être que les pare-chocs étaient bordeaux, murmura Edna en essayant de se souvenir, tandis que la route et la forêt se confondaient en taches grises et vertes lavées par la pluie. Elle était garée sous une treille dans la ferme où je travaillais. Elle appartenait au patron, qui en était très fier.

Les gouttes striaient la vitre en changeant de trajectoire, dansant comme des plumes baladées par le vent.

— Un de mes amis adorait cette voiture, dit Edna en retenant un sourire. Il aimait les moteurs. Et les avions. Il était fasciné par l'idée de voler. Karl Emil Schäfer...

— C'était le nom de votre ami ?

— Oh non, Karl Emil Schäfer était un as de la Première Guerre mondiale. Il a mené une trentaine d'assauts, tous victorieux, avec son avion de chasse. On parlait encore de lui, quand j'étais petite. Et mon ami s'en est inspiré quand il a choisi le nom de son perroquet.

— Je croyais qu'Emil était à vous...

— Plus ou moins.

— Dans le pays d'où je viens, ils vivent en liberté dans la forêt, dit Fer, qui eut la délicatesse de ne pas insister.

Sa voix était douce et rassurante, à l'image des virages qu'il prenait avec une lenteur enveloppante.

— Ils se rassemblent en volées de dizaines et dizaines de perroquets colorés, c'est magnifique de les voir voler dans le ciel. Juste après la période des pluies, ils parcourent des kilomètres au-dessus des cimes des arbres pour rejoindre les hautes falaises de grès. Et c'est là que les jeunes des différentes volées se rencontrent et forment de nouveaux couples. Vous savez que les perroquets sont extrêmement fidèles ? Ils reconnaissent leur moitié entre mille semblables et une fois qu'ils l'ont trouvée, ils ne se quittent plus. Pour la vie.

Sans se trahir, pensa Edna. Une partie d'elle ressentait une sorte de culpabilité. Elle gardait les yeux rivés à la route.

— Pour nous c'est plus difficile, vous ne trouvez pas ? demanda Fer en tournant le volant avec un ample mouvement du bras.

— Vous voulez dire de rester fidèle, de ne jamais tromper l'autre ?

— Non, plutôt de « trouver quelqu'un pour la vie ». Si les gens sont infidèles, d'après moi, c'est parce qu'ils n'ont pas trouvé leur moitié. Sinon, pourquoi agiraient-ils ainsi ?

— Peut-être parce que, avant de reconnaître cette moitié, il nous faut comprendre qui nous sommes. Or ce n'est pas simple.

Elle revoyait le cabanon, la nuit de la moisson. Elle aussi, comme Fer, était métisse. Et il lui avait fallu des années pour comprendre qu'elle n'était pas obligée de choisir. Elle était la somme d'une multitude de fragments épars.

Fer acquiesça.

— Il y avait une fille, dans mon village. Elle a fait beaucoup pour moi, raconta-t-il d'une voix traînante. Vous savez, dans ma jeunesse j'étais un vrai casse-cou. Chez nous, la vie n'est pas facile. Surtout si on appartient à une minorité qui a toujours été persécutée et qu'on a conscience des injustices. Quand ma mère est morte, je me suis engagé dans l'armée. Et j'ai fait des choses que je n'ai pas regrettées, mais qui m'ont éloigné de tout ce que j'avais. Je suis allergique aux gens arrogants, surtout quand ils s'imaginent que le pouvoir et l'argent suffisent à faire un homme, je ne sais pas si vous me suivez. Quoi qu'il en soit, maintenant je suis ici. Vous allez peut-être me prendre pour un fou, mais je n'ai pas oublié cette fille. Je me demande si elle va bien. Je voudrais savoir ce qu'elle est devenue.

Les phares des voitures fendaient le brouillard, le colorant de rouge.

— Avec Jacob, l'ami auquel appartenait Emil, nous nous sommes perdus de vue quand nous étions enfants. J'ai passé ma vie à me demander ce qu'il était devenu. Mais j'avais trop peur pour le chercher.

— Donc, jamais un coup de fil ni une carte de vœux...

— Je ne connaissais même pas son nom de famille. Et puis, un jour, une amie m'a apporté une revue. Comme tous les jeudis. Mais cette fois, j'y ai trouvé une photo de lui, avec son nom. Et nous voici, Emil et moi, en voyage.

— Et quand vous l'avez appelé, après tout ce temps, qu'est-ce qu'il vous a dit ? demanda Fer en guettant sa réaction dans le rétroviseur.

— Il ne sait pas que je suis en route, répondit Edna en souriant. Et je ne sais même pas s'il pourra me reconnaître. Ou me parler. Mais je vais vous dire une chose, Fer : nous n'aurions pas dû perdre tout ce temps.

— Ça doit être magnifique, murmura Fer.

— Vous êtes sûre que vous êtes attendue ? Il fera bientôt nuit, et si vous voulez on peut continuer.

— Landeck, c'est parfait, répondit-elle en sortant sa carte de son sac. Emil et moi vous devons beaucoup.

— Moi aussi je vous dois quelque chose, reprit Fer d'une voix chaleureuse.

Edna chercha son sourire dans le rétroviseur, mais ne vit que la patte de nandou, qui ne l'impressionnait plus. Elle profita du paysage, des toits des villages cachés au-delà des forêts et des parois rocheuses. Alors qu'elle s'interrogeait sur la hauteur des sommets qu'elle apercevait (l'Arlberg dépassait-il les 1 800 mètres ?) et où se poursuivait le cours de la rivière (le vert des prairies était si dense, la lune si argentée et nacrée), pour la première fois elle oublia sa carte, repliée à côté d'elle.

26

La grange

Edna avait menti. Quand Fer lui avait demandé si elle avait un endroit où dormir, elle avait répondu : « Naturellement ! Chez ma fille », avec un tel aplomb que même Emil s'était tu.

Elle se trouvait donc maintenant au bord de la route, le bruit de la rivière dans les oreilles, se demandant pourquoi toute cette eau coulait, comme si on avait oublié de fermer les robinets de l'enfer.

Landeck était proche. Or elle avait besoin d'un abri pour dormir. Elle traversa le pont en bois qui surplombait la rivière Inn pour se diriger vers les premières maisons.

Pouvait-elle frapper à une porte, raconter son histoire et demander une chambre pour la nuit ?

Peut-être valait-il mieux attendre qu'il se passe quelque chose. Combien existait-il de Roland à moto, prêts à la sauver d'une nuit pluvieuse ? La réponse était : un seul.

Elle n'avait plus beaucoup de forces. Néanmoins, elle se souvint de ce que lui avait dit Jacob pendant qu'ils préparaient leur fuite. Quand elle lui avait demandé comment ils feraient pour trouver de la nourriture et des refuges, il avait haussé les épaules en répondant : « On improvisera. » Mais la seule improvisation avait été la fièvre qui s'était emparée d'elle, compromettant tous leurs plans.

Elle choisit la ferme la plus isolée, qu'elle repéra grâce à un énorme cerisier. Les lumières étaient éteintes, les volets fermés. Elle en fit le tour et découvrit un hangar à l'arrière : elle ne s'était pas sentie aussi chanceuse depuis longtemps. Il restait largement assez d'espace entre les tas de bois et les bottes de foin.

À quelques pas, elle aperçut un potager dont montait une odeur de ciboulette et d'œillets d'Inde, qui servaient à éloigner les parasites. Elle se sentit comme dans son jardin, mais celui-ci contenait une plus grande variété de plantes et de formes.

Elle retira son manteau et le lança sur une botte de foin, mais elle dut s'y reprendre à trois fois, à cause de l'obscurité. À la dernière tentative, ses lunettes tombèrent. Elle n'entendit pas les verres se briser : elles avaient dû atterrir dans la boue. Elle se mit à genoux pour tâter le sol autour d'elle.

— Salut, dit Emil comme une provocation.

— Salut, Emil. Si je ne trouve pas mes lunettes, c'est le drame.

Mais elle ne parvenait pas à mettre la main dessus.

Emil continuait de la saluer d'une voix joyeuse. Comme le jeudi, avant qu'Adele arrive avec la revue *Stern*.

Edna renonça. Elle poussa un grand soupir, espérant que cela évacuerait sa fatigue et chasserait ses idées noires. Elle chercherait le lendemain matin, avec la lumière ce serait plus simple (réveil à six heures, ne pas oublier de ramasser des feuilles de pissenlit pour Emil).

Elle posa les mains sur la botte de foin et se hissa en prenant appui sur ses bras. Des piques lui entraient dans les mains et la chatouillaient, mais elle était aussi fière que si elle avait escaladé une montagne. Elle coinça son ciré sous une poutre du toit pour se protéger de la pluie qui tombait en biais et s'allongea, heureuse malgré la perte de ses lunettes.

Elle était trop fatiguée pour se faire du souci. À l'aube, elle trouverait une solution.

Elle détendit son dos et attendit de sentir ses muscles s'apaiser, comme quand elle observait le ciel, allongée sur la paille, enfant.

Elle se souvenait qu'au début l'herbe coupée a une odeur rance, mais qu'au bout d'un moment on n'y prête plus attention. Comme l'eau glacée : à force d'y tremper les mains, elle devient tiède. *C'est pareil pour tout*, se dit Edna. *On finit par s'habituer. Et même, on s'attache.*

Mais à présent, cette âcreté lui donnait la nausée et ses muscles étaient douloureux. Elle se demanda combien de temps ses jambes et son dos pourraient résister. Son coccyx, ses épaules et ses bras la faisaient souffrir. Si au moins son corps faisait preuve d'autant d'agilité que son cerveau, quand elle mémorisait des chiffres ou des détails, ça aurait été une autre histoire. Mais elle ne pouvait rien y changer. Les choses arrivent quand elles arrivent, aurait dit Priska. Elle espérait juste avoir encore le temps, et que quelqu'un, là-haut – s'il existait – ne lui en veuille pas trop de toutes les années perdues.

Emil dormait dans sa cage, les yeux fermés, une patte cachée sous les plumes de son ventre. À l'extérieur de leur refuge, la pluie battante empêchait Edna de trouver le sommeil, berçait ses pensées et les entraînait à la dérive.

Elle aurait eu besoin d'une plume magique pour s'endormir. Et d'un peu de chance pour aller jusqu'au bout. Combien en avait-elle à disposition ?

27

Le coup de téléphone

Elle fut réveillée par une caresse humide sur son visage ou par le cri d'Emil, elle n'aurait su dire. Le perroquet se démenait dans sa cage et elle se trouvait nez à nez avec le museau d'un gros chien.

Edna connaissait suffisamment les chiens pour en avoir peur. Surtout après s'être introduite sur une propriété privée. Et d'autant plus qu'il s'agissait d'un berger de Maremme dont la patte était aussi grosse que son visage.

Elle resta immobile, respira doucement et essaya de ne montrer aucun signe d'agitation. Au bout de quelques secondes, le chien jappa et remua la queue. Débarrassé de son air menaçant, il trottina pour aller renifler quelque chose de plus intéressant : Emil.

Espérant faire diversion, Edna saisit son sac et le jeta sur lui. Emil poussait toujours des cris stridents.

Soudain, une lumière jaune les éblouit.

— C'est une propriété privée. Qu'est-ce que vous faites ici ? tonna une voix impérieuse. Je dois appeler la police ?

— Je vais tout vous expliquer, mais n'appelez pas la police, répondit Edna, le souffle court.

L'homme baissa sa torche.

— Qui est là ?

C'était un vieux à la barbe laineuse, les yeux écarquillés comme ceux d'un poisson hors de l'eau. Il avait l'air plus étonné qu'elle.

Edna avait encore la bouche pâteuse de sommeil et la douleur dans son dos lui fit jurer intérieurement qu'elle ne dormirait plus jamais sur une botte de foin. Mais elle se concentra pour raconter son histoire le plus brièvement possible. Linéarité. Simplicité. Les deux meilleures qualités pour se sortir des ennuis.

— Et vous voulez aller jusqu'à Ravensburg ? À pied ?

— Pas vraiment. C'est compliqué.

— Vous avez des papiers sur vous ?

— J'ai perdu mon portefeuille, ou bien on me l'a volé, je ne sais pas...

La conversation prenait une mauvaise tournure.

— Donc vous n'avez pas non plus d'argent ? Ou alors une carte de crédit... ou...

Edna secoua la tête.

— Des vêtements ? Une valise ? demanda l'homme en remarquant son blouson.

— Tout est là-dedans, répondit Edna en indiquant le sac qu'elle avait lancé sur le chien pour l'éloigner d'Emil. J'ai ce blouson. C'est Roland qui me l'a offert.

Mais l'homme aux yeux de poisson ne pouvait pas savoir qui était Roland. Elle devait faire attention aux mots qu'elle choisissait.

— C'est un motard, expliqua-t-elle. Il m'a emmenée à moto parce qu'il pleuvait et que j'étais au bord de la route. Puis il m'a hébergée dans sa caravane.

L'homme aurait dû comprendre qu'elle était courageuse et ne manquait pas de bon sens. Mais il la considéra avec un mélange de perplexité et de peine.

— Vous avez mal aux yeux ? Vous les plissez, on dirait que...

— Mes lunettes sont tombées, mais je les retrouverai demain matin.

— Madame, dit l'homme en élevant la voix d'une façon qui ne plut pas à Edna, je dois appeler la police. Vous me comprenez, n'est-ce pas ? Vous pourriez vous être perdue. Vous me semblez être dans un état de grande confusion. Vous êtes trempée, vous n'avez pas de papiers ni d'endroit où passer la nuit. Vous croyez que c'est le temps idéal pour se promener ?

— Emil et moi allons très bien. Et ce n'est pas une promenade, répondit-elle en tentant de garder son calme. Nous sommes en voyage.

— Qui est Emil ?

— Mon perroquet. Il est là-bas, dans sa cage.

— Dans cette cage pour chien ? Et il est à vous ?

— C'est une longue histoire, croyez-moi. Vous la trouveriez ennuyeuse. Disons que oui, il est avec moi depuis mon enfance et…

— Votre enfance. Donc, dans cette cage pour chien, vous avez un perroquet qui a plus d'un demi-siècle. Vous allez à Ravensburg chez un ami, mais il n'est pas au courant. Sans papier ni argent. Un motard vous a emmenée sur sa moto. Vous avez dormi dans une caravane et trouvé refuge sous ce hangar, parce que vous étiez trop fatiguée pour continuer sous la pluie. Madame…

— Weiss.

— Madame Weiss, je dis ça pour votre bien. Je suis sûr que quelqu'un vous cherche, à l'heure qu'il est. Venez avec moi, je vous emmène boire une bonne tasse de lait chaud. Et nous allons régler cette histoire.

Edna s'assit sur une chaise dans la cuisine, pendant que l'homme faisait chauffer du lait dans une casserole. Il avait enfermé le berger de Maremme dans une autre pièce et Emil s'était rendormi, ce qui la rendait jalouse. Elle aurait donné n'importe quoi pour fermer les yeux et faire comme si tout cela n'était pas réellement en train de se produire.

— C'était le chien de ma femme.

Edna leva les yeux vers l'homme, mais il était de dos.

— J'en ai hérité.

— Je suis désolée, dit-elle, la gorge nouée.

— Elle me disait toujours qu'elle ne supportait plus le froid de l'hiver, qu'elle voulait vivre à la mer. Elle est en Espagne, maintenant. Elle tient un restaurant avec son nouveau compagnon. De temps en temps, elle me téléphone pour me demander des nouvelles du chien.

— C'est un très beau chien, dit Edna sans réfléchir.

Jeremias ouvrait et refermait les placards, à la recherche de quelque chose.

— Je ne me suis pas encore complètement habitué.

— Vous ne vous êtes pas revus ?

Edna se demandait quelle était la façon la moins douloureuse de perdre ceux qu'on aime. Savoir qu'ils vivaient encore quelque part, même s'ils ne nous appartenaient plus, ou savoir qu'ils nous appartenaient encore, mais qu'on ne les verrait plus jamais, parce qu'ils avaient été engloutis par l'abîme de la mort ?

— Vous avez déjà remarqué que plus on tient à quelque chose, plus cela nous échappe ? demanda l'homme en versant le lait.

Edna croisa brièvement son regard. La dignité qu'elle lisait dans ses yeux lui était familière. Elle naissait d'une douleur tellement enfouie qu'on ne la percevait qu'en plongeant tout au fond. Et elle coupait l'envie de parler, parce que les mots ne suffisaient pas.

— Mais je suis bien occupé. Il y a des allées et venues permanentes dans cette maison. D'enfants, d'amis, expliqua-t-il en souriant. Il y a les familles dont on a hérité et celles qu'on a choisies. Je ne sais pas si vous me suivez. Et vous, elle appartient à quelle catégorie, votre famille ?

Edna pensa à son père, aux personnes dont elle avait hérité. Et elle se vit à cet instant précis : avec Emil qui dormait, avec ses quelques affaires fourrées dans un sac à dos. Qu'y avait-il là-dedans d'assez important pour constituer un chez-soi ? Un article de journal, un éclat de bois. Et une vieille photo.

— Celle que j'ai choisie.

Elle avait assemblé des pièces dépareillées en une mosaïque disharmonieuse. Des pièces qui n'avaient parfois rien à voir les unes avec les autres, mais qui s'étaient retrouvées ensemble, arrachées à d'autres mosaïques autrefois parfaites. Qui en aurait voulu ? Qui aurait été assez fou pour croire qu'elles pouvaient s'assembler, malgré leurs différences ? Pourtant, ce ramassis de plumes, souvenirs et objets farfelus lui procurait, à elle, la sensation de chaleur d'un foyer.

L'homme lui sourit, comme s'ils partageaient quelque chose. Réchauffée par une flambée bienvenue, Edna se dit qu'elle était peut-être en train de réussir. Il y avait toujours une clé. Et bientôt Jeremias comprendrait qu'il pouvait la laisser partir sans craindre qu'elle se perde ou finisse dans un fossé.

— Demain matin tout sera arrangé, dit-il avec un sourire angélique. Vous serrerez votre famille dans vos bras et cette nuit ne sera plus qu'un mauvais souvenir. J'ai un ami dans la police. Il est très gentil.

Edna se laissa retomber sur sa chaise. Jeremias était un brave homme, mais il avait l'esprit aussi carré qu'un pavé.

Elle passa en revue les solutions possibles, ce qui la déprima et la fatigua encore plus. Personne n'était au courant de son départ. Personne, parmi ses proches, n'avait entendu parler de Jacob. Ni de son passé à la ferme. Donc personne ne pouvait comprendre ce que ce voyage signifiait pour elle.

Elle voulait tenir sa promesse, revoir Jacob et lui raconter ce qui s'était réellement passé la nuit où ils s'étaient séparés, pour lui dire que ce n'était pas comme il croyait. Parce que le passé, même le plus lointain, peut se réparer. Il suffit de le vouloir et d'appliquer le bon mastic. Déjà, l'avoir retrouvé tenait du miracle. Tout ce qu'elle avait à faire, désormais, c'était suivre la traînée lumineuse d'une comète.

Et à présent, quelqu'un décidait que tout cela devait prendre fin.

Le vieux lui sourit. Il avait une bonne tête. Jamais on ne l'aurait pris pour un croque-mitaine.

Edna songea de nouveau à Jacob. Elle se demanda s'il était seul ou s'il y avait quelqu'un à ses côtés. À leur âge, il arrive souvent de devoir fermer les yeux – plutôt que de prendre le téléphone – et plonger en soi pour revoir les personnes que l'on a aimées.

Et si Jacob n'avait plus de famille ni d'amis, si elle et Emil étaient tout ce qu'il lui restait ? En tout cas, ils étaient sans doute les seuls survivants de son passé.

Et elle, à qui aurait-elle fait confiance ?

La réponse arriva, fulgurante et lumineuse, comme une étoile un soir de janvier.

— Jeremias, avant que vous ne passiez votre coup de téléphone, j'ai besoin que vous parliez à quelqu'un. Elle pourra tout vous confirmer.

Il continua de verser le lait dans la tasse, comme s'il ne l'avait pas entendue, et il y ajouta des biscuits.

— Ne vous donnez pas tout ce mal, Edna. Maintenant, vous allez juste attendre demain, vous réchauffer et vous mettre quelque chose dans le ventre. J'ai de la délicieuse confiture. Ou vous préférez du miel ? Les biscuits sont au beurre.

Les plumes magiques

— Tu as déjà envisagé qu'Anja aurait pu être tuée alors qu'elle essayait de s'échapper ? murmura Edna.

Elle n'avait jamais aimé attendre. Pourtant, elle avait dû s'habituer aux rythmes de la ferme et patienter en espérant que quelqu'un vienne la chercher. Maintenant que Jacob s'était mis en tête de s'enfuir, elle était partagée : d'un côté elle rêvait de le suivre, de l'autre elle était paralysée par la peur.

— Ou alors Anja est morte parce qu'elle est restée ici trop longtemps. C'est pour ça qu'on doit partir. Notre plan est excellent et si tu arrêtais de faire la chochotte et que tu m'écoutais, ça nous aiderait.

Jacob avait planté ses yeux dans les siens. Edna y avait lu une détermination qui n'admettait aucune réplique, alors elle avait soupiré et secoué la tête, à la fois résignée et ragaillardie par la force de son ami. Ils s'étaient remis à dessiner toutes les phases de leur plan sur le sol à l'aide de petits bâtons et de cailloux. Jacob lui avait demandé de se concentrer du mieux qu'elle pouvait, et elle, grâce à sa mémoire et son sens des détails, savait que son aide serait précieuse pour préparer leur fuite.

Quand des hôtes de marque arrivaient à la ferme, Edna était chargée d'attendre à côté de leur voiture, de donner de l'eau aux chevaux et de chasser les taons qui leur tournaient autour. Jacob se moquait d'elle et elle ne pouvait pas lui donner tort : c'était vraiment un travail stupide. Malgré tout, ce jour-là cela allait se révéler bien utile pour tous les deux.

Elle avait les mains moites, comme chaque fois qu'elle s'apprêtait à accomplir quelque chose d'important et qu'elle ne se sentait pas prête (sac plein, caché sous le groseillier ; godillots lacés, double nœud ; deux maillots de corps sous son pull).

Elle lorgnait de temps à autre, espérant apercevoir le visage de Jacob ou sa main levée derrière la haie pour lui faire signe que c'était le moment. Il était chargé de boucler Emil dans le sac à dos puis d'ouvrir le portail. Elle, elle devait chasser les taons. Et attendre.

Quand la haie avait enfin bougé (pas à cause du vent, parce qu'il n'y avait pas un souffle d'air et la chaleur était étouffante), elle avait senti son cœur exploser et sa gorge s'assécher.

Jacob se tenait de l'autre côté de la route poussiéreuse, portant un gros sac à dos dont la base était agitée par un poids qu'elle connaissait bien. Il lui avait même semblé apercevoir la forme d'un bec.

Edna avait saisi les rênes du cheval, qui avait avancé sans faire d'histoires, traînant tranquillement la charrette derrière lui. Le plan était simple : s'enfuir avec un cheval devait leur permettre de mettre beaucoup plus de distance entre eux et la ferme et une fois qu'on s'apercevrait de leur absence, ils seraient déjà loin. Même si, à côté d'un pareil géant, Edna se sentait tout sauf invisible.

Un pas. Un autre. Jacob approchait, le portail aussi. Il suffisait de sauter dans la charrette et de lancer le cheval au galop. Un pas. Encore un. Le double nœud à ses lacets devait empêcher qu'ils se défassent pendant la course, au cas où quelque chose tourne mal et qu'elle doive prendre ses jambes à son cou.

Un élancement lui avait brouillé la vue. Ses blessures n'avaient pas guéri, depuis la nuit de la moisson. La faux avait emporté un morceau de son oreille droite, lui avait laissé une marque sur le cou et, à force de marcher dessus, ses coupures aux pieds s'étaient infectées. En outre, chaque fois qu'elle urinait, une brûlure lui envahissait le bas-ventre, mais elle ne l'avait dit à personne, pas même à Jacob.

Elle s'était concentrée sur la route et avait pris une grande inspiration. Son cœur battait trois fois plus vite.

Elle avait vu Jacob acquiescer, comme pour lui dire que tout se déroulait comme prévu. Elle avait ressenti une liberté presque oubliée, tant elle était lointaine. Que voulait dire être libre ? Affronter le voyage avec Jacob. Rentrer chez elle. Guérir ses cals et s'endormir le soir sans avoir peur que les paysans ne reviennent se moquer d'elle et la menacer avec leurs faux.

Jacob avait regardé vers l'arrière et à cet instant précis elle avait entendu une voix dans son dos, qui l'appelait.

Elle s'était retournée en ravalant la bile qui montait de son estomac.

— Qu'est-ce que tu fais là ? Laisse ce cheval, il n'a aucune envie de marcher par cette chaleur, et viens m'aider, lui avait ordonné la sœur de la patronne.

Elle avait courbé l'échine et s'était éloignée du sac à dos caché sous le groseillier, du portail et de la route poussiéreuse.

En ratissant le foin pour l'entasser, elle avait vu les cheveux de Jacob, de la couleur du miel ambré, qui pointaient dans l'herbe haute. Quand les paysans étaient passés, Edna avait retenu son souffle. S'il était découvert, serait-il assez rusé et rapide pour inventer une excuse ?

En attendant, elle plantait son râteau dans le foin, comme si chaque coup pouvait chasser ses idées noires, les hacher menu et les emporter. Quand elle avait relevé la tête, terrorisée, elle avait jeté un coup d'œil vers là où il aurait dû se trouver. Il avait disparu.

Il n'y avait plus d'air, plus de soleil pour lui réchauffer la peau et l'éclairer. Tout avait été avalé, happé par le vide. Comme si le monde entier s'était évaporé et l'avait laissée là, son râteau à la main, auquel elle s'agrippait désormais, qui la soutenait, alors qu'autour les champs s'étaient mis à ondoyer et à se dissoudre dans le brouillard.

Elle ne voyait plus Jacob, même en scrutant les alentours, au risque que la sœur de la patronne la surprenne le nez en l'air. Ses pensées étaient si obsédantes que la femme ne pouvait pas ne pas les entendre, ne pas voir briller ses yeux écarquillés, ne pas constater la pâleur de son visage et la rigidité de ses muscles tendus.

La peur d'être découverte n'était plus rien, par rapport à la sensation d'avoir été abandonnée. Jacob s'était-il enfui sans elle, avec Emil ?

— Pourquoi tu portes encore tes chaussettes et tes chaussures ? lui avait demandé la femme d'un air suspicieux.

Edna s'était empressée de les retirer et elle s'était remise au travail. Sans Jacob, elle ne pourrait pas survivre à la ferme.

Elle avait continué à ratisser le foin. Même quand la lumière s'était éteinte et que le soleil rouge était descendu derrière les champs, les noyant de longues ombres. Elle avait continué à ratisser, serrant si fort le manche de l'outil que ses cals la brûlaient à vif. Même quand la pluie lui avait mouillé les cheveux, les avait collés à son front et l'avait fait frissonner, elle ne s'était pas arrêtée. Ni quand elle avait entendu la voix de la paysanne, quelque part, crier quelque chose qu'elle n'avait pas écouté.

Ses yeux la brûlaient – chaque fois qu'elle détachait son regard du foin pour chercher Jacob –, les muscles de ses bras aussi. Et elle devait serrer les dents pour résister aux morsures de la bête qui creusait dans son ventre.

Mais que pouvait-elle faire d'autre ?

Jusqu'à ce qu'une main saisisse le râteau et l'arrête.

Bastian la scrutait de ses yeux froids. Ses cheveux étaient trempés, de même que son pull et son pantalon. Il devait élever la voix pour qu'elle l'entende, autour d'eux les gouttes rebondissaient par terre dans un vacarme de mitraille.

— Qu'est-ce que tu fabriques, Edna ?

— Qu'est-ce que ça peut te faire ?

— C'est à cause de Jacob, pas vrai ? Il l'a fait…

Edna avait soutenu son regard. Elle le voyait glisser, comme tout ce qui l'entourait et n'avait plus d'importance. Comme les collines qui devenaient des vagues de terre.

— Je ne sais pas où il est, avait-elle laissé échapper, la voix tremblante.

Mais elle n'avait pas pleuré.

— Jacob creuse ta tombe, Edna. Il est stupide. Il faut faire ce qu'ils disent, respecter les règles et…

Edna ne l'avait pas laissé finir. Le feu brûlait à nouveau sous sa peau et la faisait trembler de rage, d'une douleur que seul Jacob pouvait comprendre. Et qui leur appartenait. À eux seuls.

— Et toi, comment tu survis, toi ?

Bastian n'avait pas répondu.

— Tu es leur lèche-bottes. Tu es comme eux.

Son mépris enflait comme une vague, endiguée par la seule douleur qui lui creusait le ventre.

Bastian l'avait longuement observée.

— Tu t'apercevras que j'avais raison. Mais il sera peut-être trop tard.

Puis il avait tourné les talons et il était parti, la laissant à nouveau seule.

Cette nuit-là, Edna était tombée malade. D'abord elle avait eu des vertiges, puis elle avait ressenti comme un coup de couteau dans les viscères, une flamme qui partait de l'aine et remontait jusqu'au nombril. Enfin les frissons de fièvre étaient arrivés et le patron avait ordonné à un paysan de l'emmener dans le cabanon, loin des autres.

Alors que son corps, brûlé par le feu qui consumait son ventre, flottait dans les vagues d'un lac, Edna se demandait ce qu'ils étaient en train de faire, chez elle. La nostalgie la suffoquait plus que la fièvre. Elle aurait voulu savoir où était Jacob, elle espérait qu'il s'était sauvé, bien qu'elle ait besoin de lui. Elle serrait dans sa main l'éclat de bois de saint Christophe, Emil lui manquait.

La nuit suivante, elle avait senti quelque chose bouger et lui ouvrir la main. Elle s'était tournée et avait trouvé Jacob recroquevillé près d'elle. Elle n'était pas certaine que ce soit vraiment lui. C'était peut-être une hallucination ou un rêve. Il avait glissé la plume d'Emil entre ses doigts, puis il les avait serrés délicatement, mais fort, entre les siens.

— Tu t'étais enfui...

Jacob s'était allongé sur le dos, la main entremêlée à la sienne pour que la plume ne s'envole pas.

— Pour qui tu m'as pris ? Je tiens mes promesses, chochotte. On partira ensemble.

— Tu étais où ? Ils t'ont fait du mal ?

— Personne ne s'est aperçu de notre plan, avait-il répondu en souriant. Ils m'ont fait travailler, et moi j'ai joué les bons mulets.

Edna aurait voulu rire avec lui, mais elle n'y parvenait pas. Les griffes d'une bête qu'elle n'avait jamais vue en face la lacéraient toujours de l'intérieur. Et puis, elle aurait voulu mettre Jacob en garde : elle n'avait plus confiance en Bastian.

Jacob ne l'avait pas laissée parler.

— Mais maintenant, tu dois me promettre de reprendre des forces. Comment tu pourras voir la surprise que je t'ai préparée, si tu continues à moisir ici ?

Edna avait guéri, mais une mauvaise graine était restée à l'intérieur d'elle et avait si bien pris racine qu'elle l'avait changée pour toujours. Elle n'était qu'une fillette, elle avait honte de devoir courir aux toilettes, elle ne savait rien de son corps parce que personne ne lui avait rien expliqué, tout devait rester secret. Quand elle avait eu mal, elle avait serré les dents. Elle n'avait pas pu se laver, elle n'avait pas demandé à voir un médecin, parce qu'il aurait exigé d'être payé, or elle ne possédait rien.

Cela s'était passé ainsi.

Elle n'aurait jamais de fille pour l'attendre ni lui offrir un lit et sa compagnie. Elle avait menti à Fer, ce soir-là, réveillant une douleur authentique et refoulée. Presque apaisée.

Edna n'avait pas pu avoir d'enfant, même quand, devenue femme, elle l'avait désiré de chaque goutte de son sang qui avait cessé de couler au changement de lune.

Les médecins l'assommaient de mots compliqués, qu'elle notait sur des feuilles blanches. Néanmoins, avec les années, elle s'était convaincue que c'était ce qu'elle avait vécu à la ferme qui l'avait marquée à jamais. Elle avait fini par croire qu'elle l'avait mérité. Et ainsi, elle avait pu oublier.

28

Jour 5

Distance : 28 km

À cent vingt kilomètres de là, Adele débarrassait la table en se demandant quel sens elle pouvait donner à ses journées, passées à travailler pour les autres et à les attendre. Comme si tout le monde avait mieux à faire et qu'elle, elle stagnait toujours à la même place.

— Ta mère a dit où elle allait ?

Lukas haussa les épaules en fourrant dans sa bouche une énorme bouchée de spaghettis à la sauce tomate.

Adele avait trop de choses en tête. Il ne manquait plus que Lisa fasse des siennes en se comportant comme une adolescente. Elle remporta son assiette propre à la cuisine.

Toutefois, alors qu'elle s'apprêtait à faire la vaisselle, une autre interrogation lui martela les tempes. Une question bonus, qui s'ajoutait aux soucis liés à sa fille, à Lukas, au départ, à Max qu'elle n'avait pas vu de la journée, bien qu'elle soit de plus en plus certaine qu'il n'allait pas travailler. Où passait-il donc son temps ?

Lasse de se confronter à des problèmes sans solution, elle décida de suivre le fil de cette question, qui l'inquiétait autant que le reste. Elle n'en avait parlé à personne, surtout pas à Max, car cela concernait Mme Weiss. Elle se remémora le petit mot qu'Edna avait laissé. Que s'était-elle mis en tête ? Et avait-elle besoin de son aide ?

— Mamie ! l'interpella Lukas en lui montrant une photo sur son téléphone portable. On dirait le perroquet d'Edna, non ?

— Je ne crois pas, Lukas, dit-elle, concentrée sur l'essuyage des assiettes.

— Moi je trouve qu'on dirait vraiment Emil.

— Mais il est sur l'épaule d'un garçon devant une tente hippie, se moqua Adele.

Elle ne voyait pas du tout Mme Weiss partir battre la campagne, à presque quatre-vingt-dix ans, certes bien portés, mais tout de même. Avec cet animal déplumé, aussi vieux qu'elle, qui bondissait dès qu'il voyait une mouche. Elle sourit intérieurement.

— Il s'appelle pareil, dit Lukas en lisant la légende.

Adele soupira, jeta son torchon dans le lavabo et demanda le téléphone à son petit-fils.

— On va l'éteindre, comme ça quand papi rentrera tu seras en pyjama et les dents brossées.

— J'ai onze ans ! protesta Lukas.

— Justement : file !

Le garçon tourna les talons et sortit de la cuisine en secouant la tête.

Après avoir lavé la douzaine d'assiettes, les trois casseroles, les six verres et de nombreux couverts accumulés dans l'évier, Adele était passée devant la chambre qui avait été celle de Lisa enfant. Sa fille avait beaucoup changé. Cette nuit-là, Lukas était venu dormir chez eux parce que Lisa avait appelé pour dire qu'elle rentrerait tard de sa répétition. Adele observa le visage de l'enfant détendu par le sommeil, puis referma la porte avec un sentiment de chaleur et de calme dans la poitrine. Mais qui fut de courte durée.

Habituée aux allées et venues des derniers jours, Adele trouvait presque insupportable le silence dans lequel était plongée la maison.

Elle erra dans les pièces vides et s'arrêta au salon. Les cartons étaient soigneusement empilés contre les murs nus, où des taches claires rappelaient la présence d'un tableau et leur blancheur d'origine.

Des mots étaient tracés au feutre noir sur chaque carton pour en résumer le contenu, bien qu'il soit difficile de trouver la définition exacte. On perdait forcément des détails. Elle constata en lisant les légendes qu'elle n'était pas douée pour ce genre de choses : MAX, MODÉLISME BATEAUX ; MAX, TROPHÉES DE PÊCHE ; ADELE, PULLS ; MAX... Elle aurait pu continuer jusqu'au lendemain matin. Il y avait beaucoup plus de cartons « Max » que de cartons « Adele ». Elle se laissa tomber dans le fauteuil recouvert d'une bâche en plastique, gênée par la sensation rigide dans son dos. Mais elle n'avait pas envie d'aller se coucher. Elle avait besoin de réfléchir et elle y parvenait mieux quand elle était seule.

Le plateau de biscuits apporté l'après-midi par la femme de Bernie était toujours sur la table. Où trouvait-elle le temps de pâtisser ? Ils étaient jolis, disposés sur du papier rose et enveloppés de cellophane nouée par un délicat ruban violet. Elle aurait peut-être le temps, elle aussi, de faire de la pâte brisée, quand ils seraient installés dans la nouvelle maison – quand elle n'aurait plus à gérer la boutique, les fournisseurs, les journées éreintantes et tous les efforts pour contenter les clients. De toute façon, elle ne savait plus ce qui comptait. Malgré ses années de labeur, il avait suffi qu'un nouveau supermarché ouvre dans le quartier pour emporter, en une journée, la moitié de sa clientèle. Elle n'y était pas entrée, cela aurait été comme se trahir elle-même, mais elle l'avait vu de l'extérieur, par les vitrines. Il était immense, éclairé par des néons agressifs. Et plein de caddies, de boîtes, et de publicité. Elle avait même entendu une musique assourdissante quand les portes automatiques s'étaient ouvertes. Rien à voir avec ses étagères en bois à l'odeur de pin. Pourtant, les gens en sortaient en souriant, les bras chargés de sacs au logo rouge. Comme s'ils ne voyaient pas la différence.

Max avait raison, ils seraient bien dans leur nouvelle maison. Ils allaient devoir se retrousser les manches, comme toujours, mais ils y arriveraient.

Elle se voyait déjà dans la cuisine, mélangeant des fruits dans des casseroles pour faire des confitures. Elle mélangeait, mélangeait, tandis que par la grande fenêtre elle entendait le gazouillis des oiseaux et s'emplissait du parfum de ses fruitiers. Bien sûr – se persuada-t-elle en rouvrant les yeux –, elle finirait par planter un abricotier et cultiver des fraisiers. Il y aurait aussi la place pour un potager. Plus elle réfléchissait, visualisait de nouveaux détails, plus cette pièce rêvée lui semblait lumineuse. Un frisson d'excitation lui parcourut l'échine. Elle ramassa le journal de Max en se demandant si le bleu lavande irait bien avec les coussins couleur crème de la tonnelle. Ou alors un beau bleu, assorti au vert émeraude comme…

L'évocation des plumes du perroquet d'Edna la fit sombrer à nouveau.

La question bonus refaisait surface. Que s'était-elle mis en tête de faire ? Juste maintenant, alors que tout – ou presque – filait droit. Alors que, pour la première fois de sa vie embrouillée, toutes les pièces du puzzle semblaient enfin s'assembler.

Elle abandonna le journal à côté du fauteuil et prit le cahier qu'elle avait trouvé chez Edna.

Les illustrations étaient vraiment étranges, pour des dessins d'enfant. Un visage à la paupière coupée, un œil qui giclait.

Du sang. Des outils – peut-être des fourches – aux pointes sanguinolentes. Elle les parcourut rapidement et s'arrêta sur ceux qui la faisaient sourire : un enfant, un perroquet. D'étonnantes cartes au trésor, pleines de notes et de chiffres. Les arbres indiquaient-ils une forêt, les lignes horizontales des murs ? Un obstacle ? Et le rectangle à quatre cercles ? Un sac par terre, d'où pointait un bec.

Et puis, sur la dernière page, trois prénoms :

Jacob

Edna

Emil

Adele feuilleta ce qui restait du cahier : de nombreuses pages vides.

Les inscriptions et les dessins s'interrompaient après les trois prénoms tracés avec soin, les barres bien droites et les formes repassées plusieurs fois par une main incertaine, mais patiente et appliquée.

Les pensées d'Adele se perdirent en conjectures.

Jacob… Jacob… Elle se leva subitement et courut dans sa chambre. Son exemplaire de *Stern* était posé sur sa table de nuit. Elle s'en empara et l'ouvrit à la page qui avait tant intéressé Edna.

Pour la première fois, elle s'interrogea sur ce que cachait le passé de son amie. Elle commençait à soupçonner que la clé de ce mystère se dissimulait derrière les griffonnages qui maculaient le cahier. Et Emil, quel était son rôle ?

La sonnerie du téléphone lui sembla arriver d'une autre galaxie.

Elle pensait toujours aux dessins, quand elle entendit, rauque et distante, la voix de la dernière personne à laquelle elle s'attendait, à trois heures du matin. Mais la seule qui pourrait lui raconter la vérité.

29

Le garçon
aux chaussures dorées

Edna n'avait pas fermé l'œil de la nuit.

Elle n'avait jamais été patiente. L'attente l'usait, plus encore que l'idée d'affronter une montagne à pied.

Quand les premières lueurs du jour traversèrent le ciel, chassant les nuages, elle était déjà à la cuisine, habillée. Pantalon de randonnée (lavé à l'eau et au savon de Marseille, parfaitement sec), chaussettes, chaussures de marche (astiquées, double nœud), lunettes (empruntées, monture en plastique, mais fonctionnelles), blouson de cuir (dans son sac, avec le ciré). Elle s'assit sur une chaise et attendit. L'horloge indiquait six heures, l'horaire idéal pour se mettre en route. Mais elle était coincée dans cette pièce aux murs blancs. Elle soupira, les mains croisées sur ses genoux.

Le seul bruit qui brisait le silence était le tic-tac de l'horloge murale. Chaque seconde était une goutte qui se brisait sur un miroir plat.

Jeremias était sans doute sorti nourrir les bêtes. Elle ne sentait pas l'odeur de laine mouillée de son chien. Et Emil était inhabituellement tranquille. Il mordillait un de ses ongles avec la pointe de son bec, puis passait à l'autre patte en la scrutant de ses yeux noirs et profonds, emplis des mers et des terres qu'avaient traversées ses ancêtres. Edna l'avait lu dans *Stern* (premier numéro de février) : l'instinct est la mémoire collective de tous les individus qui ont contribué à perpétuer leur espèce. Cependant, ils avaient un problème, et Edna se demanda comment réagirait Emil si leur voyage prenait fin ce matin-là.

Jeremias avait été rassuré par sa conversation avec Adele, mais Edna n'était pas tranquille. Elle calcula qu'en tenant compte de la circulation, Adele devait se trouver à mi-chemin. Elle soupira. Cette sensation d'être une élève punie qui attendait ses parents dans le bureau du directeur était désagréable.

— Hé, c'est vous qui vous êtes perdue et qui vouliez dormir dans la remise à bois ?

Edna aperçut le garçon debout sur le seuil. Elle savait qu'il était malpoli de fixer les gens, mais elle ne comprenait pas d'où il était arrivé. Ses drôles de baskets étaient entièrement dorées et son t-shirt très moulant – on voyait ses côtes. Il avait de longs cheveux de femme et des sourcils si noirs qu'on les aurait dits peints. Il portait une guitare en bandoulière sur son dos (œil embué, usage possible d'hallucinogènes, peut-être de retour d'un de ces rassemblements où l'on faisait des choses bizarres et où les hommes s'habillaient en femme et les femmes en homme, dans une confusion on ne peut plus immorale de genres et de valeurs).

— Je ne me suis pas perdue…

Elle retint son souffle : ce garçon était sans doute malade et contagieux. Néanmoins, il lui sourit.

— Vous êtes l'amie des loups. Et lui, c'est Emil !

— Ton père t'a raconté beaucoup de choses…

— Oh non, madame, je l'ai vu à la télé, déclara-t-il à la stupeur d'Edna. Le reportage sur la réintroduction des loups. Vous avez une sacrée repartie. Les protecteurs des animaux vous adorent. Et regardez ça, dit-il en sortant son téléphone de la poche de son pantalon (cette brique avait de nombreuses fonctions, lui avait expliqué Flo, mais c'était avant tout un téléphone).

Edna essaya de se souvenir en plissant les yeux pour se protéger de la luminosité de l'écran. Elle vit défiler des images d'elle et Emil. Emil sur l'épaule d'un jeune homme, devant le lac, et elle (coupée à moitié) qui les contemplait d'un air pensif. Elle qui repliait sa carte et saluait le journaliste. Elle qui traînait la cage sans roues arrière (elle ne se souvenait plus de l'endroit).

— Donc ? demanda-t-elle en redressant le dos et en le fixant d'un air perplexe.

— Donc tout le monde se demande qui vous êtes et où vous allez. Vous ne trouvez pas ça émouvant ?

Que signifiait ce « tout le monde » ? Edna ne voyait personne dans la pièce, en dehors d'elle, Emil et le garçon aux chaussures dorées qui lui souriait comme s'il se passait quelque chose d'incroyable.

Elle se demanda si sa pâleur était due à sa maladie, alors elle lui laissa ses biscuits au beurre : il en aurait plus besoin qu'elle. Et quand il lui demanda s'il pouvait se prendre en photo avec Emil, elle accepta. Toutefois, les mains moites d'appréhension, elle se concentra pour suivre chacun de ses mouvements.

— Vous êtes vraiment une femme formidable, lui dit-il les yeux emplis d'admiration. Peut-être que certains ne vous comprendront pas, mais pour moi vous avez déjà gagné. Exactement comme c'est écrit sur votre casquette.

Edna le fixa, dubitative.

Il lut l'inscription, la traduisant de cette langue qu'elle ne connaissait pas, détachant les mots comme s'il s'agissait d'une formule magique.

— « Peu importe que tu gagnes. Tu es un champion ».

Edna réfléchit. Elle espéra que ce n'était pas de mauvais augure, parce que ce qui l'intéressait, ce n'était pas la gloire, mais bien gagner, si cela voulait dire arriver à Ravensburg.

En attendant, elle ignorait ce qui se passerait à l'arrivée d'Adele. Elle avait essayé de lui dire qu'il n'était pas nécessaire qu'elle vienne, qu'elle se débrouillerait seule. De même qu'elle avait tenté d'expliquer à Jeremias qu'elle ne s'était pas perdue. Mais ce matin-là personne, hormis le garçon aux chaussures dorées, ne semblait croire en elle.

30

Le château, le car et les touristes russes

— Eh bien, nous y sommes, commença Adele en posant ses mains sur la table avec un sourire serein et confiant, certaine que ce qu'elle faisait était juste.

Elles étaient séparées par une coupe de fraises à la crème et un chocolat froid servi avec une paille à plumes qui allait plaire à Emil, Edna en était certaine.

Après s'être excusée auprès de Jeremias, Adele l'avait invitée à monter dans la vieille voiture qu'elle avait empruntée à Lisa pour la rejoindre. Edna eut la sensation qu'elle ne l'avait pas en main, parce que le moteur grognait. À la troisième tentative – comme Adele l'avait d'ailleurs annoncé –, elle avait démarré dans un nuage de fumée. Son amie s'était donné du mal pour trouver un endroit tranquille. Elle avait gagné le centre du village, elle avait fait deux fois le tour du rond-point en lorgnant les terrasses bondées des bars et les rues aussi peuplées qu'un jour de marché, puis elle avait parcouru le même chemin en sens inverse et les avait plus ou moins ramenées au point de départ.

Edna fixait le mot peint sur la façade et essayait de se remémorer les noms des restaurants qu'elle connaissait. *Weisses Rössl, cheval blanc* (au moins cinq sous cette dénomination), *Goldenes Lamm, agneau doré* (quatre). Celui où elles étaient attablées était sans doute le huitième *Schwarzer Adler*, *aigle noir*, qu'elle avait croisé dans sa vie, or on ne pouvait pas dire qu'elle ait beaucoup voyagé.

— À ton avis, Adele, pourquoi les restaurants ont-ils tous des noms d'animaux ? Je pensais à la chasse. Un aigle, c'est compréhensible. Un agneau aussi. Chasseur, proie. Mais petit cheval blanc…

Edna continua ses divagations, un peu parce que c'était sa nature, un peu pour gagner du temps.

Mais l'imagination n'était pas le point fort d'Adele.

— Edna, vous m'expliquez ce qui se passe ?

Adele parlait d'une voix basse, contenue, cherchait l'intimité des choses murmurées. Edna, elle, aurait aimé prendre la clé des champs. Le soleil était enfin revenu. La journée allait être chaude, parfaite pour franchir les montagnes.

La terrasse offrait une belle vue sur le château qui dominait Landeck, une petite ville enclavée entre les montagnes de l'Arlberg, qui avait la forme d'un S s'étendant le long de la rivière Inn. Des groupes de touristes arrivaient et repartaient à bord d'énormes autocars à deux étages. Un de ces véhicules se gara devant elles et des couples aux gros ventres pleins de goulasch et aux bras cramoisis rangèrent leurs sacs dans la soute avant de prendre une dernière photo au pied du château.

— Rien de plus que ce que je t'ai raconté au téléphone.

— Vous ne m'avez jamais parlé de votre ami.

— Je suis désolée, Adele. C'était important pour moi, je n'envisageais pas que cela puisse l'être aussi pour quelqu'un d'autre. Et je n'imaginais pas tout ce qui allait se passer. Comment va Lisa ?

— Oubliez Lisa, répondit Adele en balayant l'air de la main avant de sourire. Quoi qu'il en soit, je suis sûre d'avoir compris.

— C'est vrai ?

— Bien sûr. C'est important pour vous et je crois que j'aurais fait pareil. Bon, je dois dire que ça nous a surpris, mais vous avez eu beaucoup de courage.

Edna se tourna vers les montagnes. Elle remercia le soleil qui resplendissait, saint Christophe, la chance et Adele. Les nuages avaient disparu, et pas uniquement dans le ciel.

— Donc, Edna, poursuivit Adele en lui prenant la main, à partir de maintenant vous n'êtes plus seule. Vous pouvez compter sur moi.

Edna entendit comme une sonnette d'alarme dans sa tête, mais décida de l'ignorer.

— Merci, Adele. J'étais certaine que tu comprendrais, dit-elle en poussant un soupir de soulagement.

Adele hocha la tête pour exprimer son assentiment plein de conviction et de bonnes intentions.

— Vous savez, j'avais un tel besoin de vacances ! Bon, Max ne va pas être content. Il tenait tant à vous voir heureuse dans votre nouvelle *maison*. Il est obsédé par les délais, comme si la chambre pouvait s'échapper, ajouta-t-elle avec un petit rire moqueur. En effet, vous savez que les places sont chères, là-bas, et que vous...

Elle s'arrêta net en scrutant le ciel puis Edna, avant de lui adresser un regard compréhensif.

— Mais on peut bien prendre deux jours, non ? Pas plus, mais deux jours... pourquoi pas ?

Edna avait oublié la maison de retraite et elle trouvait étrange qu'Adele en parle à ce moment-là : cela détonnait avec le soleil ; les montagnes verdoyantes, et même les allées et venues des cars et l'odeur de crème solaire de l'été.

Adele souriait. Elle avait forcé sur le fard à paupières bleu outremer, ce matin-là. Il débordait sur son arcade, elle avait même des brillants dans les sourcils. Elle avait dû se maquiller à la hâte avant de partir. Edna l'imagina glisser des choses au hasard dans son sac sur le trajet entre son lit et la salle de bains, puis prendre la route à l'aube. Elle éprouvait une grande tendresse pour cette femme dont cinquante ans d'erreurs et de solitude la séparaient.

— J'ai réfléchi à tous les détails, sur le trajet, poursuivit Adele, qui n'entendait jamais les pensées d'Edna. Nous arriverons en fin de soirée et nous prendrons une chambre dans un hôtel du centre. On pourrait en profiter pour visiter la ville, qu'est-ce que vous en dites ? Se promener dans les ruelles va éveiller plein de souvenirs, pour vous.

Son sourire romantique contrastait avec l'image du ciel de plomb qu'Edna avait désormais devant les yeux, et avec celle de la place où les paysans marchandaient les enfants en même temps que le bétail.

— Ensuite, nous irons voir votre ami. Vous pourriez me le présenter, non ? Je ferai le film de vos retrouvailles, comme ça, à la maison – dit-elle sans ajouter « de retraite » –, vous pourrez vous le passer chaque fois que vous en aurez envie. Qu'est-ce que vous en dites ?

Elle était galvanisée par ses propres paroles. Edna inspira profondément et retint l'air dans ses poumons jusqu'à sentir son cœur battre plus fort. Alors elle expira en forçant ses lèvres à sourire.

— Bon, si vous êtes d'accord, je vais aller régler. Attendez-moi ici. Et je ne veux pas que vous traîniez cette cage, je vais m'en charger. Emil m'aime bien, ne vous en faites pas. Vous devriez apprendre à faire plus confiance aux autres. Je reviens dans deux minutes.

— Adele, l'interrompit Edna. Je vais faire ce voyage seule.

Adele la fixa, interloquée ; son sourire s'éteignit et céda la place à une ligne tremblante de rouge à lèvres.

— Je ne comprends pas…

— Observez-nous, Emil et moi.

La voix d'Edna ne trahissait aucune hésitation. Adele se laissa glisser sur sa chaise, accompagnée par le tintement argentin des minuscules clochettes accrochées à son bracelet.

— Nous avons la voiture de Lisa, nous arriverons ce soir et nous... c'est-à-dire, vous...

— Je sais que c'est difficile à comprendre. Et à accepter. Mais je sais aussi qu'il doit en être ainsi. J'ai attendu ce voyage toute ma vie, dit-elle en sentant la vérité de ces mots résonner dans sa poitrine et la réchauffer. Les années ont passé, mais je me sens pleine de forces. Nous y sommes presque. Emil et moi sommes presque arrivés, dit-elle en haussant un sourcil pour jeter un rapide coup d'œil aux cimes face à elles, que les roulettes de la cage n'avaient pas encore foulées. Ensuite nous rentrerons à la maison et nous ferons ce qu'il y a à faire.

Le silence tomba, empli d'un écho aussi sombre que la route qu'Edna ne parvenait pas à voir lorsqu'elle se retournait. Sa maison et son jardin semblaient loin. De là où elle se trouvait, le ciel s'étendait jusqu'aux sommets, jusqu'aux pics pointant au-dessus des bois dont on ne distinguait pas les arbres, mais qui formaient un unique manteau aux nuances de vert scintillant au soleil.

— Et comment comptez-vous arriver jusqu'à Ravensburg ?

La voix d'Adele était aigrie par le sarcasme, à peine fêlée par une indécision ténue.

— De la même façon que j'en suis partie.

Adele visualisa le cercle jaune, fit appel à ses neurones-miroirs, à l'esprit sage de Max et à tout le calme qu'elle sentait lui échapper à vue d'œil. Son ton et son regard se durcirent.

— Vous vous rendez compte de ce que vous dites, Edna ?

La vieille femme acquiesça. Alors Adele se tourna vers la cage à roulettes d'Emil. Ses yeux noirs, animaux, rapaces l'observèrent. Elle en eut presque peur. Elle se demanda ce qui attachait Edna à cet animal. Ils étaient reliés, leurs sens connectés.

Max le lui avait bien recommandé : elle ne devait pas se laisser envahir par les émotions. L'empathie signifie que l'on prend la bonne distance, qui nous permet de voir le bien. Or le bien, c'était en finir avec cette affaire bizarre et dénuée de sens.

— Je ne sais pas ce qui vous passe par la tête, mais je vous rappelle que, si vous tenez à votre ami et à Emil, vous devriez me laisser vous aider.

— Emil va très bien ! s'exclama Edna.

— Vous avez failli le perdre. Et vous trouvez que c'est une bonne idée de le faire voyager, dans une cage posée sur un... ?

— Un skate-board avec le drapeau argentin.

— Exactement. Vous avez l'intention de risquer votre vie et la sécurité d'Emil, de le faire souffrir du froid, de la chaleur et de l'enfermement ? Et tout ça à cause d'une fixette ridicule ?

Edna ignora son sourire sarcastique et ne répondit pas.

— Écoutez-moi, poursuivit Adele d'une voix plus douce, en lui posant la main sur le bras. Vous le verrez, votre ami. Vous lui amènerez Emil et tout ira bien. Mais laissez-moi vous aider. Vous ne pouvez pas en faire qu'à votre tête.

Edna pensa aux personnes qu'elle avait rencontrées. Au courage qu'il faut pour ouvrir un portail et mettre un pied devant l'autre.

— C'est la meilleure chose et la plus importante dont nous disposons, Adele : la possibilité de choisir.

— Vous avez déjà choisi de revoir votre ami. Et vous le retrouverez. Mais ce sera plus difficile, de la façon que vous avez choisie. Vous n'y arriverez pas, Edna. Vous devez affronter la réalité avec plus de sincérité. Et d'objectivité.

— Je n'ai jamais manqué de sincérité.

— Votre jardin ! explosa Adele.

Edna leva les yeux. Qu'est-ce qui n'allait pas, dans son jardin ?

— Il a besoin de quelqu'un qui s'en occupe, qui taille les arbres et qui démêle cette jungle. Mais vous ne voulez pas. Vous refusez.

— Ces plantes se sont donné du mal pendant des années pour pousser, objecta Edna. Elles sont luxuriantes. Certaines ont le tronc courbé par les intempéries et j'admets que quelques buissons ont souffert du froid et des attaques des insectes… Mais on voit peu de jardins comme celui-ci.

— Regardez-vous, Edna, murmura Adele comme si elle lui plaçait devant les yeux une vérité indiscutable, douloureuse, mais irréfutable… Regardez-vous maintenant. Objectivement.

Edna observa la pointe de ses chaussures, puis le ciel et les sommets baignés de lumière. Emil s'approcha d'elle, agrippé aux barreaux de la cage. L'air glissait sur sa peau, emplissait ses narines d'odeurs qu'elle n'aurait pas aimées, avant. L'asphalte qui grésillait sous le soleil, les émanations des moteurs brûlants et des freins mis à rude épreuve par les virages de la route, l'effluve agressif des fleurs qui luttaient contre la chaleur de midi. *Ce sera difficile, d'une certaine façon*, admit-elle. Les crèmes solaires qui se mêlaient à la fragrance de peaux rougies et d'après-rasage musqués. La senteur lointaine d'herbes aromatiques. Elle faisait partie de tout cela, mais elle n'était que de passage. Peut-être est-ce le sens du voyage : traverser des lieux, des personnes, se laisser effleurer par les choses. Et ensuite ? Que lui resterait-il de ces odeurs et de ces images ? Et les noms qu'elle avait notés, ceux des croque-mitaines qu'elle avait rencontrés, s'en souvenait-elle ? Elle ne savait pas ce qui l'attendait, de l'autre côté des montagnes. Désormais, elle avait du mal à se remémorer la sensation de calme et d'harmonie dont l'enveloppaient les ombres de son jardin. La sensation d'appartenir pour de bon à un lieu.

Ce sera difficile, d'une certaine façon.

Elle regarda ses godillots luisants qui semblaient avoir été épargnés par la poussière et la peau violacée de sa cheville, où les pustules avaient cédé la place à des halos pourpre.

— D'accord, Adele, soupira-t-elle.

— Vous êtes sérieuse ?

Les lèvres d'Adele formèrent un sourire timide. C'était sans doute à cause des neurones-miroirs, un des nombreux petits miracles d'une empathie bien calibrée. C'était la meilleure solution pour tout le monde, conclut-elle avec reconnaissance.

Edna acquiesça avec un grand geste du menton et enfonça ses lunettes sur son nez. Elle était décidée.

— D'accord, exulta Adele en essayant de recouvrer son sang-froid. Je savais que nous réussirions à nous entendre. Comme toujours. Vous, moi, Emil, déclara-t-elle en se touchant le front comme si elle avait oublié quelque chose d'important. Et votre ami, bien sûr ! Ja...

— Jacob.

— Bien sûr, Jacob. Il faut juste ne pas oublier de recharger le téléphone portable. Pour les photos et pour la vidéo des retrouvailles. Mais ne vous en faites pas, si vous ne voulez pas que j'entre, on le mettra dans un coin de la pièce : Lukas m'a expliqué le mode automatique. Et nous n'oublierons pas d'acheter une nouvelle cage pour Emil. Un panier en osier, qu'est-ce que vous en dites ?

Edna ferma les yeux (osier, temps de résistance au bec d'Emil : trois à sept minutes) et acquiesça.

— Parfait, déclara Adele, satisfaite. Je prends des jus pour le voyage, d'accord ? Sureau ? Pomme ? Je doute de trouver votre tisane à la mélisse.

— Grenade, dit Edna sans détacher ses yeux des siens.

— Vous êtes sûre ? Ça ne vous ressemble pas…

— Grenade, répéta Edna avec la même expression neutre. Mais ils n'en ont sans doute pas, donc pomme, ça ira très bien.

— Bien sûr, du jus de pomme.

— Adele, appela Edna alors que son amie était déjà à la porte. Une bouteille en verre, 33 centilitres. Bouchon en métal. Pas de plastique. Et… dit-elle plus bas, vérifiez bien la date de péremption.

Adele acquiesça. Tout était clair, tout allait bien. Elle poussa un soupir de soulagement avant de disparaître, ses cheveux blond platine écrasés au niveau de la nuque par le dossier de sa chaise, laissant derrière elle un parfum ambré.

Edna racla le reste de chantilly, qui fondit sur son palais. Elle chercha son crayon dans son sac et écrivit une phrase sur la nappe. Puis elle prit la paille (panache en papier brillant, parfait pour Emil, elle savait ce dont il avait besoin), se leva avec calme, saisit le manche de la cage à roulettes et fila dans la direction opposée, en évitant le serveur.

— Je ne sais pas toi, Emil, mais moi j'ai très envie de reprendre le voyage.

Emil battit des ailes : il était d'accord.

Ils avaient quelques minutes avant qu'Adele revienne à la table et s'aperçoive de leur départ. Chercher ce jus de pomme allait l'occuper un certain temps, néanmoins il fallait réfléchir vite.

Elle étudia le château, la route, la rivière. Elle aurait pu entrer dans un restaurant ou se cacher dans les toilettes d'un hôtel. Qu'aurait fait Jacob ? *Réfléchis, Edna. Réfléchis vite.* Et s'ils avaient été deux enfants essayant de s'enfuir ? tenta-t-elle d'imaginer, plutôt qu'une vieille équipée d'une canne et d'une cage à roulettes, avec Adele sur les talons…

Son épaule buta contre une montagne molle, elle bascula vers l'arrière. L'homme se pencha vers elle et lui parla gentiment dans une langue qu'elle ne comprenait pas. Edna leva la main, comme pour lui dire que tout allait bien, et poursuivit. Mais juste après elle s'arrêta, faisant faire une pirouette à la cage.

Elle isola la démarche de l'homme de tout le reste. Du fond, du bruit. Elle ajusta ses lunettes. Elle le vit avancer comme au ralenti, enveloppé d'une aura lumineuse – au moins aussi brillante que le fard à paupières d'Adele – et eut une idée.

L'homme montait dans le car. Devant la portière ouverte, le chauffeur faisait les cent pas, absorbé par sa conversation téléphonique. Il allait et venait jusqu'aux arbres, la tête penchée pour éviter qu'on l'entende. C'était sans doute un appel très important.

Edna fonça dans cette direction. Elle traversa la route sans prêter attention à la circulation, traînant Emil aussi vite que le lui permettaient ses jambes maigres et éprouvées par la marche des jours précédents.

Elle s'arrêta à un mètre du car, jeta un coup d'œil circulaire autour d'elle, rassembla ses forces et attrapa la cage par un côté. Elle s'aida de sa canne et de son bras, l'épaule tordue. C'était une occasion unique, une chance. Et elle était vraiment en train de la saisir.

La cage rebondit dans la soute et elle la suivit à quatre pattes. Elle se cacha au fond, fit le plein d'air et se força à imaginer que quelqu'un avait simplement fermé les volets de sa chambre. Elle venait de se faufiler dans la soute d'un car dont la porte allait bientôt se refermer, la privant d'air : elle en avait les mains moites.

— Ne t'en fais pas, Emil. Nous sommes ensemble, murmura-t-elle.

Elle entendit un bruit de pas qui approchaient et le sol se mit à trembler. Les passagers avaient chargé d'autres sacs et elle n'apercevait plus qu'un minuscule bout de ciel.

La porte se referma avec un bruit sourd et des mains claquèrent l'une contre l'autre comme pour s'épousseter après avoir accompli leur tâche.

Edna ferma les yeux, se disant qu'il n'y avait aucune raison d'avoir peur. C'était juste une nuit un peu plus noire et un peu moins confortable que les autres. Mais Emil était avec elle. Il avait commencé à se lisser les plumes. Et puis, il y avait la photo de Jacob dans son sac à dos et, bientôt, un nouveau ciel. Elle serra fort l'éclat de bois de saint Christophe rangé dans la poche du blouson de Roland. Il faisait chaud et les vibrations des roues lui entraient tout droit dans le cœur. Mais elle était en voyage. En mouvement. C'était tout ce qui comptait.

Grands projets

Dans l'obscurité, elle imaginait ce qu'elle verrait en rouvrant les yeux. Jacob avait posé ses mains dessus pour qu'elle ne triche pas. Ses doigts chauds et moites trahissaient son émotion, au moins aussi forte que celle d'Edna.

— Tu es prête ?

Elle avait acquiescé, il avait ôté ses mains et l'avait poussée d'un geste délicat dans le cabanon sombre. Grâce à l'étreinte de son ami, Edna n'avait pas trouvé le lieu trop menaçant. Elle sentait son énergie, derrière elle.

— Surprise ! avait-il chantonné.

Jacob l'avait guidée jusqu'à la petite fenêtre par où entrait la lumière chaude du crépuscule. Edna avait plissé les yeux.

L'oiseau de paradis l'examinait. Les plumes sur son front étaient rouges et son grand bec noir.

Edna était toujours émerveillée devant les couleurs de cette créature, un véritable enchantement en comparaison des murs gris de leur dortoir lugubre. Mais c'était Emil, elle le connaissait bien. Alors où était la surprise ?

— Il a quelque chose à te dire, avait fièrement anticipé Jacob.

Il l'avait invitée à s'approcher, malgré sa peur depuis le dernier coup de bec. La tête penchée sur le côté, l'air sérieux, les yeux plantés dans ceux d'Edna, l'oiseau de paradis avait ouvert son bec :

— Bonjour.

La fillette n'en croyait pas ses oreilles, mais Emil l'avait répété plusieurs fois, en scandant les mots avec précision.

— Bonjour, *chochotte*, avait-il poursuivi en surveillant ses réactions.

Puis il avait secoué ses plumes et avait lissé une des trois restantes sur sa maigre queue nue, pareille à un vieux balai.

— Un matin, je suis entré dans l'abri des oies, où on l'avait caché, lui avait confié Jacob les joues en feu, et j'ai découvert qu'il avait appris leur cri. Alors j'ai eu une idée : lui enseigner notre langue. Il parle, il répète tout, Edna !

C'était la première fois qu'il l'appelait par son prénom.

— Je lui apprendrai à compter, à répondre aux questions, et à saluer comme un monsieur. Tout le monde viendra le voir et paiera très cher. « Posez votre question à Emil, l'oiseau de paradis, mesdames et messieurs ! » Il y aura la queue, les gens viendront des villes, de partout et même de France ! Ou d'Angleterre. De Russie, je crois que c'est encore plus loin. Regarde, conclut-il en sortant un petit cahier de sous sa chemise.

— Tu l'as pris où ?

— Peu importe.

Jacob tournait les pages blanches, couvertes de lignes. Dans certains coins, de vieux signes avaient été effacés.

— Avec ça tu vas m'apprendre à écrire, Edna. Ça nous servira, une fois hors d'ici. Quand on s'enfuira. Toi, moi et Emil.

Edna observa Jacob en train de feuilleter le cahier, un crayon derrière l'oreille, les yeux brillants. Elle lui avait montré comment tracer les lettres dont elle se souvenait. Il l'avait écoutée et suivie avec attention. Elle s'était sentie importante, elle n'était plus une chochotte et c'était formidable.

Quand ils étaient sortis du cabanon, ils avaient caché Emil dans l'abri des oies déplumées, puis ils avaient filé au dortoir. Un homme les avait vus.

— C'est le paysan qui t'a portée dans ses bras jusqu'au cabanon quand tu avais de la fièvre, non ? avait remarqué Jacob.

Edna l'avait dévisagé, mais sa tête ne lui disait rien. Elle n'avait aucun souvenir de ce jour-là. Et des questions plus urgentes lui brûlaient les lèvres.

— Jacob, comment on va faire pour s'enfuir ?

— De la même façon que j'ai pris le cahier. Et le crayon, répondit-il avec un petit sourire en coin.

Son visage était proche de celui d'Edna, qui trouva ses yeux très beaux. Ils lui donnaient du courage. Tout semblait possible quand elle les voyait. La ferme et la forêt disparaissaient, elle ne se sentait plus menacée par l'obscurité.

— Et alors, comment tu as volé le cahier et le crayon ?

— Comment Emil peut-il répéter nos paroles ? lui demanda-t-il en retour, mais il connaissait déjà la réponse.

Il s'était approché de son oreille et, quelques secondes, il avait respiré l'odeur de ses cheveux. Elle avait espéré qu'ils ne sentent pas trop l'étable.

— Par magie, avait-il murmuré.

Edna ne savait pas si elle devait le croire. Que savait-elle de la magie ? Mais c'était vrai : les plumes d'Emil l'avaient aidée à guérir de la fièvre, une fois.

Même s'ils n'étaient encore que des enfants, Edna et Jacob savaient que tout instant de bonheur se paye. Et à ce moment-là ils étaient très heureux, avaient-ils estimé alors que leurs sourires se reflétaient l'un l'autre. Quelle dette étaient-ils en train de contracter auprès du destin ?

Malgré tout, ce soir-là ils s'étaient endormis insouciants, le sourire aux lèvres, poursuivant un rêve qui les attendrait même au réveil.

31

Tout à refaire

Il régnait dans la soute une odeur de pneus et de sandwich au fromage. Edna craignait que ses réserves d'oxygène ne s'épuisent et que le gaz carbonique ne lui empoisonne le sang – symptômes : somnolence, mal de tête, faiblesse, étourdissement, narcose (*Stern*, deuxième numéro de décembre). En plus elle n'arrivait pas à bouger, ni à déplacer les bagages, elle était recroquevillée et tout le poids de son corps pesait sur son épaule.

L'obscurité était comme une couverture de laine piquante sur les yeux, le noir absolu l'angoissait, lui bloquait la respiration. Le cours de ses pensées s'arrêta net et ses sens se mirent en alerte. De l'air frais entra dans ses poumons. Elle respira enfin.

Puis la lumière envahit la soute avec la violence d'une rafale qui gifle le visage.

Les voix s'entremêlaient, feutrées, comme si elle avait du coton dans les oreilles. Rires, exclamations gutturales. Et un bruit de fond, trop continu et régulier pour être celui du vent au loin. Peut-être une rivière. Elle perçut une note saumâtre dans l'air.

Encore des rires, des moteurs, des voix joyeuses.

Le soleil. Et enfin, de l'oxygène.

Elle scruta les alentours. Où était-elle ? Un parking, des petites fourgonnettes blanches avec de gros canots empilés sur leurs toits. Un peu plus loin, près de la buvette, un vieil homme déchargeait des pots de son drôle de véhicule à trois roues.

Edna lut l'inscription à la peinture rouge sur le mur au-dessus du hangar : « Nous construisons des souvenirs ». Elle rit in petto. Elle n'avait pas besoin de davantage de souvenirs – elle en avait suffisamment – mais de filer de là en vitesse. Il ne manquait qu'Emil.

— Vous êtes la dernière !

Edna se tourna et observa le jeune garçon qui venait à sa rencontre au pas de charge, bronzé, souriant, arborant un t-shirt portant la même inscription que le hangar. Elle avait l'air si perdu et fatigué après son voyage dans la soute qu'il s'arrêta à un mètre d'elle, songeur. Puis il lui sourit, comme si son doute était levé, et lui parla dans la langue des touristes du car, légèrement gêné.

— Qu'est-ce que vous dites ? Je ne vous comprends pas, jeune homme.

— Merci, le russe n'est pas mon fort… dit-il en allemand en lui adressant un sourire reconnaissant. Vous êtes du car, n'est-ce pas ?

Edna acquiesça.

— Tour des pirates, section familles ! s'exclama le jeune garçon avec zèle. Venez, ils sont déjà tous à l'intérieur.

— En fait je crois qu'il y a une erreur. J'ai quelque chose de très important dans la soute, je dois le récupérer, dit-elle en constatant avec horreur que la porte s'était refermée.

— Ne vous en faites pas, tenta-t-il de la rassurer, vous n'aurez besoin de rien, nous fournissons tout l'équipement.

— Vous ne comprenez pas. Là-dedans…

Quand elle pensa à Emil seul à l'intérieur, les mots se bloquèrent dans sa gorge. Le chauffeur avait disparu.

— Votre portefeuille ?

— Non.

— Vos papiers... votre portable ?

Edna secoua la tête. L'autre s'approcha pour lui parler à voix basse, sur le ton de la confidence.

— Un médicament vital...

— Pas du tout. Je suis en pleine forme, jeune homme.

— Bien sûr, sinon vous ne vous seriez pas inscrite au Tour des pirates.

Il lui sourit, la prit par le bras et l'entraîna vers le bâtiment blanc. Avant qu'elle puisse répondre, ils avaient traversé le couloir au sol en caoutchouc.

— Vous allez voir, ça va être une expérience fantastique. La rivière n'est pas très abrupte, sur ce tronçon. Même si on ne plaisante jamais, quand on fait du rafting. C'est pour cela que vous serez entièrement équipée. Et... bravo pour votre courage.

Il ouvrit la porte et passa la tête :

— Je vous ai amené mamie ! annonça-t-il à la dizaine de silhouettes déshabillées qui se tournèrent pour les détailler, les yeux écarquillés sous leurs casques jaunes. Allez, l'encouragea-t-il en la poussant vers le centre du vestiaire. Départ dans dix minutes.

Edna ajusta ses lunettes, leva la main et sourit. Dix mains lui répondirent, entre les rires étouffés des enfants.

Le jeune homme lui indiqua sur le râtelier son casque, son ciré et son gilet de sauvetage, qu'il lui recommanda de bien serrer à la taille et au niveau des épaules, avant de lui dresser la liste des autres règles fondamentales, qu'elle n'écouta pas.

Elle fut cependant assez convaincante : elle acquiesça en plongeant ses yeux dans les siens – et en faisant semblant de ne pas mentir. Quand il fut parti, après l'avoir encouragée en lui tapant dans le dos, elle poussa un soupir de soulagement.

Elle retira le gilet, le ciré et le casque, puis se tourna vers les dix visages muets des touristes russes, leur adressa un bref salut, trottina vers le couloir par lequel elle était arrivée et se hâta vers la sortie pour aller chercher Emil.

Mais le parking était vide.

Le monde se mit à tournoyer autour d'elle. La terre se transforma en sables mouvants qui l'entraînaient vers le fond.

— Emil ! cria-t-elle à plusieurs reprises, le souffle court et les jambes en coton.

Elle sentait grandir en elle un désert glacial et sombre. Tout ça à cause de ce croque-mitaine en t-shirt rouge…

Réfléchis, Edna. Réfléchis vite. Jacob, je te jure que je te ramènerai Emil.

Quand il aperçut Edna, l'homme qui déchargeait des pots se remit au travail. Elle l'observa attentivement : tablier bleu, chapeau de paille, barbe grise hirsute, grosses chaussures pleines de boue. Il lui inspira confiance.

— Excusez-moi, auriez-vous vu passer un car ?

L'homme fronça les sourcils.

— C'est bien vous qui êtes sortie de la soute à bagages ?

Edna s'approcha. Il ne manquait plus qu'il déballe sa vie sur la place publique.

— Il y a quelque chose de très important dans cette soute. Je dois le récupérer.

Les pots contenaient du miel, dont l'odeur imprégnait l'homme.

— S'il ne les attend pas ici, c'est sans doute qu'il va les récupérer en aval. Vous avez réservé quel tour ?

— Le Tour des pirates, section familles, répondit Edna en se souvenant des paroles du jeune garçon.

— Ça dure une heure, deux au maximum, s'ils font des étapes. Quoi qu'il en soit, le car vient de partir, si vous vous dépêchez vous pouvez le rattraper. Ou alors vous demandez aux jeunes du centre de rafting.

— Je suis à pied...

Edna n'avait aucune intention de parler à nouveau au croque-mitaine.

— Vous êtes seule ? Comme vous avez réservé le tour familles, je croyais que...

— Je suis avec Emil, mon perroquet, qui est resté dans la soute. C'est lui que je dois récupérer.

La main sur la hanche, l'homme prit une grande inspiration et acquiesça.

Avait-elle réussi à le convaincre ? Elle reprit timidement espoir.

— Vous êtes sûre de vouloir faire du rafting avec votre perroquet ?

— Je veux juste le retrouver. Je ne fais pas de rafting. Et lui non plus.

Les traces des pneus du car qui avait emporté Emil étaient toujours visibles sur la route.

— Il est ma famille, murmura-t-elle.

L'homme la fixa avec attention.

— Je ne comprends pas grand-chose, madame. Mais si vous voulez, si c'est si important pour vous, je peux vous emmener dans ma fourgonnette.

— Vraiment ?

Il retira son chapeau de paille et le porta à sa poitrine.

— Si vous vous serrez un peu et si vous n'avez pas peur de la vitesse... dit-il avec un grand sourire en ouvrant la portière passager grinçante de sa guimbarde à trois roues.

32

L'apiculteur

— Alors comme ça, vous allez à Ravensburg ? cria le vieil homme pour couvrir le bruit du moteur et de l'air qui s'engouffrait par les fenêtres.

Edna acquiesça, secouée au point d'en avoir le vertige. Elle ne voyait pas le car des touristes russes (côté vert, bande blanche, fleur orange, bande blanche, côté vert, fleur orange). De nombreux véhicules de mêmes dimensions et couleurs les doublaient, mais pas celui qu'elle cherchait désespérément.

— Vous pourriez accélérer ?

— Nous ne sommes pas en Allemagne, ici, il y a des limitations de vitesse.

Une réponse qui ne satisfit pas Edna.

— Vous êtes certain que le car est en aval, n'est-ce pas ?

— C'est probable, madame, répondit Isaak en haussant les épaules. Très probable. Mais rien n'est jamais sûr.

Il se tourna vers elle avec un grand sourire qui contaminait ses yeux, deux demi-lunes noires et lumineuses.

— Vous avez bien de la chance d'avoir envie de rire, cria Edna, le vent dans les cheveux.

— Excusez-moi, mais à notre âge il ne faut pas trop se prendre au sérieux.

L'image d'Emil enfermé dans la soute, sans air et seul dans le noir, lui nouait le ventre. Impossible de dédramatiser.

— C'est le miel de votre production ? demanda-t-elle en indiquant les pots accrochés à l'arrière du véhicule.

Le vieux acquiesça.

— J'ai une famille jeune, mais prometteuse. Elles sont toutes vives et elles ont envie de travailler. Je vends le miel aux boutiques de souvenirs ou aux bars.

Edna ne fut pas étonnée de l'entendre dire « famille » au lieu de « colonie » : elle le comprenait. Elle repensa aux ruches qu'elle devait contrôler avec Anja, à la peur de se faire piquer. Son amie l'encourageait. Pendant un instant, elle se demanda ce qu'étaient devenus les enfants de la Souabe. Qu'était-il arrivé à Anja ? Avait-elle vraiment étouffé en tombant dans la cuve à grains ? Et Bastian ? Ce n'était pas la première fois qu'elle s'interrogeait sur eux « après ». Parce que, à un moment donné, quelque chose l'avait séparée d'eux. Peut-être un muret en pierre sèche, celui qu'elle avait revu quand Priska lui avait fait cette… « magie ». Le muret derrière lequel Edna enfant était toujours accroupie, espérant réussir à se cacher.

Devait-elle quelque chose à Bastian ? Ou alors était-ce lui qui lui avait pris une partie d'elle-même ?

— Votre miel doit être délicieux, dit-elle, revenant au moment présent.

— La famille précédente a été tuée par le froid. Un coup dur. En cinquante ans, ça ne m'était jamais arrivé. Mais c'était un froid exceptionnel. Qui l'eût cru ?

— Je suis vraiment désolée.

Edna eut quelques secondes devant les yeux l'image de centaines d'abeilles mortes, leurs petits corps repliés sur eux-mêmes, leurs fragiles antennes recourbées.

— Mais les ruches sont fortes, maintenant, c'est un nouveau cycle qui commence. Ainsi va la vie, conclut-il en souriant. Certains soutiennent que ce qui en fait la valeur, ce sont les résultats qu'on a obtenus. Moi je crois plutôt que l'existence est un flot, un devenir, comme une grande ruche où la vie et la mort sont les deux faces d'une même médaille. Vous n'êtes pas d'accord ? Prenez la reine, par exemple. Aujourd'hui elle est là. Dans deux semaines, la famille aura peut-être décidé de la remplacer, pour le bien de tous. Finalement, c'est rassurant : quand quelque chose se termine, autre chose commence, cela semble cruel, mais la finalité est souvent juste. Une seule chose compte, Edna : ne pas s'arrêter. Et il me semble que vous avez bien retenu cette leçon, remarqua-t-il en éclatant d'un rire chaleureux. On va le retrouver, votre Emil, reprit-il. Et comment ça se fait que vous vous baladez avec un perroquet ?

— Nous allons voir un ami. Jacob Kneip.

C'était la première fois qu'elle prononçait son nom en entier et elle constata que cela lui donnait des forces. Il était concret. Il était vrai.

— Ce nom me dit quelque chose, dit Isaak en plissant les yeux. Jacob... Kneip...

— Les journaux en ont parlé, à cause de la tempête et de l'accident.

— Oui, maintenant que vous le dites... Mais il y a autre chose. Justement hier...

Edna se demandait ce que pouvait bien savoir Isaak, quand un véhicule vert à bandes blanches passa derrière lui pour les doubler. Avec une fleur orange au bout.

— C'est lui, Isaak, c'est notre car !

— Parfait. Qu'est-ce que je vous disais ?

— Accélérez !

— Nous sommes au maximum, Edna.

— Les phares, faites-lui un appel de phares !

— Ils ne fonctionnent pas.

— Un seul, en fait... s'excusa-t-il.

— Appuyez sur l'accélérateur, Isaak ! Vous voulez que je m'en charge ?

— C’est une affaire d’hommes. Ce bolide a encore de la réserve.

Il fixa la route. Sa jambe se tendit sur l’accélérateur et ils furent propulsés vers l’avant. Cela ne fut hélas pas suffisant.

La voiture devant eux doubla l’autocar. Plus rien ne les séparait, mais ils ne parvenaient pas à le rattraper.

— Emil est là-dedans, cria Edna. Dans la soute.

Elle baissa sa vitre et se pencha, mais fut repoussée vers l’arrière et faillit perdre ses lunettes.

— Qu’est-ce que vous faites ? hurla Isaak, inquiet. Vous n’avez pas un châle ou un pull plutôt que de vous agiter comme un drapeau à la fenêtre ?

— Dans mon sac, qui est accroché au-dessus de la cage d’Emil.

Avec ma carte, se rappela-t-elle. *Et mes pastilles au gingembre.*

— Fouillez sous le siège, lui ordonna Isaak, penché vers l’avant, comme si ça pouvait les faire accélérer.

Edna obéit. Elle sentit une étoffe sous ses doigts, la tira et déplia le tissu.

— Elle est… en bikini… commenta-t-elle en essayant de donner un sens à ce qu’elle voyait.

Une fille léchait une cuiller de miel en faisant un clin d’œil. Une autre, vêtue d’une jupe tyrolienne très courte, lui lançait une œillade malicieuse. La cuiller de miel était le dernier détail que l’on remarquait.

— Vous avez déjà entendu parler de marketing, Edna ?

Le triporteur, qui semblait avoir atteint sa vitesse maximale, tremblait de partout : le sol sous leurs pieds, le plastique du tableau de bord, les portières. Même la voix d’Isaak suivait les vibrations qui montaient du volant, le long de ses bras découverts – il avait retroussé les manches de sa chemise à carreaux.

— Première règle : toujours être au goût du jour. Deuxième : se faire connaître. Troisième : communiquer de façon simple, mais efficace. Quatrième : se distinguer des autres ! s'exclama-t-il avec orgueil. Allez, agitez ce tissu !

Ils arrivèrent à la hauteur du car. Même les cheveux d'Isaak étaient ébouriffés. Ses yeux plissés fixaient la route malgré la vitesse et le vent qui les rendaient humides.

— Faites-le, Edna. Pour votre Emil ! cria-t-il en serrant plus fort le volant.

Edna sortit le bras et agrippa les coins du tissu, qui s'ouvrit dans le vent.

— Ça va ?

— Accélérez, Isaak.

Il profita d'une descente.

Le car était gigantesque, Edna ne voyait même pas ses vitres.

Enfin, le chauffeur tourna la tête vers eux et les fixa de derrière ses lunettes noires.

Isaak sortit le bras et l'abattit avec force sur l'aile de son triporteur, tandis que de l'autre il actionnait le klaxon, dont le bruit évoquait une oie enrhumée.

Derrière sa vitre teintée, l'homme souleva ses lunettes, les dévisagea et plissa les yeux pour s'assurer qu'il ne rêvait pas. Il ralentit.

Isaak et Edna éclatèrent de rire, se serrèrent l'un contre l'autre et agitèrent les bras et le tissu avec encore plus de fougue.

Ils avaient réussi. Emil était sauf.

33

Le pot de miel

— Vous savez que je devrais vous signaler à la police, maintenant ?

Isaak, l'air coupable, et Edna, toute fière, se tenaient debout devant le chauffeur. Ne jamais baisser les yeux devant un croque-mitaine.

— Allez, prenez votre cage et filez, soupira l'homme en remettant ses lunettes. Et bonne chance !

Ils remontèrent dans le triporteur, après qu'Isaak eut donné au chauffeur un pot de miel et son prospectus publicitaire. Quand le moment de la séparation arriva, il offrit aussi un pot à Edna (un cadeau parfait pour Adele). Ainsi que quelques tracts avec les pin-up, qu'il la pria de diffuser au cours de son voyage, et qu'elle s'empressa de cacher dans son sac. En revanche elle le remercia pour le miel de châtaignier, son préféré (et le préféré d'Adele).

Isaak avait proposé de l'accompagner jusqu'au départ du sentier de St. Anton. Il connaissait le propriétaire d'un restaurant des environs et cela serait une bonne occasion de « faire des affaires ».

Après l'avoir quitté, en observant le ciel dégagé, Edna avait éprouvé une irrésistible envie de planter ses godillots dans la terre pour reprendre enfin la route.

Emil, lui, était d'humeur bavarde. Il n'avait pas dit un mot tant qu'ils étaient avec Isaak, mais quand il se retrouva seul avec Edna il fit entendre sa voix, un peu rauque au départ, puis forte et aiguë une fois échauffée par ses vocalises matinales.

— On a eu chaud, espèce de dindon déplumé.

La cage glissait sur le gravier blanc qui recouvrait une partie du sentier. Edna se rappela alors qu'elle n'avait pas demandé à Isaak ce qu'il savait de Jacob. Elle se retourna, mais il ne restait du vieil homme qu'un nuage de poussière soulevé par un triporteur rouge flamboyant qui rapetissait à l'horizon.

Elle observa Emil : cette fois, elle méritait bien d'être traitée de « chochotte ».

Les eaux impétueuses du torrent Rosella coulaient sur leur droite. Autour, les montagnes les accueillaient avec leur odeur de musc et de plantes aquatiques. Tout était parfait. Ils étaient de nouveau ensemble, l'air était tiède et un parfum floral flottait dans l'air. Elle était émerveillée par les grandes feuilles d'oseille qui poussaient sur les berges humides, entrecoupées par des germandrées et des œillets des Alpes. Il y avait aussi des centaurées, des géraniums sauvages et des boutons-d'or. De grosses masses recouvertes d'un voile de musc affleuraient sur l'eau, créant de la mousse blanche qui explosait en un bruit assourdissant, mais qui lui tenait compagnie.

Le gravier se faisait de plus en plus rare. Des touffes d'herbe et des cailloux fins comme des silex pointaient au milieu du chemin, dessinant une ligne qui le divisait en deux. Du houx, un papillon aux ailes marron bordées de jaune. Encore un virage, la voix bagarreuse du torrent.

Quand les flancs des montagnes se resserraient autour du Rosella, entre les ombres des hauts pins et mélèzes qui descendaient presque jusqu'au lit du torrent, le sentier était plus étroit et par endroits recouvert par l'eau qui ruisselait des sommets. Elle aurait pu franchir les passerelles en bois, mais les marches étaient hautes et dangereuses, aussi elle préféra mouiller ses chaussures.

Parfois elle apercevait un banc et un tabernacle qui servait de station au chemin de croix. Elle résistait à la tentation de s'asseoir, consciente qu'elle aurait du mal à se relever. Le passage, coincé entre le ravin au fond duquel brillaient les eaux écumeuses du torrent et le flanc rocheux de la montagne, lui imposait de la concentration et une bonne dose d'énergie.

Elle espérait que la cage d'Emil résisterait aux pierres cachées sous le manteau de feuilles et de racines qui sortaient de la terre telles des griffes, la surprenant parfois. Il lui fallait tirer fort pour la maintenir en équilibre. Plus ils montaient, plus elle avait le vertige et les mains moites. Quand le chemin n'était pas assuré par des cordes de protection, elle avait peur de glisser, d'entraîner Emil ou de le perdre par maladresse. Ses muscles brûlants se raidissaient. Elle n'avait plus le temps ni la force de se remémorer les noms des fleurs. Son seul souci était d'avancer, même d'un pas, un seul pas, douloureux, qui la faisait pleurer.

Adele l'avait accusée de compromettre la réussite de son voyage dans lequel, par égoïsme, elle avait entraîné Emil, l'exposant aux corbeaux, aux bois inconnus, à la chaleur, à l'immobilité dans une cage trop étroite pour lui et au risque qu'il s'échappe et se perde.

Elle n'avait pas pu tenir la promesse faite à Jacob. Et elle avait aussi trahi Adele en s'enfuyant alors que son amie cherchait à l'aider et à lui faire plaisir, en achetant le jus de fruits qu'Edna avait demandé, consciente de la berner.

Elle imagina l'expression du visage d'Adele, quand elle avait découvert sa fuite. Elle se promit de s'excuser auprès d'elle, de lui affirmer qu'elle avait apprécié sa proposition, mais que cette aventure lui appartenait. Ce n'étaient pas des vacances, ni une sortie touristique. Même si elle aurait préféré.

Elle devait parcourir des kilomètres de forêt, de champs et de montagnes. Traverser la solitude des villages qui la ramenaient dans le passé, la contraignant à se frayer un chemin entre les souvenirs grisés par la poussière du sentier qu'elle parcourait.

Adele pourrait-elle l'accepter ?

Elle s'assit sur des rochers couverts de mousse, dressés dans une petite clairière entre les pins, dos au torrent. Elle avait besoin d'une pastille au gingembre.

Elle retira le sac de la cage et fouilla à l'intérieur, où elle trouva le pot de miel. Elle dévissa le bouchon et fut réconfortée par son odeur sucrée. Emil avait lui aussi retrouvé sa bonne humeur.

Mais quelque chose, en elle, était assombri par un souvenir. Jacob, Adele. Et son Emil. Savait-elle prendre soin de ceux qu'elle aimait ? Aimer sans trahir ?

Elle pensa à la reine des abeilles, à sa solitude qui lui avait toujours fait peur. Se sentir différente, mais n'appartenir à aucun endroit, sinon au nid obscur qu'elle avait construit.

Et si elle se mettait à ressembler à ce qu'elle craignait le plus ?

Et si tout ce voyage n'était que le fruit de son égoïsme, de son incapacité à demander de l'aide ?

L'air, descendu des sommets, avait fraîchi. Sans doute ce versant ne voyait-il presque jamais le soleil, même l'été. Elle devait reprendre la route.

Elle s'arrêta après les premiers virages. La sueur baignait son front, ses cheveux, coulait dans son dos. Elle s'agrippa à l'écorce rugueuse d'un tronc et se concentra sur sa respiration. Mais la route n'était que montée, poussière, trous, cailloux et racines qui la faisaient trébucher. Des marches de pierre, de bois et de racines.

Edna n'avait aucune idée de la manière dont elle allait s'en sortir.

Elle ne savait comment obtenir des nouvelles de Jacob, sa jambe protestait de nouveau et lui rappelait les années qui s'étaient écoulées depuis son dernier voyage. Elle avait même renoncé à consulter la carte, de toute façon elle devait suivre les virages, vers l'horizon où le soleil commençait à s'éteindre.

Les eaux du torrent lui avaient tenu compagnie un temps, puis elle avait entendu leur grondement s'atténuer, dans un écho de plus en plus vague et lointain, jusqu'à devenir un bruissement de fond qui lui rappelait la danse des gouttes de pluie sur les vitres de sa maison.

Le silence était arrivé par surprise, apportant la respiration douce des prairies parsemées de fougères et de fleurs si colorées qu'elle s'était crue dans son jardin, attendant Adele et son *Stern*, comme chaque jeudi.

Depuis la mésaventure avec les corbeaux, elle ne libérait plus Emil. Pourtant, elle savait qu'il avait besoin de se dégourdir les pattes et de se reposer des sollicitations du trajet.

Edna trébucha encore une fois, s'arrêta et ramassa le caillou coupable. Comme le lui avait appris Priska, elle le débarrassa de la poussière rouge qui l'enveloppait. Néanmoins, elle eut beau observer sa surface rêche, constellée de petites veines et d'angles saillants, elle n'y lut aucun message, aucun conseil.

Par endroits, le sentier était si étroit que la cage y passait à peine et qu'elle avait du mal à la maintenir en équilibre : à cause des racines noueuses et des pierres qui affleuraient au sol, elle se balançait dangereusement au-dessus de la falaise.

Edna regardait alors droit devant elle et s'agrippait avec fermeté à sa canne pour rectifier sa trajectoire. Une des roulettes avait du mal à tourner. Elle se demanda s'il était judicieux d'abandonner la cage sur le sentier, mais laisser Emil à découvert signifiait l'exposer à la curiosité des corbeaux, ou pire, des rapaces. Sans parler des bruits intempestifs qui le feraient fuir sans espoir de retour.

Jacob allait être très heureux de le retrouver et de savoir qu'elle l'avait gardé durant tout ce temps.

Edna s'imaginait au centre d'une forêt qui ne finissait jamais, sur un sentier qui semblait monter à l'infini. Elle ne savait pas quand ni où ses forces s'épuiseraient. Peut-être même que le désespoir l'emporterait avant qu'elle arrive au bout.

Elle se répétait que le sommet pouvait être derrière le prochain virage. Ou bien après le piton rocheux.

Elle pensa à Jacob, à la ferme, aux années où les fascistes étaient arrivés dans son village, l'empêchant de parler sa langue. Les années où ses parents avaient cessé de communiquer, créant des silences pleins de vide, après que son père avait lancé contre le mur le broc, le seul objet qui appartenait à sa mère. Peut-être se trouvait-il dans la petite malle contenant son maigre trousseau, quand elle était venue pour se marier, si jeune. Elle n'avait pas réparé le broc, parce qu'elle disait que les choses cassées ne redevenaient jamais comme avant. Edna y avait cru pendant des années. Par exemple, elle doutait fort qu'un genou écorché puisse un jour retrouver son aspect initial. Quand elle tombait dans l'herbe, elle ne soignait pas ses égratignures à l'huile de millepertuis, comme on le lui avait conseillé. Elle attendait qu'une croûte se forme, puis un matin elle tombait, elle la retrouvait dans son lit. À sa place, la peau était plus dure, formant une sorte de cal rose qui ne bronzait pas en été. C'était amusant, on pouvait appuyer un ongle dessus et cela ne brûlait pas, la peau était rugueuse, fripée. Elle ne sentait plus non plus les caresses. Sa mère avait raison : ce qui est cassé ne se répare pas. Aurait-elle dû s'en souvenir, à ce moment précis ? Revenir en arrière, chercher un autre chemin ? Tout aurait été plus simple. Et si elle arrivait jusqu'à Ravensburg, était-elle sûre que Jacob serait heureux de la revoir ? « Ce qui est cassé ne se répare pas. » Ou bien était-ce encore possible ?

Emil sifflotait, sans doute pour éloigner les corbeaux ou les idées noires d'Edna.

Ses parents s'étaient connus quand sa mère s'était retrouvée orpheline. Elle était la fille d'un ouvrier italien arrivé avec une colonne de camions, hommes et machines, pour reconstruire la route. Son père, veuf, élevait seul son fils. Edna s'était souvent demandé comment ses parents s'étaient rencontrés et ce qui les avait liés. Mal assortis, ils vivaient seuls sur une colline à l'écart du village, loin des racontars. Même leur taille, la couleur de leur peau et de leurs cheveux, étaient différents. Edna avait conservé en elle ce mélange de traits opposés et disharmonieux. C'était tout ce dont elle avait hérité.

Quand le sentier déboucha sur la route asphaltée, elle prit une grande bouffée d'oxygène, avant de se demander ce qu'était la silhouette qu'elle voyait sur la terre noire où étaient plantés deux énormes balais. Une sorcière : son visage et ses membres affleuraient, comme si elle était encastrée dans le sol. Elle se souvint des légendes entendues dans son enfance sur les sorcières de Stiegenegg, qui enlevaient les enfants et les cachaient dans les cavités des falaises. À l'époque, ces histoires l'effrayaient. Elle constata donc avec joie que le monde ne les avait pas oubliées (même si le père Gianni aurait été très mécontent, car il avait tout fait pour lui sortir ces superstitions populaires de la tête). Bien entendu, la sorcière était fausse, mais Edna admira son visage difforme et gigantesque, qui ressemblait à ceux qu'elle avait imaginés les nuits pluvieuses, en écoutant le vent dans les branches et la voix de Martin – le fils du premier lit de son père, le seul qui l'avait accueillie et lui avait offert un sentiment d'appartenance – qui imitait le cri des hiboux et le rire grotesque des sorcières.

À l'instant où Edna leva la tête, la douce saveur nostalgique du feu et des choses familières s'évapora comme la rosée au soleil. Le panneau en forme de flèche, bleu à la pointe blanche (bandes dorées, un symbole qu'elle apercevait depuis le début du chemin, mais qui ne lui disait rien), indiquait le sentier : aucun doute sur la direction. Mais c'était l'escalier en pierre, qui la laissait pantoise.

Elle observa les marches (dix centimètres de hauteur, pierre rugueuse et poreuse, rampe faite de bois, résistante) et comprit que pour continuer elle allait devoir changer de stratégie.

Elle rassembla ses forces et tout ce qui lui restait de courage, puisant au plus profond d'elle-même.

Il n'y avait pas d'autre solution. Elle aida Emil à monter sur son épaule, après lui avoir recommandé d'être sage, elle glissa le sac dans la cage et avança. Un œil sur l'escalier, un autre sur le ciel et ses menaces, s'efforçant d'oublier les paroles d'Adele.

Parfois la cage penchait dangereusement en glissant sur la pierre, mais elle n'avait pas d'autre choix. Et elle avait peur pour Emil.

Je sais que tu comprendras, Jacob. De toute façon, quand on l'a trouvé il n'était pas non plus en grande forme.

Le fil barbelé s'entortillait autour de sa cuisse. La douleur arrivait par vagues. Alors, à chaque marche, Edna se souvenait.

La fatigue des champs. La peur. Le cabanon. Avoir survécu à tout cela, à la solitude et à la nostalgie.

Jacob l'avait toujours su : si on est assez fort pour faire une seule des choses que l'on croit impossibles, alors plus rien ne le sera. Serait-elle capable de traverser cette montagne dont le sommet s'éloignait à chaque pas, tandis qu'une force la tirait vers l'arrière ?

Adele avait raison : s'il lui arrivait malheur, les animaux de la forêt dévoreraient sa chair – ce qui serait une fin juste et utile, en un sens –, mais qu'adviendrait-il d'Emil ? Elle l'avait emmené avec elle, elle en était responsable.

Elle tomba. Quand elle se releva, son coude la brûlait.

Pour la première fois depuis très longtemps, Edna sentit le vide douloureux de la solitude l'entraîner vers le fond.

Cette nuit-là, elle s'endormit sur la terrasse en bois d'une minuscule chapelle en pierre qui était apparue au sommet de la montée, juste après la dernière marche. Très ancienne, son toit en pente était recouvert de lattes de bois gris. Edna n'aimait pas les tableaux ex-voto ni le côté lugubre de l'intérieur, mais elle était trop fatiguée pour y prêter attention. Au-delà des pins, le ciel était parsemé d'étoiles dont elle ne connaissait pas le nom. Elle se laissa réconforter par leur lueur et par les plumes d'Emil, qui s'était recroquevillé sous son épaule.

Ils étaient seuls dans l'immensité silencieuse des montagnes, qui s'emplissait d'une douceur émouvante. C'était la mélancolie des choses non dites, des illusions entretenues, juste avant que la lumière de l'aube les confonde.

Edna sortit la vieille photo de son sac et la posa sur le banc à l'angle de la rambarde, bien en équilibre, sans plier les coins ni le bord. L'éclat de bois, lui, trônait sur une pierre, à un pas de la carte. Le tout formait un angle droit.

Au dos de la photo, il y avait encore les gribouillis de Jacob et ses corrections. Au moins elle savait écrire son prénom, elle. À l'époque, elle avait expliqué à Jacob le sens des majuscules et la façon dont le crayon emprisonnait les sons. Il s'était appliqué et avait appris à écrire non seulement son propre nom, mais aussi celui de chaque chose qu'il voyait. Ils éclataient de rire quand il confondait les consonnes. Et ils cachaient leurs feuilles pour ne pas être surpris par un autre enfant.

C'était leur secret. Parce que tout le monde, avait dit Jacob, a un secret. Pourtant, il ne savait pas à quel point celui d'Edna était terrible.

Le cabanon

Edna avait accès à l'abri des oies déplumées, un endroit que tout le monde à la ferme évitait. Et Jacob, qui ne cessait de parler d'Emil et de fantasmer sur leur vie une fois qu'ils seraient partis, lui avait confié une mission : s'occuper de l'oiseau, s'assurer qu'il ait chaque jour de la nourriture et de l'eau fraîche.

Jacob ne parvenait pas souvent à se faufiler jusqu'à l'abri. Dans ces cas-là, il emmenait Emil dans le cabanon, où il l'entraînait à voler et lui enseignait des trucs dans le but de faire de lui une véritable attraction.

Depuis quelques jours, Jacob n'avait pas pu aller voir Emil, parce qu'il lui était arrivé quelque chose de grave. Il était rentré du chantier accompagné d'un saisonnier, qui l'avait planté devant l'étable sans un mot et était parti en crachant par terre.

Il était couvert de sang : sur son maillot de corps, entre ses doigts, coulant de ses mains agrippées à son œil, gouttant à terre. Il appuyait pour tenter de juguler l'hémorragie.

— J'étais en train de me servir de la meule pour arrondir les angles d'une plaque de fer, au chantier. Un éclat a volé et je crois qu'il s'est planté là, expliqua-t-il en indiquant sa paupière gauche, les doigts tremblants.

— Mais il n'a pas atteint l'œil, n'est-ce pas ?

Elle avait lorgné à travers ses mains ensanglantées, qu'elle avait doucement écartées en retenant son souffle, la gorge nouée par la peur.

— Je crois qu'il y a plusieurs éclats… Dis quelque chose, Edna !

Elle avait couru au dortoir pour chercher, dans le mètre carré qui constituait son chez-elle, de quoi soulager Jacob. Elle passa tout en revue autour d'elle, l'esprit embrouillé par la peur qui rendait ses mains moites. La paille où la forme de son corps recroquevillé était imprimée, la pomme de pin réduite à un trognon de pomme, l'éclat de bois de saint Christophe, qui valait contre la nostalgie, mais ne pouvait pas arrêter le sang ni soigner les blessures, encore moins quand elles étaient graves. Pour finir, découragée, elle avait ravalé sa salive, essuyé ses larmes, pris une grande inspiration et elle était allée tenter de convaincre la patronne d'appeler le médecin. Au début la femme avait haussé les épaules, se plaignant de ces gamins qui pleurnichaient à la moindre piqûre d'abeille ou moment de mélancolie, et qui causaient plus de problèmes qu'ils n'en résolvaient. Mais ensuite elle avait vu Jacob, la paupière ouverte et l'œil exposé, rond comme un œuf.

Edna s'était souvenue des yeux vitreux de sa poupée. Mais le sang de Jacob n'était pas le rouge de betterave dont Martin avait coloré le tissu de sa robe. Tout était réel : la souffrance de son ami, son poing serré, ses bras crispés le long de son corps, pour décharger la douleur et ne pas la laisser exploser.

Bastian et les autres enfants s'étaient regroupés en demi-cercle autour de lui. Personne ne parlait, mais Edna lisait sur leurs visages durs et dans leurs sourires à peine esquissés qu'ils jouissaient de voir justice rendue. « Bien fait pour toi, Jacob », disaient leurs regards dénués de compassion. Comme si la douleur était la preuve qu'il existait une instance régulatrice qui transcendait celle de la ferme. Tout en restant en parfaite harmonie avec sa volonté : « Si tu respectes les règles, tu arriveras à la fin du jeu », lui avait dit Bastian.

Edna avait du mal à comprendre le garçon à la tache de naissance. Il avait grandi, ses cheveux avaient poussé, ses bras s'étaient musclés, ses joues étaient rouges, il était plus en chair que les autres, plus fort. Jacob, lui, était blessé, en sang, un animal meurtri.

Et si Bastian avait eu raison ? S'ils devaient oublier leurs plans et se contenter d'obéir ? Pressentant qu'ils étaient différents par nature, elle lui avait dit un jour qu'il était comme les paysans qui travaillaient à la ferme : froid, indifférent et dur. Était-ce cette ressemblance qui le maintenait en vie ?

À l'arrivée du patron, les enfants s'étaient écartés et dispersés comme des poussins. Seuls Jacob et Edna étaient restés. Dans le silence irréel qui les séparait, comme s'ils étaient à mille kilomètres l'un de l'autre, ils avaient affronté le verdict, plus unis que jamais.

Le médecin avait emmené Jacob pour lui recoudre la paupière. Edna n'avait jamais vu le patron aussi sérieux et de mauvaise humeur : l'intervention était chère, avait-il dit – bien qu'elle ait semblé rapide et simple à Edna, dans le fond c'était juste du fil et une aiguille –, Jacob allait devoir travailler dur pour payer sa dette.

Plusieurs jours avaient passé, mais Jacob ne parvenait toujours pas à se lever.

Cet après-midi-là, Edna avait terminé ses tâches ménagères et, comme il pleuvait, il lui restait du temps pour elle. Elle n'en avait pas profité pour repriser et elle n'avait pas envie d'être avec les autres, parce qu'ils semblaient se souvenir d'elle uniquement quand elle se réveillait la culotte mouillée. Quand elle faisait semblant de dormir, les soirs où elle était troublée par les idées noires ou la lune, elle entendait leurs rires. Les surnoms dont ils l'affublaient la faisaient rougir de honte.

L'idée lui était venue par hasard, mais elle l'avait trouvée vraiment sensée.

Alors elle avait filé jusqu'au cabanon, Emil caché dans un panier à œufs.

Il pleuvait à verse, ses cheveux étaient trempés, mais les rafales qui la giflaient ne lui faisaient pas mal et elle écoutait avec amusement les gouttes d'eau qui coulaient dans son dos, sur ses lèvres, et qui martelaient les feuilles. Le lendemain matin, la forêt serait d'un vert flamboyant et ses pieds s'enfonceraient dans la mousse douce et parfumée.

Son idée, toute simple, lui mettait des étincelles dans les yeux : continuer d'entraîner Emil et montrer les résultats à Jacob dès qu'il serait sur pied. Une belle surprise.

Mais une fois arrivée au cabanon, son euphorie s'arrêta net.

Emil n'avait pas envie de collaborer. Perché sur l'étagère, il suivait ses mouvements de son œil rond, pire qu'une poule apeurée.

Quand elle approchait avec un morceau de pomme, il s'en emparait aussi vite qu'un reptile. Mais il ne voulait pas voler. Ni parler.

— Ceci sera ta récompense, Emil. Ça veut dire que d'abord tu dois faire quelque chose de bien.

Pour toute réponse, il s'était caché dans l'obscurité.

Edna ne comprenait pas ce que Jacob voyait en lui, comment il arrivait à faire bouger cet animal plus rigide qu'une marmotte empaillée.

— Alors c'est ça, votre secret.

Edna s'était retournée et avait découvert un homme planté devant elle. Elle avait reconnu sa voix rauque et ses traits grossiers : c'était le paysan journalier à qui elle avait été confiée pendant sa maladie. Elle savait juste qu'il avait reçu l'ordre de l'emmener loin des autres, par peur de la contagion, et de lui apporter de l'eau et de la nourriture tous les matins. On ne le voyait pas souvent à la ferme. Et on ne l'entendait jamais siffloter, comme les autres, ni bavarder avec le patron. Il faisait son travail, la tête baissée et les yeux vides.

— Edna, l'avait-il saluée. Le repos t'a guérie…

— Je vais bien, monsieur, avait-elle répondu en espérant qu'Emil ne bouge pas de son étagère.

— Je t'ai vue entrer ici en cachette avec Jacob, quelques fois. Je me suis toujours demandé ce que vous trafiquiez là-dedans, seuls.

Edna avait haussé les épaules.

— Ils nous donnent toujours des choses à faire, avait-elle menti.

Son cœur battait si fort qu'elle était certaine que le paysan allait l'entendre.

— Ne t'inquiète pas, petite. On essaie tous de survivre comme on peut. Et on a tous un secret, dit-il plus lentement en contournant le foin, un sourire se formant sur ses lèvres alors qu'il découvrait Emil, qui avait ouvert ses ailes pour les déployer et qui était maintenant occupé à les épucer, ignorant le pétrin dans lequel ils se trouvaient.

Edna vivait un véritable cauchemar.

— Je vous en prie, ne dites rien !

— Oh, je ne suis pas du genre à espionner, tu sais. Il arrive à tout le monde de se sentir seul. Et la solitude nous fait faire de drôles de choses. Est-ce que tu as parfois la nostalgie de chez toi ?

L'homme s'assit sur le foin. Il semblait vieux et fatigué. La lumière éclairait son visage sombre aux dents pourries, une figure effrayante. Peut-être perçut-il la façon dont elle le dévisageait – elle regretta juste après, parce que ce n'était pas chrétien de considérer les gens avec orgueil et effroi, même les plus humbles ou les va-nu-pieds, parce que c'était justement en eux que se cachait Jésus, comme disait le père Gianni. Le paysan eut-il honte de ce qu'elle avait vu ? En tout cas il se redressa.

— Je suis désolé pour ta poupée. J'ai entendu que le patron te l'avait prise.

— Vous l'avez vue ? demanda la fillette, pleine d'espoir.

Il secoua la tête.

— Non, mais je peux la chercher. Même si maintenant, tu l'as, lui, dit-il en désignant Emil. Et tu dois bien t'en occuper, tu sais ? C'est une grosse responsabilité de prendre soin d'un être vivant.

Edna changea d'attitude. C'était comme si elle et l'homme partageaient quelque chose qu'elle ne parvenait pas à définir, caché entre les sillons de son visage et dans ses manières gauches.

— Moi non plus je ne suis pas d'ici. Je viens d'une montagne très lointaine, où de gros corbeaux font des nids. Les soirs d'automne, ils prennent leur envol tous ensemble et recouvrent la lune. Mais ça ne plaît pas aux gens. Les corbeaux se nourrissent de cadavres, tu le savais ? Mais aussi de ce qu'ils trouvent dans les potagers. Ils sont rusés. Alors les paysans de mon village leur donnent la chasse à l'aide de gros filets et d'appâts cachés entre les branches. Et dans la terre noire des potagers, ils enfoncent des épouvantails, raconta-t-il. Quand j'avais ton âge, j'ai trouvé un nid. La mère était morte et les petits risquaient de mourir de faim. Ils criaient, le bec ouvert pour réclamer de la nourriture. Tu as déjà vu un oisillon qui a faim ? Il fait comme ça…

Il s'était levé et avait bougé le cou dans un mouvement saccadé et rythmique qui l'avait fait rire.

Edna s'était assise à côté de lui, sous la fenêtre d'où pleuvait la lumière.

— Moi j'allais à la recherche d'insectes, de larves et de vers et je leur donnais la becquée, comme aurait fait la mère, en tenant la nourriture du bout des doigts. Ils avalaient tout. Ils auraient même mangé mes mains. Or, un seul a survécu. Un matin, je les ai tous trouvés morts. Le survivant était un combattant, il voulait vivre à tout prix.

— Et il a réussi ? demanda Edna en retenant son souffle.

— Oui. Il est devenu mon corbeau. Il me suivait partout où j'allais. Comme un chat. Et la nuit, comme un chat, il allait vivre sa vie de bête sauvage. Mais il revenait toujours, le matin.

Edna poussa un soupir de soulagement, mais très vite son visage s'assombrit.

— On n'a pas le droit de garder Emil. Si les patrons s'en aperçoivent, ils le chasseront. Et il ne sait pas encore voler.

Elle déglutit en imaginant l'oiseau de paradis seul dans les bois. Il mourrait, sans eux.

— Ne t'en fais pas, petite, lui dit l'homme en souriant – sa bouche ne semblait plus aussi monstrueuse. Moi non plus je n'avais pas le droit de garder mon corbeau, tu sais ? Si mon père l'avait découvert, il l'aurait donné en pâture aux chats. Tu as envie de me raconter comment tu l'as trouvé ? Tu as dit qu'il s'appelait Emil.

Il l'avait prise sur ses genoux, mais elle n'y avait pas prêté attention, concentrée à chercher les mots justes. Elle voulait lui raconter l'homme habillé en magicien et les feux de la fête. Le courage de Jacob, son audace. Mais que pouvait-elle vraiment révéler ? Elle ne pouvait pas dire qu'ils s'étaient enfuis de la procession. Ni que Jacob avait volé le bretzel. Encore moins que les plumes d'Emil étaient magiques.

Elle racontait, attentive à déjouer tous les pièges, lorsqu'elle avait entendu, derrière elle, le bruit du pantalon qui s'ouvrait, les boutons de la braguette comme arrachés. Et l'homme qui respirait, essoufflé comme après une longue course.

— Ne te retourne pas, petite, avait-il haleté. Continue à parler.

Alors elle s'était appliquée à n'oublier aucun passage et à tout bien relater dans l'ordre. Parce que, comme Jacob le lui faisait toujours remarquer, elle avait la mémoire plus courte que la queue d'un lièvre. En plus l'homme bougeait, sous elle, et il était difficile de suivre le fil et garder la voix assurée. Quand elle s'était aperçue que ses vêtements mouillés avaient laissé sur lui de larges traces, elle s'était écartée à la hâte en s'excusant. Maintenant elle avait froid, elle frissonnait.

— Viens, lui avait-il dit en la prenant par la main.

La sienne était calleuse, mais chaude et rassurante. Le paysan avait sauvé ce corbeau, s'était dit Edna. Et il lui avait promis qu'il ne parlerait pas d'Emil au patron. Il avait dit qu'il se sentait seul, lui aussi, et elle commençait à croire qu'il pouvait bel et bien la comprendre.

— Donc, dit-il en la faisant allonger à côté de lui, tu fais tout ça pour Jacob ? Pour lui faire plaisir.

Edna avait reniflé en regardant le plafond. L'homme aussi observait les poutres de bois, une main sur la poitrine, l'autre le long de son flanc. L'odeur de foin, nauséabonde, piquait les narines. Mais elle savait qu'elle s'y habituerait et que bientôt elle oublierait même cette sensation de souffle coupé, comme quand quelque chose nous prend à la gorge et qu'on sent l'air manquer.

— Il va très mal, maintenant.

— J'ai entendu… Une sale histoire.

— Mais il va guérir.

Edna ne voulait pas que l'on considère Jacob comme un faible. Ou qu'il ne s'en sortirait pas.

— Bien sûr. Et tu l'attendras dans le cabanon, pas vrai ?

Il avait souri, exhalant une odeur désagréable de fromage, mais Edna s'était efforcée de ne pas faire la grimace. « Rappelle-toi, Edna. Jésus se cache dans le cœur de ceux qu'il nous est le plus difficile d'aimer. Il se camoufle dans des corps difformes et porte des guenilles. Il te met à l'épreuve », répétait le père Gianni. Et si elle se rappelait ses propos à cet instant, c'était forcément un signe.

— Jacob et moi on va dresser Emil. Il lui apprend des mots, vous savez ?

Elle l'avait dit sans réfléchir, peut-être pour se faire pardonner de sa mauvaise pensée. Mais juste après, elle avait regretté : Jacob n'aurait pas aimé qu'elle dévoile leurs plans.

— Jacob sera très content, avait cependant répondu l'homme, comme s'il n'avait pas écouté – comme s'il était concentré sur l'image d'elle et Jacob se rencontrant dans le cabanon. Bon, tu es assez grande. À ton âge, une fille sait ce qu'il faut faire pour plaire à un homme. Et Jacob est un homme. Ici, à la ferme, on grandit vite.

Edna était d'accord. Elle avait l'impression de vivre là depuis un siècle. Mais le paysan n'avait pas raison sur tous les points.

— Moi je ne peux pas regarder les hommes, avait-elle dit en haussant les épaules.

— Qui t'a dit ça ?

— Le patron. Il dit que ce n'est pas bien.

Et d'autres choses qu'elle n'avait pas comprises.

— Je vais te confier un secret, Edna. Tu ne peux pas toujours faire ce qu'on te dit.

Edna avait souri. Cet homme était sage, il aurait plu à Jacob.

— Tu dois te servir de ta tête. Et je peux t'aider.

— Vraiment ?

— Bien sûr. À plaire à Jacob.

Edna avait réfléchi.

— Tu es forte pour t'occuper des animaux de la ferme. Je t'ai vue, avec les petits cochons.

Elle avait été surprise : elle ne s'était jamais aperçue qu'il l'observait.

— C'est vrai, avait-il repris. Et tu sais faire des caresses ?

Edna avait écarquillé les yeux.

— Maman chat, pour nettoyer ses petits qui viennent de naître…

L'homme s'était approché et avait passé sa langue visqueuse sur sa joue. Une coulée de salive s'était coincée entre ses cils, laissant une odeur de fromage. Edna s'était empressée de s'essuyer. Son cœur battait la chamade, emballé par l'horreur de cette odeur et de la bave qui stagnait entre ses lèvres et son oreille.

Quand elle avait rouvert les yeux, le paysan souriait et il avait même éclaté de rire. Elle ne voyait pas ce qu'il y avait de drôle, peut-être était-elle encore trop petite pour comprendre. Alors elle avait ri avec lui, ce qu'il avait apprécié.

Il l'avait serrée dans ses bras, de plus en plus fort. Il la tenait sous lui et elle ne pouvait plus bouger.

Tout s'embrouilla dans la tête d'Edna.

— Je suis sûr que je n'aurai pas grand-chose à t'apprendre, petite. Vous avez ça dans le sang : exciter un homme, lui faire faire ce que vous voulez.

Edna avait senti les mains de l'homme fouiller entre ses jambes, les griffer telles des bêches creusant la terre. Puis remonter et appuyer là où avant il y avait sa culotte, qu'il avait écartée. Elle avait serré les jambes, mais il s'était fâché et s'était placé entre ses cuisses, les écartant tellement que ses genoux lui faisaient mal.

Edna avait crié et Emil, sur son étagère plongée dans l'obscurité, avait répété son cri. Pendant tout ce temps, il s'était tu, mais là il était nerveux. Il bougeait ses pattes, tambourinait : deux pas à droite, trois à gauche, en secouant la tête.

Edna s'était libérée, mais elle avait été piégée par la morsure d'une tenaille. Chaque mouvement, chaque effort, ne servait qu'à la faire tomber, l'enfermer au centre d'une toile d'araignée qui se resserrait sur elle.

— Ne crie pas, Edna.

La voix du paysan avait perdu toute gentillesse. Même son visage avait changé. Edna avait peur, elle ne savait plus ce qui était bien ou mal. Devait-elle se rappeler les recommandations du père Gianni, qui lui donnaient l'impression d'être méchante ? En même temps, ce que faisait l'homme n'était pas juste. Il avait dit qu'il l'aiderait, mais son ventre la brûlait et quelque chose la remplissait, comme une coulée de ciment qui la raidissait.

— Tu ne veux pas qu'Emil ait peur, n'est-ce pas ?

À chaque cri de l'oiseau, le paysan s'agitait et la serrait plus fort.

Edna n'aurait pas dû lui dire son nom. Parce que les noms sont importants, les noms des choses. Connaître leur nom, c'est comme connaître leur secret. Et maintenant, le paysan connaissait le nom de l'oiseau de paradis. Et leur secret. Elle s'efforça de rester immobile et de ne pas crier, pour ne pas effrayer Emil, pendant que l'homme s'agitait, le visage et le cou rouge, et respirait fort.

(Un éclat de bois de saint Christophe, une pomme de pin abîmée, une poupée perdue, quatre pas jusqu'à la grange, mille grains de blé, une fillette morte.) Edna plissait les yeux en essayant désespérément d'occuper son cerveau. (Huit jours pour arriver à la ferme, mille pas pour rentrer à la maison, les fleurs de colza sont jaunes, celles de carthame rouges.)

Elle avait senti son entrejambe se déchirer et la douleur monter de ses jambes à son ventre. Tout s'était coloré de rouge et elle n'avait plus entendu de bruit, ni le souffle du paysan, ni les cris d'Emil (un lac, sept nénuphars dessus. Combien de plumes a Emil ? Trois couleurs, les reflets du paradis, si tu te tais tu peux entendre les anges chanter. Non, c'est le père Gianni avec sa chanson. C'est le chœur des enfants et Bastian qui les écoute, mais se tait. Bastian ne dit jamais rien, mais il observe, il voit tout, il sait tout. Tout, à la ferme, passe par lui, par ses mains. Les mains du paysan qui se frayent un chemin et entrent comme des racines qui s'allongent et se multiplient dans mon ventre. Elles bougent comme des pattes d'araignée, comme des fourmis sales qui salissent tout. C'est plein de fourmis. Il n'y a que des fourmis. Essaie de les compter, Edna. Compte-les, jusqu'à la dernière).

Quand le paysan s'était détaché d'elle, elle ne s'était sentie ni libre ni plus légère.

— Avec le temps ça finira par te plaire, petite. Et personne d'autre ne sera au courant.

Songeant à Emil, elle s'était tournée sans hâte, parce que soulever la tête avait été comme déplacer une lourde jarre pleine d'eau, où les pensées flottaient comme de petites barques perdues. Elle avait croisé son regard et elle avait eu envie de pleurer.

— Je t'en prie, ne parle à personne d'Emil, avait-elle murmuré.

— Nous avons tous un secret, petite, avait répondu le paysan en se détournant. Je te l'ai déjà dit. Maintenant on en a un tous les deux, pas vrai ? Toi et moi. Et Emil.

Sinon, avait-il ajouté, il raconterait à tout le monde que cette petite sorcière lui avait jeté un sort. Un maléfice de femme, qui pique les hommes dans leur virilité et les transforme en bêtes. Edna avait senti son sang se geler. Elle avait essayé de se souvenir de tout. Où cela s'était-il passé ? Quand sa voix s'était-elle transformée en chant de sorcière ?

Qu'avait-elle fait au paysan ? Elle s'était creusé la tête jusqu'à y sentir un gros nœud impossible à défaire. Alors, saisie de vertige à cause de la peur, elle avait arrêté de chercher et elle s'était laissé envahir par la culpabilité. Une émotion noire, sans issue.

Le paysan s'était approché et l'avait fixée de ses yeux si en colère qu'on pouvait s'y noyer.

— Maintenant, prends ton Emil et file.

Edna avait hoché la tête avec véhémence et elle s'était levée, de la paille dans les cheveux, les jambes rouges, transpercées par mille lames. Elle avait pris Emil et elle était partie en courant, sans se retourner.

En sortant du cabanon, elle avait vomi.

Puis les cauchemars étaient arrivés : la peur de s'étouffer avec sa salive, la peur des ombres qui approchaient de son lit et celle de l'étranglement.

Parfois elle rêvait de crier, mais sa voix ne sortait pas.

Ce soir-là, quand elle avait ramené Emil dans l'abri des oies déplumées, elle l'avait serré dans ses bras. Il avait caché sa tête sous son épaule. Il ne semblait plus être l'oiseau de paradis aux plumes miraculeuses, le prodige capable de guérir, mais seulement un animal apeuré.

Edna pensa même que sans lui rien ne serait arrivé. Ou sans son idée de faire une surprise à Jacob.

— Ne sois pas triste, Emil. Tu n'as rien à voir avec les monstres. Si tu ne peux pas les affronter, on peut tout de même essayer de les éviter, et les oublier. Qu'en dis-tu ?

Les oublier. Comme elle le ferait, elle.

Même s'ils étaient revenus, maintes fois, faire ces choses après lesquelles elle se sentait encore plus seule.

Elle avait mis Emil en danger, aussi, en révélant son nom et le plan que lui avait confié Jacob. Elle détruisait tout.

Et la solitude était en elle comme le froid. Elle avait froid. Surtout au cœur.

Elle ne parlait du cabanon à personne. Seul Emil connaissait son secret et avait vu.

Elle et Emil, qui par la suite n'arriveraient jamais à oublier les monstres.

34

La chanson du père Gianni

Dormir à la belle étoile avec un ciré pour matelas et un sol en pierre pour oreiller : une expérience qu'elle aurait volontiers laissée aux poètes et aux romantiques.

Edna s'agrippa au bois rugueux de la balustrade pour se lever.

Elle soupira. Alors que le soleil pointait, chargé d'or et de pourpre, et que le chemin se débarrassait des ombres de la nuit, elle aurait voulu une paire de jambes neuves.

Pour le petit-déjeuner, Emil et elle mangèrent les biscuits et la confiture offerts par Jeremias. Le grand air lui donnait faim et l'humidité pénétrait ses os.

Deux femmes, équipées de foulards à carreaux noués autour du front, de pantacourts moulants (plus que le sien), de sacs à dos en toile colorée (ornés d'un gros coquillage blanc), de bâtons et de chaussures de marche, approchaient de la chapelle, essoufflées.

Quand elles lui demandèrent une photo, Edna eut peur pour Emil. Mais cette fois, il ne s'agissait pas d'immortaliser le perroquet : elles lui passèrent un téléphone portable et, après lui avoir donné quelques explications, posèrent devant la chapelle, souriantes, sans rien demander de plus.

Pendant que les deux randonneuses (t-shirt jaune fluorescent pour l'une, rouge comme la sauce de Roland pour l'autre) visitaient le petit sanctuaire, Emil et Edna se remirent en route.

Le sentier contournait la construction et montait entre des pins d'Arlen, qui donnaient leur nom à la montagne. Comme les noms de restaurants, ceux des montagnes se répétaient souvent : mont Soleil, mont Tramontane, sommet Douze, et ainsi de suite. Mais aucune autre ne s'appelait Arlen, parce que nulle part ailleurs cette variété particulière de pin, l'*Arl*, n'était aussi luxuriante. Ils atteignaient entre deux et cinq mètres de hauteur et on en tirait une huile essentielle indiquée pour soigner les engelures et les refroidissements.

Edna s'arrêta, essuya son front en nage et aperçut non loin derrière elle les deux femmes qui, au lieu de la doubler, lui sourirent et lui offrirent leur aide.

Alors qu'elle essayait de se convaincre qu'elle faisait tout cela pour Emil, elle découvrit que partager le chemin avec des personnes joyeuses lui mettait du baume au cœur, en plus d'alléger le poids de la fatigue. Sans compter qu'elle pouvait reposer ses mains.

Elles avaient dû ralentir pour s'adapter à son rythme, et Edna n'avait pas honte d'accepter de temps à autre un bras qui se tendait vers elle ou d'essayer les bâtons de marche (de toute façon, elle le faisait pour Emil).

Quand le bois s'ouvrit sur une clairière, elles se saluèrent. Des panneaux accrochés à un piquet indiquaient toutes les destinations possibles et imaginables.

Edna cala Emil sur son épaule et empoigna sa canne.

L'ascension de l'Arlberg les attendait.

— J'ai besoin de toi, Jacob, murmura-t-elle avant de remettre la photo dans son sac.

Elle avait encore en tête son sourire en coin et sa voix goguenarde.

« Un pied devant l'autre. Ce n'est pas si compliqué que ça, chochotte. »

Elle se concentra sur sa respiration, sur ses pas, sur le bruit des roulettes de la cage, sur leurs cahots et sur les nuages qui couraient dans le ciel au-dessus des sapins. Elle s'efforça de se souvenir du nom des fleurs, de la période pour semer les campanules et du genre de terre – acide ou calcaire – dont avaient besoin les tournesols. Elle songea à Adele, en train d'ouvrir sa boutique en se demandant, peut-être, ce qu'elle était devenue.

Et si elle avait vraiment appelé la police ?

Elle lui avait tout de même laissé un petit mot pour qu'elle ne s'inquiète pas.

À moins qu'elle ne l'ait pas vu. Qu'elle n'ait pas prêté attention à la serviette en papier. Et si elle était en pleine crise d'angoisse, ou en train de signaler sa disparition ?

Mais non, c'était idiot : elle avait coincé la serviette entre la tasse et la soucoupe, afin qu'Adele la trouve en revenant.

Perdue dans ses rêveries, elle ne s'était pas aperçue que les collines couvertes de bruyère avaient disparu et qu'on ne voyait plus que les cimes des sapins, depuis le sentier. La roche blanche des montagnes reflétait le soleil déjà haut, qui brûlait ses épaules nues.

Les souvenirs étaient les fils d'une toile où elle était emprisonnée. Ils lui collaient à la peau comme les mèches sur son front.

Durant la dernière matinée passée ensemble, Jacob lui avait à nouveau expliqué chaque étape du plan. Elle avait acquiescé en lui promettant de ne pas oublier. Elle avait tout vérifié, revu l'intégralité du parcours dans sa tête, citant de mémoire la liste des villages et imaginant leurs églises se reflétant dans l'eau qu'elle était en train de donner aux cochons. Cependant, pour que cela fonctionne, elle devait réussir la partie la plus difficile. Et Jacob avait confiance en elle.

Edna posa sa main sur sa hanche. La pente du chemin se modifiait : les arbres étaient en équilibre instable, leurs troncs inclinés. Même les nuages paraissaient descendre vers la clairière, plutôt que parcourir le ciel. Ou bien était-elle si voûtée qu'elle ne comprenait plus où était l'horizon ?

Jacob avait confiance en elle, elle avait révisé les indications. Alors, pourquoi n'avait-elle pas réussi à faire comme il avait dit ?

Elle se laissa tomber sur le sentier poussiéreux et retira ses lunettes pour se frotter les yeux.

Emil se mit à siffloter, alors elle se souvint de ce que lui disait le père Gianni. Pendant toutes ces années elle l'avait oublié, jusqu'à ce qu'un souvenir affleure et la fasse sourire. Depuis, les voix et les images lui revenaient. Elle se rappelait même ses enseignements, comme si elle n'avait pas passé sa vie à les transgresser, l'un après l'autre (mais avec modération).

Elle aimait bien le père Gianni. Petite, elle avait apprécié sa façon de raconter les histoires et elle s'était habituée à son obsession pour la propreté. Même quand cela voulait dire se plonger dans les torrents glacés. De toute sa vie, elle n'avait plus eu aussi froid : à son âge, elle pouvait raisonnablement l'affirmer.

Le père Gianni et son idée que le chant soulageait la fatigue. Elle sourit et se concentra pour se remémorer ses mots précis. Emil la suivait en sifflotant.

Un pas. Un autre. Quelqu'un l'aidait à se relever et elle continuait. La musique emplissait son esprit, comme une caisse de résonance qui vidait la tête.

Le père Gianni et ses lunettes rondes, toujours propres. Sa peau qui ne transpirait jamais.

Le père Gianni. Et tous ses mensonges.

Elle entra avec ses chaussures dans l'étang agité par la brise. Elle se mouilla le visage et la nuque, frôlant de sa main les touffes d'herbe qui poussaient sur le fond limoneux. Le ciel était plus proche. Écouter la respiration du vent, les pieds dans la boue, était un vrai bonheur.

Enfin ils avaient atteint le sommet.

Edna reprit son souffle. Si son cœur faisait des bonds dans sa poitrine, ce n'était plus à cause de l'effort et de la douleur, mais de l'immense joie d'avoir réussi.

Le père Gianni n'était pas là. L'homme qui les avait vendus à Landeck non plus. Ni son père, sur le visage duquel elle avait lu la honte quand il l'avait saluée en lui mettant son sac sur le dos. Ni la ferme, avec ses mensonges, les mains douloureuses, les nuits à écouter les chouettes en rêvant d'avoir des ailes. Ni Adele et son besoin de protéger et de sauver, sans comprendre que quand quelqu'un trébuche il peut se relever seul, avec dignité. Ni les croque-mitaines, qui plaçaient des frontières sur les routes et des interdictions, qui créaient des labyrinthes dénués de sens, sinon d'amuser ceux qui les ont imaginés.

Elle respira l'air sincère des hauteurs et ferma les yeux.

Il n'y avait qu'elle, Emil. Et Jacob. Maintenant, tout était possible.

35

Jour 6

Distance : 138 kilomètres

À cent trente-huit kilomètres de là, Max était assis sur le sol imitation chêne de la cuisine de l'appartement au premier étage d'un immeuble qui ressemblait à une brique Lego et qu'il haïssait. Son désespoir était exacerbé par l'absence d'Adele. Elle avait disparu, tout ça à cause de cette vieille folle têtue d'Edna Weiss, un tsunami de problèmes qui s'abattait sur quiconque avait le malheur d'avoir affaire à elle.

Quand il sentit des fourmillements dans sa main, serrant le portable qui venait d'emporter la voix d'Adele, Max comprit qu'il avait atteint sa limite.

Il regarda les papiers empilés, les factures à payer. Il ne pouvait pas dire à Adele qu'il avait démissionné quelques mois auparavant. Ni qu'il avait dépensé toutes leurs économies pour les panneaux photovoltaïques. Ni qu'il avait informé leur propriétaire qu'ils cesseraient bientôt de payer le loyer. Adele, indécise comme toujours, avait besoin de temps, d'une période de transition, mais elle ne comprenait pas qu'ils ne pouvaient se permettre aucune transition.

Il en était sûr, ces panneaux étaient une excellente affaire. Le meilleur conseil de cet idiot hautain de Bernie.

Il fit les cent pas dans la pièce en calculant les avantages et les économies que cela leur permettrait. Il sentait monter en lui une confiance aveugle et sauvage. Il faut du dévouement et de l'engagement pour réaliser ses rêves. Il faut savoir courber l'échine et travailler dur.

Qu'en savait Adele, enfermée dans sa petite boutique à l'odeur de pin ? Qu'en savait Edna ? Qui était-elle, pour se mêler ainsi de leurs affaires et bouleverser leurs plans ? Parce que Max était tout à fait conscient que cette histoire ne finirait jamais. Madame Weiss serait toujours là pour retenir Adele. Pour lui rappeler sa mère morte d'Alzheimer, qui ne faisait plus la différence entre une feuille de salade et un bouquet de roses, et qui était partie en laissant à Adele un sentiment de culpabilité : parce qu'elle n'avait pas su l'aider à se souvenir, parce que son amour n'avait pas suffi à la nourrir. Hélas, cette tête vide et usée ne percevait plus rien de tout cela, à la fin.

Et maintenant, Adele s'était mis en tête de sauver Edna ! De se sacrifier pour elle, pourquoi pas de l'installer chez eux pour lui éviter la maison de retraite, parce qu'elle ne supporterait pas de voir dans ses yeux opaques la même expression que dans ceux de sa mère. Sa dernière question, à laquelle elle n'avait su répondre, avait été : « Pourquoi suis-je ici ? Emmène-moi à la maison, Adele. Chez moi. Je ne veux pas être enfermée dans cet endroit. »

Mais Edna n'était pas sa mère. Elle n'était rien pour eux et il ne laisserait personne s'interposer entre lui et le bonheur. Il avait déjà supporté trop longtemps le froid, à la coopérative maraîchère. Et les reproches, et les mortifications, qui avaient entamé son orgueil à coups de hache.

Il examina le calendrier mural, sur lequel Adele et lui – plus jeunes, les cheveux plus longs et des épaulettes aussi larges que leurs sourires – posaient pendant leur lune de miel à Vienne. En dessous de la photo, des rangées de petits carrés représentaient les jours du mois en cours. Il lui en restait deux, deux jours seulement, pour trouver Edna et la convaincre de rentrer chez elle, voire pour la ramener de force, avant qu'elle perde sa place à la maison de retraite. Il avait déjà décalé la date limite – les sœurs avaient lu le désespoir dans ses yeux, quand elles lui avaient dit qu'elles ne pouvaient faire aucune exception. Lui, pendant ce temps, il s'inquiétait pour les panneaux à payer, les accords conclus avec les ouvriers, les paroles données, les promesses, le sourire victorieux de Bernie et les collègues qui n'avaient jamais cru en lui et à qui il avait solennellement tourné le dos le jour où il avait quitté la coopérative maraîchère sans un regard en arrière.

Il se remémora les dernières paroles qu'il avait dites à sa femme au téléphone : « Tu dois l'arrêter. Tu dois appeler la police. Fais-le pour son bien, Adele. Pour *son* bien. »

Il ne ressentait pas la moindre culpabilité, parce que le bien qu'il avait imaginé pour Edna, cette fois, serait aussi le sien.

36

La statue de saint Christophe et l'alpiniste zen

Jusqu'à Saint-Christophe, le chemin descendait.

Une ville entière avait surgi autour de l'église, encastrée entre les montagnes. Edna dut observer attentivement les alentours pour reconnaître les lieux : des maisons et des immeubles à grandes baies vitrées avaient été construits partout. L'église n'était plus le centre vers lequel convergeaient les bois et les fermes éparses. Aujourd'hui, c'étaient les nouveaux hôtels, les pylônes en acier des remonte-pentes, le bruit et les couleurs, qui attiraient les touristes.

Edna se tenait debout devant la façade rose de l'église, les mains moites, comme une enfant qui n'avait pas le courage d'entrer. Elle observa le blason de la confrérie : un bouclier divisé en trois, deux zones en haut décorées d'un agneau et d'une croix dorée, une en bas ornée de trois petites croix rouges. À gauche, dans le mur en pierre abrité par le toit en pente, s'ouvrait le passage qui menait à la chapelle.

Une plaque était affichée sur le mur, à la mémoire d'un certain Heinrich Findelkind, PHILANTHROPE ET SAUVETEUR DES NÉCESSITEUX DANS LES MONTAGNES DE L'ARLBERG. 1836.

Son attention fut attirée par la photo en noir et blanc figurant sur une autre plaque, en dessous. Pendant un instant, Edna se sentit emportée par un tourbillon. La statue, sur la photo, était identique à celle de son souvenir : saint Christophe le front bandé, bâton à la main, en tunique courte et manteau déchiré, l'Enfant Jésus agrippé à son épaule.

Elle serra l'éclat de bois dans sa main, tira la cage de l'autre et entra dans la galerie.

Le passage était éclairé par deux grandes lanternes. Elle prit à droite, là où se situaient les premières marches en marbre blanc et où le plafond s'ouvrait sur une voûte. L'escalier se poursuivait par des virages serrés et pentus. Elle ne pouvait l'emprunter avec la cage à roulettes, alors elle la laissa sous la statue d'un saint protégée par une grille et monta, Emil sur son épaule. Le perroquet ébouriffa ses plumes en observant le couloir. Edna sentit la tension dans ses pattes. Ils avaient froid et l'angoisse les faisait frissonner.

La porte vitrée était ouverte. Elle s'écarta pour laisser passer un jeune homme pressé et avança jusqu'à la statue.

Elle était exactement là où elle devait être, dans le coin au fond, à côté de l'arche qui délimitait l'entrée de la zone de l'autel, barrée par un grand téléviseur posé sur un chariot, dont la modernité détonnait avec les fresques anciennes et les cadres dorés.

Saint Christophe était là dans son manteau de vagabond, les genoux découverts, les jambes arquées sous le poids de l'Enfant Jésus sur son épaule, son long bâton planté dans la terre. Mais il n'avait pas le front bandé. Son corps se tordait à la manière des derviches et l'enfant ailé avait le bras tendu.

Edna serrait l'éclat dans sa main, tout en observant le bois brillant de la statue et en se demandant pourquoi il n'avait ni coupures ni incisions. L'Enfant Jésus était nu. Ne portait-il plus sa longue tunique ? Les boucles de saint Christophe encadraient son visage, agitées par une tempête qui lui durcissait les traits et faisait vibrer sa barbe. Il manquait de tenue, de rigueur et – remarqua Edna – à vue de nez, il mesurait quelques centimètres de moins que la statue imposante dont elle se souvenait. Elle contrôla ses mains et ses pieds. C'était là que les enfants de la Souabe taillaient leurs éclats. Or ceux du saint Christophe qui se dressait devant elle étaient lisses et intacts.

— Vous ne pouvez pas entrer ici avec ce perroquet.

Edna se retourna et n'aperçut d'abord qu'un nuage vaporeux de cheveux blonds et des verres ronds.

Quand elle la distingua enfin nettement, la femme avait toujours le doigt pointé vers elle. Vêtue d'une élégante robe en velours noir et d'une veste à boutons dorés, elle ne souriait pas. Sur le téléviseur à côté d'elle, des images en noir et blanc alternaient avec des vidéos en couleur.

— Excusez-moi, c'est la statue de saint Christophe ?

Quand la femme la dévisagea, les sourcils haussés, Edna comprit qu'elle avait posé une question idiote. Ou alors, même si c'était très peu probable, la femme n'avait-elle pas compris sa langue ? En fait, elle avait une sensation de déjà vécu, quelque chose qui remontait à la ferme, quand elle avait compris que son dialecte – la langue de sa famille et de son village, un italien teinté de notes gutturales allemandes – n'était pour les autres qu'un ramassis de sons incompréhensibles et ridicules. Quand elle essayait de parler cet allemand de la plaine, plus doux, mais dont elle comprenait un mot sur trois, elle recevait une taloche dès qu'elle faisait une erreur ou ne réagissait pas assez vite. Personne ne s'était donné la peine de trouver une explication à son indolence, qui la faisait toujours arriver la dernière et écarquiller les yeux chaque fois qu'on lui adressait la parole. Sa lenteur avait même été attribuée à une paresse innée, qu'il fallait éradiquer avec la plus grande sévérité. Et chez elle aussi, dans son village de la zone frontalière, elle se sentait comme une couverture en patchwork, alors que les personnes qu'elle connaissait – les gens comme son père, qui survivaient dans les minuscules fermes accrochées au versant rocailleux et stérile de la montagne, ou bien ceux qui arrivaient de la ville et parlaient la langue de sa mère –, toutes, sans exception, aimaient les teintes unies, franches et sans bavures. Pourtant, sa mère le lui avait souvent répété : « Tu ne trouveras jamais deux fils de laine de la même couleur, Edna. Même deux orange. Il y aura toujours un peu plus de jaune ou de rouge. » Elle n'aimait pas être différente des autres, mais elle avait appris à se tenir loin de la lumière, à parler peu et à voix basse, et à rester le plus discrète possible.

— Est-ce la statue originale ? répéta-t-elle en articulant bien.

— Vous voulez dire celle d'avant l'incendie ? répondit l'autre dans un allemand parfait.

Edna ne savait rien de l'incendie, elle ne comprenait pas de quoi parlait la femme à l'air agacé qui touchait nerveusement les montures dorées de ses lunettes. Néanmoins, elle acquiesça.

— Celle-ci a été détruite, répondit la femme en tournant les pages d'un fascicule.

Edna présuma que la femme avait hâte de se remettre à préparer son discours : le nouveau cierge avec le symbole de la confrérie, ainsi que le téléviseur, indiquaient qu'une réunion en grande pompe se préparait. Par ailleurs, il y avait partout des caisses contenant des livres, des fleurs, des épées et des vieilleries en vrac.

— Vous trouverez toutes les informations sur la plaque à l'entrée de la galerie.

Edna regarda une dernière fois saint Christophe et se signa. Puis elle sortit, entraînant Emil. Elle dépassa l'ancienne auberge, transformée en un restaurant de luxe où entrèrent justement des hommes portant tous la veste rouge avec l'écusson de la confrérie brodé sur la poche.

Elle se rappela l'odeur du *Melchermuas*, un mélange de lait, beurre et farine cuit à la poêle dont elle s'était empli l'estomac pendant le voyage, de longues années auparavant, quand elle n'avait pas mangé un vrai plat depuis des jours. Pendant un instant, elle éprouva la même délectation qu'à l'époque.

Ignorant la circulation intense autour d'elle, Edna se remémora les informations qu'elle avait lues sur la plaque avant de reprendre la route (incendie, 1956, chapelle détruite, statue brûlée, remplacée). Elle imagina les flammes qui montaient jusqu'au ciel, tremblantes, avalant les rampes, les offrandes votives et les tableaux, derrière un gigantesque mur de poussière. Elle connaissait bien le rugissement du feu qui dévore le bois. Cela lui avait toujours fait peur, parce que cela rappelait l'enfer.

Elle repensa à la chapelle, aux flammes et à l'éclat de bois rangé dans sa poche.

Si elle ne croyait pas aux signes comme Priska, elle se demandait tout de même si c'était la seule malchance qui l'avait empêchée, lors de ses deux voyages, de revenir à l'origine, au lieu auquel elle appartenait. Quoi qu'il en soit, cet éclat de bois semblait destiné à rester avec elle.

Elle était revenue sur le sentier, toussant comme le soir de l'orage, le cœur lourd et les idées noires.

Pourtant, quelqu'un semblait encore plus mal en point qu'elle.

Elle reconnut le jeune homme qui était sorti à la hâte de la chapelle Saint-Christophe, avec son sac à dos bariolé. Assis contre un rocher, il se massait vigoureusement la cheville.

— Tout va bien ?

Il se redressa et baissa à la hâte son pantalon sur sa chaussure de marche. Puis il sourit et dit :

— Tout va bien, merci.

Il se releva en prenant appui sur son bras, agrippé au rocher.

— Une entorse ?

— Rien de grave, répondit-il avec une grimace.

— Si vous voulez, j'ai de l'arnica, reprit Edna en faisant mine d'ouvrir son sac.

Il avait les yeux d'un bleu très clair, la peau hâlée et la barbe cuivrée. On apercevait la trace de bronzage laissée par un autre t-shirt, sous lequel il était blanc comme un linge.

— Je vous ai vu sortir de la chapelle Saint-Christophe, tout à l'heure.

— Les espaces clos me donnent le vertige. Chaque fois, j'ai le souffle coupé, expliqua-t-il en acquiesçant.

— Vous étiez entré voir la statue ? demanda Edna en lui tendant la pommade.

— Je cherchais un peu de fraîcheur et de soulagement, avec cette chaleur.

Il essaya d'ouvrir le tube, mais Edna le reprit gentiment et dévissa le bouchon (pression vers le bas, rotation dans le sens inverse des aiguilles d'une montre) avant de le lui passer.

— Je suis sur les routes depuis quelques semaines. Seul, précisa-t-il avec orgueil. Il y a eu de la pluie, du vent, mais aussi beaucoup de soleil. Aujourd'hui, c'est étouffant. Cette pommade fait des merveilles ! s'écria-t-il en se massant la cheville.

Edna connaissait bien cette sensation. Elle réchauffait les muscles contractés, annihilant la douleur et on pouvait se remettre à marcher. Ou à danser.

Elle remarqua ses chaussures propres et son pantalon technique, avec de nombreuses poches et fermetures Éclair. Elle était en train de les compter, quand il lui serra la main en annonçant son prénom, qu'elle eut du mal à saisir.

— Ça vient d'où ?

— C'est tibétain, madame. Tenzin signifie « protégé par le Dharma ». Et mon deuxième prénom veut dire « lumière de la renaissance ».

Edna acquiesça en signe d'approbation, mais elle était confuse : le Tibet se trouvait en Asie, or sa peau claire laissait supposer des origines nordiques proches des siennes. Elle décida que pour elle il serait « Tenzin Lorenzo ».

— Vous aussi, vous suivez le chemin des pèlerins ?

Edna réfléchit. Elle parcourait en sens inverse la route qu'elle avait empruntée en fuyant la ferme, mais elle ne savait pas si c'était le chemin dont parlait le jeune homme.

— Je vais en Allemagne, à Ravensburg.

— Avec votre perroquet ? À pied ?

— Jusqu'à Langen. Nous venons de St. Anton et nous sommes heureux que la route soit enfin en descente.

— Vous voulez dire que vous êtes montée jusqu'au sommet ? demanda Tenzin Lorenzo avec étonnement. Ça fait une sacrée grimpette.

Sans la quitter des yeux, il fouilla dans ses poches, puis retira son sac à dos et en sortit un objet plat et rectangulaire.

— Sauf erreur, il atteint 1900 mètres et c'est le point le plus haut de tous les chemins qui mènent à Saint-Jacques de Compostelle, déclara-t-il en appuyant et en passant son doigt sur l'écran, qui resta inerte. C'est bizarre, je l'ai achetée juste avant de partir. Elle est neuve. Elle est censée fonctionner.

Il insista, repassa son index.

Edna se souvint de sa carte senior.

— Je connais ça, Tenzin. Ces trucs ne marchent jamais. Je crois qu'ils ont un système qui les désactive juste après qu'on les a achetés.

— Quoi qu'il en soit, dit-il en rangeant la tablette dans son sac, Langen n'est pas loin. Vers l'ouest, ma direction.

Il remit son sac sur son dos avec un sourire satisfait et saisit le manche de la cage à roulettes, sous l'œil préoccupé d'Emil.

— On peut se tenir compagnie, qu'est-ce que vous en dites ?

Tenzin s'engagea d'un pas résolu sur le sentier. Il avait déjà décidé.

Mesdames et messieurs, voici le prodige !

— Tu vas voir, Edna, ça va être grandiose.

Le regard de Jacob brillait, quand il aida le perroquet somnolent à monter sur la caisse en bois renversée. Il l'avait placée au centre de l'abri des oies, qui étaient sorties profiter du soleil.

— J'ai eu l'idée d'ajouter un petit spectacle. Je te l'ai dit, on va parcourir le monde avec Emil et les gens paieront pour le voir. Des pièces d'or ! Où aimerais-tu aller ? Au Japon ? Ou en Amérique ? Je crois qu'il fait toujours chaud, là-bas…

Edna avait acquiescé avec conviction, bien qu'incapable de placer ces noms sur une carte.

— Pour commencer, on pourrait utiliser l'argent d'Anja et…

— Tu sais où elle le cachait ?

— Je crois que oui. On va juste l'emprunter, ce sera un échange, avait-il ajouté devant la mine réprobatrice d'Edna. On ira voir ses parents et on leur racontera ce qui s'est passé.

L'idée avait plu à Edna : il ne s'agissait pas d'un vol.

— Bien sûr, il faut qu'on travaille, avec Emil. C'est difficile de le dresser. Quand il a faim c'est plus simple de le convaincre, mais on ne va pas le priver de nourriture.

— J'ai déjà essayé, avait soupiré Edna.

— Pas avec ça.

Jacob avait approché sa main, puis l'avait ouverte lentement.

— Des graines de tournesol ?

— Exactement ! Fais bien attention.

Il avait levé le bras gauche et l'avait maintenu tendu à la hauteur de son épaule.

— Emil, viens !

L'oiseau s'était secoué en poussant un cri d'effroi.

— Tu devrais approcher, mais sans lui faire peur, lui avait conseillé Edna.

Si Jacob s'obstinait à lui donner des ordres, comme les paysans avec eux, le cœur d'Emil n'y résisterait pas.

Il l'avait écoutée. Il avait tendu la main sous le bec, plus près du perroquet, mais celui-ci avait dérobé quelques graines à une vitesse surprenante et, avant que Jacob puisse l'attraper, il avait volé sur une botte de foin.

Edna avait éclaté de rire.

— Ça va marcher, tu vas voir, avait grommelé le garçon en prenant le cahier où il notait les progrès.

Mais il avait du mal avec le crayon. Il s'était assis à côté d'Edna pour tracer avec application des lignes et des cercles hésitants.

— Tu dois être plus léger, lui avait suggéré Edna. Tiens, comme ça.

Elle avait serré la main de Jacob dans la sienne, comme faisait Martin avec elle. Mais son ami s'était raidi.

— Excuse-moi.

Jacob n'aimait pas qu'on le touche. Parfois elle avait l'impression qu'il y avait des éclats de verre invisibles sous sa peau, qui le brûlaient si on l'effleurait. Avec le temps, Edna s'était convaincue que Jacob avait une sorte d'hypersensibilité.

— Non, ça va, l'avait-il rassurée. Si tu dis qu'il faut faire ça pour apprendre, ça va.

Alors elle avait continué, bien attentive à ne pas le brusquer. Ils avaient écrit ensemble la première phrase : *Règle n° 1. Emil est une chochotte comme Edna. Ne pas crier les ordres.* Jacob riait et Edna s'était laissé emporter par son enthousiasme. Elle aurait tant voulu croire, elle aussi, que l'oiseau de paradis allait les sauver. Pour l'instant, il ne lui avait attiré que des ennuis.

37

Le chemin des pèlerins

Les arbres dessinaient des ombres qui s'allongeaient sur le sentier. Les pâturages étaient traversés par le gargouillis d'un ruisseau. En un sens, Edna se sentait chez elle. Toutefois, Langen n'était pas aussi proche que l'avait laissé entendre Tenzin Lorenzo.

— Vous avez dit que c'est le chemin des pèlerins ?

— Oui. Vous en avez sans doute croisé sur la route. On les reconnaît à la coquille Saint-Jacques accrochée à leurs vêtements ou à leur bâton.

— Ou à leur sac à dos ? demanda Edna en se souvenant des deux femmes rencontrées à la chapelle.

— Oui, aussi. C'est le symbole peint en jaune sur les panneaux.

Ignorant ce qu'il représentait, Edna aurait parié qu'il s'agissait de rayons de soleil.

— Si vous avez bien fait attention, les principales artères qui traversent les montagnes sont établies sur des tracés très anciens, expliqua le jeune en trébuchant, avant de retrouver son équilibre. Ce sont les voies ouvertes par les armées romaines ou, encore avant, pour le commerce de l'ambre. Ce sont celles que les pèlerins parcouraient au Moyen Âge, un dédale de routes qui relient les lieux de la chrétienté. La Via Francigena, qui trace une ligne droite de Rome à

Canterbury, de même ce chemin sur lequel nous nous trouvons : ils ont des siècles. On passait par ici pour aller à Saint-Jacques-de-Compostelle ou à Rome. Vous ne trouvez pas ça inspirant ?

Edna aurait voulu lui répondre qu'elle faisait partie de ces traces anciennes – elle les connaissait trop bien pour ressentir de la nostalgie, et de toute façon pourquoi les gens passaient-ils leur temps à chanter les louanges du passé ? Tout compte fait, elle était heureuse de ne pas en être prisonnière. Elle ne voulut pas pour autant briser l'enthousiasme du jeune homme.

— Depuis combien de temps êtes-vous en voyage ?

— Pas très longtemps, en réalité. Mais je compte aller jusqu'en Espagne.

Tenzin Lorenzo paraissait décidé, un arc tendu vers sa cible, l'œil ardent et les chaussures trop rigides. Certains détails étaient évidents pour Edna. Ce garçon ne manquait pas d'optimisme, mais sans aucun doute d'expérience. On ne part jamais avec des chaussures flambant neuves. À moins de vouloir souffrir atrocement.

— Comment avez-vous eu l'idée de suivre le chemin des pèlerins ?

Il haussa les épaules.

— On voyage toujours pour la même raison, je suppose. L'envie de découvrir autre chose.

Edna remarqua qu'il souriait aussi avec les yeux.

— C'était le chemin que parcouraient les enfants de la Souabe. Vous en avez déjà entendu parler ?

Le garçon acquiesça, l'air évasif, et Edna comprit que c'était une cicatrice trop ancienne, que beaucoup de gens s'étaient empressés d'oublier.

— On appelait ainsi les enfants qui partaient travailler dans des fermes de l'autre côté de l'Arlsberg. Quand ils arrivaient à la chapelle Saint-Christophe, qui marquait le début de la descente, ils entaillaient la statue avec un canif et ils conservaient un éclat de bois dans leur poche. Cela les aidait quand ils avaient la nostalgie de chez eux.

— La statue qui a été détruite dans l'incendie ?

Edna acquiesça. À nouveau, elle se sentit comme entraînée par un tourbillon.

— Intéressant, dit Tenzin Lorenzo avant de s'arrêter et de changer de sujet. Madame Weiss, vous savez allumer une lanterne volante ?

38

La *rave* dans les bois

En voyant Emil jouer avec Tenzin Lorenzo sur l'herbe, Edna se dit que ce garçon était vraiment gentil. Elle l'avait rencontré par hasard et il avait traîné sa cage à roulettes toute la journée. À un moment, il avait même passé son bras sous le sien. Au début elle avait refusé, mais il avait affirmé que cela l'aidait à mieux marcher, ainsi il n'avait pas mal à la cheville. Edna se demandait pourquoi il continuait tout de même à boiter, alors qu'elle-même se sentait légère et deux fois moins fatiguée.

— Vous ne m'avez pas encore expliqué cette histoire de lanternes volantes. Pourquoi vous m'avez demandé si je sais les allumer ?

— Vous verrez, répondit-il en cachant sa main derrière son dos, pour le plus grand bonheur d'Emil, qui ne s'était pas autant amusé depuis longtemps.

— Ça ne m'était jamais venu à l'esprit, mais je crois qu'il préfère les hommes. C'est un garçon qui l'a sauvé et peut-être qu'il s'en souvient, dans sa petite tête folle.

Et s'il n'avait jamais cessé de chercher Jacob ? Emil avait préféré l'épaule de Flo à celle de Priska. Il ne supportait pas Adele, qu'il connaissait depuis toujours. Et il avait accepté les caresses de Fer sans hésiter.

— On dit qu'ils ont une excellente mémoire. Les perroquets et les corbeaux sont aussi intelligents que les singes.

— Nous n'aimons pas les corbeaux.

— Alors vous devez faire très attention, parce qu'il y en a beaucoup par ici. J'ai acheté un livre, avant de partir, qui répertorie toute la faune alpine. Vous savez que les corbeaux impériaux ont une envergure de plus d'un mètre ?

Il faisait rire Edna avec ses gesticulations.

— Je vois que vous avez bien préparé votre voyage. Vous n'avez rien laissé au hasard.

Il haussa les épaules.

— J'ai eu beaucoup de temps pour réfléchir, dernièrement. Et puis, avec Internet, Street View et tous les logiciels de cartographie satellitaire, de chez moi je pouvais même voir les panneaux indicateurs aux croisements. Et vous, ça fait longtemps que votre voyage était prévu ?

— Environ quatre-vingts ans, répondit-elle très sérieusement en ajustant ses lunettes.

Tenzin Lorenzo la dévisagea avec admiration et une question qu'il n'avait pas le courage de poser, suspendue entre ses lèvres et ses yeux ronds.

— Quand je pense que mes amis se moquaient de moi...

— Mais ensuite, poursuivit Edna, il y a toujours quelque chose qui ne se passe pas comme prévu, et on doit repartir de zéro. Qu'est-ce que vous en dites, on se remet en route ?

Ils arrivèrent à la clairière avec les couleurs du crépuscule.

Edna remarqua que le « camping » dont lui avait parlé Tenzin Lorenzo n'était pas exactement comme elle se l'était imaginé.

Une grande tente ronde occupait le centre de la trouée, près d'un feu. D'autres, plus petites, avaient été montées sous les arbres.

Accrochées aux branches les plus basses, des lanternes en verre éclairées par des bougies ondoyaient. Partout, des jeunes gens jouaient de la guitare ou tapaient sur des tambours.

Elle dut remonter ses lunettes sur son nez pour comprendre ce qu'elle voyait : des couples qui s'embrassaient et s'enlaçaient, formant des enchevêtrements. Alors elle se détourna immédiatement, gênée, pour se concentrer sur la cage, dont une roulette tournait moins bien, ou sur le vert particulier d'un arbre. Elle prit conscience que les jeunes lui souriaient et l'invitaient à venir s'asseoir avec eux. Edna ne se rappelait pas avoir été aussi embarrassée que lorsqu'elle se fraya un chemin au milieu de cette foule qui se déhanchait sur la musique en faisant tournoyer des prismes et des rubans colorés qui, quand elle les fixait, la troublaient et lui faisaient perdre l'équilibre.

Très à l'aise, Tenzin Lorenzo semblait connaître tout le monde. Les autres répondaient joyeusement à son salut.

Ils le serraient dans leurs bras, lui passaient une bouteille de bière et lui demandaient comment s'était passé son voyage et s'il avait lui aussi eu la pluie.

Edna s'assit à l'écart. Elle ne se reconnaissait dans rien.

Tu te souviens quand nous avons traversé ces montagnes, Jacob ? Il n'y avait que le silence, le froid des glaciers, la nostalgie de chez nous et la peur de l'inconnu qui se cachait derrière chaque virage.

À dire vrai, Jacob n'était pas avec elle à ce moment-là : ils s'étaient rencontrés à la ferme. Mais c'était comme s'il avait toujours été présent, remarqua-t-elle avec mélancolie. Elle en savait si peu sur lui. Dans ses souvenirs, il était enfant. Quand elle avait vu sa photo dans le journal, elle avait d'abord refusé de le reconnaître, dans ce portrait bouleversé par le temps. C'étaient les cicatrices qui l'avaient ramenée à lui. Les cicatrices ne mentent pas. Elles nous transforment, nous changent à jamais. Ce sont des fractures, des brèches qui indiquent qu'on a dû faire un choix.

La paupière coupée de Jacob, ses cicatrices à elle. Moins visibles, mais qui n'avaient pas moins saigné.

— Un petit coup de blues ?

La jeune fille s'était assise à côté d'elle, mais elle ne s'en était pas aperçue, tant elle était perdue dans ses pensées.

— Moi aussi, ça m'arrive, reprit-elle en lui passant une bouteille. Buvez ! Pas de manières entre nous.

Pour Edna, il était inimaginable d'accepter à boire de la part d'une inconnue. Mais la jeune fille avait l'air de connaître son affaire.

— Ma petite amie m'a quittée. Toi aussi tu as été quittée ?

Quelle question étrange. Edna prit la bouteille. Le liquide avait la consistance d'un jus, elle en avala une gorgée et le savoura, observant la sensation sur ses papilles. *Pas mauvais*, s'étonna-t-elle. Il avait un agréable goût fruité. Ou d'herbes… d'herbes de montagne.

— C'est moi qui l'ai quitté, dit-elle en buvant une autre gorgée.

Le liquide descendait dans son estomac, la réchauffait comme le feu, la piquait, la renforçait.

— Mais là, je vais le récupérer, conclut-elle.

— Bravo, dit l'autre en reprenant la bouteille qu'Edna lui passait. J'aimerais avoir ton courage.

— Un pied devant l'autre. Ce n'est pas si difficile, jeune fille.

Elles s'échangèrent de nouveau la bouteille. Edna n'avait pas soif, mais elle aimait la sensation de chaleur et de calme que lui procurait le nectar.

— Si c'était aussi simple…

Edna eut un vertige, qui brouilla les contours des montagnes et confondit les cimes avec les nuances du ciel et des nuages. Pour la première fois ses muscles, détendus, trouvaient la légèreté du vol. Elle ne sentait presque plus la douleur.

Elle ne comprenait pas pourquoi la fille qui embrassait un type, en face d'elle, avait de la barbe. Et des bras musclés, un cou massif. Elle eut envie de rire. Que de bizarreries. Deux hommes qui s'embrassaient ? Ses lunettes devaient être vraiment embuées.

— Vous vous amusez, Edna ? Pourquoi vous ne laissez pas sortir Emil ?

— La jeune fille, dit-elle en indiquant la place vide à côté d'elle (où était-elle passée ?), celle qui était assise là, m'a fait goûter un jus, Tenzin. Délicieux. Mais je crois que j'ai un problème de lunettes, ajouta-t-elle en frottant les verres sur son maillot de corps.

— Du jus… vous êtes sûre ?

Edna acquiesça.

— Un goût d'herbes, qui réchauffe comme l'arnica ? Ah, vous avez essayé le *Killepitsch*. Je vois que vous êtes une connaisseuse.

Tenzin Lorenzo leva le bras pour saluer un des deux hommes, qui étaient toujours enlacés.

— Lui, c'est David, précisa-t-il en souriant. Il m'a *friendzoné* le mois dernier.

— *Friendzoné*… murmura Edna en se demandant ce que cela signifiait.

— Ça veut dire que nous sommes amis.

— Ah, excellent. C'est important, les amis.

Tenzin Lorenzo se tut, comme s'il voulait lui dire quelque chose. Edna lui sourit pour l'encourager. (Timidité. Tenzin Lorenzo était un garçon timide.)

— Ça, dit-il enfin en lui passant un emballage en papier plié comme un origami, c'est votre lanterne. Vous devez y placer un petit papier avec votre vœu. On va les faire voler pour Manuel. Mais comme vous ne le connaissiez pas, ce n'est pas grave si votre souhait ne le concerne pas. Vous avez un rêve, Edna ? Quelqu'un à qui vous voudriez dédier un message ? Ça peut paraître puéril, mais nous on y croit beaucoup. Si vous pensez avec conviction à une personne, si vous imaginez votre plus grand rêve, le vent le portera très loin. Exactement là où vous voulez.

Il lui laissa un stylo, un petit carton accroché à un fil et une lanterne en papier.

Quand il fut parti, Edna la retourna dans ses mains, sans bien savoir qu'en faire. Elle leva les yeux et vit Emil, aussi interloqué qu'elle. Elle se dit que cela faisait bien longtemps qu'ils ne croyaient plus à la magie. Et qu'il était difficile d'imaginer que cela change aujourd'hui.

39

Les lanternes volantes

Ils avaient fait décoller toutes les lanternes au même moment, après les avoir allumées, se passant les briquets, les stylos et les petits cartons dans une gigantesque chaîne désorganisée. Un type aux bras couverts de dessins, qui lui avait rappelé le jeune homme aux chaussures dorées (ici ils préféraient marcher pieds nus, allez comprendre), avait tenu la lanterne d'Edna pendant qu'elle se gonflait, secouée par l'air comme un chat revêche qui cherche à s'échapper. Edna avait accroché son petit mot, avant d'enflammer la mèche.

Ils avaient ri en observant les lanternes trop paresseuses pour s'élever, celles qui roulaient dans l'herbe et leurs propriétaires qui couraient derrière en essayant de les rattraper. Edna avait ri et espéré avec les autres. Avec ces jeunes gens qu'elle ne connaissait pas et qui, tous ensemble, après les cris de rappel, avaient lancé un compte à rebours d'une seule voix impétueuse (discordante), et un long *waouh* quand le vent qui avait élevé les lanternes dans les airs s'était tu, laissant la nuit emporter leurs soucis et leurs désirs. Or Edna le savait, on a du mal à dire les choses les plus importantes. Cet instant avait été magique, bien qu'elle ne croie plus à la magie.

Elle avait noté trois noms et elle se demandait où sa lanterne arriverait.

— Une fois la vitesse maximale atteinte, elles s'éteignent et retombent, lui murmura Tenzin Lorenzo.

En les voyant de la ville, quelqu'un les prendrait peut-être pour des étoiles filantes.

À la lueur des lanternes, Edna ne distinguait plus les hommes, les femmes, ni les couleurs de peau. Baignés d'or ils se ressemblaient tous, pensa-t-elle en buvant une autre gorgée. *Peut-être parce que les rêves nous rapprochent.* Mais de toute façon, elle était trop fatiguée pour réfléchir.

Tenzin Lorenzo s'occupa de leur trouver un endroit confortable pour dormir.

Dans la tiédeur confortable des sacs de couchage, installés côte à côte dans la clairière, devant la grande tente, Edna et le jeune homme contemplaient les étoiles. Après avoir réclamé pour la troisième fois qu'on remplisse sa gourde de ce liquide merveilleux, elle se lança :

— Tenzin, qui était Manuel ?

Le jeune homme s'allongea sur le côté, un bras replié sous la tête, et lui expliqua :

— Une personne que nous aimions tous beaucoup. Mais ça, je crois que vous l'avez compris.

— C'était un de vos amis ?

— Un ami spécial.

Edna retira ses lunettes.

— C'est important pour vous, cette histoire d'amitié, dit-elle en repensant à David, à Manuel et à cette sorte de communauté qui s'était donné rendez-vous dans les montagnes. Que lui est-il arrivé ?

Tenzin Lorenzo sortit de son sac son petit écran, qui s'était enfin allumé. Il l'approcha délicatement de son visage et attendit avec elle que les images défilent.

Une fête d'anniversaire, des jeunes gens qui se jetaient dans une piscine, éclaboussant une toile colorée. Un parapente.

Manuel qui se tournait et levait le pouce, un grand sourire sous son casque et son énorme masque. Edna lut la confiance désarmante d'un jeune en la vie, l'envie d'aller vite, sans s'arrêter, de se libérer de tous les lests. Elle se vit elle-même. Pas comme elle avait été, mais comme elle se sentait au plus profond de son âme, plus grande et lumineuse, depuis son départ. Elle se vit elle-même comme elle se sentait à cet instant, allongée sous le ciel infini où s'élevait sa petite lanterne volante.

— Il aimait voler. Il aimait le parapente. Il s'est élancé des dizaines de fois depuis ces montagnes, raconta patiemment Tenzin Lorenzo d'une voix grave. Il a suffi d'un seul stupide accident. Le parapente l'a précipité dans le fleuve. Ça ne s'est pas joué à grand-chose. Quelques mètres. Un souffle de vent. Il était attaché et il n'a rien pu faire. Un engin de ce genre qui se gonfle d'eau, c'est un monstre qui vous entraîne dans les profondeurs, conclut Tenzin Lorenzo en éteignant la tablette et la rangeant dans son sac à dos. Vous savez ce qui m'a mis le plus en colère ? Ce que je n'arrive pas à oublier ? Nous ne nous fréquentions plus depuis plusieurs semaines, mais il m'avait écrit un message quelques jours avant l'accident. Rien d'important, il me saluait. J'aurais voulu, ou plutôt j'aurais dû, lui expliquer ce que je ressentais, après m'être disputé avec lui et avoir quitté notre appartement. Lui dire que j'étais désolé. Ou juste lui répondre *Ciao*. Mais je ne l'ai pas fait. Je suis resté planté là, mon téléphone dans une main, un verre de vin dans l'autre – les voix des gens autour, l'ambiance festive de la place le soir – puis je l'ai éteint et rangé dans ma poche. J'étais persuadé que nous avions le temps. La nuit je me réveille et je le vois, assis, attendant ma réponse, se demandant pourquoi, et j'aimerais lui dire que tout va bien. Que je suis là pour lui, que je ne partirai jamais.

— Je suis sûre qu'il le savait, murmura Edna.

Mais ce n'était pas la vérité. Parfois, les mots sont tout ce que nous avons. Et si nous n'arrivons pas à nous en servir, leur absence se transforme en silences qui peuvent nous miner comme une gangrène et emporter le meilleur de nous. Ce sont presque toujours les mots les plus simples qui sont difficiles à dire. Parce qu'ils nous obligent à être sincères, ne tolèrent aucun évitement. Ils nous font sortir à découvert, nous rendent nus et vulnérables.

— Vous voulez savoir pourquoi je voyage, madame Weiss ? La vérité ? Parce que rester au même endroit m'est devenu insupportable. Parce que, pendant que je fuis, j'espère qu'il se passera quelque chose, que je serai soulevé de terre, jusqu'au ciel. Et je m'obstine à essayer de recoller les morceaux de ce qui est cassé, comme si l'oubli était la meilleure glu qui soit. Mais la vérité, c'est que Manuel n'est plus là, et cet endroit me rapproche du ciel, autant que de lui.

Quelques bourrasques et de nombreuses réflexions plus tard, Edna remit ses lunettes. Tenzin Lorenzo lui avait raconté des souvenirs tristes, mais elle les sentait glisser avec légèreté sur les eaux d'une mer calme et profonde, qui avait le goût merveilleux et rassurant des herbes de montagne. Le vent s'insinuait entre les branches tel un murmure tranquille qui invitait au repos et à la paix. Le mal était loin. Elle percevait une harmonie, un équilibre global qui l'embrassait. Cela n'empêchait pas la terre de tanguer un peu et elle ne comprenait pas pourquoi ses mains tremblaient. Même le bec d'Emil paraissait différent, plus long et plus étroit. Et il changeait de forme ! Néanmoins tout allait bien – se dit-elle en souriant –, elle vérifierait « demain ». Parce qu'il y a toujours un « demain ». Elle prit une grande inspiration pour compenser les vertiges. Elle entrouvrit son sac de couchage et posa sa gourde sur l'herbe, tout près, pour la retrouver facilement. Ce nectar était divin, mais descendait vite : elle se promit de l'économiser.

Elle observa la niche où dormait Emil, qui était tout bleu, puis vert, comme une enseigne lumineuse clignotante. Pourquoi changeait-il de couleur ? Et puis, sa cage était vraiment vieille et déglinguée.

— Vous avez envie d'écouter une histoire ? demanda-t-elle à Tenzin Lorenzo avec un sourire un peu tordu. Je ne vous promets pas que cela guérira votre douleur. Mais il y a une chose que les histoires, toutes les histoires, peuvent faire. Écoutez la mienne. Ensuite vous me direz.

La fillette vaniteuse et la niche en plastique

Dans une ferme coincée entre les collines et la forêt, deux enfants s'étaient donné rendez-vous sous un immense cerisier. C'était leur refuge – du moins le croyaient-ils – et ils aimaient s'allonger dans l'herbe humide pour admirer le ciel qui se découpait entre les branches.

Edna était allongée à côté de Jacob. Elle prenait la même pose que lui, s'efforçait de bien plier son bras sous sa tête et se convainquait que cette position était confortable.

— Les neveux des patrons sont arrivés, avait-il annoncé.

Edna n'avait vu personne entrer à la ferme, mais elle était toujours au courant la dernière. Jacob, lui, savait toujours ce qui se passait, comme un renard qui renifle toute nouvelle trace.

Le vent avait tourné, ils avaient dû se remettre au travail et Edna avait aperçu le neveu et la nièce des patrons. Cette dernière portait une robe traditionnelle rose et ses cheveux blonds relevés en deux tresses si brillantes qu'on les aurait dites enduites d'un glaçage. Elle promenait ses poupées et ses peluches, qu'elle transportait dans une niche pour chien à roulettes. Elle les traitait comme si elles pouvaient l'entendre et la comprendre. Edna regrettait amèrement sa poupée, à qui elle avait si souvent parlé, avant que la patronne la lui prenne.

Quand la fillette levait les yeux vers elle, Edna se courbait sur son râteau. Elle ne savait pas pourquoi, mais dans ces moments-là, elle aurait tout donné pour être invisible.

Si elle entendait que les neveux des patrons étaient dans les parages, elle cherchait une excuse pour se faire assigner des tâches qui l'éloigneraient de la maison. Même si elles étaient éreintantes ou la contraignaient à passer des heures sous le soleil d'été.

Elle se demandait aussi comment Jacob les considérait et ce que son intérêt signifiait. Surtout pour la fillette, qui avait le visage long et gris, comme si elle avait été enfermée dans une armoire. Lui plaisait-elle ? Aimait-il les visages tristes ? Néanmoins, Edna devait admettre que ses vêtements étaient très jolis.

Elle traversait le jardin en courant (raccourci, couper en diagonale, deux virages à droite, allée) pour aller nourrir les cochons, quand elle était tombée sur elle. Elle avait failli lui rentrer dedans, avec sa mauvaise habitude de fixer ses pieds au lieu de la route… Elle avait redressé le dos et ralenti. Puis, les yeux toujours baissés pour ne pas croiser ceux de la fillette, elle avait aperçu sa poupée au milieu de celles qui étaient allongées dans la niche !

Elle avait eu le réflexe de tendre le bras pour la toucher, envahie par un indicible bonheur, comme si c'était le geste le plus évident du monde. La poupée que lui avait offerte Martin. Il était bien naturel qu'elle la serre dans ses bras : elle avait eu trop peur de ne pas la revoir.

Mais son bras n'avait touché que de l'air. La fillette avait tiré la niche et l'avait fixée de ses yeux aussi durs et froids que l'éclat d'acier qui avait coupé la paupière de Jacob.

Blessée et mortifiée, Edna avait compris que la poupée n'était plus à elle alors que son frère la lui avait offerte après avoir travaillé des nuits entières, et lui avait remis ce cadeau précieux avec orgueil.

Quand elle était entrée dans l'étable sombre, assaillie par l'odeur de fumier et de foin, elle avait trouvé que cela valait mieux ainsi, sinon elle aurait dû raconter à la poupée tout ce qui lui était arrivé depuis qu'elles avaient été séparées. Or elle avait vécu des choses terribles. Peut-être sa poupée serait-elle mieux avec la fillette aux tresses lisses, qui n'avait sans doute pas d'idées noires.

Elle plaisait à Jacob. Il lui souriait quand il la rencontrait et il l'accompagnait à l'étang.

Mais un jour, un cri avait retenti dans le jardin et tout le monde s'était précipité dehors pour voir ce qui se passait.

La fillette pleurait si fort que cela arrachait les oreilles. Devant elle, Jacob se massait la nuque, gêné, les yeux rivés au sol. Entre eux, la niche gisait dans la poussière, cabossée comme une épave.

Mela, le cheval de la ferme, mâchait un pissenlit avec satisfaction.

Jacob s'était empressé de redresser la niche et de la nettoyer, mais quand il avait fait mine de lever le bras pour rassurer la fillette, il s'était retrouvé avec une roulette dans la main. Alors elle s'était mise à hurler, si bien que le patron, en arrivant, avait dû se boucher les oreilles.

Ce soir-là, Jacob avait ordonné à Edna de le suivre. Ils ne fuyaient pas, néanmoins il fallait préparer tous les détails de leur départ, lui avait-il dit.

En fait, il avait une idée. *Qui ne plairait pas à Bastian*, avait pensé Edna en sentant ses mains devenir moites. *Et encore moins au patron.*

— Je le savais ! avait-il exulté devant le tas d'objets cassés derrière la remise.

Au milieu, il y avait la niche de la fillette aux tresses lisses.

— C'est comme ça que font les riches : quand un objet se casse, ils ne le réparent pas. Ils s'en débarrassent et ils achètent le même en neuf, dit-il en la dégageant. Mela a marché dessus avec ses sabots. Je l'emmenais à l'étable, et puis j'ai vu cette niche oubliée dans le sable... mais trop tard. Il l'avait déjà piétinée.

Il avait souri et haussé les épaules.

— Mela est paresseux, mais pas aveugle. Il ne fait pas ce genre de choses, avait répondu Edna.

— Si tu lui demandes gentiment, si, avait rétorqué Jacob en souriant et en sortant de sa poche un morceau de sucre. C'est un exercice très utile, tu sais ? Comme quand je lui demande de lever la patte pour l'atteler.

Edna avait secoué la tête en signe de désapprobation.

— Tu as pris des risques, Jacob !

Il aurait pu se faire battre par le patron, ou écoper d'une punition. Mais rien ne le faisait changer d'avis. Sa cicatrice n'était pas guérie et sa paupière tombait nonchalamment sur son œil. Redeviendrait-elle comme avant ?

— Mais maintenant, Emil a sa cage. Tu ne comprends pas, Edna ?

Elle le dévisagea sans mot dire.

— Allez, c'est facile ! Je vais la réparer – c'est juste une roulette cassée – et Emil aura sa cage. Avec elle, nous parcourrons le monde !

Edna aurait dû sauter dans les bras de Jacob et lui dire que son idée était grandiose, mais elle n'y arrivait pas. Il parlait toujours d'Emil, il ne se souciait que de lui. Or, elle, à cause d'Emil...

— Hé, ne prends pas cet air triste, dit-il en lui déposant un baiser sur la joue.

Edna rougit. Un long frisson de plaisir lui parcourut le dos – le contact était chaud et doux, mais aussi douloureux.

— Qu'est-ce qui te prend ?

— Je fais comme les grands... s'était-il excusé en reculant.

« Les grands font mal », aurait-elle voulu crier. Elle le hurlait à l'intérieur, sentant sur sa peau la salive du paysan, le cœur envahi par l'obscurité. Pourquoi Jacob ne le comprenait-il pas ?

— D'abord, il faut demander. Gentiment.

Et il fallait s'arrêter si elle disait non. Pas comme le paysan.

— Demander genre... « s'il te plaît » ?

Edna avait acquiescé. Pour Jacob, un « s'il te plaît » pouvait suffire.

— Je voulais te faire plaisir. J'ai vu qu'elle avait ta poupée... on lui a donné une leçon.

— Tu as dit que tu l'avais fait pour Emil.

Ses yeux la brûlaient, les muscles tendus de ses bras la piquaient.

Il avait baissé la tête, sans dire un mot. Ils avaient accompli leur mission – jeter des tôles sur le tas – en silence. Et vite, parce qu'il fallait toujours se dépêcher, à la ferme. Et il y avait trop d'yeux, d'oreilles curieuses.

— Toi et Emil êtes ce qu'il y a de plus important pour moi. J'apprendrai à dire « s'il te plaît », si ça te rend heureuse, lui avait murmuré Jacob avant de partir, secoué et sincèrement désolé. Je ne l'ai jamais dit à personne...

Ses joues étaient-elles plus rouges ? Sans doute réchauffées par l'effort.

— Je tiens à toi, chochotte, même si parfois je me demande s'il te manque une case, avait-il dit en la laissant à l'entrée du dortoir.

Cette fois-là Edna ne s'était pas sentie seule.

Son cœur pulsait dans ses tempes et dans sa gorge. Elle aurait voulu crier à Jacob toutes les émotions qui se battaient en elle : sa rage, sa reconnaissance, l'affection qui les unissait et le fait qu'avec lui elle avait l'impression d'être comme à la maison, bien que son chez-elle soit désormais très lointain.

Mais sa voix ne lui avait pas obéi, comme dans ses cauchemars. Impuissante, elle avait vu Jacob disparaître entre les ombres, et elle était allée se coucher. Ce soir-là, elle avait disposé ses affaires (une pomme de pin abîmée, un éclat de bois cabossé, un petit caillou à la forme étrange) aux quatre coins de son lit. À côté d'elle, elle avait laissé de la place pour Jacob et Emil. Une place dans ses rêves. Un endroit rien qu'à eux, où personne ne pourrait leur faire de mal.

40

Raconte-moi une histoire

— Mais vous lui avez dit, n'est-ce pas ?

Tenzin Lorenzo s'essuya la bouche et posa sa gourde entre son sac de couchage et celui d'Edna.

— Lui dire quoi ?

Il faisait noir. Certes, le soleil était couché depuis longtemps, pourtant tout était sombre, trop sombre. Qu'était-elle en train de raconter au jeune homme ? Elle s'étira pour se relever et vit une autre Edna, toujours allongée dans le sac de couchage, qui lui souriait et dont les mouvements étaient lents et disjoints.

— Que vous aussi, vous teniez à lui. Que Jacob était important pour vous.

— Bien sûr que non ! Je n'ai jamais été une chochotte, bien qu'il ait été convaincu du contraire. Croyez-moi, murmura-t-elle sur le ton de la confidence, sur ces questions, Jacob l'était bien plus que moi.

Ce soir-là elle avait rougi, quand il l'avait laissée à l'entrée du dortoir. Elle n'avait jamais eu autant de certitudes qu'à cet instant.

— Mais vous ne pouvez pas savoir combien de fois j'ai regretté mon silence.

Peut-être que tout le reste ne serait pas arrivé, si elle lui avait dit la vérité. Elle, Jacob et Emil seraient encore ensemble, comme de vieux amis. Ou bien quelque chose de plus fort, de plus ancré dans le cœur ?

— Je suis certain que Jacob l'a compris, la consola Tenzin Lorenzo.

— Vous voyez à quoi servent les histoires ? demanda-t-elle en souriant. Vous avez compris ? Votre Manuel aussi le savait. Il savait qu'il pouvait compter sur vous. Vous avez raison, il vaut mieux dire les choses, au risque de faire des dégâts. Mais pas dans votre cas, ajouta-t-elle avant que le sourire de Tenzin Lorenzo ne s'éteigne. Vous n'avez fait aucune erreur. Et puis, dites-moi, quel couple n'a pas connu de disputes, de désaccords ?

Elle prit alors conscience que Tenzin Lorenzo était un homme. Et Manuel aussi.

— Excusez-moi, je ne voudrais pas être indiscrète. Vous deux…

Elle n'eut pas le courage de terminer sa phrase.

Avec un grand sourire, le jeune homme acquiesça.

Edna déglutit. Donc la scène des deux hommes qui s'embrassaient, plus tôt dans la journée, n'était pas due à un problème de lunettes…

Non seulement le monde tournoyait et l'entraînait dans son flot, mais en plus il venait d'être fendu par un gouffre qui avait fait trembler le cœur d'Edna.

Elle observa le jeune homme. En fait, il n'y avait rien qui n'allait pas, chez lui, jugea-t-elle en s'efforçant de calmer sa respiration (inspirer par le nez, expirer par la bouche, trois fois). Et chez ses amis non plus : ils étaient tous très gentils. Et forts (donc ils n'étaient pas malades ?).

Elle soupira et prit la gourde de *Killepitsch*.

— C'est bon, n'est-ce pas ?

— Excellent.

— Mais illégal.

Edna resta sans voix, les yeux écarquillés, la gourde devant la bouche.

— C'est-à-dire ?

— Ici, on fait des choses interdites. Vous avez senti cette odeur douceâtre ? Vous croyez que c'est de la résine de pin ?

En effet, elle l'avait sentie près des tentes, et sur les vêtements de la jeune fille qui s'était assise à côté d'elle.

— Merci, dit-elle en redressant le dos et en éloignant la gourde d'un geste ferme. Je crois que je vais me reposer un peu, maintenant.

Elle ne croyait plus aux paroles du père Gianni depuis longtemps et elle doutait même de l'existence de l'enfer. Mais elle avait assez de soucis.

— Vous devez être très fatiguée, Edna, dit-il en bâillant. À vrai dire, moi aussi. Vous savez, je ne suis pas un grand sportif.

— Je l'avais compris, Tenzin. Mais ne vous en faites pas, c'est juste une question d'entraînement. Et de persévérance. C'est à petits pas que l'on conquiert le monde.

— Et je n'avais jamais gravi de montagne, avant. Je suis plutôt un type de la ville. Je passe mes journées devant un ordinateur dans un bureau minuscule. Ma fenêtre est un écran de pixels. Je ne suis bouddhiste que depuis deux semaines. Et tout mon équipement est neuf. Je me suis fait conseiller par un vendeur du centre commercial, avoua-t-il comme s'il avait honte. Depuis que Manuel est mort, je sens qu'il faut que je change de vie.

Edna se lova dans son sac de couchage, cherchant une position confortable. Maintenant, le jeune homme lui inspirait une grande tendresse.

— C'est un bon équipement. Mais s'il vous plaît – non, elle était incapable de mentir, cette fois – la prochaine fois, choisissez des chaussures plus souples.

— Bien sûr, Edna. Plus souples. Vous avez raison. Plus souples.

Les grillons grésillaient, cachés dans l'herbe et dans les fleurs blanches d'achillée. La respiration d'Edna se dilatait pour ne faire qu'un avec la lente brise de la nuit. Tenzin Lorenzo semblait s'être endormi.

Elle se tourna de l'autre côté et pensa à Jacob et aux lanternes. Voyait-il la lune, depuis sa chambre d'hôpital ? Et la petite flamme de sa lanterne ? Certes, il ne pouvait pas savoir ce qu'était cette lueur tremblante qui se frayait un chemin dans l'obscurité de la nuit. Edna sourit en imaginant son ami le nez en l'air. Peut-être se remémorait-il deux enfants qui échangeaient une promesse, à voix basse pour que personne, hormis Emil, ne puisse les entendre.

Elle ne se sentait ni triste ni coupable d'avoir été heureuse. Cela avait été une belle journée. Et parfois, il faut du courage pour être heureux. Pendant longtemps, elle ne l'avait pas été. Mais courageuse, ça oui.

Ce qui s'était passé à la ferme lui avait appris à l'être, comme si tout le courage dont elle avait fait preuve par la suite pouvait compenser celui qui lui avait manqué une nuit (celle du muret sous lequel elle était encore accroupie). Une seule nuit, furtive mais si décisive pour elle et les personnes qu'elle aimait. Comme si sa vie future, la vraie, celle qu'elle aurait dû vivre, était restée de l'autre côté du muret qu'elle avait entrevu avec Priska, et derrière lequel une fillette attendait.

Elle avait appris que le courage n'est pas un saut que l'on ose faire. Il est fait de doutes et de peur.

Ce qui lui avait manqué, en revanche, c'était le bonheur. Qui n'est véritable qu'accompagné de liberté. Or elle n'avait jamais été libre. Elle avait été courageuse, parfois même assez heureuse, mais jamais totalement, parce que jamais libre, puisque Jacob ne l'était pas. Jacob était resté piégé.

Il suffisait d'y retourner. Cela paraissait si simple, maintenant qu'elle observait les choses avec distance : son village, sa maison recouverte de plantes grimpantes. Chaque détail trouvait sa place. Elle se sentait comblée. Et ce qui leur manquait, à elle et à Emil, leur serait vite accordé. L'aube allait bientôt poindre, le soleil guider à nouveau ses pas. Une journée parfaite pour reprendre son voyage.

— Edna…

C'était la voix de Tenzin Lorenzo. Juste un murmure.

— Qu'est-ce qui se passe ?

— C'était dur, la vie à la ferme ?

Edna soupira et se mit sur le dos, le visage tourné vers les étoiles.

— Pourquoi ça vous intéresse autant ? Vous, les jeunes, vous êtes curieux du passé. Vous avez la nostalgie de tout. De quand vous étiez enfants, des chansons que vous écoutiez, des histoires qu'on vous racontait le soir et des films à la télé. Moi, à votre âge, je ne pensais qu'à l'avenir. Ou à survivre à ma journée.

— Ça devrait vous faire plaisir de vous souvenir… Moi, par exemple, je voudrais ne jamais oublier la voix de Manuel. Par chance, j'ai des enregistrements.

Elle, elle avait Emil. C'était la même chose. Elle prit une grande inspiration.

— On raconte souvent qu'à cette époque il y avait besoin de bras pour travailler aux champs, et que les enfants ne faisaient pas exception : ce n'était pas une si mauvaise situation pour eux, puisqu'on les payait. Ça vaut toujours mieux que mourir de faim, non ? Et je peux vous assurer que ça arrivait. Quand il n'y avait pas assez, on s'arrangeait comme on pouvait. Les familles étaient nombreuses. Quand ils présentaient des lapins sur leurs étals, les bouchers scrupuleux laissaient la fourrure sur les pattes pour prouver que ce n'étaient pas des chats. Je crois que ça a plus ou moins le même goût. Quoi qu'il en soit… sans Jacob, je n'aurais pas survécu. Ou alors ils auraient fini par me laisser partir, quand je n'aurais plus servi à rien, dit-elle en revoyant le visage du paysan qui lui faisait signe d'approcher. Mais je ne serais pas la même qu'aujourd'hui.

— Ces paysans, le propriétaire de la ferme…

— Vous savez le plus étrange ? Je n'ai jamais beaucoup repensé à eux. Mais chaque jour qui passait et m'éloignait de la ferme, le souvenir de Jacob s'imposait à moi avec une fureur croissante.

— Et maintenant vous allez le retrouver.

— Même si je ne sais pas du tout comment ça va se passer.

Tenzin Lorenzo tendit le bras pour chercher le sien.

— Vous devez aller voir Jacob et lui dire ce que vous ressentez pour lui.

Edna éclata de rire.

— C'était il y a si longtemps.

— Certaines choses ne changent pas, avec le temps, dit le jeune homme avec beaucoup de sérieux. C'est vous qui me l'avez appris. Et je suis sûr que vous n'avez jamais cessé de compter l'un pour l'autre.

Il lui prit la main.

— Dites toute la vérité à Jacob – même ce que vous ne lui avez pas dit avant et que vous n'avez jamais confié à personne – et vous verrez, tout se passera bien. C'est une chance magnifique, Edna.

Elle lui sourit, le visage resplendissant d'une lueur nouvelle, empli de gratitude mêlée à une pointe de nostalgie. Elle respira calmement, son cœur s'apaisa. Était-ce cela, le vrai bonheur ? Était-ce ainsi qu'on se sentait, libre ?

41

Jour 7

Distance : 148 km

Assis sur un fauteuil en velours bleu, au milieu de dizaines d'autres fauteuils bleus, Max étouffait.

Cette salle avait-elle une issue ? Il avait la sensation que les murs se resserraient autour de lui et qu'il y avait de moins en moins d'air.

Il s'efforçait de se concentrer sur la scène, de suivre les mouvements de Lisa et les poses des acteurs en répétition qui, Dieu merci, portaient des peignoirs ! Malgré ses précautions, son regard se posait immanquablement sur le téléphone portable posé à côté de lui. Devant l'insistance des ouvriers qui lui demandaient des informations sur le début des travaux, il l'avait mis sur silencieux. Mais il avait laissé le vibreur, et ainsi il avait vu s'afficher l'appel de la maison de retraite. Ces trois mots constituaient la clé de la liberté, la fin de la culpabilité d'Adele et le début de leur nouvelle vie. Naturellement il n'avait pas répondu, parce qu'il savait ce que voulait lui communiquer la secrétaire, qui murmurait toujours comme si elle était enfermée dans une cellule de cloître et ne voulait pas déranger les saints qui dormaient. Il restait un jour avant l'emménagement d'Edna-casse-pieds. « Les arrivées se font le matin, entre huit et dix heures. Merci d'être ponctuels. »

Il leva les yeux sur Lukas, qui filmait avec le téléphone de sa mère, le visage fier, si semblable à celui de Lisa. Et d'Adele. De son père – ce sale punk qui s'était défilé au bout de dix ans – il n'avait même pas hérité un grain de beauté. Quand il avait surpris sa femme et sa fille à la cuisine, onze ans auparavant, et que Lisa lui avait avoué être enceinte, l'air dénué d'expression et les lèvres pincées, Max avait eu besoin d'Adele pour ne pas se laisser submerger par le chagrin. Dix-sept ans, c'était vraiment trop jeune. Lisa n'était qu'une enfant. Adele n'avait rien dit. La mère et la fille étaient restées muettes, les mêmes yeux gris et fiers, ces yeux impénétrables qui semblaient occulter les choses importantes et dire qu'ils n'avaient pas besoin de lui.

— Nous ferons le nécessaire, avait alors déclaré Adele avec un courage qui l'avait surpris.

Il s'était senti insignifiant. Sa femme était ainsi : un roc avec un cœur en cire. Dans l'adversité, elle devenait forte et sûre d'elle. Mais quand le soleil revenait, la fatigue et les idées noires faisaient fondre son cœur. Malgré toutes ses tentatives pour le dissimuler. Et avec le temps et l'expérience, ils s'étaient tous deux habitués à faire semblant. À feindre la force, la joie, l'optimisme et la gentillesse. À cacher le poids de la distance, la grisaille de la routine où l'on pouvait se noyer, entre les responsabilités familiales et la conviction qu'ils s'étaient distraits un instant et que quelque chose leur avait échappé. Mais où ? À quel moment leur vie s'était-elle tordue, telle une branche courbée par le vent ?

Et maintenant qu'ils pouvaient prendre un nouveau départ, que faisait Adele ? Elle avait peur. Peur de changer, de laisser derrière elle les choses cassées. Et Edna-casse-pieds.

La vibration lui monta au cœur telle une secousse. Max chercha fébrilement l'appareil, qui lui échappa des mains, mais il le rattrapa et appuya sur le bouton « répondre » avec autant de fougue qu'à vingt ans. C'était Adele.

Il sortit de la salle, penché en avant.

— Adele. Tu l'as trouvée ?

Un long soupir de fatigue lui caressa la joue. La voix d'Adele lui parut magnifique. Elle lui avait manqué.

Le moment était venu d'être courageux. Et de faire ce qui devait être fait.

42

Le perroquet qui valait de l'or

Avant son départ, les jeunes avaient insisté pour qu'elle glisse dans son sac « au moins » une bouteille de *Killepitsch* et deux sachets contenant des épices ou quelque chose dans le genre. « Pour vous détendre et vous souvenir de nous, quand vous serez rentrée ! » avaient-ils ajouté en souriant, le visage béat. Elle s'était laissé convaincre, plus pour se débarrasser d'eux que par gratitude.

Le soleil était déjà haut et elle ne s'expliquait pas pourquoi elle avait dormi aussi longtemps. Emil ne l'avait pas réveillée. Depuis la veille, il grignotait des brindilles que les jeunes lui glissaient à travers la grille de sa cage. Il les attrapait avec son bec puis les prenait entre ses griffes et les mâchait jusqu'à ce qu'elles soient réduites à des cure-dents. À ce rythme, ils n'arriveraient jamais à Ravensburg.

Tenzin et elle se séparèrent à Langen.

Edna refusa qu'il l'accompagne à l'intérieur de la gare, parce qu'elle craignait qu'il s'aperçoive qu'elle n'avait pas d'argent.

Un homme en uniforme de la compagnie des chemins de fer lui donna le prix du billet jusqu'à Bregenz, mais il lui manquait la moitié de la somme.

Edna se sentit minuscule, un pion sur un grand jeu de l'oie. *Allez, on lance les dés… J'avance de deux cases ou je m'arrête une journée ?* Le « reculez de trois cases » n'était pas envisageable.

L'homme lui avait suggéré de contacter un ami, un parent – sa fille, peut-être ? – et même proposé d'utiliser son téléphone portable.

Edna avait fait semblant de réfléchir puis elle l'avait rassuré mais, dès qu'il était parti, son sourire avait cédé la place à une grimace d'inquiétude et de fatigue.

Si elle avait eu une fille à appeler, elle y aurait pensé toute seule (les croque-mitaines ne brillent pas par leur perspicacité).

Avec Emil elle avait marché autour du terminus des bus. Cette fois, les montagnes l'opprimaient. Et une douleur à la jambe, qui l'avait laissée en paix la veille, revenait maintenant avec fureur et insistance.

Entre les lattes en fer battu d'un banc, elle trouva un journal. Sans doute de la veille, car les coins étaient abîmés et le papier froissé. Mais c'était tout de même un journal avec des articles, des photos et, peut-être, des nouvelles de Jacob. La gorge nouée, debout, elle l'ouvrit et le feuilleta en se demandant si c'était le meilleur moyen d'avoir des nouvelles de son ami. Dans le fond, il n'était ni acteur, ni chanteur, ni homme politique. Cela avait déjà été miraculeux de trouver sa photo dans *Stern*.

Son regard se posa sur un titre en bas de page. Quelques lignes, mais qui mirent le feu à son cœur et pompèrent tout son sang. *« Inondation »*.

Les premières victimes, hospitalisées à Ravensburg, étaient rentrées chez elle. *« Les enfants rentrent chez eux »*, *« miracle »*, *« excellente efficacité des secours »*, *« médecins satisfaits »*.

Elle lut jusqu'au bout. *« État stationnaire »*, *« d'ici vendredi tous embrasseront leurs proches »*, *« sortis de l'hôpital »*.

Edna s'efforça de rassembler les informations et d'y trouver une logique.

(Inspirer par la bouche, expirer par le nez, trois fois.)

Qu'avait-elle appris ?

Déjà, elle savait que la plupart des blessés étaient sortis (et Jacob ? Jacob Kneip ?). Toutefois, l'article ne citait aucun nom.

Et s'il faisait partie des patients qui étaient rentrés chez eux ?

Ou alors – espéra Edna en reprenant courage – il était dans un état stationnaire, mais sortirait bientôt. Vendredi. Ce qui voulait dire… le lendemain. Elle avait un jour pour rejoindre Jacob, lui apporter Emil, tenir sa promesse et lui raconter la vérité. Et il lui restait une centaine de kilomètres. Ce qui n'était pas si loin, en y réfléchissant. Mais sans argent, l'affaire se compliquait. Surtout, elle n'aurait jamais le courage d'appeler Adele, après ce qu'elle lui avait fait. Et de toute façon, elle avait oublié le papier avec son numéro chez Jeremias, justement parce que son amie l'avait pressée (petite table carrée à droite du téléphone, elle aurait parié ses chaussures de marche). Et l'autre papier, où elle avait noté l'adresse et le numéro d'Adele et Max était dans son portefeuille. Donc perdu.

Elle sortit Emil de sa cage et le posa sur son épaule. Son poids sur son cou lui donnait confiance, ses griffes dans sa chair lui permettaient de rester lucide. Même si cette fois, elle ne voyait pas de solution.

Elle s'assit sous un grand châtaignier et déplia sa carte. Cela faisait longtemps qu'elle ne l'avait pas consultée (depuis le voyage avec Fer). Elle pouvait poursuivre à pied, même si elle avait autrefois parcouru cette route à bord d'une charrette (carte : inutile). C'était long, mais elle pouvait y arriver.

Néanmoins, sa jambe lui disait le contraire. La douleur était maintenant un poinçon, toujours au même endroit. Comme une goutte qui tombe et creuse, tenace et insistante.

Elle ne voulait pas s'asseoir parce qu'elle savait qu'au moment – difficile – de se relever, la douleur se propagerait, lui faisant oublier le soulagement de cette halte.

Emil s'était posé sur son bras. Il l'observa d'un œil. La façon dont il penchait la tête sur le côté, en tournant le cou comme s'il était en pâte à modeler, l'avait toujours amusée.

— Je pourrais être jalouse, tu sais ? Tu n'as jamais joué avec moi.

Ils restaient mystérieux l'un pour l'autre, bien qu'ils aient passé leur vie ensemble. Ils avaient traversé des jours ensoleillés, comme sa première paie au moulin ou l'invitation de son premier petit ami. Le printemps qui réveille le jardin – quand les haies n'étaient encore que des buissons –, les après-midi d'été brûlants, Emil qui mordillait sa paille pendant qu'ils se rafraîchissaient avec une limonade.

Et il y avait eu les jours sombres, ceux où ils n'avaient pas vu le soleil. La mort de sa mère. Ou quand elle avait découvert que son mari la trompait. Elle avait considéré qu'elle le méritait : elle avait été la première à ne pas tenir parole. Il avait compté pour elle, toutefois elle ne l'avait pas aimé. Elle avait été sincère, elle l'avait soutenu et respecté, mais elle ne lui avait jamais fait confiance. Et quand il était parti, elle avait regardé sa maison et les roses dans son jardin, puis elle avait refermé la porte comme s'il n'avait jamais existé, comme s'il n'y avait toujours eu qu'Emil et elle. Et les souvenirs. Depuis, elle s'était sentie moins seule qu'elle ne l'avait été avec lui.

À chaque nouveau départ, elle s'était retroussé les manches. Ranger ses affaires était l'antidote capable de lui rendre sa bonne humeur. Que lui restait-il dans son sac ?

Elle avait laissé la pommade à l'arnica à Tenzin Lorenzo. Elle conservait sa casquette avec l'inscription (qui portait bonheur). Deux paires de chaussettes (trouées). Des biscuits à apéritif (humides). Une liasse de prospectus avec des silhouettes dépravées (de très mauvais goût). Un pot de miel pour Adele (qui ne voudrait peut-être plus jamais entendre parler d'elle). Un vieil éclat de bois de la statue d'un saint (qui avait brûlé). Un petit os de chèvre qui servait à prédire l'avenir (mais elle ignorait comment).

Elle observa l'astragale, se rappela Priska, Flo et leur voyage. Mais il y eut un battement d'ailes et un bec noir la lui arracha des mains.

Emil mordillait l'os en le tenant avec sa patte. Il sauta sur l'herbe en trottinant comme un poulet.

— Emil, reviens ici.

Edna n'avait pas oublié la course dans les bois et la peur de le perdre. Ses mains tremblaient de façon incontrôlable. En général, son cerveau envoyait un ordre et la partie du corps concernée prenait quelques minutes pour se décider, puis se mettait en mouvement. Son genou se fléchissait, ses mains serraient un objet. Mais cette fois, elle arrivait juste à fixer ses doigts qui tremblaient telles des claquettes.

Emil s'éloigna pour cacher son trésor.

Edna se fâcha, cria. Hurla. Se leva et battit du pied. Elle lui intima de revenir, sinon…

Finalement, saisie de vertige, elle se rendit et poussa un long soupir.

— Emil, rapporte ça, dit-elle en modulant sa voix pour sembler patiente, bien qu'elle ait eu envie de le plumer.

De toute façon, quel intérêt de crier sur cette petite tête vide ?

— Emil, rapporte ça, répéta-t-elle sur un ton ferme et décidé. S'il te plaît.

Le perroquet s'arrêta net. Il scruta le ciel d'un œil, comme s'il réfléchissait. Puis il fit demi-tour et trotta jusqu'à elle avant d'ouvrir le bec et de lâcher l'astragale, qui tomba à terre en suivant une verticale parfaite.

Emil se tenait droit, le torse bombé et les ailes collées à ses flancs, attendant tel un caniche bien dressé. Edna comprit alors ce qui lui avait toujours échappé. Elle ramassa quelques miettes de noix dans sa poche et les lui offrit sur la paume de sa main. Il les savoura avec la satisfaction de quelqu'un qui a fait son devoir.

Edna avait du mal à croire à l'idée qui se frayait un chemin dans son cerveau.

Pour voir, elle lança à nouveau l'astragale, mais plus loin, comme Lukas avec le chien de Max et un bâton... Or si elle n'avait jamais douté d'une chose, c'était de l'intelligence d'Emil, par rapport à ce stupide petit Jack Russell trapu.

Quand Emil saisit l'astragale avec son bec, Edna répéta son ordre sur le même ton qu'auparavant, gentil mais ferme, en mettant les mots dans le même ordre, y compris le « s'il te plaît ».

Emil semblait s'amuser. Il pivota sur lui-même, trottina vers elle et laissa l'os devant sa chaussure, attendant sa récompense.

Edna chercha la photo de Jacob.

— C'est toi qui le lui as appris, pas vrai ? demanda-t-elle dans un souffle à l'enfant qui lui adressait un sourire oblique.

« C'est toi, chochotte, qui m'as appris à dire s'il te plaît. » Elle le revit, les joues rouges, la nuit où ils avaient récupéré la niche et où il avait voulu l'embrasser. La nuit où il était parti dans le noir, mais où elle ne s'était pas sentie seule. *Alors maintenant, c'est moi qui apprends à nouveau de toi*, pensa Edna, perdue dans des images éparpillées par le vent, qui se recomposèrent et la calmèrent.

Parfois, elle avait l'impression insensée que ce magicien fou de Jacob avait tout prévu.

Les yeux tombants sur la photo étaient plus lumineux. Elle crut entendre sa voix de canaille qui lui parlait avec émotion de ses projets et des mots qu'il apprendrait à Emil. Des pays qu'ils visiteraient tous les trois, offrant un spectacle de rue dont personne n'aurait osé rêver.

— Tu y as toujours cru, murmura Edna.

Emil et elle n'étaient pas partis pour faire le tour du monde. Mais c'était déjà un bon départ.

Elle entendit un bruit et leva les yeux, se demandant pourquoi tous ces gens gloussaient et sifflaient. Alors elle vit son perroquet (son perroquet ? Bec noir, touffe rouge, dos bleu, ailes vertes : Emil !) qui rapportait des plumes, des petits cailloux, des pailles et des papiers de bonbons. Une petite foule disparate applaudissait et exultait. Emil était à son aise. Il se dressait, ébouriffait ses plumes, bombait le torse et évoluait avec confiance sous les regards admiratifs. Le zèle avec lequel il contentait tout le monde était presque émouvant. Mais le plus drôle, c'était qu'à chaque pas d'Emil, des pièces étaient lancées dans la casquette posée sur l'herbe (était-ce lui qui l'avait traînée aux pieds de son public ? Elle ne se rappelait pas l'avoir sortie de son sac qui… était resté ouvert). La casquette avec une inscription qui sonnait comme une prophétie. Et qui portait chance, peut-être.

Gagnant ou non, Emil était déjà un champion, constata Edna en rangeant la photo dans son sac.

La photographie

Elle ne savait même pas à quoi ressemblait un appareil photo. Le frère du patron en avait apporté un quand il était venu de la ville avec la fillette aux tresses lisses.

Il était différent du croque-mitaine. Tout maigre, deux jambes de sauterelle, blanc comme un linge, il portait toujours une chemise et un gilet. Il déambulait dans la ferme la tête en l'air, avec cette boîte noire qui pointait ses deux yeux de verre alignés verticalement. Tout semblait l'émerveiller. Il passait des heures à observer, derrière sa boîte, les abeilles qui se posaient sur les fleurs, l'eau du ruisseau, des brins d'herbe ou des épis de blé. Et même les paysans qui travaillaient.

Puis il s'enfermait dans sa chambre pleine de livres et on ne le revoyait pas avant l'heure du dîner.

Un soir, le patron avait ordonné aux enfants de se mettre en ligne devant la ferme. Beaucoup d'entre eux n'avaient jamais vu un appareil photo. Les plus courageux s'étaient avancés pour le toucher, regroupés autour de l'homme qui les priait de faire attention et d'obéir, mais gentiment, sans crier comme le patron.

Jacob s'était approché d'Edna.

— Maintenant, il va nous demander de sourire.

Quand l'homme leur avait en effet formulé cette requête, elle avait écarquillé les yeux. Ainsi la boîte noire avait emprisonné le sourire de canaille de Jacob et l'air apeuré et surpris d'Edna.

Le frère du patron était un homme étrange, mais généreux. Elle l'avait entendu parler des enfants, d'éducation et d'instruction, puis secouer la tête, pensif. Avant de partir, il avait offert la photo à Edna. Elle n'avait pas compris pourquoi à elle. Peut-être uniquement parce qu'elle s'était trouvée devant la porte de sa chambre au moment où il en sortait, son gros sac dans une main et une enveloppe de photos dans l'autre, prêt pour le départ. Quand Edna avait levé les yeux de l'image, l'homme avait disparu. Ce cadeau inattendu l'avait rendue fière et orgueilleuse, comme si elle serrait dans ses mains un petit trésor dont elle ne comprenait pas encore le sens. En même temps, elle avait la sensation d'avoir perdu quelque chose pour toujours, avec cet homme arrivé à l'improviste. Sans doute la possibilité d'être heureuse comme la fillette aux tresses lisses.

43

La mer entre les montagnes

Quelle satisfaction d'acheter son billet avec l'argent qu'elle venait de gagner et de s'asseoir sur un siège confortable, après si longtemps ! Entendre l'eau tiède couler du robinet de vraies toilettes la ramena à la joie éphémère des petites choses oubliées.

Emil et elle arrivèrent à Bregenz en fin d'après-midi, se mêlant aux gens pressés, aux couples qui se retrouvaient et aux valises qui passaient de main en main dans la gare.

C'était la première grande ville qu'ils croisaient sur leur chemin, avec de hauts immeubles, des parcs, des avenues, des rues pavées de pierre blanche et des maisons à colombage. Mais la véritable surprise fut l'immensité du lac où se reflétaient les quais et les essaims de barques colorées qui glissaient, légères, telles des touches d'aquarelle (il y avait même un amphithéâtre pour écouter de la musique, avec une scène qui flottait sur les vagues, dont sortaient deux mains gigantesques qui lançaient dans l'air des cartes aux dimensions tout aussi monstrueuses !).

On l'appelait la mer souabe car, bien qu'il s'agisse d'un lac avec des ports bâtis sur des bras de terre, de petites villes au bord de l'eau et des bois verdoyants qui descendaient jusqu'aux berges, on ne voyait jamais la rive opposée.

L'horizon s'échappait toujours un peu plus loin que là où parvenait le regard.

Les après-midi d'été, quand le soleil laissait sur la peau des traces évoquant des coups de fouet, les enfants de la Souabe rêvaient de ce lac. En contemplant ses reflets bleutés, Edna revit la laine de sa mère. Et bien que cette immense étendue ne soit pas transparente comme un diamant – ce que croyaient les enfants –, elle se sentit heureuse, emplie de cette merveille qui se répandait dans sa poitrine et lui coupait le souffle.

L'été, les rives accueillaient des jambes blanches s'offrant au soleil et des dos brillants.

On sentait partout la frénésie d'échapper au froid. Pourtant, Edna n'y échapperait jamais, elle. Elle le sentait dans ses jambes fatiguées et dans ses vertèbres qui se bloquaient comme des engrenages rouillés et la ralentissaient, alors que dans sa tête, elle était déjà avec Jacob.

Elle déplia sa carte et observa le trajet. Elle devait poursuivre en train ou en bus, parce que la charrette dans laquelle elle avait quitté Ravensburg avait longé le lac de Constance jusqu'à Langen. Mais elle n'avait plus d'argent et devait donc y aller à pied. Elle rangea la carte dans son sac sans trop de précautions. À quoi servait-elle, désormais ? Elle ne pouvait plus compter que sur elle-même et devait gagner Ravensburg le plus vite possible.

Elle entreprit de descendre vers la plage pour se rafraîchir la nuque. En chemin, une jeune fille la prit en photo en lui demandant le nom du perroquet. Edna eut du mal à rester en équilibre sur les galets, sans doute lui offrit-elle un sourire tordu. L'autre lui proposa son aide, elle refusa, mais la remercia.

Avant d'atteindre l'eau, Edna tomba à genoux sur les galets et se blessa les mains. Une femme la releva. Une fillette les observait à distance. Elle ne voulut pas approcher, même quand sa mère lui demanda de chercher les pansements dans son sac. Elle lui tendit la boîte, avant de reculer à la hâte.

Edna ne pouvait pas la blâmer. Avec ses vêtements sales et déchirés, ses cheveux collés sur ses tempes, sa peau rougie et ses mains couvertes d'ampoules, elle faisait peur.

La femme avait un sourire gentil. Elle la laissa partir uniquement quand Edna lui affirma que sa fille était en route pour venir la chercher.

Pendant le voyage, elle avait constaté que cette simple affirmation rassurait tout le monde et stoppait les questions.

En suivant – toujours en agitant le bras – la mère et la fillette qui s'éloignaient, son regard se posa sur leurs mains serrées l'une dans l'autre.

Ce nœud d'affection et de confiance, une mère et une fille en contre-jour, silhouettes minuscules, mais unies, fit monter chez Edna une étrange mélancolie. Quelque chose lui échappait, ou alors elle l'avait perdu sans s'en apercevoir. Quand elle était enfant, elle n'avait jamais compris que sa mère l'aimait. Celle-ci ne l'avait même pas saluée le matin où elle était partie pour la ferme.

Elle s'arrêta afin de reprendre son souffle sous un gigantesque champignon en ciment, qui était en réalité un café dont les petites tables rondes étaient disposées sous la corolle rouge à points blancs, entourées de chaises colorées. Puis elle repartit, Emil sur son épaule.

Son humeur s'était assombrie. Des jeunes gens jouaient au ballon, mais elle broyait du noir.

Elle traversa la pelouse en diagonale, sans entendre qu'on lui criait de faire attention à la balle, qui frôla son oreille. En revanche, elle distingua nettement les mots « vieille » et « tarée », mais elle fit semblant de ne pas entendre.

Quand elle leva les yeux pour scruter l'horizon, elle comprit que son problème le plus urgent n'avait rien à voir avec les souvenirs. Le ciel était en train de se teinter de rouge.

La nuit allait tomber.

Elle compta ses pièces de monnaie. Les recompta. Pour conclure qu'Emil et elle se partageraient au maximum un sandwich, en attendant de trouver une idée.

Elle entra dans un bar sur la plage et choisit une table au fond, à côté d'un homme en veste mauve qui lisait le journal.

Elle se demandait comment elle allait passer la nuit. Elle observa les environs pour mémoriser la configuration des lieux, parce que quand il ferait noir elle n'aurait plus que sa mémoire pour l'aider.

Ce n'était sans doute pas la meilleure perspective, mais elle pouvait dormir dans l'herbe près de la plage. Elle avait toujours le blouson de Roland, son châle en laine et son sac. La journée avait été chaude, la nuit serait clémente.

Des voiles blanches glissaient sur l'eau, prenant de lents virages, quelques pigeons picoraient des miettes devant un banc. Edna observait les gens qui marchaient vite, les yeux dans le vague. Les joggeurs, eux, avaient des écouteurs dans les oreilles et leur brique clignotante accrochée à leur bras par une sorte de bande.

Une jeune fille sur un banc admirait le lac, plongée dans un calme presque irréel.

Après avoir étudié le menu, Edna commanda une eau minérale et une tartine à partager avec Emil. Un homme s'approcha de la jeune fille sur le banc, se plaça derrière elle et lui couvrit les yeux avec ses mains, comme pour lui faire une surprise.

Quelle belle image, songea Edna. Le soleil couchant les entourait d'or et de pourpre, l'air tiède caressait les cheveux de la fille. On aurait dit la fin d'un film, ceux qu'elle aimait, avec Julie Andrews et des chansons.

Edna tenta de se rappeler le titre de celui qu'elle avait vu avec Roland. Elle se souvenait du carré blond de son actrice fétiche et des montagnes en carton-pâte, mais pas du titre, or cela ne lui ressemblait pas, d'oublier un détail aussi important. En attendant, elle vit du coin de l'œil les deux jeunes gens du banc faire des gestes nerveux et agiter les bras.

La fille se leva d'un bond et frappa l'homme avec son sac, avant de traverser la rue à pas rapides, pendant qu'il lui courait après. Que s'était-il passé ?

— Il était en retard.

Edna se tourna vers la voix. L'homme à la veste mauve à côté d'elle observait la jeune fille qui avançait d'un pas militaire.

— Pardon ?

— Elle est fâchée parce qu'il était en retard à leur rendez-vous. C'est toujours comme ça. C'est toujours à cause du temps, dit-il en repliant son journal avec soin.

Edna remarqua sa montre dorée à la vitre en cristal brillant. Une lumière chaude éclairait ses cheveux blancs. La monture de ses lunettes était dorée également.

Edna pensa aux siennes, qui étaient toujours un peu embuées, et elle eut l'impression que le soleil avait fait un pas de côté pour la laisser dans l'ombre, alors que tout le reste brillait.

— Comment pouvez-vous en être certain ?

— C'est mon métier, dit-il en haussant les épaules. Je répare des montres. C'est très instructif. Vous, par exemple, vous n'en portez pas. Ça veut dire que vous n'êtes pas pressée. Ou que vous avez peur de voir le temps passer, ajouta-t-il en riant.

Elle n'avait jamais voulu de montre, même quand Adele l'avait menacée de lui en offrir une pour Noël. Dans sa petite maison cachée par les plantes grimpantes, elle n'admettait pas d'aiguilles qui s'emparent du temps. Pour savoir à quel rythme les journées s'écoulaient, elle se contentait de ses gestes répétitifs, toujours les mêmes, toujours dans le même ordre. De la lecture du journal au café jusqu'au soir, quand elle se couchait après avoir rempli d'eau l'écuelle d'Emil, le temps avait les frontières réconfortantes du quotidien. Il était scandé par le rythme lent de son jardin, comme à l'époque où Jacob et elle observaient le défilement des saisons en interrogeant le grand cerisier de la ferme. Jamais par le tic-tac mécanique d'une montre. Comme si elle voulait imposer à chaque nouvelle journée d'être identique aux précédentes, pour ne pas voir le temps passer.

— À cause du temps, j'ai perdu quelqu'un à qui je tenais beaucoup et je crois que depuis je me suis convaincue que je devais apprendre à me débrouiller seule. Vous savez, comme quand on lance un enfant dans l'eau pour qu'il surnage.

— Un ami ou un amour ? demanda l'homme avec un sourire candide.

— Oh, nous n'étions que des enfants. En revanche, je sais très bien m'orienter. Dans mon village, je connais tous les endroits où trouver une horloge – l'église, l'enseigne de la pharmacie, le cadran solaire sur la maison du centre – et je sais combien de temps il faut pour aller de l'une à l'autre.

L'homme se massa le menton, intrigué.

— Et comment faites-vous quand vous voyagez ?

— Mes journées sont une ligne droite, du départ à l'arrivée. Je me mets en marche le matin au lever du soleil et je m'arrête quand il se couche. Jusqu'au lendemain. Départ. Arrivée.

— Une ligne droite… Curieux. Moi j'ai la certitude que le monde évolue en cercle, comme les aiguilles d'une montre. Le cercle, c'est la forme absolue, vous savez ? Dans tous les arts. Léonard de Vinci a inscrit son homme de Vitruve dans une circonférence et les diapasons émettent des fréquences que l'on peut représenter par de magnifiques courbes. L'harmonie parfaite semble s'exprimer par le cercle.

Edna n'était pas convaincue. Pour elle, les choses devaient avoir un début et une fin. Nets et distincts. Comme quand on fait un gâteau : on aligne les ingrédients sur la table, on fait la pâte, on la met au four, c'est prêt.

C'était cela, qu'elle faisait : elle allait retrouver Jacob parce que c'était ainsi que leur histoire devait s'achever. C'était la seule fin envisageable. Elle, Jacob et Emil, comme s'ils étaient partis ensemble de cette ferme.

— Vous voulez me parler de cet ami que vous avez perdu ?

— C'était un bon ami. Il a pris soin de moi.

L'homme acquiesça. Il coupa son téléphone qui s'était mis à sonner et le rangea dans la poche intérieure de sa veste mauve.

— Vous lui avez manqué. Il aurait voulu que votre amitié continue.

Edna acquiesça, bien que n'arrivant pas à s'imaginer adulte avec Jacob, buvant un verre dans un bistrot. Dans son esprit, il était toujours un enfant.

— Quand quelque chose prend fin, nous le regrettons. Vous ne trouvez pas que c'est une sorte de nostalgie, un désir d'infini ?

La lumière se reflétait dans le cristal de ses lunettes. Derrière lui, des vagues argentées se formaient sur le lac. Il sourit. Edna se demanda si son visage lisse et parfait avait déjà été dévasté par la douleur, atteint par les affres de la vie.

— Vous, vous avez la nostalgie de quelque chose ?

— De mon père. Sa montre est la seule que je n'aie jamais réparée. De toute façon, il serait trop compliqué d'en rassembler toutes les pièces, qui sont rares et introuvables, désormais. En plus, elle ne vaut pas grand-chose.

— Ça ne peut pas être aussi difficile que de ramener un vieux perroquet de l'autre côté des montagnes, à la personne qui l'a sauvé, dit-elle.

Soudain, elle trouvait son histoire amusante. Elle les revoyait comme dans un film, Emil et elle, minuscules sur les sommets, avec cette grosse boîte aux roulettes rouillées qui avait fini par devenir leur maison à tous les deux, comme une carapace de tortue. Elle n'était pas certaine que l'homme l'eût comprise. Ni qu'il l'écoutât vraiment. Il fixait un point au loin, au milieu des vagues, où ni Edna ni Emil ne faisaient partie du paysage. Ni leur histoire.

— Vous savez qu'elle a continué à marquer les minutes et les heures pendant un an, après la mort de mon père ? C'est peut-être la gêne que j'ai ressentie devant ce bout de métal qui fonctionnait alors que lui n'était plus, qui a fait que je l'ai mise de côté. C'est presque arrogant, vous ne trouvez pas ? Je veux dire, ça le serait si les montres avaient une âme.

— À mon avis vous devriez la réparer. Ce n'est pas cette montre qui a causé la mort de votre père. Peut-être est-elle simplement là pour vous rappeler que votre père n'a pas tout à fait disparu.

Comme si on lui avait suggéré de se débarrasser d'Emil parce qu'il lui rappelait Jacob.

Les personnes ne s'en vont pas complètement, à moins qu'on ne le décide. Parfois elle avait même l'impression que les souvenirs contenaient autant de vie que le présent qui l'entourait. Et que c'étaient ces sensations, apportées par la mémoire, qui déterminaient la couleur de fond de ses journées.

Il acquiesça et ils observèrent un moment les gens qui couraient, les yeux rivés au sol, tandis que les vaguelettes du lac se succédaient sans fin.

Quand il se leva, la serveuse commençait à empiler les chaises pour les protéger de l'humidité de la nuit.

— En tout cas, parler avec vous n'a pas été une perte de temps, dit-il en souriant avant de s'en aller en lui souhaitant bonne chance.

Il emporta le soleil. Edna resta dans son petit coin d'ombre, les lunettes embuées et les pieds gelés dans ses godillots.

— Mais n'oubliez pas le cercle... lança-t-il en se retournant une dernière fois, les lunettes brillantes, les cheveux balayés par la brise.

Que voulait-il dire ?

Edna termina sa tartine, prenant le temps de savourer chaque portion de fromage, et donna à Emil la partie sans jambon. Elle avait appris, au fil des rencontres, que chacun a des convictions et des faiblesses, qu'elle avait parfois du mal à comprendre. Mais elle avait aussi appris qu'il ne faut pas toujours chercher une explication. De toute façon, tôt ou tard, on saisit le pourquoi. Il y a toujours quelque chose qui nous fait revenir en arrière, et c'est comme une réponse. C'était cette même raison qui avait poussé Edna à ne plus chercher les objets perdus : chaque fois qu'elle se mettait sur leurs traces, elle en trouvait un autre, égaré depuis plus longtemps, mais jamais celui qu'elle cherchait. Alors elle s'était convaincue que les choses se produisent quand c'est le moment et qu'il ne sert à rien de forcer le destin.

Elle avait eu des nouvelles de Jacob quand elle avait été certaine que tout était perdu pour eux.

Elle se remit en marche, entra dans un parc et inspira l'odeur rassurante de la résine. Le dos appuyé contre un gros tronc, elle avait un autre point de vue sur le lac. De là, le panorama était à couper le souffle. Une corolle de lumières flottait sur l'eau, petits feux brillants et doux qui reflétaient les différentes tonalités de bleu.

Les branches se recourbaient avec élégance sur le lac. Le bruit était lointain. Elle n'entendait que le vent. Mais il y avait de la vie, autour. Et quand le soleil se lèverait, elle repartirait. C'était le temps, qui lui manquait. Elle avait un jour, un seul jour, pour arriver à Ravensburg.

Elle souhaita bonne nuit à Emil et l'enferma dans sa cage, avant de faire l'inventaire de ses affaires.

Elle décida que le châle en laine lui protégerait le dos et que sa casquette serait son oreiller. Elle se serra dans son blouson.

Puis la nuit arriva, la vraie, avec son obscurité, ses étoiles et la réverbération de la lune sur l'eau. Juste au moment où elle allait s'endormir, Emil poussa le cri le plus aigu et déchirant qu'elle ait jamais entendu sortir de ses poumons.

44

Pardonne-moi, Jacob

Edna bondit. La cage était à côté d'elle, mais le sac avait disparu.

Elle ne voyait rien, dans l'obscurité.

Avant de se relever, elle se concentra. Elle prit appui sur ses coudes, fit pivoter son bassin et rassembla ses forces pour bouger ses jambes, qui restaient immobiles. Alors elle inspira profondément, ferma les yeux et compta jusqu'à trois pour synchroniser les battements de son cœur sur le rythme des vagues. Emil, agrippé à ses barreaux, semblait aussi tendu qu'elle.

Quand elle parvint enfin à plier la jambe, dans une explosion de douleur, elle comprit que ce qu'elle craignait était arrivé. Elle s'appuya sur son bras, sa main rencontra des petits grains cachés dans le sable, qui se plantèrent dans sa peau. En dessous du bassin, son corps ne répondait plus. Il n'était qu'un enchevêtrement de spasmes qui lui coupaient le souffle. À chaque respiration, la douleur s'intensifiait. Elle avait la tête qui tournait et des haut-le-cœur.

Elle essaya à nouveau, sous l'œil attentif d'Emil, mais elle s'écroula. Le sable entra dans ses oreilles, entre ses lèvres et lui fit fermer les yeux.

Elle ne vit pas l'ombre qui glissait derrière elle.

Le glas avait sonné. Elle avait joué sa dernière carte et elle avait perdu.

Edna ne marcherait plus. Elle ne ramènerait pas Emil à Jacob.

Sa route s'achevait là où commençait la mer, sur une plage de galets noirs qui ne laissaient rien augurer de bon.

La vie n'était pas un cercle, mais une ligne droite avec un unique lieu d'arrivée, sans retour. Toutefois, l'idée que sa vision soit plus réaliste que celle de l'horloger aux cheveux argentés était une bien maigre consolation.

Des images défilaient dans sa tête, des voix connues se confondaient en échos distordus.

Elle revit le sourire de l'apiculteur : « Tout est un flot, Edna. On n'évalue pas la vie en fonction de ce que l'on a obtenu. Tout est un flot. Vie, mort. Comme une ruche », répétait-il d'une voix joyeuse qui couvrait le bruit du moteur et du vent.

Et puis il y avait le garçon aux chaussures dorées, qui lui murmurait à l'oreille en enroulant une mèche de cheveux autour de son doigt : « Vous avez déjà gagné, Edna. »

La nuit était noire, mais pas effrayante. Le ciel était troué de minuscules étoiles, lanternes frémissantes qui s'éloignaient de la terre.

Tenzin Lorenzo était près d'elle à l'entrée de la gare. Il la couvait de ses yeux très clairs et la serrait fort dans ses bras. « Vous avez une vraie chance. Moi, je n'en ai pas eu. Saisissez-la, Edna. »

Pourtant, elle était en train de décevoir tout le monde. Edna revit Jacob, son visage d'enfant, pas la photo du vieux dans la revue.

— Pardonne-moi, Jacob, murmura-t-elle comme s'il pouvait l'entendre.

Elle s'endormit. Le matin, elle fut réveillée par l'odeur âcre de la bière et par une main qui se posait sur son visage.

45

Jour 8

Distance : 236 km

À deux cent trente-six kilomètres de là, après une vingtaine d'appels sans réponse sur le portable d'Adele – sans compter les cinq SMS non lus –, Max se dirigea d'un pas décidé vers la vieille voiture garée dans la ruelle éclairée par les lampadaires flambant neufs du Bed & Breakfast de Bernie.

Il avait décidé de régler cette affaire lui-même. Grâce aux recherches de Lukas, il avait dans son téléphone suffisamment de preuves de l'instabilité et du manque de fiabilité d'Edna Weiss. Bernie avait affirmé qu'il partageait son avis, avec beaucoup de bon sens, se rappela-t-il en ajustant le rétroviseur : il y avait de bonnes chances pour que la police soit de leur côté. On pouvait faire confiance à Bernie, dans ces cas-là. Il connaissait son affaire, parce qu'il avait longtemps été gardien de nuit : il surveillait les magasins du bourg, un travail nécessitant courage et responsabilité. Il avait expliqué que, dans ces cas-là, un papier signé du médecin pouvait faire la différence. Max jeta un coup d'œil satisfait à la feuille posée sur le siège passager : un certificat médical rédigé juste après les petites « étourderies » d'Edna – toujours aussi légère et irresponsable – datant de l'été précédent, où figuraient les mots magiques expliquant cette incontestable bizarrerie.

Démence sénile : voilà de quoi il s'agissait. C'étaient les premiers signes d'une maladie, qui l'avait aujourd'hui conduite à aller se perdre Dieu savait où. Il n'aurait pas été étonné qu'elle soit retrouvée errant sur les routes en compagnie de ce perroquet empaillé, s'étant fait voler toutes ses affaires, comme une clocharde.

Il allait traverser les montagnes et empêcher Edna-casse-pieds de causer d'autres dégâts. S'il roulait toute la nuit, avec un peu de chance et quelques cafés, il arriverait à l'aube. Grâce aux dernières photos sous le hashtag #Edna & Emil – suivre des tarés en ricanant dans leur dos, quelle mode ridicule –, il savait qu'Edna se trouvait du côté du lac de Constance.

Quand il la trouverait, il ne perdrait pas de temps à l'écouter. Il ne se laisserait pas apitoyer comme Adele. Il était certain que tout le monde finirait par le remercier : Adele, Edna et même son perroquet déplumé, qui méritait une bonne visite chez le vétérinaire avant de finir ses jours dans une volière. Loin de la folie et de l'égoïsme de cette femme. Comme eux tous, du reste.

Il entendit une portière claquer. Lukas était assis sur la banquette arrière, les bras posés sur les sièges avant.

— Alors, on va chercher Edna ? lança-t-il avec un grand sourire d'excitation.

Max secoua la tête en soupirant. Après tout, son petit-fils pouvait être utile.

— Attache ta ceinture, mon garçon. Le voyage va être long.

Lukas lui tapa dans la main et se cala dans son siège.

Il n'y a plus le temps

Edna avait compris dès l'enfance que les rêves sont des lames de couteau. Chaque fois qu'elle apercevait au loin l'homme qui connaissait le secret d'Emil et du cabanon, elle jetait des coups d'œil circulaires comme un animal apeuré. Si elle était occupée à traire ou brosser les vaches, elle se cachait derrière l'une d'elles et arrêtait de respirer, jusqu'à ne plus entendre le bruit de ses pas. Si elle était au potager, elle courait à la cuisine et supportait les reproches d'être rentrée sans avoir cueilli ce qu'on lui avait demandé, et même d'être traitée de stupide gamine écervelée qui oubliait tout, plutôt que de rester dehors.

Un soir du mois d'août, alors qu'un paysan et les enfants réparaient les enclos, elle avait été envoyée ramasser le linge qui séchait au soleil. L'homme était arrivé par surprise. Edna avait senti son cœur exploser dans sa poitrine et marteler ses oreilles. Elle s'était agrippée à un drap en se rappelant Anja, sa façon de s'enrouler dans sa couverture, de se créer un cocon pour se cacher du monde et sombrer dans un sommeil dont personne ne pouvait la sortir.

— Comment ça se passe, entre Jacob et toi ? lui avait demandé l'homme en souriant.

Il semblait avoir simplement envie de bavarder. Mais Edna ne se laissait plus berner. Elle avait reculé sans le quitter des yeux, comme Emil quand il percevait une menace. Elle n'avait pas vu Jacob, qui s'était arrêté près d'eux, des outils à la main. Il n'avait rien dit, mais il avait observé d'abord Edna, puis le paysan, longuement. L'homme avait reniflé, essuyé son front en nage du revers de sa manche, et il était parti.

— Qu'est-ce qu'il t'a dit ? lui avait demandé Jacob quand ils s'étaient retrouvés seuls.

— Rien d'important.

— Tu es blanche, on dirait que tu as vu un fantôme.

— Je n'ai vu personne.

Surpris par son agressivité, Jacob s'était tu. Sans doute avait-il compris et souhaité ne pas s'en mêler, mais il l'avait raccompagnée jusqu'à la maison.

Dans son lit, le soir, Edna s'était demandé ce qu'il restait de ses rêves et de ce qu'elle espérait trouver à la ferme. Pas grand-chose, même pas une poupée. Elle avait Jacob, bien sûr. Mais combien de temps résisteraient-ils ? Combien de temps pourrait-elle se cacher dans son cocon, aussi fin et fragile que les rêves transformés en cordes qui lui ligotaient le cœur ?

46

Bert

— Mon Dieu ! J'étais persuadé d'être saoul, mais vous, vous n'avez pas bonne mine.

Edna vit d'abord un t-shirt taché de gras, tendu sur un gros ventre, puis une barbe hirsute et enfin un front dégarni. L'odeur d'alcool de l'homme était insoutenable.

— Vous pouvez vous relever, madame ?

Il lui attrapa le poignet et tira, mais Edna sentit son muscle se tendre et se déchirer. Une douleur irradia dans sa jambe.

— Je crois que vous vous êtes cassé quelque chose.

— Ce n'est pas grave, tant que je ne bouge pas la jambe. En attendant, vous pourriez ouvrir la cage et libérer mon perroquet ?

L'homme haussa un sourcil.

— Il n'a pas mangé, il doit avoir faim : il est habitué à prendre son petit-déjeuner tôt.

— Bien sûr.

Il s'arrêta pour réfléchir.

— Prenez mon sac, sur la cage. Il doit rester quelque chose de comestible à l'intérieur. Ou plutôt, passez-le-moi.

En fait, elle ne lui faisait pas confiance.

— Mais, madame, vous êtes sûre d'avoir posé votre sac sur la cage ?

Il avait raison : le sac n'y était pas.

Elle se rappela alors avoir senti la plaque de métal sous sa main et compris qu'il manquait quelque chose (son sac !), mais dans l'obscurité elle n'avait rien vu.

— Vous avez bien vérifié tout autour ?

Il acquiesça.

— Il contenait des objets de valeur ?

— Bien sûr : tout ce qui me reste ! s'exclama Edna en s'efforçant de contrôler son émotion.

— Un portefeuille ?

— Non.

— Des papiers, de l'argent ?

— Non, répéta Edna, constatant que les gens avaient tous les mêmes priorités.

— Des bijoux. Des cadeaux pour vos petits-enfants…

— Rien de tout ça !

Des pastilles au gingembre, une bouteille de jus prodigieux, une carte inutile… mais que pouvait-il y comprendre ?

— Attendez ici… Au fait, je m'appelle Bert, dit-il avec un sourire en lui tendant la main.

(Poignée de main ferme, doigts calleux, bon travailleur.)

Bert fila entre les buissons pendant qu'Edna caressait Emil sous le bec en l'assurant que tout allait s'arranger, bien qu'ayant elle-même du mal à y croire. Comment pourrait-elle se relever, avec cette douleur ?

Quand Bert revint, le bras levé en signe de victoire, il faisait tournoyer son sac dans les airs.

— Je parie que ce sont les rats ! dit-il en le lui tendant. Ils font leur tanière ici, avec tous les restes des touristes…

Edna n'était pas impressionnée par les rats, ni par les rongeurs en général. Mais elle se souvint qu'il ne serait pas prudent d'ouvrir son sac devant Bert : comment la jugerait-il s'il voyait le *Killepitsch* ? Tenzin Lorenzo l'avait qualifié d'« illégal ». Elle mourait d'envie de s'en imprégner les lèvres, mais pas devant l'inconnu.

— Ils n'ont fait aucun dégât, même pas un trou, la rassura-t-il. Bon, vous aussi vous devez avoir faim, madame… pardon, je n'ai pas entendu votre nom.

— Je ne vous l'ai pas donné. Edna Weiss. De toute façon, je vais me lever et aller jusqu'à Ravensburg. Emil et moi n'allons pas abandonner maintenant, dit-elle en retirant le sable sur ses chaussures.

L'homme retint son rire et s'éclaircit la voix.

— Je reviens d'une fête où il y avait des gens très bizarres. Mais vous, vous battez tous les records !

— Qu'y a-t-il de bizarre ? Allez, aidez-moi à me relever.

L'homme lui passa un bras autour des épaules et la souleva en forçant sur ses genoux.

— Et maintenant ?

— Amenez-moi jusqu'au banc, je vais bien trouver une idée.

— Vous êtes vraiment Edna Weiss ? demanda-t-il comme s'il avait du mal à y croire.

— Je pense bien, oui.

L'homme se massa la barbe et ses yeux s'arrêtèrent sur Emil.

— La femme au perroquet, poursuivit-il en se grattant la nuque. Qui doit aller à Ravensburg. Voir son ami… ça alors…

— Exact.

Edna s'arrêta net, peu impressionnée par la stupeur et l'admiration qu'elle lut dans les yeux de Bert.

— Et vous, comment vous savez ça ?

— Apparemment, quelqu'un a fait un long voyage pour vous retrouver. Et je crois que cette personne va être très contente de vous voir.

Il sourit.

47

Un nouveau départ

Assise sur le banc, Edna attendait.

Elle se demandait qui était la personne qui la cherchait. Elle n'avait pas eu le temps de poser la question à Bert, qui avait filé dès qu'elle avait acquiescé. Et maintenant, elle regrettait d'avoir dit oui. Bert avait précisé qu'il était possible que la personne soit déjà repartie, en revanche il n'avait pas dit où il l'avait rencontrée. Or ce matin-là, Edna avait la sensation que les pièces du puzzle ne pourraient pas s'assembler, parce qu'elle en avait perdu une importante.

Quelqu'un la cherchait…

Et si Adele n'était pas rentrée chez elle ? Si elle ne l'avait pas oubliée, qu'elle était sur ses talons ?

Ou bien Tenzin Lorenzo, qui allait dans la même direction qu'elle ? Priska et Flo, avec leur van ? Mais pourquoi la chercheraient-ils ?

Elle pensa aussi aux hommes de la télévision et à un croque-mitaine énervé. Elle avait fait beaucoup de choses inopportunes, pendant son voyage.

Elle releva ses lunettes sur son front et se frotta les yeux. Le soleil couvrait le lac de nuances pourpres. Les oiseaux piaillaient, les écureuils descendaient parfois jusqu'à l'herbe couverte de fleurs jaunes et violettes (pissenlits et campanules) à la recherche de glands.

Plus loin, elle aperçut une silhouette à contre-jour, accompagnée d'une autre, plus petite. Edna remit ses lunettes sur son nez, puis les retira de nouveau pour les frotter sur son maillot de corps, avant de plisser les yeux et mettre sa main en visière. L'image devint nette un instant, puis se confondit avec les battements affolés de son cœur.

Quelques minutes plus tard, toujours assise sur son banc, Edna n'aurait jamais imaginé être aussi heureuse et en même temps se sentir aussi coupable d'avoir traité quelqu'un injustement. Elle en était encore bouleversée.

De façon surprenante, même le fard d'Adele lui paraissait d'une couleur merveilleuse. Dans la lumière, il brillait comme la surface de l'eau.

Bert était parti acheter du pain et des croissants. L'une à côté de l'autre sur le banc, elles admiraient le lac.

— Comment as-tu fait pour me retrouver ?

— Eh bien, en fait, j'avais envisagé de prendre quelques jours de vacances.

— Entre Bregenz et Lindau ? À Ravensburg, par exemple ?

— Pourquoi pas ?

Adele retira son chapeau de paille et libéra ses cheveux. Ils étaient rouge cuivré, avec des reflets cassis.

— Nouvelle couleur.

— Ce blond était fade. J'ai pris quelques jours juste pour moi. Et vous savez quoi, Edna ? Je me sens renaître.

C'était vrai. Elle avait un air décidé, recélant une confiance qu'Edna n'avait jamais perçue chez elle auparavant. Adele semblait différente.

— Mais je ne vous ai pas dit toute la vérité. En fait, c'est Lukas qui vous a retrouvée. Avec le portable et le truc, là, un hashtag. Il dit que ça marche très fort sur les réseaux sociaux. Si on tape #Edna & Emil, on trouve beaucoup de photos de vous. Vous en avez fait, des kilomètres, Edna.

Elle lui passa le téléphone. Écarlate et le souffle court, Edna parcourut les images. Emil sur l'épaule de Flo. Emil et elle sur la banquette arrière de la voiture ancienne, elle qui dansait au milieu d'un champ devant un feu, de toute évidence dans un état second.

— Continue, Adele.

Elle n'avait aucun souvenir de cette scène, mais elle se rappelait parfaitement la jeune fille qui lui avait demandé si elle pouvait la prendre en photo et comment s'appelait son perroquet, avant qu'elle tombe à quelques mètres du lac.

— Florian Brugger a écrit un article sur vous.

— Flo ?

Adele acquiesça.

— Il a un blog de voyage très suivi.

— Et Bert ?

— J'étais sur vos traces mais, en même temps, comme je vous l'ai dit, je prenais des vacances, sourit Adele. Bert est un excellent violoniste. Diplômé du conservatoire, mais trop indiscipliné. Je crois qu'il a été chassé de son orchestre parce qu'il était toujours en retard. Quel gâchis. Les génies sont tous un peu comme ça, non ? Débauche, passion… Bref, je l'ai connu hier à une fête. Une fête très bizarre, précisa-t-elle en éclatant de rire, les yeux baissés. Quoi qu'il en soit, nous voici. Et votre jambe est plutôt mal en point. Je devrais vous emmener tout de suite aux urgences, vous savez ?

Edna renifla en regardant Emil qui écoutait, immobile sur une patte.

— Elle me fait mal uniquement quand je la bouge. D'ailleurs, ça va plutôt mieux. Par exemple, si j'appuie ici…

Le regard noir et l'expression inflexible de son amie lui passèrent l'envie de parler. Elle reconnut sa propension à décider à sa place, certaine d'agir pour son bien, qui l'avait empêchée d'accepter son aide, quand elles s'étaient retrouvées à Landeck. Mais cela ne dura qu'un instant.

— On pourra parcourir ce trajet en voiture. Sur ma carte, je n'ai pas dessiné de chaussures. Et je me rappelle bien le voyage en charrette, dit-elle d'une petite voix.

Mais son enthousiasme ne gagna pas Adele, qui lui offrit un sourire consterné.

— Edna...

— Je sais, c'est difficile à comprendre, mais il y a une logique, dans tout ça, dit-elle avec la ténacité d'un arbre qui se plie pour résister aux assauts du vent.

Elle n'était pas arrivée si près du but pour renoncer. Il ne lui manquait qu'un peu de force et un coup de pouce du destin.

Adele s'abîma dans la contemplation du lac scintillant.

— Vous saviez que là-bas, au centre, trois pays se rencontrent ? C'est une zone de frontières. Mais alors, quand on navigue jusque-là, à quel pays appartient-on ?

— Je suppose que cela dépend de la façon dont on vit l'instant. Si on est en train de boire une bonne bière, on est allemand. Si on a les yeux tournés vers la rive, on est suisse. Et si on se demande si on a bien fermé les volets avant de partir, on est autrichien.

Elle se souvint de ce qu'on ressent quand on gravit une montagne : juste avant d'atteindre le sommet, chaque pas repousse nos limites. À ce moment-là, on est fait de terre. Et c'est l'idée de nous élever et de nous confondre avec le ciel qui nous fait mouvoir les jambes.

— Vous trouvez que ce n'est pas important ? J'ai toujours cru qu'une identité bien définie était une aide, dans la vie. Savoir qui on est, ce qu'on veut. Avoir une base de départ. J'ai essayé de faire ce qui était juste, mais comment savoir ce qui l'est ? Pour Max c'est facile, mais pas pour moi. J'ai passé les meilleures années de ma vie à me battre pour épargner à Lisa ce que j'ai traversé. Et qu'est-ce qu'elle a fait ? Elle est tombée enceinte de Lukas à dix-sept ans. Exactement l'âge où je l'ai eue. Plus je m'obstine à faire aller les choses dans le bon sens, plus elles m'échappent. Il y a quelques jours Lisa m'a dit qu'elle ne voulait pas travailler à la boutique. Elle déteste à tel point cette idée qu'elle préférerait reprendre des études.

— Lisa ?

Lisa qui avait été recalée aux examens parce qu'elle séchait les cours pour aller dessiner au bord de l'étang. Lisa qui aidait sa mère tous les étés, passant des heures à installer la vitrine.

Adele acquiesça.

— Son expression et son ton, quand elle m'a affirmé que tout ce que j'ai toujours cru, tout ce que j'ai construit, ne vaut rien pour elle… vous auriez dû voir ça. Si dure, si froide, mais aussi tellement déçue, comme si elle avait honte de moi. Et puis il y a Max, avec son projet de Bed & Breakfast. Max qui ne s'aperçoit de rien, qui rêve de partir sans se retourner.

Elle balançait sa jambe croisée sur l'autre. Comme lorsqu'elle était toute jeune, qu'elle s'asseyait au jardin pendant qu'Edna plantait des fleurs et qu'elle restait jusqu'au soir, racontant tous les détails de sa vie, que son amie finissait par oublier.

— Adele, je crois qu'on devrait parfois laisser ceux qu'on aime s'amuser, suivre le vent. Tu sens comme il court sur ta peau ?

Pendant un instant, alors qu'elles étaient face au lac, les cheveux caressés par son souffle doux, elle s'était revue avec Priska devant le feu.

— Lisa n'a pas honte de sa vie. Lisa a peur.

— Oh non, pas Lisa, la railla Adele.

Edna se serra dans son blouson.

— Pendant la Seconde Guerre mondiale, pour échapper aux bombardements, certaines villes allemandes de l'autre côté de la frontière – on les voit à l'horizon – avaient mis au point une stratégie assez curieuse. La nuit toutes les maisons allumaient les lumières, exactement comme les villes suisses toutes proches avaient eu l'ordre de le faire, pour être protégées. En voyant les éclairages, les pilotes se croyaient en zone neutre, donc ils ne bombardaient pas.

— Intéressant, dit Adele, bien qu'elle ne vît pas le rapport.

— Survivre requiert chaque jour un gros effort de planification. Des millions d'années d'évolution nous l'ont enseigné. Quand on a peur, on a moins de chances de survivre. Et nous avons si bien appris la leçon qu'on passe notre temps à camoufler ce que nous sommes et à voir chez les autres les peurs que nous cachons.

La plupart des gens qu'elle avait rencontrés ne s'étaient pas dévoilés tout de suite. Elle avait pris Fer pour un voleur et Tenzin Lorenzo pour un enfant gâté qui n'avait pas compris la différence entre un mur d'escalade et la vraie montagne. Elle avait même douté de Bert.

Mais c'était le prisme à travers lequel elle les avait jaugés qui l'avait induite en erreur.

Adele soupira.

— Et vous, Edna, combien de choses m'avez-vous cachées ?

Edna pensa à sa pile de *Stern*, à la photo avec Jacob affichée derrière la porte de son armoire pendant tant d'années. À un cabanon dans lequel elle n'était plus entrée, même en imagination. Ce qui ne l'avait pas empêchée depuis toujours de sentir la présence des ombres qui polluaient tous les cieux, même les plus lumineux.

— Je me les suis aussi cachées à moi-même, Adele.

Un couple de cygnes glissait sur l'eau.

— Vous n'avez pas mal quand vous ne bougez pas la jambe, c'est bien ça ?

Edna acquiesça en soutenant le regard d'Adele.

— Je crois que c'est la chose la plus absurde que j'aie jamais faite, dit Adele en secouant la tête avant de sourire. Donc, prochain arrêt Ravensburg ?

Edna sentit la force impérieuse du courant la submerger, de la pointe de ses godillots à la racine de ses cheveux emmêlés. Elle pouvait enfin recommencer à espérer.

Bert les salua depuis la berge, quand elles montèrent dans la voiture d'Adele.

Elle tourna la clé de contact. L'odeur d'essence et le bruit du moteur secouèrent l'habitacle.

— Vous êtes sûre qu'elle va démarrer ?

— Troisième tentative, vous vous souvenez ?

À la troisième, la voiture démarra. Adele poussa un soupir de soulagement et baissa le protège-soleil.

Edna était assise derrière avec Emil.

— Et mon jardin ? La pluie a creusé des trous ?

Elles furent tout à coup violemment secouées. Edna se retrouva avec la cage sur les genoux. Emil grattait aux parois, effrayé.

— Tout va bien ? demanda Adele en la cherchant dans le rétroviseur.

Elle tourna la clé. Une fois. Deux fois. Il y eut une troisième et une quatrième tentative, jusqu'à ce qu'Adele abatte ses mains sur le volant, faisant sonner le klaxon.

— Satanée voiture.

Emil se grattait le bec tandis qu'Edna passait la tête entre les sièges avant pour comprendre.

Adele sortit en claquant la portière, fit le tour de la voiture, ouvrit toutes les portières, contrôla des soupapes, revint et se laissa aller contre le dossier de son siège en retenant son souffle, les yeux vers le ciel.

— Et maintenant ? demanda Edna.

Adele sortit son téléphone de son sac et le manipula pendant quelques instants.

— Le train pour Ravensburg part dans vingt minutes. On peut l'avoir. Qu'est-ce que vous en dites ?

Elle mit son sac en bandoulière, saisit la cage à roulettes et passa le bras d'Edna par-dessus son épaule.

Avec l'aide de sa canne, en boitillant, Edna aurait même pu faire quelques mètres seule. Mais Adele ne la lâchait pas.

— La gare n'est pas loin, Edna.

— Et la voiture ?

— Je viendrai la chercher quand vous serez montée dans ce train.

Edna ne savait pas comment lui dire qu'elle n'avait plus d'argent.

— Ne vous en faites pas, dit-elle en glissant un billet dans la poche de son blouson en cuir. Vous me les rendrez en même temps que l'argent des courses jeudi prochain, quand vous aurez vu votre ami et que nous serons rentrées chez nous, avec ce perroquet qui pèse aussi lourd qu'une dinde, dit-elle dans un sourire crispé par la fatigue.

— Adele, nous sommes bien vendredi aujourd'hui ?

— Oui.

— Jacob va sortir de l'hôpital.

Leurs regards se croisèrent, leurs mains picotées par des grains de sable qui s'échappaient.

48

Helmut

La gare centrale était située sur l'îlot de Lindau (quel drôle d'endroit pour construire une gare centrale !). Un long pont la reliait à la terre ferme et les rails avaient été construits sur un bras de terre qui partait de l'extrémité opposée de la rive vers la côte.

Adele serra Edna plus fort.

— Quinze minutes. C'est jouable.

Mais Edna n'était plus certaine de rien. Elle entrevoyait la rive qui lui paraissait très loin, bien qu'elle aperçût des maisons.

Elle avait du mal à suivre le rythme d'Adele, avec sa jambe raide.

— Venez !

Adele serra plus fort la main d'Edna, qui sentit une confiance aussi inattendue que précieuse envahir ses poumons, un souffle chaud qui l'enveloppait et la poussait à aller de l'avant, à ne pas se rendre.

Elles couraient, Edna en boitant et Adele en traînant la cage qui oscillait sur le skate-board, Emil accroché aux barreaux, les yeux écarquillés : ils formaient un trio comique. Adele se retourna et lut chez son amie la conscience absurde de la folie qui les motivait. Ses lèvres formèrent un sourire timide. Elle hoqueta, puis rit à gorge déployée. Leurs voix vibrèrent à l'unisson.

Adele lança son chapeau, qui alla s'encastrer dans un buisson, et libéra ses cheveux de feu. Edna ouvrit son blouson pour sentir l'air sur son cou.

Elles étaient tout près du but.

Le bras de terre s'interrompait devant un panneau jaune indiquant une déviation. Le passage était barré par de hautes grilles. Les quais de la gare étaient juste derrière, invisibles.

La camionnette de police, en revanche, Edna n'eut aucun mal à l'apercevoir. Elle était garée sur le bas-côté entre les arbres (deux sapins, quatre tilleuls, une haie de buis) et la route.

Comme chaque fois qu'elle croisait un uniforme, Edna ressentit d'abord une antipathie instinctive, puis elle se demanda si elle avait quelque chose à craindre et fit le compte de ses péchés, pire qu'avec le père Gianni. Ils n'étaient pas nombreux : elle avait toujours été une citoyenne exemplaire. Mais maintenant, quelque chose lui chatouillait la plante des pieds et lui faisait gargouiller le ventre. Elle considéra Emil, le sac fixé à sa cage, et un frisson lui remonta le dos.

— Il reste combien de temps, Adele ?

— Assez pour vous mettre dans ce train.

Les policiers descendirent de la camionnette avec leurs chiens (bergers malinois, agiles et rapides – jusqu'à 50 km/h –, des automates prêts à exécuter les ordres, excellent flair).

Elle n'était pas la seule à observer les agents et ce qui se passait un peu plus loin.

Adele semblait plus nerveuse. Elle jetait des coups d'œil toujours dans la même direction et Edna avait l'impression qu'elle avait accéléré le pas, sans doute l'effet de sa mauvaise conscience. En effet, pourquoi Adele aurait-elle dû craindre la police ?

Edna, elle, avait dans son sac une bouteille de *Killepitsch* (« aussi bon qu'illégal », « on fait des choses interdites, ici ») et, en la personne d'Emil, une alarme qui se déclencherait dès que les chiens approcheraient. Elle pria de toutes ses forces pour qu'Emil soit trop fatigué par le voyage et occupé à garder l'équilibre pour les voir.

Mais ils avançaient dans leur direction.

— Je ne peux pas croire qu'il l'ait fait, bredouilla Adele.

— Fait quoi ? Qui ça ?

Adele semblait ne pas l'avoir entendue.

— Edna, si vous continuez à fixer ces policiers avec cet air coupable, ils vont nous arrêter, c'est sûr. Pourquoi êtes-vous si tendue ?

— Emil n'aime pas les chiens.

C'était un mensonge.

— Là on a l'air de vraies fugitives.

La voix d'Adele se brisa. Elle affichait un air sérieux, et même inquiet.

— Il reste combien de temps ?

— Quelques minutes, mais le train pourrait être en retard.

Elles traversèrent le parc, avant de prendre à droite, vers le lac et les arbres élégants à côté desquels des touristes les suivaient du regard, amusés. Des motos noires aux chromes brillants occupaient la place, en équilibre sur leurs béquilles, tel un essaim de corbeaux. Edna remarqua l'odeur des algues, le laiton des portes de la gare et le sol noir à carreaux blancs.

La gigantesque horloge murale indiquait 15 h 05. Le vacarme d'un train qui partait secoua les verrières et le cœur d'Edna.

Assise sur un banc, comme punie, Edna observait les petits carreaux noirs et blancs sous ses pieds. Ils étaient tous identiques et entouraient une longue bande noire. Combien y en avait-il ? Quel était le nombre parfait ?

Il y eut du bruit, elle tourna la tête vers l'entrée, où elle vit deux policiers et deux malinois ouvrir les battants d'un geste coordonné. Ce n'était pas le nombre parfait qu'elle imaginait.

Adele faisait toujours la queue au guichet. Un des policiers approchait (d'Edna ?). La vieille femme leur sourit. Si elle voulait les rassurer, avec ce visage blême elle était peu crédible. Pendant qu'Adele comptait combien de personnes patientaient encore avant elle, dos aux policiers, Edna passa les lieux en revue à la recherche d'une solution (premier point : se débarrasser des preuves).

Un des malinois, qui inspectait la file, s'était arrêté. Flairant une piste, il se tourna et pointa sa grosse truffe noire vers elle, attirant l'attention du policier, qui la dévisagea.

Elle sentit ses mains devenir moites. De nouveau elle jeta un rapide coup d'œil autour d'elle, accrochant chaque détail qui pouvait se révéler important : les portes en verre, le guichet, les journaux, les toilettes, les valises, un monsieur avec une petite mallette marron clair.

Son regard revint en arrière : un monsieur avec une petite mallette marron clair, des valises, les toilettes (les toilettes !).

Elle saisit Emil et suivit les panneaux.

Elle avait du mal à avancer, avec la cage, d'autant qu'elle voulait revenir avant qu'Adele se demande où elle était passée. Le souffle du chien et le pas sec et rythmé de son maître, derrière elle, constituaient une motivation convaincante.

Le sous-sol était un dédale de couloirs étroits, elle ne voyait plus nulle part le pictogramme des toilettes.

— Vous avez besoin d'aide, madame ?

Edna se retourna. Un homme, jambes écartées, blouson en cuir noir et barbe frisottante poivre et sel, avait relevé ses lunettes noires et la fixait de ses yeux de glace. Il n'avait pas l'air avenant.

Sa coiffure contribuait à l'image rude d'un homme qui s'était levé tôt le matin et, au lieu de se brosser les dents, s'était rasé les côtés du crâne avec un couteau, d'ailleurs sans doute caché dans ses bottes, imagina Edna en frémissant. Il y avait malgré tout chez lui quelque chose de familier, d'indéfini, mais en même temps, au-delà de toute considération rationnelle, de rassurant.

— Vous cherchez les toilettes ?

Edna acquiesça. Bien sûr, voilà qui il lui rappelait : il portait le même pantalon moulant en cuir que Roland. Et aussi le même…

— Votre blouson, dit-il en pointant son index vers elle. Vous l'avez pris où ?

— C'est un ami qui me l'a donné. Roland.

L'homme planta ses yeux dans les siens.

— Roland qui ?

— Roland qui vit dans une caravane au bord du lac dont sort un clocher, dit-elle pour se débarrasser de lui – elle n'avait pas de temps à perdre, elle. Et maintenant excusez-moi, je suis pressée.

Edna n'avait pas baissé les yeux. L'homme était tendu et concentré et, contre toute attente, il éclata de rire.

— Rolli ! Notre ami philosophe. Un grand homme. Les amis de Rolli sont mes amis, dit-il en pivotant sur lui-même pour lui montrer l'arrière de son blouson, où figurait le même crâne dont les flammes sortaient des tempes (ça oui, c'était surprenant !). Qu'est-ce qu'il devient ? Vous savez qu'on a parcouru la moitié de l'Europe ensemble ?

— Il va plutôt bien. Occupé avec sa caravane, mais…

Un aboiement la fit sursauter. Emil avait peur des chiens, mais elle, ils lui rappelaient de mauvais souvenirs.

L'homme renifla, de nouveau sérieux.

— Il y a beaucoup de flics, aujourd'hui… On ne sait pas trop ce qu'ils cherchent…

Il se frotta le menton, les yeux toujours plantés dans ceux d'Edna, qui retint son souffle.

— Oui, beaucoup de flics, répéta-t-il en la scrutant, les bras croisés. Vous avez des problèmes avec la justice, madame ?

Il avait baissé la voix et la toisait depuis son mètre quatre-vingt-douze (au moins). Edna eut même l'impression qu'il lui faisait un clin d'œil, mais elle l'avait forcément imaginé. En tout cas, sa ressemblance avec Roland était troublante !

— J'ai quelque chose dont je dois me débarrasser.

L'homme tendit la main avec le plus grand sérieux.

— Helmut, dit-il en serrant la sienne un bref instant, mais avec force.

— Edna Weiss.

Elle se baissa pour ouvrir son sac. Helmut saisit avec précaution la bouteille qu'elle lui tendit et la souleva pour en étudier le contenu. Il grommela quelque chose, la dévissa et but une gorgée.

— Excellent ! s'exclama-t-il en s'essuyant les lèvres avant d'y retourner.

— Qu'est-ce que vous faites ? Donnez-moi ça, s'indigna Edna en la lui arrachant. Il faut la faire disparaître, Helmut. C'est illégal.

— Vous êtes sûre ?

— Tout à fait sûre, dit-elle en versant le *Killepitsch* dans le lavabo que Helmut lui avait montré. J'ai une meute de chiens à mes trousses.

— Dommage, c'est très bon.

Profitant qu'Edna était occupée à se débarrasser du *Killepitsch* jusqu'à la dernière goutte, il fouilla dans son sac et en sortit les petits sachets d'épices.

— Ce sont des herbes de montagne, expliqua-t-elle, mais elles sont trop fortes pour moi. Vous pouvez les garder, si vous voulez.

— Vous pourriez avoir de gros ennuis, avec ça.

Le bruit d'un train et une annonce dans le haut-parleur les firent se retourner.

— Qu'est-ce qu'il a dit ? demanda Edna en fronçant les sourcils.

— Train au départ…

— Il a dit Ravensburg ?

Edna vit son reflet dans le miroir au-dessus du lavabo : un spectre livide aux yeux écarquillés.

— Je ne suis pas sûr, mais vu l'heure, c'est probable, oui.

Encore une fois, le temps avait gagné la partie. Elle se trouvait dans les toilettes d'une gare, en train de se débarrasser du contenu d'une bouteille, avec un motard qui portait le même blouson qu'elle…

Le bruit d'un train en pleine accélération lui serra le cœur. Il était parti.

— Je n'arriverai jamais, dit Edna dans un souffle.

Elle poussa une porte des toilettes et se laissa tomber sur la cuvette, à bout de forces, la jambe douloureuse et rigide comme un morceau de métal.

— C'était votre train ?

— Je crains que oui. Je dois retrouver un ami qui va sortir de l'hôpital, et si je n'arrive pas avant cet après-midi je ne pourrai pas le voir.

Sans compter que Jacob était peut-être déjà parti. Ce matin-là, ou bien plusieurs jours avant, avec les autres. Elle avait été idiote et naïve de croire à la version la plus simple. Où allait-elle le chercher, maintenant ? Son voyage, si proche de la fin, n'en était en fait qu'au début. Et il était bien plus confus que quand elle avait découpé un article de journal pour en faire son étoile polaire.

— Et vous devez lui apporter ce… perroquet ? demanda Helmut en se penchant pour jeter un œil dans la cage.

— C'est plus compliqué que ça, mais en substance oui, à peu près.

Helmut se releva et lui tendit la main.

— Si vous devez être à Ravensburg cet après-midi, je vous promets que vous y serez ! On ne laisse jamais tomber un frère. Vous portez notre blouson, Edna. Si Roland vous l'a confié, ça veut dire que vous le méritez. Vous êtes des nôtres. Et nous… on n'abandonne jamais un des nôtres. Venez avec moi, il y a une autre sortie.

Edna était toujours assise sur les toilettes. Helmut l'aida à se relever et, après avoir glissé les sachets dans sa poche et chargé le sac d'Edna sur son épaule, il ouvrit son propre sac en cuir et l'indiqua de la tête.

— Allez.

— Que voulez-vous que je fasse ?

— On ne va pas charger cette œuvre d'art abstrait sur ma moto… Allez, mettez votre poulet dans ce sac.

— Je ne…

— Vous voulez arriver à Ravensburg, oui ou non ?

Edna acquiesça.

— Bien. Ceci est la seule possibilité qu'il vous reste. Alors maintenant, prenez cet animal et fichez-le là-dedans. Collaborez, Edna.

À la sortie de la gare, Adele scrutait les alentours, se demandant où était passée Edna tout en s'efforçant d'avoir l'air nonchalant. Elle devait visualiser une boule orange qui grossissait, grossissait… et emportait l'obscurité. Mais elle ne voyait que le visage contrit du policier qui l'assommait de questions. Elle ne l'aurait jamais admis, toutefois elle était certaine qu'il était envoyé par son mari à la recherche d'Edna. Sinon, pourquoi l'interroger sur « cette vieille dame qui boitait, l'air perdu » ? Pouvaient-elles « gentiment », « juste pour un contrôle de routine » fournir leurs papiers d'identité ?

— Nous ne sommes pas en cavale, dit-elle en riant.

Mais l'homme était très sérieux.

Un vacarme assourdissant la contraignit à se couvrir les oreilles avec ses mains, mais malgré cela elle eut l'impression que ses tympans se déchiraient.

La moto s'était arrêtée à un mètre. Elle ne voyait pas les visages, derrière les casques à visière teintée. Mais quand le passager souleva la sienne, Adele crut qu'elle ne pourrait plus jamais respirer.

— Monte, Adele. Je t'expliquerai plus tard.

— Edna, j'étais justement en train d'expliquer à ces messieurs que nous ne sommes pas…

Une seconde moto s'arrêta près du trottoir et l'homme l'invita à monter.

— Ton amie a déjà décidé. Monte. Pardonne-moi, beauté, je n'ai pas trouvé de cheval blanc.

— Allez, Adele. Fais ce qu'il dit.

La petite tête d'Emil sortit du sac coincé entre Edna et le dos du centaure.

L'homme attrapa le bras d'Adele et l'aida à s'asseoir. Elle poussa un petit cri de surprise, puis il repartit sur les chapeaux de roues.

— Vous les voyez ? cria Edna.

Le casque trop grand pour elle lui donnait l'impression d'avoir la tête dans un nid de guêpes.

— Ils sont derrière nous, répondit Helmut en vérifiant dans le rétroviseur. Mais ils ne sont pas les seuls ! Alors comme ça, la police est bel et bien à vos trousses…

— Qu'est-ce que ça veut dire ?

Edna jetait des coups d'œil furtifs. Derrière la bande d'Helmut (Dieu que ces motards se ressemblaient ! On aurait dit des soldats en uniforme noir), elle avait aperçu la camionnette de la police, mais c'était la voiture verte (queue de lézard, à un ton du jaune et deux du vert bouteille) juste après, qui avait attiré son attention. Une secousse la convainquit de se coller à Helmut, lancé dans la ligne droite à une vitesse qu'elle n'avait même pas imaginée quand elle avait vu le premier décollage pour la lune sur un téléviseur en noir et blanc. Agrippée à un inconnu rencontré dans les toilettes de la gare, elle traversa des champs et des plaines, taches de couleur qui défilaient. Elle avait la sensation de perdre des morceaux de pull, de peau et de pantalon, arrachés par le cyclone qui rugissait autour elle.

Helmut quitta la route nationale pour entrer dans le premier village qu'ils rencontrèrent. Il coupa par des rues tellement étroites que la cage à roulettes d'Emil n'y serait pas passée. Edna éprouva de la nostalgie en revoyant cet engin abandonné dans les toilettes de la gare, avec lequel ils avaient parcouru tant de chemin, Emil protégé dans son ventre inconfortable, elle le tirant sous la pluie. Il avait bien fait son travail. Elle ne manquerait pas de le raconter à Jacob.

— Ils sont juste derrière, annonça Helmut d'une voix ferme et décidée.

Edna savait qu'il ne parlait pas de la moto de son ami qui avait pris Adele, ni des autres motards qui les escortaient en faisant vrombir leurs moteurs comme un troupeau de buffles, mais des « flics ».

Et de la voiture verte, toujours sur leurs talons.

Helmut prit un virage serré, puis un autre, devant une ferme, sur un chemin de terre, jusqu'à ce qu'il n'y ait plus que des arbres et enfin, à nouveau, l'asphalte.

Edna avait le souffle coupé.

— Vous devriez peut-être vous arrêter, Helmut ! Quoi que cherchent les policiers, nous n'avons rien à cacher – plus maintenant. Laissez-moi faire, je m'en sors bien avec les mots.

— Je ne pense pas que ce soit une bonne idée. Vous vous souvenez des petits sachets que vous m'avez montrés ? Ils sont dans ma poche. Et ce ne sont pas des herbes des montagnes, qu'ils contiennent.

— Qu'est-ce que vous racontez ?

— La personne qui vous les a donnés vous aime beaucoup, Edna, mais je ne crois pas que la police comprendrait. Vos petites herbes sont très illégales.

Edna retint son souffle. Elle s'était débarrassée du *Killepitsch* et...

— Je n'y crois pas ! Vous êtes un irresponsable, Helmut ! Je vous avais dit qu'ils me cherchaient. Vous me croyez, maintenant ?

— Merde !

Fixant le rétroviseur, Helmut vit la camionnette sortir d'un virage. Au même moment, la jambe d'Edna lui signifia qu'encore un kilomètre à ce rythme et elle ne remarcherait jamais. La vieille femme était habituée à avoir mal. Depuis son enfance, elle avait dû apprendre à vivre avec, à la reconnaître. Quand elle s'écorchait un genou ou que la fièvre lui brûlait le front, il était réconfortant de savoir qu'il existait une douleur plus violente que les autres, qui se cachait dans des cavités obscures et insidieuses de l'âme, qu'aucun médecin ne pourrait jamais débusquer. Si elle restait vivante malgré les morsures, la peur des mains du paysan et celle des ombres du cabanon, elle pouvait survivre à une écorchure ou à de la fièvre.

Toutefois, à présent elle ne trouvait plus cette force. Elle avait peur d'échouer, même si elle ne l'aurait jamais admis.

Elle était si proche du but : il suffisait d'y croire et de ne pas se laisser emporter par le vent.

Elle se concentra sur la route, en vain. Elle voyait chaque chose ondoyer, puis l'agresser avant de dévier et disparaître au loin.

L'air l'emportait ailleurs. Sous les eaux d'un lac, les vagues se refermant au-dessus d'elle. Ou bien la tête en bas dans le feuillage d'un arbre, comme quand elle était petite et qu'elle ne connaissait pas encore l'horreur d'une ferme cachée dans la forêt, de l'autre côté des montagnes. Quand elle restait suspendue et que le monde était à l'envers, le ciel et la terre échangeaient leur place.

Devant eux, des nuages noirs obscurcissaient l'horizon. Ils entraient dans le cœur de la tempête et elle avait peur. Pour elle, pour Emil. Pour Jacob.

« C'est dur de se lever, les matins gris. Le diable nous maintient les yeux fermés », disait le père Gianni quand l'aube apportait un ciel chargé d'humidité. Mais c'était la nuit, pas le jour, que le diable leur avait fermé les yeux à tous. La nuit qu'elle avait voulu oublier et qui revenait maintenant sur les ailes noires des nuages qui promettaient de la pluie et un voyage dont elle n'imaginait pas l'issue. Elle sentit à nouveau ses tempes pulser. Tout était comme à l'époque.

Quand le diable te ferme les yeux

La fuite – Première partie

Ils avaient planifié leur fuite dans les moindres détails et revu leur plan plusieurs fois (trois croquis, deux cartes), ce qui n'empêchait pas Edna d'avoir peur. Immobile dans son lit, les mains moites, elle fixait la lune pleine, coincée entre les branches derrière la fenêtre embuée, mais sans la voir.

Elle étouffait dans le dortoir humide. Dès qu'il avait fait noir, elle avait pris ses vêtements sous son lit et en avait enfilé le plus possible (Jacob en avait même volé pour elle). Pulls (trois en laine épaisse), jupes (deux), chaussettes (quatre). Et elle s'était enroulée dans sa couverture.

Parce que, là où elle allait, elle ne pouvait emporter ni malles ni valises.

Toutefois, ce n'étaient pas les vêtements qui l'enserraient, ni la laine qui lui grattait le cou, qui la faisaient transpirer encore plus que quand elle récoltait le blé sous le soleil d'été. C'était l'idée de ce qui allait se passer et la crainte de commettre une erreur.

Le dortoir était sombre et silencieux, hormis les ronflements des enfants.

Elle avait senti l'odeur de la neige, une note confuse entre la puanteur du fumier et l'âpreté du foin. Elle s'était concentrée dessus pour calmer son cœur, s'était souvenue du parfum du bois, du picotement de l'air froid sur ses joues et même de la sensation de ne rien peser, quand la terre ne fait pas de bruit et que les pas s'enfoncent dans la couche blanche épaisse et régulière qui évoque le sol lunaire. Elle se sentait déjà libre. Mais ensuite, cette trace olfactive avait disparu, recouverte par celle d'excréments, qui l'avait ramenée à ce présent enfermé et lui avait rappelé la distance entre elle et le bois, entre son lit et la liberté.

Son cou était baigné de sueur, son drap mouillé.

Aucun ange gardien n'était là pour lui tenir compagnie et la protéger contre les mauvais esprits. Le père Gianni lui avait assuré qu'il n'existait ni mauvais esprits, ni lutins des bois. En revanche il lui parlait du diable, qui avait tenté d'accabler Jésus et l'avait mis à l'épreuve dans le désert. Edna n'était pas certaine que le diable soit moins effrayant que les esprits de la forêt. De toutes les façons elle était seule, malgré les respirations des enfants qu'elle percevait dans le dortoir, y compris celle de Jacob, quelque part derrière les bottes de foin qui séparaient la zone des filles de celle des garçons.

Le lit d'Anja était resté vide, tel un mauvais présage. Elle ne pouvait le voir sans sentir un pincement au cœur.

Elle n'avait même pas sa pomme de pin abîmée, ni son éclat de bois, pour lui donner courage, parce qu'elle les avait rangés dans son sac à dos qui l'attendait caché entre les piles de bois (coin droit du bûcher, quatre branches tordues, bûches triangulaires) avec celui de Jacob. La niche d'Emil était en sécurité près du muret : elle aurait été trop encombrante et trop lourde pour être emportée en courant. Emil. En l'évoquant, elle s'était sentie défaillir.

Jacob avait élaboré le plan de la fuite dans les moindres détails. La veille au soir, elle devait emmener Emil dans le cabanon abandonné, où ils iraient le chercher à l'aube.

Ils avaient longuement réfléchi à cette première étape. Si Emil restait dans l'abri des oies, elles se réveilleraient dès qu'ils y entreraient et donneraient l'alarme, mettant la meute de chiens et les paysans à leurs trousses. L'emporter avec eux dans le dortoir était inenvisageable : ils ne faisaient confiance à personne.

C'était Jacob qui avait eu l'idée de faire dormir Emil dans le cabanon, le choix le plus sûr. Il ne comprenait pas pourquoi Edna avait blêmi comme s'il lui avait plongé les pieds dans une bassine d'eau glacée.

Pour que le perroquet se tienne tranquille, ils lui avaient donné une double ration de nourriture – la retirant de leurs propres bouches, petit-déjeuner, déjeuner et dîner, malgré la faim. Le ventre plein, Emil serait calme et somnolent, même si cela semblait ne jamais suffire (où mettait-il tout ce qu'il avalait ?). S'il croassait, le vent emporterait sa voix, un mauvais vent qui soufflait depuis trois jours en soulevant la neige – elle avait entendu les femmes qui ramassaient les herbes en parler.

Edna s'était tue, enfermée dans une bulle de honte et de mortification. Elle ne pouvait pas dire à Jacob qu'il se passait des choses terribles dans le cabanon et que s'ils y laissaient Emil seul, il aurait peur. Une peur qui glaçait le sang et coupait la voix, même si on voulait crier fort. Comme la sienne.

Durant les derniers mois, elle avait convaincu Jacob de continuer ses leçons dans l'abri des oies (peut-être allait-il les dresser, elles aussi !), mais elle, elle n'avait pu éviter le cabanon. Le paysan était venu la chercher.

Il lui avait refait ces choses, de nombreuses fois. Et cela ne lui avait pas plu, comme il l'avait promis. La douleur n'était jamais devenue plaisir. L'habitude n'avait fait que transformer la peur en haine. Cela la brûlait à l'intérieur, y compris quand elle allait aux toilettes. Et les jours de ses menstruations, il venait quand même. Il disait que « le sang s'unissait au sang », comme si c'était une bonne chose.

Allongée dans son lit, Edna passait en revue le contenu de son sac à dos : quatre tranches de pain de seigle (pour Emil), un pot de miel (pour ne pas perdre de forces), une gourde de jus de pomme (peu, mais ils trouveraient des torrents et beaucoup de neige). Elle soupira. L'hiver, il était impossible de franchir le col. Il fallait suivre la route, mais elle ne visualisait pas comment. Jacob, lui, était convaincu que la charrette des marchands ambulants serait leur salut. Il les avait vus à la ferme, il les avait entendus parler au moment où ils concluaient leur accord : du grain et du lait, en quantité telle qu'il faudrait deux jours de travail pour les rassembler. Le patron n'aimait pas faire affaire avec les étrangers, encore moins les gitans. Mais ils avaient payé d'avance, en argent sonnant et trébuchant, c'était rare. Jacob connaissait tous les termes de l'accord. Il savait où et quand, et il était certain qu'une pareille occasion ne se représenterait pas de sitôt. Edna et lui devaient simplement se trouver à l'aube à la limite de la ferme marquée par un vieux muret délabré. C'était là que serait déposée la marchandise et qu'ils trouveraient la charrette : près des mangeoires pour les cerfs et de la cabane où étaient stockés les récipients fraîchement remplis de lait, avant d'être chargés pour être apportés aux laiteries de la ville.

Ils avaient peu de temps parce que, une fois le chargement effectué, les hommes se dépêcheraient de partir, avait objecté Edna. Et puis, comment paieraient-ils le voyage ?

Mais Jacob lui avait dégainé le sourire en coin de ses meilleures trouvailles, celles qui leur attiraient toujours des ennuis :

— On pourrait toujours sauter dedans sans se faire voir. Et filer dès qu'ils nous découvriront. Mais à ce moment-là, on sera loin d'ici. Ou bien... avait-il ajouté en baissant la voix, je pourrais avoir quelque chose à leur proposer en échange.

Jacob avait donné le signal, répété deux fois : une petite toux, un silence, le rideau de la fenêtre qui ondoyait, couvrait la lune puis la dévoilait à nouveau.

Edna avait pris son courage à deux mains : c'était le moment. Elle avait écarté la couverture, enfilé ses godillots (double nœud, pour pouvoir courir…) et avait filé vers l'entrée (contourner le foin, longer une rangée de lits, raser le mur, sous la fenêtre, recroquevillée comme un chat, tu peux le faire, *chochotte*).

Jacob l'attendait en souriant, éclairé par la lune, son béret de laine sur la tête. Lui aussi semblait avoir grossi de trois tailles.

La porte du dortoir était barricadée de l'extérieur pour la nuit, mais on pouvait accéder à la grange par un des côtés. Ils ramperaient dans le foin puis descendraient par l'ouverture dans le toit, par laquelle on chargeait les ballots. C'était difficile, aussi Jacob avait emporté une corde (Edna se demanda où il l'avait prise et surtout cachée !). Il l'avait enroulée autour de son épaule, en tenant la main d'Edna serrée dans la sienne et en lui indiquant où mettre les pieds.

Mais la lune, qui baignait d'argent les lattes de bois du sol, s'était subitement obscurcie. Pas à cause d'un des nuages laiteux qui parcouraient le ciel, mais d'une silhouette dressée qui leur barrait la route. C'était Bastian.

49

L'histoire de l'enfant qui avait volé le paradis

Assise derrière Helmut sur sa moto, Emil installé entre eux, enfermé dans un sac dont il sortait parfois son bec avant de le rentrer à la hâte, effrayé par le vent, Edna se souvenait. Mais un autre danger, plus imminent que Bastian, lui coupait le souffle : la police à leurs trousses.

— Ça devient sérieux, dit Helmut en levant le bras. Ne vous en faites pas, les gars vont s'en charger.

À droite et à gauche, les motos noires formaient deux diagonales parfaites. Les motards, longues barbes dépassant des casques, portaient tous le blouson avec le crâne enflammé. Ils saluèrent en portant leur main à leur front, puis ils ralentirent et se dispersèrent. Quand l'un d'eux s'arrêta sans crier gare au milieu de la route, Edna prit peur.

— Ne vous en faites pas, c'est une diversion pour nous faire gagner du temps, la rassura Helmut.

Le motard était-il vraiment en train de faire semblant d'être en panne ? Il était debout au milieu des voies, les mains levées. Les autres garaient leurs motos n'importe comment, bloquant le passage et demandant de l'aide à la police !

Était-ce légal ?

Légal ou non, après l'explosion de klaxons, les vrombissements de moteurs et les nuages de fumée qui s'élevaient dans leur dos, il n'y eut plus que le sifflement du vent. Pour la première fois depuis qu'elle était montée derrière Helmut, Edna put enfin reprendre son souffle, bien que sous le casque l'air ait une odeur de plastique et de pneu brûlé, et qu'elle ait les cheveux aussi humides qu'une orchidée sous serre.

— Vous me devez des explications, Edna, dit Adele en fonçant vers elle lorsqu'ils s'arrêtèrent à une station-service.

Elle tenait son casque sous son bras. Ses cheveux emmêlés collaient à son front.

— Nous allons à Ravensburg. Helmut et René ont proposé de nous déposer.

Où était le problème ? Adele aurait dû être contente, mais elle était blanche comme un linge et semblait morte d'inquiétude. Edna avait toujours su qu'il aurait mieux valu ne pas l'impliquer (manque d'adaptabilité).

Elle massa sa jambe. La douleur irradiait de la cuisse à la plante des pieds. Perché sur son épaule, Emil se pencha pour voir ce qu'elle faisait.

— Vous n'allez pas bien ! Qu'est-ce que je vous disais ? Il faut aller à l'hôpital.

— Justement, Adele, nous y allons.

La femme soupira en secouant la tête.

— Vous êtes Edna ! s'exclama un enfant en courant vers elle. La dame qui traverse les montagnes avec son perroquet.

Adele écarquilla les yeux.

— Plus ou moins, mon garçon. Et aujourd'hui, c'est un excellent jour pour arriver.

Elle lui fit un clin d'œil.

L'enfant repartit, tout excité, en la montrant du doigt à ses amis, un grand sourire éclairant son visage couvert de taches de rousseur. Edna revit Jacob enfant.

Adele s'apprêtait à lui demander des explications. Edna s'était habituée à ce que des gens la reconnaissent et soient au courant de son voyage. Mais quelle que soit la question qu'elle avait à poser, son amie attendrait : le moment était venu de manger quelque chose. Elle mourait de faim.

Helmut revint avec des sandwiches et des bouteilles de bière, délesté de ses deux sachets d'herbes des montagnes.

— On y est presque, Edna. Vous êtes nerveuse ? demanda-t-il en avalant une gorgée de bière.

— Je ne suis pas arrivée jusqu'ici pour avoir peur.

Bien sûr, tout n'était pas si simple. Mais ce n'étaient pas quelques idées noires qui allaient l'arrêter. N'était-ce pas cela, avancer avec courage ?

Helmut lui lança un regard admiratif. Ils se levèrent et se dirigèrent vers les motos.

— C'est Emil, non ?

René avait trouvé (dans une poubelle) un vieux journal qu'il venait de déplier. Edna approcha en ajustant ses lunettes. Une odeur d'œuf très désagréable émanait des pages sales, néanmoins elle suivit des yeux le doigt de René et vit la photo d'un grand ara qui ressemblait beaucoup à Emil. Toutefois, ce n'était pas lui. Même un enfant aurait remarqué que les couleurs étaient différentes et qu'il s'agissait indubitablement d'une autre espèce.

— Ah non, je me suis trompé, se corrigea René avec une pointe de déception. Celui-ci est un oiseau de paradis et je l'avais pris pour un perroquet…

Edna partit pour son explication habituelle :

— C'*est* un perroquet, René. Observez son bec, vous voyez comme il est crochu ? Et ses ailes…

L'article commençait ainsi : « La légende de l'oiseau de paradis. Les enfants de Jacob Kneip racontent l'incroyable histoire du perroquet qui jouait avec les oies. »

Pour Edna, en proie à une vive émotion, le monde s'arrêta de tourner.

— Il faut partir, dit-elle en lisant la dernière ligne.

Les enfants de Jacob, l'oiseau de paradis... Jacob à quelques pas de là, après ces virages. Et l'envie d'arriver jusqu'à lui, qui n'était qu'un nom dans cet article où l'on ne mentionnait pas l'hôpital, ni sa sortie... « Sortie », comme s'il était en prison. Edna constata que l'enchaînement des événements qui la conduisaient à lui était pour le moins cocasse.

— Que dit l'article ? demanda Adele en arrachant le journal à René.

— Ça parle d'un perroquet... c'est bien ça, Edna ?

Mais Edna était déjà en train de fixer le sac contenant Emil à la moto.

— D'un perroquet trouvé à une fête de village. Et d'un enfant qui l'a caché dans la ferme où il avait été envoyé travailler. Je crois qu'il a réussi à le dresser. Mais peut-être que l'article a un autre sens, en fait... dit Helmut en se massant la nuque, reprenant les phrases en gras pour tenter de trouver une réponse.

Comment cela allait-il se passer ? Jacob la reconnaîtrait-il ? Et s'il était encore fâché ? Lui pardonnerait-il quand elle lui raconterait la vérité ?

Au dernier virage avant la route principale, Edna aperçut une voiture qu'elle connaissait (couleur queue de lézard, à un ton du jaune et deux du vert bouteille), garée à l'écart. Deux silhouettes, adossées au coffre en train de manger un sandwich, lui rappelèrent quelque chose. Elle se tourna vers Adele qui, agrippée à René, n'avait rien remarqué.

Elle espérait s'être trompée, mais elle était quasiment certaine d'avoir reconnu Max et Lukas. Sans doute la fatigue, la douleur et l'angoisse lui jouaient-elles de mauvais tours.

Quelle probabilité y avait-il pour que ce soient eux ? Que feraient-ils à cet endroit ?

Pourtant, elle avait vu la voiture, qui les avait suivis depuis la gare de Lindau. Combien de voitures vertes voyageaient sur les routes du monde, à cet instant précis ? Non, pas « vertes », se corrigea Edna : vert intense, queue de lézard, à un ton du jaune et deux du vert bouteille.

Le moment n'était pas aux nuances, se morigéna-t-elle en secouant la tête pour oublier ces idioties, qui avaient éveillé en elle de mauvais pressentiments, aussi tenaces que le grondement monotone du moteur.

— Helmut !

Elle tapota son blouson en cuir pour attirer son attention, attendit qu'il se tourne vers elle et lui parla fort à la hauteur de l'oreille (dans la mesure du possible, avec le casque).

— À votre avis, est-ce qu'il est possible d'obliger quelqu'un à faire une chose qu'il ne veut pas, par exemple entrer dans une maison de retraite ? Même très belle ?

— Je ne crois pas. Pas du tout.

Le vent emportait des bribes de phrases, qu'elle s'efforçait de recomposer.

— À moins, poursuivit-il, qu'il n'ait quelques cases en moins. Dans ce cas, on nomme un tuteur qui s'occupe de ses enfants, de sa maison, de son chien s'il en a un. Ou de son Emil. Là, la personne ne peut plus rien faire. Je connais quelqu'un à qui c'est arrivé. Coma irréversible. Sa femme a tout vendu : ses disques, son canapé et même sa moto ! Et puis nous, ses amis, on a débarqué. L'un d'entre nous avait lu comment réveiller les gens dans son état. Dans un journal… *Stern*, je crois.

— Je le connais bien ! s'exclama Edna.

Helmut ralentit. Les fermes défilèrent plus lentement, des détails apparurent : les géraniums sur les balcons, les piscines gonflables pour les enfants sur les pelouses. Malgré tout, cette allégresse la laissait de marbre. Elle pensait à la visite du médecin et à son diagnostic. Elle n'avait aucune case en moins, bien qu'il ait écrit ce commentaire sur cette feuille, qu'elle avait même signée.

— Quoi ? Vous connaissez notre ami ?

— Non, le magazine !

— Ah, bien sûr. En tout cas, il a suffi de lui glisser dans les oreilles des écouteurs avec le dernier concert de Motörhead : le 20 novembre 2015 au Zénith de Munich, les quarante ans du groupe et le dernier live du génial Lemmy. On y était. Au bout de dix minutes notre ami a bougé une paupière, puis l'autre, et il s'est réveillé. Un concert, un seul souvenir important parmi mille autres, vous vous rendez compte ?

Edna acquiesça, mais elle était obnubilée par le papier et ce que Max pouvait en faire. Surtout, elle se rappelait avoir dit au médecin qu'elle ne faisait confiance qu'à lui et Adele, et que s'il lui arrivait quelque chose, si elle se mettait à agir bizarrement et à mettre Emil en danger, alors…

— Mais ne vous faites pas de souci, dit Helmut en accélérant à nouveau, vous m'avez l'air tout à fait saine d'esprit ! Rendez-vous compte, Edna : vous foncez vers votre objectif. Ça s'appelle de la ténacité. Certes, les gens sans imagination assimilent ça à de la folie. Mais c'est une question de cœur et de courage. Vous avez votre vision des choses et vous vous battez pour. Comme les plus grands. Pensez à John Nash – j'ai vu le film avec Russel Crowe il n'y a pas longtemps –, vous savez qu'il a reçu le prix Nobel de mathématiques ? Et puis il a suffi qu'il dise qu'il était l'empereur de l'Antarctique et qu'il déchiffrait des messages extraterrestres pour que tout le monde le prenne pour un fou. Vous vous rendez compte ? Un prix Nobel…

Il fit claquer sa langue et secoua la tête devant l'absurdité du monde.

— Qu'est-ce qui lui est arrivé, à ce Nash ?
— Il a été interné et on lui a grillé le cerveau avec des électrochocs. Foutus gens sans imagination !
Helmut accéléra encore.

Sa vie était suspendue à un fil qu'elle se représentait comme la ligne blanche courant le long de l'asphalte.

Pourquoi avait-elle l'impression que tout se répétait, et peur que tout ne lui glisse des mains juste au moment où elle approchait du but, comme la nuit où elle avait perdu Jacob ?

Edna se concentrait sur la vérité qu'elle devrait raconter (si elle arrivait) et aux mots qu'elle emploierait pour décrire cette fameuse nuit. Elle devait les choisir avec soin, mais c'était difficile : ils avaient été si longtemps retenus qu'aller les chercher dans les abysses était encore douloureux aujourd'hui.

Bastian

La fuite – Deuxième partie

Bastian se tenait debout sur le seuil. À contre-jour, sa silhouette était effrayante.

— Écarte-toi, lui avait intimé Jacob d'une voix ferme et assurée, pas trop forte pour ne pas être entendu, ni trop faible pour montrer qu'il n'avait pas peur.

Le garçon ne l'avait pas écouté. Il s'était tourné vers Edna, comme s'il n'avait pas vu Jacob.

— Alors tu as choisi ton camp, lui dit-il, l'air mauvais.

Jacob lui tenait toujours la main. Elle sentait son contact chaud. Il n'avait même pas eu un tremblement de surprise.

En revanche, Edna avait toujours ressenti une étrange inquiétude en présence de l'enfant à la tache sombre comme un pétale fané, qui plongeait une partie de son visage dans l'ombre. C'était dû à sa voix, à ses yeux indifférents et à sa façon d'être toujours là où il se passait quelque chose de moche : le soir où les paysans l'avaient terrorisée, le jour où elle et Jacob avaient tenté de fuir pour la première fois, son impression de voir une silhouette derrière la fenêtre du cabanon, quand l'homme lui faisait ces choses. Mais c'était Bastian, avait-elle pensé en se rappelant la fois où ils avaient nourri les cochons ensemble ou quand il avait porté pour elle un seau trop lourd. C'était juste Bastian. Un enfant piégé à la ferme, comme eux.

— Viens avec nous, avait-elle murmuré.

Jacob s'était tourné vers elle et avait relâché la pression de sa main.

— Quand on ne respecte pas les règles, on a des problèmes, Edna. Je t'ai prévenue. Quand ça arrivera, personne ne sera là pour t'aider. Tu ne comprends rien. Ça se passe mieux pour toi depuis que tu obéis et que tu fais ce qu'on te dit. Tes amis t'aident. Il suffit d'être gentille.

— Qu'est-ce que tu racontes ? était intervenu Jacob avec une moue de dégoût.

— Demande-lui. Demande-lui ce qui se passe dans le cabanon. Et pourquoi personne ne vous a pris Emil. Tout le monde le sait, pour l'oiseau de paradis.

— Ça ne te concerne pas.

Jacob lui avait donné un coup d'épaule, qui lui avait permis de se frayer un chemin en tirant Edna. Mais Bastian l'avait attrapé par son pull.

— Je sais ce que tu caches dans ta poche.

Jacob s'était arrêté net, son poing serré contre sa hanche.

— Pourquoi tu as volé le cahier ? Et les crayons ? Et... les papiers d'Anja ? demanda Bastian.

— Arrête, je t'en prie, l'avait supplié Edna.

Elle ne savait rien des papiers, elle ne comprenait pas de quoi il parlait, mais peu lui importait. La seule chose qui comptait c'était de partir. Avant que les autres se réveillent, avant que l'aube pointe et que le soleil fasse capoter leur plan.

— Les gens doivent savoir ce qui se passe ici, Bastian, avait dit Jacob.

— Tu crois que vous allez changer quelque chose ? Tu crois qu'ils ne savent pas déjà ? Les gens, dehors, tu crois qu'ils s'inquiètent de ce qui se passe ici et dans les dizaines d'autres fermes aussi sordides que celle-ci ? Du fait qu'on n'a pas le bon âge sur les papiers ? Et si tu veux sincèrement les aider, avait poursuivi Bastian au moment où Jacob avait lâché Edna et leur avait tourné le dos, pourquoi tu as volé aussi son argent, toute sa paie ? Bien sûr, elle ne pouvait pas te voir…

Edna avait cherché les yeux de Jacob. Mais c'était comme si elle n'existait pas.

— Tu sais tout ce qui se passe à la ferme. Tu savais qu'Anja cachait sa paie dans son oreiller. C'est peut-être toi qui l'as tuée.

— Ce sont les paysans, Bastian. Ils lui ont fait la même chose qu'à moi. Peut-être qu'elle s'est rebellée et ils l'ont tuée. Nous sommes tous en danger. Toi aussi. Ils pourraient se lasser de toi, un jour. Alors tu regretteras de ne pas nous avoir écoutés.

— Ils auront toujours besoin de moi.

Dans son sourire, Edna avait vu les ombres où se cachait le vrai Bastian. Celui qui avait toujours su, y compris pour Emil. Bastian, semblable aux paysans dont elle avait peur. Qui était devenu comme eux, pour survivre.

— Tu étais au courant pour Emil, avait murmuré Edna en retenant une larme, et tu l'as dit au paysan…

Il n'avait pas répondu.

On entendait des bâillements, des petits corps fatigués qui se tournaient dans leurs lits.

— Qu'est-ce que tu veux, Bastian ?

— L'argent que tu as volé à Anja.

Jacob avait cherché dans sa poche et tendu un mouchoir.

— Maintenant, laisse-nous passer.

Ils ne s'étaient pas retournés, mais ils avaient bien conscience d'être en danger. La griffe du rapace avait volé des grains à la clepsydre, ils avaient de moins en moins de temps. Bastian allait donner l'alarme.

Et maintenant, ils avaient un autre problème.

— Emil n'est pas dans le cabanon, avait dit Edna avec un filet de voix, épuisée par la course et la peur, à la fois d'être découverts et de la réaction de Jacob.

— Quoi ? Et maintenant qu'est-ce qu'on fait, Edna ?

Elle avait lu la déception sur son visage.

C'était douloureux.

Jacob se tenait devant elle, raide, en nage, les yeux écarquillés, noirs comme du charbon.

— Je suis désolée.

Elle ne pouvait pas lui dire qu'il s'était passé quelque chose de terrible, là-dedans, et que si elle rouvrait cette porte elle les mettrait tous en danger.

La vérité, c'était que Jacob avait raison : elle était une chochotte. Ses jambes avaient cédé devant la porte en bois.

Elle ne pouvait pas laisser Emil là-dedans, il aurait eu peur. Et si le paysan le trouvait ? De temps en temps, il y passait. Il laissait pour elle un morceau de chocolat ou du pain avec du raisin, caché dans la paille, croyant peut-être qu'elle entrerait plus volontiers, comme une bête sauvage, un renard attiré par le fromage. Ou bien comme le corbeau qu'il avait sauvé, bien qu'elle soit de plus en plus convaincue qu'il avait tout inventé et qu'il avait tué lui-même les oisillons. Tous. Parce qu'il n'y avait rien de bon, chez cet homme. Elle le haïssait.

Elle lui vouait une telle haine qu'elle aurait pu le tuer. Parce qu'il lui faisait mal, dans sa chair, mais aussi plus en profondeur, comme un venin qui corrodait son esprit, son bonheur, les belles choses qu'elle aurait pu vivre avec Jacob. Même le baiser qu'il lui avait donné et qu'elle avait trouvé sale, aussi sale que la salive du paysan qui remplissait sa bouche et sa culotte. Et qu'elle ne parvenait pas à laver tout à fait.

— Que se passe-t-il, Edna ? avait demandé Jacob en lui attrapant le bras.

Elle tremblait tant qu'il avait du mal à la tenir immobile. Mais plus Jacob serrait, cherchant ses yeux pour comprendre, plus Edna suffoquait et voulait s'enfuir en criant, mais sa voix ne sortait pas. Les mots, les cris de peur et de douleur étaient piégés avec l'Edna qui n'existait plus. Enfermée dans une cage aux barreaux métalliques qui avait été jetée au fond de la mer. Où elle rouillait.

Les aboiements des chiens l'avaient fait sursauter.

— Emil est la seule chose que nous avons. On partira d'ici tous les trois. On se l'est promis sous le cerisier, tu te rappelles ?

L'esprit d'Edna vola vers leur colline, le soir où Jacob lui avait juré qu'ils s'enfuiraient ensemble. Elle repensa à toutes les fois où ils y avaient cru se le répétant pour sceller le pacte.

— Maintenant, écoute-moi bien.

Sa voix était plus chaude et douce, comme la main qui la cherchait. Il l'avait scrutée si intensément qu'Edna avait eu la certitude qu'il allait enfin comprendre tout ce qu'elle n'avait pas réussi à lui dire.

— À partir du moment où Emil sera dans le sac à dos, compte douze minutes, Edna. Si quelque chose tourne mal, mieux vaut se séparer. Je sais embrouiller les chiens, mais cela ne suffira pas s'il crie et leur indique où nous sommes. On se retrouve au muret.

— Ne me laisse pas toute seule, avait-elle supplié, s'agrippant à lui, terrorisée.

— Je ne t'abandonnerai pas, Edna. Donne-moi juste le temps de brouiller les pistes, de traverser la forêt et d'arriver au muret. J'ai calculé : douze minutes. Comme compter douze fois jusqu'à soixante.

Il avait souri et chaque chose avait retrouvé sa place.

— Tu es forte pour compter, beaucoup plus que moi. Tu peux y arriver. Je peux te faire confiance ?
Edna avait acquiescé, d'un geste convaincu.

Quand Jacob s'était glissé dans l'abri, les oies s'étaient mises à cacarder. Edna avait essayé de les calmer, mais elles donnaient des coups de bec et grattaient avec leurs pattes. Puis elle avait vu Jacob sortir d'un amas d'ailes et de plumes.

C'était lui, avec le peu de sang-froid qui lui restait, qui avait enfermé Emil dans le sac à dos. Il lui avait fait une caresse pour le tranquilliser, puis il avait aidé Edna à glisser ses bras dans les bretelles, alors qu'autour la terre rugissait et que l'air s'emplissait de neige. Les aboiements approchaient, entrecoupés par un cri : la voix d'un paysan. Edna et Jacob s'étaient dévisagés, lisant la terreur dans les yeux de l'autre, blancs comme la lune qui pointait des nuages, quelque part derrière eux. Des flocons de neige leur piquaient les joues.

— Cours, Edna ! avait crié Jacob de toutes ses forces, le visage contracté.

Elle avait filé vers la forêt, Emil contre son dos.

Elle avait couru le plus vite possible, sans se retourner. Elle s'était frayé un chemin dans la forêt, les bras lacérés par les ronces et les branches qui se rabattaient sur elle, éloignant la lune.

« Cours, Edna », la voix de Jacob résonnait encore dans sa tête. Mais quand elle avait entendu les coups de feu et les cris des chiens, son cœur avait manqué un battement et sa bouche s'était emplie de bile.

Dans la forêt sombre et enneigée, Edna avait compris qu'il n'y avait plus qu'eux, plus qu'elle et Emil, qui tremblait de froid. Et une menace qui râlait comme un animal aux mille jambes et mille bras. Ils n'étaient pas en sécurité, malgré le calme alentour. Elle savait qu'elle ne devait pas se laisser berner : c'est dans le silence que le prédateur attaque.

La neige alourdissait ses pas et ralentissait sa course. Les chiens pourraient suivre ses empreintes. Elle entendit alors un long aboiement. Plus fort, plus proche. Edna n'avait pas le temps de réfléchir. Les branches lui griffaient le visage, les joues. Des rafales de neige lui fouettaient les yeux et lui coupaient le souffle.

Elle devait courir, juste courir. Douze minutes. Douze minutes sans Jacob. Ils ne devaient tenir que douze minutes. Mais que c'était long, douze minutes. Ou alors très court. Ça ne pouvait pas être comme compter jusqu'à douze (douze minutes, soixante mouvements de trotteuse fois douze, ça faisait combien en tout ? Combien de battements de cœur, d'attaques de panique ?). Maudite tête qui n'arrivait pas à compter. Et stupide Jacob, qui l'avait laissée seule. Jacob l'arrogant, qui s'imaginait toujours être le meilleur, le plus rapide. Convaincu qu'il s'en sortirait, qu'il se paierait la tête du diable. S'il lui arrivait quelque chose… Elle secoua la tête. Elle devait juste compter (combien de doigts fallait-il ? Un, deux, trois…) et courir, en tenant Emil bien serré.

Les vapeurs laiteuses de la forêt prenaient la forme de personnes qui n'étaient plus.

Le visage d'Anja, caché entre les buissons, était triste et sans voix, comme celui d'un spectre. Edna avait aperçu ses yeux noisette aux longs cils derrière une feuille. Anja avait peur, elle fuyait quelqu'un, tout comme elle à cet instant.

(Dix, onze… C'est long combien, douze minutes ? Ça représente combien de mètres, combien de respirations ?) Elle avait vu Martin, avec son sourire doux, suspendu à une branche, la tête en bas. Quand elle était passée en dessous, son visage s'était déformé, deux grosses pinces étaient sorties de sa bouche, et ses bras, devenus aussi fins que des pattes d'araignée, s'étaient allongés pour l'attraper. Edna avait fermé les yeux et serré plus fort les sangles de son sac à dos (cinquante et un, cinquante-deux… le muret était là-bas !).

Elle s'était recroquevillée entre les racines du chêne (celui au tronc tordu, une tanière d'écureuils) et avait creusé. Ses doigts étaient entrés dans la neige. Ignorant le froid qui les engourdissait et les raidissait, elle avait creusé encore, jusqu'à sentir le plastique de la niche sous ses paumes rigides. Alors son cœur avait bondi de joie : elle était bien là où Jacob l'avait laissée. Elle ne comprenait pas comment, mais dans les mains de son ami tout se transformait. Le plomb devenait or, les jours tristes se remplissaient d'espoir. Et il allait venir la retrouver (sept fois soixante, et à nouveau un, deux…).

Elle avait traîné la niche jusqu'au muret et s'était laissée tomber, épuisée, contre ses pierres froides et ébréchées. Une ancienne limite, qui ne servait plus à rien, mais qui était pour eux la limite du monde.

Elle avait vérifié qu'Emil allait bien : quand elle l'avait vu ouvrir son œil vif, elle s'était empressée de refermer le sac à dos.

Jacob avait dit « douze minutes ». Combien de temps duraient douze minutes ? Ce n'était pas aussi simple que compter jusqu'à douze. Elle était déjà arrivée à dix tours rapides de cadran (dix fois soixante). Et depuis quand aurait-elle dû commencer à compter, depuis qu'ils s'étaient séparés ou maintenant ? Elle ne se rappelait plus (chochotte, espèce de chochotte inutile !).

Par précaution, elle avait recommencé le dernier tour au moment où elle avait vu la charrette arriver de l'autre côté du muret et les hommes en descendre. Un vrai coup de chance : pour gagner du temps, ils avaient demandé que la marchandise soit déposée plus près de la route, pour éviter de traverser le bois. Quand cela se produirait-il de nouveau ?

« Sept. Huit. » À la ferme, les aboiements des chiens persistaient, bien qu'affaiblis par la distance.

Et s'ils avaient suivi ses traces ?

« Neuf. Dix. » Combien de minutes avaient passé ? Avait-elle compté onze ou douze tours ? Jacob avait raison : elle n'était pas fiable.

Les coups de feu se rapprochaient et Edna n'avait plus de doigts sur lesquels compter. La peur, telles des pattes d'araignée qui couraient sur sa peau et la pinçaient, l'empêchait de rester immobile.

Personne ne sortait de la forêt. La lisière formait une barrière immuable.

Où était Jacob ?

50

J'ai appris à compter

Edna n'avait jamais entretenu de bonnes relations avec le temps. Les images de la forêt s'estompèrent, le vent balaya le visage apeuré de la fillette cachée derrière un muret avec un bébé perroquet déplumé enfermé dans un sac à dos.

Helmut connaissait le chemin. Empruntant des raccourcis, il avait tourné aux croisements sans hésiter, puis il lui avait indiqué le panneau RAVENSBURG en levant le pouce en signe de victoire.

Edna songea que, cette fois, le temps ne se jouait pas d'elle. Elle avait appris à compter douze minutes (sept cent vingt mouvements de trotteuse).

Jacob lui avait expliqué que les sous « volés » à Anja serviraient à payer le voyage. Il avait qualifié la transaction d'« échange » : une fois libres, ils chercheraient le village d'Anja, remettraient le certificat d'identité à ses parents et leur raconteraient tout. Pour qu'Anja puisse « vivre dans leur souvenir » et que quelqu'un lui apporte une fleur ou lui adresse une prière.

Edna avait trouvé le raisonnement sensé : cette poignée de pièces ne serait plus d'aucune utilité à Anja, mais pouvait les sauver, eux.

« Les mots ne servent pas à grand-chose, Edna. Quand on reçoit un cadeau inattendu, il faut le rendre, d'une façon ou d'une autre. C'est un peu comme remercier, mais cent fois plus fort. Si tu le fais, la vie te donnera quelque chose en échange. Ça marche comme ça. »

Maintenant, les paroles de Jacob sonnaient comme une prophétie. Dans le fond, Emil était un cadeau inattendu. Et ce voyage, sa façon de rendre ce que Jacob lui avait offert : une vie, la possibilité inestimable de construire son bonheur.

Helmut lui indiqua une tache dans le rétroviseur.

La camionnette de la police les suivait (encore ?), sinon elle ne s'expliquait pas pourquoi elle prenait toujours la même direction qu'eux.

Juste derrière leur moto, celle de René et la camionnette, la voiture queue de lézard (couleur à un ton du jaune, à deux tons du vert bouteille) les talonnait également. Désormais, elle n'avait plus de doute : c'était Max. Associé à la police, cela ne laissait rien présager de bon.

— Votre jambe tient le choc ?

Edna acquiesça.

— Bien. On est presque arrivés, Edna !

Ils n'avaient pas traversé la ville, ils avaient contourné le centre afin d'arriver le plus vite possible à l'hôpital. Helmut lui avait indiqué une colline. Et elle, en se frottant les yeux, avait vu des cubes formés d'immenses panneaux, immergés dans la verdure, où se reflétait le soleil.

De près les bâtiments étaient majestueux, des monstres de fer et de verre, ruches géantes disposées en U. Au milieu, un parc s'étendait autour d'un étang. Les parterres et les pelouses étaient soignés, parsemés de fleurs jaunes auxquelles Edna n'eut pas le temps de donner un nom.

— Il fonce sur le bâtiment ! s'exclama-t-elle en indiquant l'hélicoptère rouge à Helmut.

— Il atterrit, la rassura-t-il. Regardez !

L'hélicoptère se posa sur une base circulaire qui surmontait l'édifice central. Ses hélices tournaient encore quand ses portes s'ouvrirent.

— Incroyable !

Leur course prit fin devant une barrière à rayures rouges et blanches. Helmut retira son casque.

— On a réussi, Edna. Et maintenant, filez faire ce que vous avez à faire, lui dit-il en lui montrant l'entrée, où des gens allaient et venaient avec agitation.

René et Adele se garèrent juste derrière, imités par la camionnette de la police.

Edna se rendit compte qu'Helmut n'avait pas l'air inquiet.

— On s'en occupe, René et moi. On va inventer quelque chose.

Il lui fit un clin d'œil.

Adele descendit de la moto et alla parler aux policiers, leur barrant la route, l'air de rien. Elle exposa sa version des faits avec de grands gestes et une emphase savamment construite : n'avaient-ils pas vu dans quel état était la jambe de son amie ? Elle avait besoin d'un médecin et de soins, vite ! Il ne leur restait qu'à remercier ces deux anges de l'asphalte, ajouta-t-elle en caressant les chiens, qui la flairèrent avec leurs grosses truffes avant de passer à Helmut et René, s'arrêtant plus longuement sur leurs blousons.

Edna soupira, soulagée qu'ils n'aient pas besoin d'elle.

Elle rassembla le peu de forces qui lui restait et prit appui sur sa canne. Elle eut la sensation de poser son pied sur des sables mouvants. Sa tête bourdonnait et, malgré les nuages qui ne laissaient pas passer le soleil, la luminosité blessait ses paupières.

Elle allait retrouver Jacob et avait du mal à y croire. Pourtant, c'était aussi réel que ses pas, la fatigue, le vent et les panneaux blancs aux inscriptions noires qu'elle s'efforçait de lire.

Elle monta les premières marches. Ce n'était pas aussi difficile que franchir l'Arlberg en traînant une cage fixée à un skate-board, mais sa jambe la faisait atrocement souffrir.

Elle caressa le cuir du sac en devinant la forme du petit corps fatigué d'Emil.

— Nous avons été forts, Emil. Et maintenant, allons chercher Jacob.

Elle prit une grande inspiration et entra.

— Jacob Kneip ?

Derrière le comptoir de l'accueil, une femme blonde portant un chignon et de minuscules lunettes posées sur le bout de son nez (comment pouvaient-elles tenir en équilibre ?) la dévisagea, sans l'ombre d'une émotion identifiable. Edna, les jambes flageolantes, craignit de ne pas supporter longtemps d'attendre debout pour répondre à ses questions.

À côté de la femme au chignon, une jeune fille l'observait. Son regard se posa sur son sac, qu'Edna serra contre elle par réflexe, en faisant bien attention à ce qu'Emil ne sorte pas la tête.

— C'est bien ça. Jacob Kneip. Il est hospitalisé ici et je dois le voir.

— Vous *devez* le voir, soupira la femme en feuilletant des dossiers. Donc vous êtes de la famille… son épouse ? Sa sœur ?

— Une amie.

Existait-il un mot, une définition, pour enfermer toutes les images qui défilaient devant ses yeux, le chemin parcouru, les secrets dévoilés et les vérités encore tues ? Un mot pour les décrire ensemble, elle et Jacob ?

La femme au chignon acquiesça en signe d'approbation. La jeune fille, qui imitait tous ses gestes, sourit, soulagée de la bonne disposition de sa collègue, comme si elle ne s'y attendait pas.

— Je ne peux pas vous aider, dit soudain la femme, le visage contrit. Nous avons un protocole très strict et nous respectons les priorités de la famille. Surtout pour un patient comme monsieur Kneip. Je suis désolée.

Puis elle haussa les épaules avec un sourire faux et feuilleta à nouveau le dossier.

Edna prit sur elle pour lui rendre son sourire.

— Merci.

Elle tourna les talons et trottina vers la sortie.

— Jamais rencontré une croque-mitaine pareille, grommela-t-elle en tournant à droite en direction des toilettes.

Elle compta jusqu'à dix et vérifia son aspect dans le miroir. Le soleil avait coloré ses joues et laissé sur ses épaules la marque de son maillot de corps. Ses pommettes étaient tendues, même si sa peau plissait sur son cou. *Pas mal du tout*, observa-t-elle avec orgueil, avant de se demander si Jacob partagerait son avis. Elle ajusta ses lunettes et retourna dans le couloir.

Elle lorgna dans quelques chambres (une sur deux, les numéros impairs portent chance), refermant la porte à la hâte quand elle découvrait des espaces sombres, vides ou, dans le pire des cas, des visages fripés à l'air malveillant.

Elle traversa une salle meublée de chaises noires et de petits canapés, où des gens attendaient en lisant le journal ou en jouant sur leurs téléphones portables. Les services étaient signalés par des panneaux, mais lequel visait-elle ?

C'était une sensation étrange, de chercher quelque chose qui n'avait pas de nom et qui pouvait se trouver n'importe où. Jacob était peut-être tout près. Derrière telle ou telle porte, égale à des dizaines d'autres.

Elle souleva la languette de cuir du sac avec précaution. Emil tendit le cou. Comme elle, il essayait de comprendre, de reconnaître un détail.

C'était la même peur de se tromper qui lui avait noué la gorge la fameuse nuit, si longtemps auparavant, quand elle comptait, en s'aidant de ses doigts, douze tours rapides de cadran, douze fois soixante mouvements de trotteuse. Mais ensuite, elle n'avait plus eu assez de doigts et les nombres s'étaient confondus telles des cartes à jouer éparpillées par le vent.

Edna contraignit sa jambe, la bonne, à faire encore un pas. Il lui sembla que rien, dans ce voyage, n'avait été aussi difficile.

Soudain, elle perçut une puanteur caractéristique.

Parfois, une odeur suffit à définir un lieu : fumier – ferme. Ou bien… désinfectant – hôpital.

Edna se dit que les impressions de l'enfance sont les plus durables. Et les plus vraies.

Elle avança, éblouie par la blancheur du sol, l'acier brillant des chariots et les barres des civières. Elle, elle était « opaque », sale de terre et de sueur, mais vivante. Chaque fibre de son corps pulsait dans l'attente, comme si le bonheur pouvait surgir de n'importe où, de derrière une porte ou du coin de la rue.

Elle regrettait juste de ne pas avoir pu acheter de biscuits au beurre pour Jacob et d'avoir dû se débarrasser du *Killepitsch*. Il devrait se contenter d'Emil. Elle sourit intérieurement, heureuse de la scène qu'elle imaginait : le perroquet qui sortait du sac, Jacob qui tendait le bras pour le faire monter dessus.

— Madame Weiss ?

Edna se retourna et vit la jeune fille de la réception. Elle aurait voulu dire quelque chose, inventer une excuse aussi promptement que Jacob. L'autre allait lui demander ce qu'elle faisait là, si elle avait des papiers, un portefeuille, une fille qui venait la chercher...

— Ne vous inquiétez pas, je ne veux pas vous chasser, murmura la jeune fille. Venez avec moi. Mais seulement si vous me promettez qu'ensuite on s'occupera de cette jambe.

Une des portes au bout du couloir était grande ouverte. Des gens en blouse blanche y entraient et en ressortaient juste après, portant des vases pleins de fleurs, des bouquets encore frais et des lettres. Une poussière dorée flottait dans l'air. Un aide-soignant, chargé d'un énorme bouquet, passa à côté d'elle. Une senteur de trèfle et de pissenlit lui emplit les narines. C'était l'odeur de la montagne, des prés qu'elle venait de quitter. Il était étrange de la retrouver là, entre les notes arrogantes de médicaments et de draps stérilisés, de la même façon qu'un papillon se perd parfois dans la circulation de la ville.

Cette chambre devait être celle d'un patient important. Mais pourquoi retirait-on toutes ces fleurs... ?

— Il est sorti ? Je suis arrivée trop tard ? demanda-t-elle dans un souffle.

La jeune fille secoua la tête. Son regard était doux, ses quelques rides tristes témoignaient de sa peur de décevoir. La même qu'Edna avait si souvent ressentie devant Jacob.

Que se passait-il ? Si elle n'était pas en retard et que Jacob était derrière cette porte, pourquoi la jeune fille ne lui disait-elle rien ? Pourquoi ne souriait-elle plus ?

Elle avait arrêté un aide-soignant et lui avait murmuré quelque chose à l'oreille, qu'Edna n'avait pu entendre.

La vieille femme, tache de poussière au milieu de toute cette blancheur, regardait autour d'elle, égarée.

Jusqu'à ce que la jeune fille lui pose délicatement la main sur l'épaule pour la faire entrer.

51

La chambre était vide

Edna sentit quelque chose, à l'intérieur, fondre et l'entraîner avec elle. Avant de laisser la mer monter, elle se concentra pour résister aux vagues.

— L'état de monsieur Kneip était très grave, murmura la jeune fille.

Edna était incapable de détacher les yeux du lit aux draps blancs parfaitement repassés. Par la fenêtre, on apercevait le parc.

Peut-être qu'une lanterne de papier montait dans le ciel.

Elle passa la main sur l'oreiller. Emil sortit du sac et trottina autour d'elle. Elle fit mine de l'attraper, mais il sauta sur la table de nuit.

— Ne vous en faites pas, la rassura la jeune fille en souriant. J'ai aperçu sa tête qui dépassait de votre sac, à l'accueil. Je ne dirai rien.

Emil observa le fil de la lampe de chevet, puis le cahier posé sur la table de nuit, et se posa dessus pour en mordiller les coins.

La jeune fille l'attrapa et le lui retira du bec en s'écriant :

— Ça non ! C'est à M. Kneip et nous devons le remettre à sa famille.

Edna regarda le cahier de dessin, le papier jauni, la couverture bleue sur laquelle figurait un prénom, tracé d'une écriture qu'elle connaissait et qui la ramena en arrière comme l'élastique d'un lance-pierre. Jacob et sa manie de signer les objets pour marquer qu'ils lui appartenaient. Pour que personne ne les lui prenne. Edna savait bien d'où provenait cette crainte : les enfants de la ferme n'étaient pas gentils, pas plus que les adultes qui lui avaient pris sa poupée, et à Jacob la vie. Son sourire devint mélancolique.

— Vous pouvez y jeter un coup d'œil, si vous voulez. Je sais que M. Kneip y tenait beaucoup. Ses enfants le lui ont apporté pour qu'il puisse dessiner, comme il faisait d'habitude, ont-ils dit. Mais il est resté fermé, dit-elle en soupirant. Il ne s'est jamais réveillé.

Edna le prit délicatement et effleura le papier comme si une caresse pouvait l'abîmer, comme s'il risquait de s'effriter entre ses mains comme une fleur séchée.

La jeune fille toussa pour s'éclaircir la voix.

— Je dois encore faire le tour des chambres et apporter le déjeuner à quelques patients, qui doivent se demander où je suis passée. Je vous laisse seule un petit moment.

Edna ajusta ses lunettes (elles ne tenaient pas en équilibre sur son nez comme par magie).

— Quand est-ce arrivé ?

— Nous avions prévu de le réveiller aujourd'hui et de l'installer ici, dans cette chambre, mais son état a empiré subitement. Il est parti hier, conclut-elle d'une petite voix.

La jeune fille sortit en laissant la porte entrebâillée. Peut-être pour qu'Edna ne se sente pas seule.

La vieille femme ne se retourna pas, ne la remercia pas. C'était malpoli et peu aimable, parce qu'elle avait bien conscience que la jeune fille lui offrait une chance : celle de dire adieu à Jacob.

Mais elle était en colère, furieuse, triste. Et vidée.

Elle se sentait trahie, comme à la fin de son premier voyage, le jour où elle avait été emmenée avec les autres enfants au marché au bétail et pas dans une maison chaude, devant une table garnie de tous les mets que le père Gianni lui avait promis.

Jacob aurait pu se sauver, lui, parce qu'il avait compris ce que signifiait la croix tracée à la craie dans le dos du paysan. Mais il avait choisi de rester avec elle, la fillette qui lui avait souri de la charrette qui l'emmenait à la ferme des ombres.

— Tu as voulu me protéger, depuis le début, murmura Edna, assise sur le lit de Jacob, son cahier à la main. Mais maintenant, tu n'es plus là pour m'emmener avec toi.

Elle caressa la couverture et l'ouvrit.

Le premier mot lui arracha un sourire. *Soubenirs.* Elle poursuivit. *Soubenirs et impresions de Jacob Kneip.* Les règles de l'écriture n'avaient jamais intéressé Jacob. Et elle n'avait pas été une bonne enseignante.

La lumière de l'après-midi éclairait les pages couvertes de dessins. La montagne. Les animaux. Le museau d'un écureuil dans les branches, le détail du poil d'un renard. Un hérisson qui se cachait sous les feuilles. Des oies. Des projets pour construire une grange : des mesures, des temps, des phases.

Et Emil.

Edna s'agrippa au drap, les mains moites d'émotion.

Emil. Le portrait d'une enfant aux cheveux frisés, noués en deux tresses décoiffées. Les yeux ronds comme des lunes, immergés dans une mer de taches de rousseur.

— Nous n'avons jamais changé dans les souvenirs l'un de l'autre, dit Edna en souriant. Tu m'as toujours vue comme une fillette décoiffée.

Et il était décidément plus doué pour le dessin que pour l'écriture. Des visages, des projets. Des cartes. Au départ, elle était sûre que tout figurait sur celle qui avait guidé ses pas jusqu'à Ravensburg. Mais elle avait découvert qu'un voyage n'est pas la trace de soi qu'il laisse sur une carte. Il n'est pas une somme de routes, un entrecroisement de lignes ou une succession de villes.

Le monde de Jacob entre les mains – ce monde qui était aussi le sien et celui d'Emil – mais sans lui, Edna se demanda, comme Tenzin Lorenzo, si la seule façon de réparer le passé n'était pas justement d'oublier.

Elle pensa à Priska et à son rêve de vivre en voyage, avec le ciel étoilé pour seul toit.

À Roland et sa caravane suspendue entre la nuit et le lac.

À tous les gens qu'elle avait rencontrés, elle avait raconté une partie de son histoire. Chacun avait écouté et fini par y croire avec elle. Or, elle les avait trompés. La vraie vie ne ressemblait pas à un conte. Parfois, les choses n'avaient aucune logique et on pouvait juste éviter les chutes de pierre.

Les promesses de deux enfants n'avaient pas le pouvoir magique de les sauver. Comme toute promesse, elles n'avaient pas résisté aux mensonges, au temps qui passe et à la peur qui paralyse et incite à la tromperie. Tout choix porte en lui des conséquences qui se fixent comme des étoiles dans le ciel. Immuables.

C'était la silhouette d'un garçon recroquevillé derrière un muret, le ciel se couvrant de boue, une charrette à l'approche : c'était Jacob, dessiné sur la dernière page.

Edna referma le cahier, glissa Emil dans le sac et sortit sans se retourner. Peu importait qu'on lui coure après ou qu'on l'arrête. Silencieux et immobile, le perroquet attendait l'ouragan, comme chaque fois qu'il faisait une bêtise et observait Edna pour évaluer l'intensité de sa colère et trouver le moyen de lui échapper. En général il finissait par l'attendrir, avec son air malheureux et les quatre plumes qui lui restaient dans le cou. Mais cette fois Emil n'y était pour rien. Il n'avait pas mangé les fleurs qu'elle venait de cueillir et disposer avec amour dans le vase de la cuisine. Il n'avait même pas grignoté son calepin avec les numéros de téléphone importants, il n'en avait pas fait de confettis, il n'avait pas non plus rongé le cadre de la porte d'entrée parce qu'il l'avait pris pour un arbre où il voulait creuser son nid.

Edna était en colère contre elle-même.

Elle l'aida à monter sur son épaule et il se lova contre sa joue. Emil aussi était fatigué.

Elle accepta de se faire examiner la jambe, écouta le médecin et sourit à l'infirmière, l'esprit ailleurs.

À la sortie, Adele était en conversation animée avec deux policiers, sous le regard amusé d'Helmut et René qui fumaient une cigarette un peu plus loin, appuyés à leurs motos, les jambes mollement croisées.

Les policiers lui posèrent des questions, aussi. Dans ces cas-là, la meilleure stratégie était de parler peu, de livrer le strict nécessaire sur un ton détaché, mais cordial.

Edna n'eut pas de mal à s'y tenir (bien sûr qu'elle allait bien ; non, personne ne l'avait contrainte ; c'étaient ses amis, oui, tous, même les motards ; quelle question, bien sûr qu'elle était lucide ! Elle pouvait le prouver en comptant jusqu'à cent, puis à rebours). Les cris d'Emil faisaient trembler les malinois – qui couinaient en tirant sur leur laisse –, et son air déprimé acheva de les convaincre. Edna poussa un soupir de soulagement.

Maintenant, chacun allait pouvoir repartir de son côté. Même si cette fois, elle n'avait pas de plan. Ni de carte.

— Edna ! appela une voix essoufflée, derrière elle.

Elle se retourna et vit la voiture verte, qui était bien celle de Max : il venait à sa rencontre avec Lukas. Le garçon agitait la main en souriant.

Toutefois, elle ne lut pas la même joie sur le visage de son grand-père. Un vague apaisement, peut-être.

— Vous avez intérêt à rester là où vous êtes, pas un pas de plus ! cria-t-il en agitant une pile de papiers. Vous savez qu'on vous a cherchée partout ? Et qu'à cette heure vous devriez être à la maison de retraite ? Tout était organisé. Vous êtes en train de décevoir beaucoup de gens, Edna.

Max, comme Adele, utilisait rarement les mots de manière appropriée, mais cette fois il fit mouche.

Edna avait déçu beaucoup de gens. Elle aurait peut-être mieux fait de rester chez elle à siroter de l'infusion de mélisse en regardant les feuilles tomber des arbres de son jardin et en comptant les jours qui passaient.

Elle ne parvenait cependant pas à donner raison à Max. Il se tenait devant elle, le visage rouge, les yeux brillants et les doigts contractés sur ses papiers, comme si c'étaient les tables de la loi.

— Et toi, tu me dois des explications.

Adele considéra son mari avec sévérité, avant de s'adresser à Edna en souriant :

— Comment ça s'est passé ? Vous l'avez vu ? Qu'est-ce qu'il vous a dit ?

Chaque respiration suspendue, chaque intonation joyeuse dans la voix d'Adele lui transperçait le cœur.

Quand elle était partie en voyage, elle avait cru disposer de quelques jours, comme un cadeau, pour remonter le temps. Et maintenant, elle s'apercevait que le temps l'avait trahie à nouveau, comme la nuit où le diable lui avait fermé les yeux. À l'époque, déjà, elle était arrivée quand il restait à peine quelques grains de poussière dans la clepsydre. Mais cette fois, Jacob ne l'avait pas attendue. Il était parti. Et elle ne s'était jamais sentie aussi vide.

Adele lui sourit comme si elles s'apprêtaient à aller faire les soldes, armée du toupet de son fard bleu outremer. Son enthousiasme s'éteignit quand elle la regarda plus attentivement. Elle releva ses lunettes sur son front et s'approcha pour la serrer dans ses bras, mais Emil bondit, la faisant reculer.

C'était mieux ainsi. Edna savait que les étreintes sont le meilleur endroit où se perdre. Bonnes pour les chochottes.

Le tonnerre retentit dans le ciel et tous levèrent les yeux vers les nuages lourds. Le ciel était noir, fendu par les éclairs au-dessus des collines. La pluie les prit de court, se glissa entre leurs cils, brûla leurs peaux hâlées, accéléra le pas des gens qui s'abritaient sous des capuches, dossiers ou journaux sur lesquels rebondissaient les gouttes, créant des nuages d'éclaboussures.

— Venez !

Ils suivirent Helmut et se serrèrent sous l'auvent. Le vent soufflait fort, les papiers s'envolaient des poubelles pour aller rouler sur l'herbe et se mêler aux feuilles.

Seul Max resta à l'écart, pour téléphoner.

Quand il revint, trempé des pieds à la tête, ses cernes avaient grossi et noirci.

— Bon, voilà. Quelqu'un d'autre a pris votre place à la maison de retraite, Edna. Quelqu'un de « fiable », siffla-t-il en se laissant tomber contre le mur.

Assise à côté de Lukas, Adele restait silencieuse.

— Ce n'est pas moi qui ai appelé la police, grommela Max. Dans quelle langue tu veux que je te le dise ? Mais j'aurais mieux fait de le faire. Et puis, ton idée farfelue de ne plus partir…

— Pas maintenant, Max. Et éteins ce portable, s'il te plaît, ajouta Adele d'un ton sec.

Max fit taire la grenouille qui coassait dans sa poche et se passa les mains sur le visage.

— Tenez, dit Helmut en lui offrant une cigarette.

— Je ne fume pas, déclara Max, la voix cassée par la fatigue.

— C'est un bon moment pour commencer, lui assura l'autre avec un sourire complice en indiquant l'expression contrariée d'Adele.

Edna ne se souciait ni du ciel ni de la pluie.

Elle s'abîmait dans le dernier dessin de Jacob, incapable de détourner les yeux. Était-ce toujours un bon moment ? Pour partir. Pour traverser les montagnes. Pour essayer de réparer, pensa-t-elle en revenant à la nuit du diable et en se demandant combien de fois, après celle-ci, Jacob et elle s'étaient frôlés près du muret en pierre sèche. À chaque goutte de sang qui coulait de ses blessures, elle avait désiré qu'il puisse l'entendre. Elle lui aurait raconté ce qui se cachait derrière la porte du cabanon et pourquoi elle n'avait pas réussi à l'ouvrir pour y laisser Emil seul dans le noir. Elle lui aurait expliqué sa peur, puis le courage – quand le désespoir avait consommé toutes ses pensées – qui l'avait enflammée et qui avait fait bouger ses jambes sans qu'elle puisse les arrêter. Elle lui aurait dit qu'il était dans son cœur. Qu'il y avait toujours été. Et qu'elle ne laisserait jamais personne l'en arracher.

La pluie drue se transformait en rafales de neige tandis que René, Helmut, Adele, Lukas et Max disparaissaient, comme gommés par un enfant. Edna se retrouvait seule, avec le dernier dessin de Jacob et son dernier souvenir.

Le muret, la charrette et la poussière de la clepsydre

La fuite – Troisième partie

Edna avait dans les narines l'odeur humide de la roche, dans les yeux l'obscurité de la forêt. Son regard passait des branches couvertes de neige à la charrette de l'autre côté du muret. Les hommes avaient fini de charger et elle avait compté au moins onze fois jusqu'à soixante. Peut-être pas toujours au même rythme : parfois elle avait accéléré, d'autres fois les nombres étaient apparus plus lentement dans sa tête. Elle avait les doigts gelés, quand elle les bougeait, la sensation de brûlure irradiait jusqu'à ses tempes, et elle claquait des dents.

Où était Jacob ?

Il lui avait dit qu'ils paieraient les marchands ambulants pour qu'ils les emmènent avec eux. Mais désormais, c'était Bastian qui avait l'argent d'Anja. Puis il avait ajouté, en lui faisant un clin d'œil :

« On pourrait toujours sauter dedans sans se faire voir. Et puis, filer dès qu'ils nous découvriront. Mais à ce moment-là, on sera loin d'ici. » Ce n'étaient peut-être pas les mots exacts, mais le sens était celui-ci.

Les aboiements des chiens l'avaient fait sursauter. C'était la meute avec laquelle le patron partait chasser le cerf. Jacob connaissait le nom de chaque bête parce qu'il leur apportait parfois à manger. Elle, elle ne voyait que leurs mâchoires rouges et leurs dents qui s'ouvraient comme des pièges chaque fois qu'elle approchait de leur enclos.

Maintenant, elle sentait ces pièges se refermer sur sa chair. Comme les faux la nuit de pleine lune, avait-elle songé en écoutant les voix des paysans qui les cherchaient. Comme ce qu'elle ressentait quand le paysan s'approchait d'elle dans le cabanon.

Elle avait serré les poings et planté ses ongles dans les paumes de ses mains pour résister au souvenir qui brûlait ses joues rouges, comme de la glace.

Les hommes avaient chargé les derniers sacs sur la charrette. Ils s'apprêtaient à partir. Cette certitude l'avait traversée comme un éclair.

Elle s'était tournée vers la forêt et les aboiements : Jacob n'arrivait pas.

Que lui feraient-ils, s'ils la trouvaient ici ?

La peur qui lui coupait les jambes s'était transformée en désespoir, en force qui contractait ses muscles et la faisait bondir.

Edna avait couru. Plus vite que les rafales gelées, plus fort que ses pensées. La niche traçait des sillons dans la boue et Emil était ballotté dans le sac à dos. Elle avait atteint l'arrière de la charrette et elle y avait jeté le chariot, avec peine, car il était très lourd. Puis elle avait bondi à son tour et elle s'était cachée entre les sacs, sous une couverture, le cœur battant la chamade. Dans le noir, les pensées étaient encore plus effrayantes.

Où était Jacob ? Douze fois soixante, douze tours rapides de cadran : douze minutes… « Tu es forte pour compter, chochotte. »

Edna n'aurait pas su dire depuis combien de temps elle était là-dessous. Elle avait prêté attention aux bruits tout proches et à la faible lueur grise qui filtrait des nuages. Et elle s'était demandé si Jacob manquait aussi à Emil.

Puis elle avait senti une secousse et les chevaux l'avaient entraînée loin du muret, de la forêt. Et de la ferme, des arbres et des buissons, des animaux sauvages et des fantômes des personnes qui n'étaient plus. Jacob, si rapide et habile pour échapper aux paysans, assez malin pour tromper les chiens, s'était-il laissé capturer par les ombres de la forêt ?

Elle avait soulevé la couverture, s'était penchée, et elle avait vu une tache sombre se détacher des rochers et courir à toute vitesse vers la charrette dans la neige.

L'ombre aux cheveux ébouriffés avait pris les contours de Jacob, tandis que le reste du monde – les arbres couverts de neige, les rochers sur le chemin – disparaissait. Il essayait de la rejoindre, tendait le bras, mais elle était incapable de bouger. Au lieu de l'aider à monter dans la charrette qui s'éloignait, mettant de plus en plus de boue et de vent entre eux, elle restait immobile, paralysée par la peur.

Emil l'avait réveillée en se débattant. Il avait vu Jacob, si proche. Edna n'avait qu'à se débarrasser de sa couverture, s'accrocher de toutes ses forces au rebord de la charrette, se pencher, l'attraper et le tirer fort, le plus fort qu'elle pouvait. Elle pouvait le faire, s'était-elle dit en gonflant ses poumons. Et Jacob, le visage sale et contracté par l'effort, les joues enflammées par la fatigue, semblait l'encourager. Il ne regardait pas derrière lui. Mais elle les voyait, elle, les hommes qui les poursuivaient, tels des diables libérés des chaînes du père Fouettard. Elle les voyait.

Edna avait concentré toutes ses forces dans ses genoux pour se soulever, mais à chaque tentative le vent la repoussait plus loin au fond de la charrette. Elle avait essayé encore, elle avait supporté la brûlure des coupures et l'air qui fouettait sa chair. Elle avait serré les dents, écarté les cheveux devant ses yeux, gardé son équilibre.

Elle ne voulait pas retourner à la ferme. Ils y avaient été emmenés suite à une trahison. Ils s'y étaient rencontrés, entre l'obscurité du cabanon, la fatigue du travail aux champs et les coups de bec des oies à plumer. Et ils partiraient ensemble.

Jacob était si proche que pendant un instant elle avait deviné son sourire de canaille. Leurs doigts s'étaient effleurés. Alors elle s'était tenue d'une main au rebord de la charrette (comme une plante aux racines fortes, Edna. Une plante que même le vent ne peut arracher à la terre. Aussi forte, Edna), puis la douleur avait explosé en millions de flammes lui incendiant les doigts. La glace et la neige dont elle avait libéré la cage d'Emil étaient encore incrustées dans son pull, sous ses ongles, dans ses coupures, entre ses cils, et elle ne voyait plus rien.

Une secousse l'avait poussée en avant et elle avait senti la main de Jacob à un souffle de la sienne. Elle avait presque réussi à l'attraper et Jacob avait souri, comme quand il était sûr d'avoir raison ou qu'il défiait le sort, la dure loi de la ferme ou les paysans.

Cela avait duré un instant. Edna avait levé les yeux et avait vu derrière lui le paysan du cabanon, celui qui connaissait leur secret. Elle l'avait senti, flairé malgré la neige.

Lui, et son odeur de choses sales. Il la fixait, sans gentillesse ni compréhension. Son visage s'était transformé, comme quand elle l'avait senti sur elle – il avait bougé vite, il était devenu rouge et même sa voix avait changé.

La peur l'avait traversée comme une vague qui lui avait fait retirer sa main pour la cacher dans le noir, et l'avait entraînée loin de Jacob.

Elle avait vu les diables surgir de la forêt et bondir sur lui. Jacob était tombé dans la boue.

— Edna ! avait-il hurlé alors qu'elle se cachait dans la charrette.

La voix de Jacob était de plus en plus lointaine, elle se mêlait au vent, mais elle l'aurait reconnue entre tous les bruits de la nuit.

— Pourquoi tu ne m'as pas attendu ? J'ai réussi. J'étais là.

Il s'était enfoncé encore plus dans la neige sale et il ne s'était pas débattu quand les hommes l'avaient traîné jusqu'à la ferme. Mais il l'avait longuement regardée. Et c'était comme si les esprits de la forêt lui avaient volé son souffle et son âme, l'avaient vidé de son bonheur et lui avaient pris ses forces. Jacob n'était plus qu'un masque vide et dur, comme les paysans qui l'emmenaient.

Edna avait serré Emil contre elle en se demandant ce qui allait leur arriver.

La douleur qui lui brisait le cœur était la plus forte qu'elle ait jamais éprouvée. Même dans le cabanon.

Elle apprendrait à appeler cela nostalgie, remords, sentiment de culpabilité. Mais cela ne la quitterait jamais. Cela resterait là, glissant des doigts glacés dans son cœur alors qu'elle se demandait, comme chaque soir depuis, comment elle pouvait réparer. Elle se sentait sale, comme une voleuse, d'avoir emmené Emil. Et menteuse, comme une sorcière, d'avoir trahi leur promesse.

52

Le perroquet
qui se prenait pour une oie

Ainsi, accompagnée des derniers nuages de pluie qui glissaient vers le sud et de la campagne qui défilait par la fenêtre, elle laissa également s'en aller son dernier souvenir de Jacob.

— Il vous a attendue parce qu'il croyait que vous étiez encore dans la forêt ? demanda Lukas, assis à côté d'elle sur la banquette arrière, les yeux écarquillés.

Max conduisait. Adele était à côté de lui. Aucun des deux n'avait prononcé un mot.

— Il avait tenu sa promesse, poursuivit Edna en acquiesçant. Nous serions partis ensemble. Il m'a attendue jusqu'au dernier moment, jusqu'à ce qu'il voie ma tête pointer de la charrette. Alors il a essayé de me rejoindre en courant le plus vite possible. Mais... ce qui est arrivé est arrivé.

Elle avait retiré la main un instant avant que les hommes l'attrapent et elle avait serré fort Emil, qui était tout ce qui lui restait de Jacob. Avec les cauchemars qui allaient troubler ses nuits et les souvenirs, plus violents l'été quand elle repensait au cabanon, aux dos nus brûlés par le travail, au scintillement des faux, et qu'elle sentait entre ses cuisses le poids du paysan. Alors elle revoyait aussi le visage d'Anja qui sombrait dans la cuve à grains. Et Bastian, qui l'aidait à nourrir les cochons. Et Jacob, bien entendu. Mais elle n'avait pas revécu cette nuit-là, qui était toujours restée brouillée et qui jamais, avant ce jour, ne s'était recomposée ainsi. Avec une telle netteté qu'elle en avait mal.

— Qu'est-ce qui est arrivé à Jacob ?

— Ils l'ont ramené à la ferme. Puis la guerre est arrivée.

Edna n'aurait pu imaginer une horreur plus dévastatrice que ce qu'elle avait vécu, mais la terreur s'était abattue sur ces champs où elle s'était cassé le dos. Les veuves de guerre avaient porté un voile noir tissé de choix, d'abandons et de séparations.

— Quand elle a été terminée, il a compris que ce monde détruit ne lui appartenait pas. Il ne l'intéressait pas, il ne voulait pas le comprendre, vu qu'il n'avait habité que les montagnes et que les montagnes n'ont pas de frontières. Fidèle à lui-même, il s'est trouvé un endroit plus près de la forêt.

L'infirmière lui avait raconté des fragments de la vie de Jacob. Puis elle lui avait demandé, les joues rouges, si Emil était l'oiseau de paradis dont on parlait. Elle avait remarqué ses couleurs et sa forme unique grâce aux dessins de Jacob et elle avait eu un déclic. Mais cela aurait été « dingue », avait-elle dit, trop… « waouh » (elle avait écarquillé les yeux) pour être vrai. Et si ça l'était…

Edna avait soulevé la languette du sac et échangé un regard complice avec Emil.

— C'est comme ça qu'on l'appelle, oui, avait répondu Edna en se remémorant toutes les bêtises qu'avait faites cet oisillon déplumé, pendant leurs nombreuses années de cohabitation.

Un vrai diable. Cela n'avait pas empêché deux enfants reclus dans une ferme à la lisière de la forêt de croire à un conte de fées et de se mettre en tête de voler le paradis.

Helmut et René, qui escortaient la petite voiture verte, se placèrent à leur hauteur et sourirent, levant la main d'une façon qu'Edna avait appris à reconnaître et qu'elle imitait plutôt bien. C'était leur façon de souhaiter bonne chance, les yeux rivés sur la route qui restait à parcourir. Pour voir derrière ils utilisaient le rétroviseur, mais uniquement pour se protéger des flics. L'aventure, elle, était toujours au-devant d'eux. Il fallait la respirer avec l'air qui soufflait sur le visage et mettait au défi de rouler plus vite.

Au moment exact où la moto s'écarta de la voiture et partit au loin, Edna se rappela qu'elle avait toujours le sac d'Helmut.

Trouverait-elle un jour le moyen de le lui rendre ?

Elle s'enfonça dans son siège, se demandant pourquoi après chaque voyage elle se retrouvait avec quelque chose qui ne lui appartenait pas et qu'elle aurait voulu rendre à son propriétaire légitime.

Ils s'arrêtèrent à la première station-service. Adele sortit un instant après Max.

Les voir se disputer à travers la vitre – Max qui poussait d'un doigt nerveux ses lunettes sur son nez, puis fixait la pointe de ses chaussures avec un air gêné, Adele qui levait les yeux au ciel –, c'était comme regarder un film muet au cinéma. Au premier rang.

— Qu'est-ce qu'ils font ?

— Ils se disputent. Les adultes se disputent toujours, soupira Lukas. Comme papa et maman. Eux aussi ils se disputaient. Mais cette fois, c'est ma faute.

Emil était sorti de son sac et s'était hissé sur l'épaule d'Edna, d'où il lui mordillait l'oreille.

— C'est moi qui lui ai dit où vous étiez et qui lui ai montré les photos.

— Quelles photos ?

— Celles de vous avec les hippies, de vous et Emil dans la voiture d'époque, d'Emil avec cette fille aux cheveux bizarres, la… la…

— Chamane.

— La chamane, oui, et…

— Ça va, ça va, mon garçon. Je crois que quelqu'un me les a déjà montrées.

Cela avait été assez gênant comme ça.

— Je crois que papi a pensé que vous étiez devenue folle et qu'il fallait venir vous chercher. C'était mamie qui était censée le faire, mais elle est nulle pour ce genre de choses. Elle n'arrive jamais à décider. Et puis, papi a de gros problèmes. Mamie aussi d'ailleurs, même si elle ne le sait pas encore.

De l'autre côté de la vitre, Adele avait pris l'éponge et l'avait trempée dans le seau pour laver le pare-brise. Et au moment où Max s'était approché pour lui montrer son téléphone, elle l'avait laissée tomber, en même temps que ses bras, le long de ses hanches. Ses lunettes étaient de travers sur son front. Adele s'était transformée en pantin.

— Peut-être que maintenant elle le sait, ajouta Edna. Quel genre de problèmes ?

— Papi a acheté plein de choses pour le nouveau Bed & Breakfast. Des choses pour le bar, le restaurant. Et des panneaux solaires. Des kilomètres de panneaux solaires, dit Lukas en écartant les bras. Vous savez qu'en Afrique on pourrait fournir de l'électricité à six cents millions de gens, grâce à de simples panneaux solaires ? Bon, peu importe. En tout cas, maintenant il a les panneaux, et si mamie ne veut plus partir, je ne sais pas à quoi ils vont servir. Et lui non plus. Peut-être qu'il devrait les envoyer en Afrique. Mais il a tout payé d'avance, pour avoir les aides. Et il a démissionné de son travail, ça fait déjà un moment. Ça, il ne l'a pas encore dit à mamie.

Adele fixait Max, qui parlait, parlait et parlait. Et plus il s'animait, plus elle devenait pâle et songeuse.

— Mais pourquoi Adele ne voudrait-elle pas partir ?

— À cause de vous. Elle ne veut pas vous laisser seule.

La tristesse l'envahit d'un coup. Adele était recroquevillée contre un muret, comme Edna autrefois. Elle regardait la vie, au-delà de cette frontière en pierre sèche, puis l'autre côté, ce qu'elle quittait, ses responsabilités et les promesses qu'elle s'était faites à elle-même, incapable d'agir et de décider.

— Sa mère est morte dans une clinique pour les fous et elle dit toujours qu'on n'abandonne pas les gens qu'on aime. Et qu'elle ne le refera jamais. Elle croit que tout revient, tôt ou tard. Que c'est un cercle… Je crois que c'est à cause de son obsession pour le karma : chaque événement est réversible, chaque chose se répète… un peu comme la physique quantique ou le cycle de l'âge.

— Tu m'embrouilles les idées, mon garçon.

Elle avait le vertige. Emil, lui, suivait avec attention les gesticulations de Lukas.

— Vous avez déjà vu les photos du Bed & Breakfast, la vieille maison de tata Ruth ?

Edna secoua la tête.

— Je vous les montre. Vous voyez, c'est un bel endroit dans la forêt. Il y a même un ruisseau et plein de noyers et de pommiers. Je n'en ai jamais vu autant, alors que ce n'est pas si loin de la ville.

— Des noyers, répéta Edna en réfléchissant.

— Oui, comme Emil les adore. Je l'imagine bien là-bas en train de se goinfrer de noix !

— Tous les perroquets en sont fous. Je ne sais pas pourquoi, d'ailleurs : il n'y a pas de noix dans les forêts équatoriales.

— Si, des noix de palme !

— Je doute que ça ait le même goût.

Edna observa Lukas composer des mots, puis faire glisser son pouce et son index sur l'écran à une vitesse vertigineuse. Max et Adele se disputaient toujours. Adele ne voulait plus partir. L'endroit où elle avait toujours vécu n'existait plus, parce que Max l'avait détruit en échange d'un rêve dont sa femme réalisait maintenant qu'elle n'en voulait pas. Le coup de téléphone qui l'avait libérée de la maison de retraite avait aussi pour conséquence d'enchaîner Adele.

— Tu m'as trouvée grâce à ce truc, Lukas ?

— Oui ! Il suffit de taper votre nom et celui d'Emil. Vous êtes très suivie, vous savez ?

— Et si tu cherchais « Jacob Kneip »...

Lukas semblait embarrassé.

— Votre ami, celui qui n'est plus là ?

Il aurait voulu lui expliquer qu'on ne trouve pas de traces des morts, mais il n'avait pas le courage de la décevoir.

— Oui, lui.

Lukas composa le nom. L'écran clignota, se remplit de mots qu'il parcourut rapidement.

— Le voilà !

Il lui passa le portable et Edna lut chaque ligne, le front si près de l'écran qu'elle en sentait la chaleur.

L'article était semblable à celui du journal qu'avait trouvé René. Toutefois, juste après l'annonce de sa disparition et les hommages à sa famille, il fournissait une information importante

— C'est fort, pas vrai ? On trouve tout ! s'exclama Lukas avec un sourire de satisfaction.

— Oui... soupira Edna, plongée dans ses pensées.

Tout était un cercle, un cercle parfait... Comment avait dit l'horloger ?

— Lukas, que voulais-tu dire par « tout se répète » ? demanda-t-elle, les yeux toujours rivés sur l'écran.

Il haussa les épaules.

— Je ne sais pas... Que toute fin est un peu le début de quelque chose. Comme un cercle, je crois.

Quand Adele et Max remontèrent dans la voiture, la première s'écroulant sur son siège, le second le visage tiré, en poussant un long soupir, Edna était toujours collée à la vitre. Elle cherchait un détail qui se détachât entre le vert des collines et le ciel qui retrouvait son bleu lumineux, tandis que le soleil teintait les nuages d'or à l'ouest. Pour l'instant, elle avait suivi des yeux un moulin à vent. Mais à un moment, son cœur explosa.

— La ferme est là-bas, sur la colline, s'écria-t-elle en indiquant une zone du bois où l'on apercevait un toit orange.

Elle avait cru voir la tour en béton blanc (carrée, une fenêtre) qui fournissait l'électricité, puis elle avait regardé le haut de la structure (toit en tuiles rouges, forme de chapeau pointu sans visière), et son index s'était arrêté sur le verre froid et humide de sa vitre, qui mettait une distance infranchissable entre elle et le passé. Edna était à la fois attirée et repoussée par la colline, comme si elle était debout au-dessus d'un gouffre, la pointe des pieds dans le vide et les talons encore plantés dans le sol.

— On peut y aller ? demanda Lukas.

Max secoua la tête.

— Nous avons encore beaucoup de route. Je ne suis pas sûr que ce soit une bonne idée.

Adele le regarda sévèrement :

— Au moins ça, Max.

Ils se garèrent à l'ombre d'un immense cerisier qu'Edna connaissait bien. Elle caressa son écorce rugueuse, habitée par les insectes et séchée par le soleil, et respira son odeur de lymphe, les yeux mi-clos. Elle avait envie de se déchausser pour sentir la caresse de l'herbe sur ses chevilles.

Max l'observait, les bras croisés, se demandant combien de cases manquaient à ce cerveau fantasque. Un peu comme elle, le matin où elle avait sorti la tête de sa tente et vu Priska enlacer un arbre.

Ils montèrent tous les quatre jusqu'au sommet et contemplèrent le bas de la colline, là où le soleil créait des ombres dorées en s'enfonçant dans l'obscurité des bois.

Les mains en visière, pour la première fois depuis longtemps, Max sourit.

Adele et Lukas scrutaient les environs, désorientés.

Edna retenait sa respiration. Elle aperçut les parasols colorés et les tables en bois garnies de plateaux de bière apportés par de jolies jeunes filles en robe traditionnelle. Plus loin, des enfants montaient de gros poneys tachetés. Des femmes profitaient des derniers rayons de soleil sur des chaises longues. Des hommes pêchaient dans l'étang.

— Vous ne nous aviez jamais dit que vous aviez travaillé dans un hôtel de luxe, Edna ! s'exclama Max, amusé.

Adele et Lukas le fusillèrent du regard.

— Tout est si différent, murmura Edna.

La ferme était toujours le bâtiment long et massif dont elle se souvenait, divisé en deux parties. Mais celle où dormaient les enfants, qui jouxtait les abris des animaux, les étables et la grange, avait maintenant d'énormes baies vitrées où se reflétaient les prés verts et les collines environnantes. L'étang avait été nettoyé, on y apercevait des truites qui sautaient en donnant des coups de queue. Les barrières en bois entouraient désormais des pelouses fraîchement tondues qui évoquaient la moquette d'un centre commercial.

Emil sauta par terre. Il déploya ses ailes ébouriffées et courut vers les oies – blanches, nettoyées de la boue (et avec toutes leurs plumes !) – et les fit fuir derrière le cabanon dans un nuage de poussière et de criaillements.

— Vous avez entendu, Edna ? cria Lukas, abasourdi.

— Emil imite les oies. Ou plutôt, il se prend pour l'une d'elles, dit-elle en riant.

Le perroquet dressait le cou en trottinant sur l'herbe. Il avait grandi au milieu des oies et, en un sens, elles avaient pris soin de lui. Elles l'avaient sauvé.

— Emil a été un oiseau de paradis et, juste après, une oie. Je ne sais pas s'il s'est senti perroquet à un moment de sa vie.

Elle ne l'avait jamais vu aussi heureux.

Edna profita de la pause de Max et Lukas, assis à une table en bois, pour rester seule.

Non seulement elle avait perdu Jacob pour toujours, mais leur passé avait été rasé. Elle aurait dû comprendre, au cours de son voyage, que le monde était allé de l'avant, pendant qu'elle restait enfermée dans sa maison couverte de plantes grimpantes.

Elle marchait sur des allées entourées de parterres et de champs de fleurs (marguerites jaunes, boutons-d'or, orchidées, pulmonaires roses, achillées, pissenlits). Les souvenirs se superposaient à la réalité. Les volutes de crème solaire s'atténuaient, a fortiori lorsqu'elle sentait à nouveau l'odeur intense de l'étable qui l'enveloppait, et celle du foin, piquante, qui lui chatouillait les narines. Ses pas s'enfonçaient dans la boue, là où aujourd'hui il y avait de l'herbe. Son regard s'arrêtait sur la grange à bois, sur les piles de bûches en équilibre abritant des araignées aux longues pattes, au lieu de se promener dans les champs. Edna s'assit. Sa tête pulsait à cause de l'effort et de l'impression que chaque muscle de sa jambe capricieuse avait été passé au hachoir à viande. Pourtant à l'hôpital ils avaient dit que des anti-inflammatoires suffiraient, et ils lui avaient recommandé de faire attention à son genou.

Elle retira ses chaussures en dénouant les lacets avec soin (double nœud, au cas où il faille courir et s'enfuir vite…) et traversa la pelouse. Elle ramassa des fleurs, choisissant celles de colza, les orange qui ressemblaient à du carthame et des coquelicots, rouges comme le sang et le cœur. Les fleurs de l'oubli qui, paradoxalement, parsemaient le blé de taches colorées, comme si elles voulaient être trouvées. Elle noua le bouquet bien serré avec un brin d'herbe. Puis elle revint en arrière et se dirigea vers la grange, qui abritait maintenant des chambres d'hôtes. Elle chercha le cabanon et trouva sa porte en bois grisé, à l'écart des touristes, de l'agitation joyeuse de la cuisine et des rires des enfants. Loin du soleil, piégé entre les branches des premiers arbres du bois, qui sentaient la résine. Elle resta debout, comme si c'était une pierre tombale dont elle voulait lire l'épitaphe. En silence, en retenant son souffle. Puis elle toucha la porte et se laissa emplir d'une compréhension étrange et imprévisible pour ce bout de vieux monde qui avait survécu avec elle.

Elle posa la main à plat et revit les doigts incrustés de terre d'une fillette qui tremblait, comme elle maintenant. Elle ferma les yeux et se laissa envahir par l'obscurité de la nuit, qui lui glaça le sang. Elle tenta de se rappeler la caresse de Jacob sur son épaule, elle la sentit aussi chaude qu'à l'époque. La voix de son ami souffla dans son cou, l'enveloppant comme dans un rêve : « Je l'ai toujours su, chochotte : tu es forte. Mais pas assez », disait Jacob en riant. « Reste à côté de moi et il ne t'arrivera rien de mauvais. Plus jamais, Edna. » Edna effleura sa joue, touchée par son baiser. Ce baiser auquel elle n'avait jamais répondu. Et elle ouvrit les yeux.

Derrière la porte, des motos anciennes et de vieux débris étaient empilés. Le tout sentait l'huile et l'essence.

Elle ne pensa pas au paysan, au chocolat caché dans le foin, ni à la lumière qui filtrait par la fenêtre telle un nœud coulant de soie. Mais à Jacob et à ce qu'il y aurait trouvé. Quel trésor il aurait débusqué dans ce tas de ferraille. Elle souriait toujours quand elle aperçut l'ombre, qui l'enveloppa dans un manteau de peur et lui coupa la respiration.

La main sur son épaule la traversa comme une caresse. Elle se retourna.

Adele lui souriait.

— Ce n'est pas comme vous l'imaginiez, n'est-ce pas ?

— Pas vraiment, répondit Edna en soupirant, avant de hausser les épaules et de lui offrir un grand sourire : Heureusement, c'est beaucoup mieux !

Elle s'éloigna de la porte sans faire de bruit. Elle savait qu'il ne fallait pas réveiller les fantômes et ceux qui étaient enfermés là-dedans n'avaient plus la force de la mordre, pensa-t-elle consciente du calme qui envahissait son cœur.

Elle remonta la colline avec Adele, appuyée sur sa canne, traînant sa jambe encore douloureuse. L'air du soir se faufilait entre les feuilles, apportant une odeur de pollen et une tiédeur agréable.

Elle posa le bouquet au pied du cerisier, pour Anja, Bastian et tous les enfants de la Souabe.

— Pendant trois siècles, des milliers d'enfants (quatre mille par an dans les périodes les plus dures, mais trop de clandestins pour évaluer leur nombre avec précision) âgés de cinq à quinze ans ont traversé les montagnes seuls, un sac sur le dos. Ils avaient quitté leurs villages pauvres d'Italie, du Tessin ou du sud de l'Autriche, où leurs familles les avaient vendus, pour travailler dans les riches fermes de la Haute-Souabe, raconta Edna.

» Parfois ils étaient accompagnés par le curé de leur village – comme le père Gianni –, parce que les associations catholiques les protégeaient, dans la mesure du possible. Mais ensuite les fascistes sont arrivés, et avec eux l'italianisation forcée et l'école obligatoire. Les choses ont changé, l'association a été dissoute. Mais les traditions ne meurent pas,

Adele. Elles survivent avec les conditions qui les ont créées : la pauvreté et le désespoir.

Ainsi, le père Gianni était arrivé dans son village pour aider les paysans les plus miséreux. Il avait ramassé les enfants, et pour de nombreuses familles cela paraissait une bonne solution, parce qu'elles se rappelaient les mots de ceux qui étaient revenus. Même si tous n'avaient pas envie de se souvenir, que le ventre rond des jeunes filles était caché sous leur manteau et leurs papiers brûlés avec tous les cierges jamais allumés. Mais donner la vie valait mieux que rester et mourir.

Elle n'en avait jamais voulu au père Gianni qui, en y réfléchissant, avait été gentil avec elle. Même s'il lui avait inculqué ces idées sur l'enfer et les diables, emportant ses contes de fées. Et bien qu'il l'ait forcée à se baigner dans l'eau glacée et à se frotter la peau avec de la sauge pour laver ses péchés, lourd héritage d'Ève. Parfois le soir, à côté du feu allumé près des pics rocheux qui avaient la tête dans les nuages, il prenait un enfant dans ses bras et le serrait contre lui comme un bon père de famille. Le père que, disait-il, il n'avait jamais eu, parce qu'il avait dû partir très jeune pour étudier au séminaire. Et les curés n'avaient pas dû être tendres avec lui, parce qu'il devenait toujours triste, quand il évoquait les longues années passées avec eux.

Le père Gianni y croyait : dans les fermes de l'autre côté des nuages, qui se teignaient de pourpre au crépuscule, révélant le miracle de Dieu, ils trouveraient des familles aimantes et du pain chaud.

Peut-être le père Gianni aimait-il les contes, comme elle. Même s'il inventait les noms et que les princesses et les châteaux étaient remplacés par des champs à labourer et du travail qui faisait la fierté du Seigneur, parce qu'il les rendait vertueux.

— Vous avez cherché Jacob pendant toutes ces années. Voilà à quoi vous servait *Stern*… murmura Adele.

— Nous nous sommes ratés à nouveau, de très peu.

— Et maintenant, que va-t-il se passer ?

Edna savait que la question d'Adele ne s'adressait pas à son amie, mais à elle-même. Elle se demandait quelle tournure allait prendre sa vie, qui était pour d'absurdes raisons liée à celle d'une vieille grincheuse aux cheveux de méduse qui parlait avec un perroquet aussi déplumé qu'elle et que personne ne comprenait.

Elle jeta un coup d'œil aux fleurs posées sur la terre qui les avait accueillis, Jacob et elle, leurs dos tout proches, les yeux levés vers le ciel pour compter les feuilles des branches les plus hautes ou donner un nom aux nuages.

Le ciel était toujours là, taches de bleu lavées par la pluie, teintées par le crépuscule. Le soleil descendait derrière l'horizon, s'éloignait pour une nuit des hommes et de leur manie de vouloir rejoindre sa lumière.

Edna se demandait ce qui serait arrivé à Icare si son père Dédale ne lui avait pas instillé la peur de voler. Si la crainte de toucher le soleil ne lui avait pas empli le cœur d'une sorte de vertige. La peur est un monstre qui grossit les choses et les mots pour les transformer en filets où nous finissons par tomber. C'est le feu du soleil qui brûle nos ailes et brise notre vol.

— Il se passera ce que nous voudrons qu'il se passe, Adele.

— Parfois j'ai peur.

Adele suivait les stries blanches laissées par le vol des avions. Où allaient-ils ? Où vont tous les avions dans lesquels nous ne montons pas et dont nous voyons les traces dans le ciel ?

— Moi, je n'ai plus peur, dit Edna les yeux rivés sur les mêmes traces. Combien de temps faut-il pour voler jusqu'en

Russie, Adele ? Un de mes amis disait que c'est très loin. Mais j'ai l'impression que plus rien ne l'est.

— Il est temps de reprendre la route, chantonna Max, alourdi par les saucisses à la sauce safran et moutarde accompagnées de chou fermenté, le tout arrosé de bière.

Il était fatigué, mais il avait hâte de rentrer chez lui et d'oublier cette mésaventure.

Edna, elle, grâce à l'article que Lukas lui avait fait lire, avait eu une idée, qui lui semblait désormais la seule voie possible.

— Moi j'ai besoin de temps, Max. Juste un jour de plus, dit-elle l'air fier et la voix ferme.

53

Jour 9

Distance : 0 km

Ils avaient passé la nuit dans une pension des environs de Ravensburg. Lukas et Adele avaient accueilli le changement de programme avec enthousiasme. Adele était soulagée de renvoyer toutes les décisions au lendemain. Voire au surlendemain.

Max avait dû se résigner à leur excitation et au regard d'Edna qui, il ne savait pas pourquoi, le mettait mal à l'aise.

Il n'avait pas trouvé le sommeil. À trois heures du matin, l'heure du diable et des sorcières, il était encore assis sur un banc dans le jardin, entre les marguerites, les hululements des hiboux, les chuintements des chouettes, le craquètement des grillons et les cris d'autres insectes et bêtes sauvages – et on disait que la forêt était silencieuse et qu'il fallait profiter du calme de la campagne !

Il essayait de sortir une cigarette du paquet que lui avait donné Helmut lorsqu'il entendit un bruit de pas entrecoupés par le cliquetis d'une canne. Il ne fut pas rassuré de voir Edna.

— Vous non plus, vous n'arrivez pas à dormir ? demanda-t-il en tirant une bouffée qui le fit tousser. J'imagine que vous ne devez pas avoir l'esprit tranquille. Moi aussi je me sentirais coupable, si j'étais vous. Adele ne veut plus partir. Vous êtes fière de ce que vous avez fait, Edna ? Tout le monde parle de votre histoire, se demande qui vous êtes et pourquoi vous vous baladez dans les montagnes et traversez les bois et les lacs comme un lutin, accompagnée d'un perroquet. Ma famille est ensorcelée par vous, ils vous croient sans défense et voudraient vous protéger. Ils sont fascinés par votre passé.

Tous, sauf Lisa, se rectifia-t-il en regrettant même de ne pas l'avoir vue plus longtemps sur scène.

— Vous vous rendez compte que, à cause de vous, Adele n'a pas pu assister à la première du spectacle de sa fille ? Et vous savez quoi ? Sans Adele, cette histoire de Bed & Breakfast n'a pas de sens. Rien n'a de sens, sans elle.

Il écrasa sa cigarette dans le cendrier, si fort qu'une fumée à l'odeur nauséabonde de plastique et goudron s'en dégagea.

— Je suis certaine que ça va très bien marcher.

— Quoi donc ?

— Le Bed & Breakfast. Au début il faudra vous faire connaître et offrir des produits de qualité, naturellement. Ils sont difficiles à trouver. Par exemple le *Killepitsch*, dit-elle en faisant un clin d'œil. Je connais quelqu'un qui pourrait vous en procurer quelques bouteilles…

— Vous…

Max la dévisagea comme si elle était le diable en personne, et surtout en se demandant où elle voulait en venir.

— Absolument. Ce sont les règles du marketing. Premièrement : toujours être au goût du jour. Deuxièmement : se faire connaître. Troisièmement : communiquer de façon simple, mais efficace, récita-t-elle en hommage à Isaak. Et quatrièmement : se distinguer des autres.

Max rit sous cape.

— Vous, vous vous distinguez, ça ne fait pas l'ombre d'un doute. Mais comment savez-vous tout ça ?

Pour la première fois, il se tourna vers elle.

— J'ai voyagé, Max. En gardant les yeux bien ouverts. Et j'ai d'autres idées.

— Tiens donc !

Max l'écoutait avec intérêt. Edna était sérieuse et concentrée.

— Vous aurez besoin d'un blog correct, avec beaucoup de photos. Et de recensions. Je connais quelqu'un qui pourrait vous aider. Et vous devez offrir des expériences sensorielles. Les clients aiment ce genre de choses : méditation en plein air, contact avec la nature.

— Je ne crois pas à ces âneries...

— Moi non plus, Max. Vous ne croyez quand même pas que j'ai passé ma vie à enlacer des arbres ? Mais c'est du marketing. Il faut donner au client ce qu'il attend.

Max acquiesça, confus. Il leva les yeux et resta un instant piégé dans la profondeur obscure du ciel.

— La Voie lactée, murmura Edna. C'est merveilleux, n'est-ce pas ? Selon la légende d'un peuple qui vit dans les plaines argentines, c'est de la poussière soulevée par la danse des nandous. C'est de là que vient Emil.

— De la Voie lactée ?

— D'Amérique du Sud ! Quelle question !

Max l'étudiait en se demandant qui elle était vraiment, quand un coassement de grenouilles brisa le silence et le sortit de son rêve.

Il sourit, soulagé d'entendre la voix familière de Lisa, mais s'assombrit tout de suite. Il plongea ses yeux inquiets dans ceux d'Edna et lui tendit le téléphone.

— C'est Lisa. Elle veut vous parler.

Edna lui rendit l'appareil quelques minutes plus tard, les oreilles pleines des mots rapides de Lisa, de son rire et du bruit du café d'où elle appelait. Elle fêtait quelque chose avec sa compagnie de théâtre, Edna ne se rappelait pas bien quoi.

— Qu'est-ce qu'elle vous a dit ?

— Quelqu'un lui a montré la vidéo où Emil fait son numéro et cancane comme une oie – elle soupçonnait que ce quelqu'un soit Lukas. Et…

— Et ?

— Elle l'a montrée aux autres.

— Donc…

— Elle a raconté quelque chose sur le chaos du monde et sur la confusion des genres, des identités… je ne suis pas sûre d'avoir compris. Elle a dit qu'Emil serait parfait. Oui, c'est ce qu'elle a dit : parfait.

— Pour quoi faire ?

Edna haussa les épaules.

— Ses amis et elle nous ont fait beaucoup de compliments. Ils disent qu'ils le voudraient pour une petite partie d'un nouveau spectacle. Pas pour longtemps, juste quelques soirées. Elle a dit : « Emil serait parfait comme *testimonial.* »

— Merveilleux ! s'exclama Max, qui entrevoyait enfin le bout du tunnel, sous la forme d'Edna et Emil faisant le tour du monde dans une roulotte. Alors, qu'est-ce que vous avez décidé ?

— Ce que j'ai l'intention de faire est sous tes yeux, c'est la raison pour laquelle je suis descendue te voir. Je te propose un marché, Max, dit-elle en lui passant sa casquette avec l'inscription en anglais. Pour le bien d'Adele. Et aussi pour le nôtre.

Il la saisit et parcourut des yeux les lettres qui se détachaient sur le fond rouge.

— Nous nous ressemblons plus que nous n'aimerions le croire, Max, murmura Edna.

Sa voix était douce. Elle ne semblait pas folle, admit Max, mais décidée. Incroyablement sûre de ce qu'elle allait dire.

— Nous avons perdu la partie, mais il pourrait y avoir encore quelque chose à sauver. Pour tous les deux.

54

La fillette aux boutons-d'or et la formule du temps parfait

C'était une nouvelle journée chaude, le ciel était strié de bleu turquoise et saphir.

Autour d'eux, les champs étaient caressés par une légère brise qui remontait la vallée en apportant le parfum du bois, et se glissait entre les grains avec le bruit des pas sur le sable.

Après la rude montée, l'église se dressa soudain, récompense inattendue. Ses murs blancs contrastaient avec les sapins sombres, son toit rouge en pente se confondait avec les sommets des arbres. Edna comprit pourquoi elle avait été choisie pour Jacob.

— Vous êtes sûre de vouloir le faire ?

Adele regarda avec appréhension le trio qui descendait les marches – un homme en costume clair, une femme aux joues pâles, longs cheveux blonds lâchés sur les épaules, vêtue d'une chemise blanche, une fillette devant eux – puis se tourna vers Edna pour déceler une émotion sur son visage masqué d'orgueil.

Max et Lukas n'étaient pas venus.

Il n'y avait ni touristes, ni promeneurs, ni bruit. Il n'y avait aucune hâte.

Edna acquiesça, aida Emil à sortir du sac et le posa délicatement sur son épaule.

Ils scrutèrent le ciel ensemble – parce que les habitudes, même récentes, sont difficiles à changer – et cherchèrent une trace annonçant la pluie. Mais non, la journée serait parfaite. Edna poussa un soupir de soulagement.

— Vous croyez que c'est elle ? murmura Adele en s'approchant de son amie.

Edna acquiesça. Elle se rappelait bien l'article que Lukas lui avait montré dans la voiture. Elle avait lu l'annonce des funérailles et avait observé la photo des proches de Jacob avec attention, s'arrêtant sur chaque visage et sur la légende : il n'avait qu'une seule petite-fille. Celle-ci se tourna vers eux et sourit au perroquet qui avait quitté l'épaule d'Edna pour trottiner dans l'herbe trop haute.

La vieille femme le laissa s'approcher de la fillette.

— Vous croyez qu'il a remarqué la ressemblance avec son grand-père ? demanda Adele, stupéfaite.

Après les spectacles d'Emil, qui imitait les oies et se jetait sur le dos sur commande, elle était prête à tout croire : même qu'il ait reconnu la petite-fille de Jacob. Dans le fond, elle n'avait jamais compris cet animal déplumé et lunatique.

Edna rit de bon cœur.

— Regarde, dit-elle en indiquant le bouquet de boutons-d'or et Emil qui allait goûter le long ruban en satin.

Surprise, la fillette retira son bras et Emil tomba par terre en se tordant l'aile.

Adele sursauta et fit mine d'aller l'aider, mais Edna la retint.

Emil s'était relevé en secouant les ailes pour se débarrasser de la terre. Lui – long cou, œil noir qui passait d'un détail à l'autre – et la fillette – apeurée – se dévisagèrent. Maintenant qu'il s'était approché et qu'elle voyait son grand bec, elle n'avait plus le courage de le toucher.

Le perroquet l'étudiait, ne sachant comment prouver ses intentions pacifistes et obtenir les boutons-d'or et le ruban qui voltigeait à quelques centimètres de son bec.

Il pencha la tête sur le côté, vulnérable et découvert. La petite-fille de Jacob se refléta dans ses pupilles noires.

Sa voix s'éleva, rauque et décidée. Ses petits poumons se contractèrent dans sa poitrine avec toute la fierté de son espèce.

— Bonjour, chochotte !

La fillette eut l'air stupéfait.

— Bonjour, chochotte, répéta Emil.

Il attrapa le bout du ruban, les yeux toujours rivés sur la fillette, comme pour demander la permission.

Les boutons-d'or tombèrent devant les griffes d'Emil et il trottina vers Edna avec son butin.

Adele se baissa pour le lui retirer, mais Emil se défendit avec un coup de bec qui lui valut des grommellements peu amènes. Edna, elle, avait appris à demander gentiment.

Elle tendit sa main ouverte. Il la regarda, hésitant, puis y déposa les boutons-d'or et les poussa avec son bec jusqu'au centre de la paume.

— Pardonne-lui, dit Edna à la fillette en lui rendant les fleurs avec un sourire. C'est un perroquet très têtu.

— Comment vous avez fait ?

Derrière la stupeur qui écarquillait les yeux noirs de la fillette, Edna perçut la lumière obstinée de Jacob. De Jacob quand il brassait ciel et terre et qu'à la fin les pièces du puzzle s'assemblaient.

— Certains perroquets savent parler, ils imitent les voix. Beaucoup reproduisent les sons. Pour eux, c'est normal, expliqua Edna en choisissant les mots avec soin. Ils le font pour se défendre contre les prédateurs – surtout les singes. Ils poussent les mêmes cris qu'eux, ou alors ils s'en servent pour communiquer, pour dire aux compagnons qu'ils ont survécu à la nuit et rassembler la volée si…

La fillette secoua la tête.

— Comment vous avez fait pour savoir que papi m'appelait comme ça... murmura-t-elle, au comble de l'étonnement.

Edna serra le pommeau de sa canne. Elle sentit la marée monter et lui inonder le cœur, mais elle n'en laissa rien transparaître. La fillette lui offrit un sourire lumineux. Elle observa ses chaussures poussiéreuses dont dépassaient ses chaussettes en laine, son pantalon de randonnée déchiré sur le côté, sa chemise sans manches.

— Tu es Edna, pas vrai ? demanda-t-elle en plongeant ses yeux noirs dans les siens. Et lui, c'est Emil ? Papi m'a parlé de vous. Il m'a raconté votre histoire. Il ne l'a dit qu'à moi. Personne d'autre ne sait que tu étais son amie spéciale.

— C'est vrai ?

Edna se concentra pour garder une voix ferme, même si le monde tremblait et qu'elle sentait la terre s'ouvrir sous ses pieds.

La fillette acquiesça.

— Aux autres, il a raconté l'histoire de l'oiseau de paradis. Mais je suis la seule à savoir que vous étiez deux à vous en occuper. Et que vous avez essayé de vous enfuir ensemble.

Edna revit la main de Jacob qui cherchait la sienne, puis les paysans qui l'attrapaient et le ramenaient à l'obscurité de plus en plus lointaine. Dans le passé, dans un temps et un lieu qu'elle ne pourrait plus jamais rejoindre.

La fillette tendit vers elle sa main qui tenait les boutons-d'or.

— Papi disait que quand quelqu'un fait quelque chose de bien pour toi, tu dois trouver une façon de rendre.

Edna caressa les fleurs. Ses doigts glissèrent sur le ruban en satin.

— Oui, comme un cercle.

— Emil peut les garder. Ou bien tu peux les garder toi, si tu aimes les jaunes.

Ses yeux se posèrent sur le perroquet, qui se disputait avec Adele. La fillette rit de ses pas gauches et de sa maladresse – il n'arrivait pas à ouvrir le bec et avancer en même temps. La coordination n'avait jamais été son fort, mais il faisait tout pour maintenir Adele à distance.

— Tu veux le caresser ?

Edna le ramassa, lissa les plumes de son front et sentit son petit corps qui se calmait. La fillette retint son souffle, comme Edna et Jacob la première fois qu'ils avaient vu Emil sur l'étal d'un magicien habillé en empereur. Elle tendit la main vers le dos du perroquet, s'arrêta et demanda du regard l'autorisation à Edna, qui acquiesça. Puis elle caressa avec douceur les plumes de l'oiseau.

— Papi avait raison. C'est comme caresser de la soie. Parfois il regrettait de ne plus l'avoir avec lui, il s'inquiétait beaucoup. Quand on se promenait dans la forêt, il m'apprenait à reconnaître les cris des animaux et il disait qu'un simple bâillement d'Emil les aurait tous fait fuir, même les plus gros. C'est vrai ?

Edna acquiesça.

— Qu'est-ce qui inquiétait ton grand-père ? demanda-t-elle avec une confiance qu'elle n'avait pas.

La seule partie d'elle qui ne tremblait pas était ce maudit nœud dans sa gorge, qui descendait comme un poing jusqu'à l'estomac.

La fillette haussa les épaules et plissa les yeux, pour se souvenir.

— Il se sentait coupable, je crois. Il disait qu'il aurait dû être plus rapide. Ou bien plus fort, ne pas se rendre.

Jacob qui se tournait vers elle tandis qu'on l'emportait, qui continuait à la fixer comme s'il ne voulait pas la laisser partir. Le souffle du paysan. Les lacets sur ses poignets. Leurs regards unis, qui s'étaient croisés encore plus fort quand leurs mains s'étaient éloignées. Et le monde qui se salissait de boue et de neige. Jusqu'à ce qu'un virage sombre brise à jamais le lien qui les unissait.

Edna avait la tête qui tournait, le cœur serré et les poings contractés.

— Il est resté longtemps à la ferme ?

— Il n'en parlait pas volontiers. Juste de toi et d'Emil.

— Rosa !

L'homme et la femme, dont Edna ne distinguait pas les visages à contre-jour, lui faisaient signe de les rejoindre.

— Quand tu es partie, ils l'ont ramené. Mais papi disait que même les coups ne lui avaient pas fait passer l'envie de s'enfuir. Et quand on le vendait à une autre ferme, il te cherchait toujours. En espérant ne pas t'y trouver, parce que cela aurait voulu dire qu'ils t'avaient rattrapée.

Edna baissa les yeux. Elle s'était sauvée, elle était rentrée chez elle. Libre de recommencer.

— Il était content qu'Emil soit avec toi, dit la fillette, parce qu'il savait que tu prendrais soin de lui. Il disait que tu étais forte.

Jacob, qui l'appelait chochotte. Jacob, qui avait rougi devant sa porte.

— Je dois y aller. Papa et maman m'appellent. Et tu connais les adultes, ils n'ont aucune patience, dit-elle en levant les yeux au ciel et en haussant les épaules.

— Il a essayé de s'enfuir ?

— Plein de fois, jusqu'à ce qu'il soit assez grand et qu'il donne un coup de poing à son dernier patron, qui l'a laissé tranquille. Mon papi aussi était fort.

Edna aurait voulu retenir la petite fille, l'écouter parler de Jacob. Mais celle-ci s'éloigna de sa démarche incertaine, ses longs cheveux composant une vague sur le ciel rougissant.

— Comment puis-je te rendre la pareille ? lui demanda Edna, assez fort pour qu'elle puisse entendre. Pour les boutons-d'or.

— Ça veut dire que demain il m'arrivera quelque chose de beau, répondit la fillette en la saluant de la main avant de filer.

— Vous lui avez amené Emil, dit une voix dans son dos, vous ne croyez pas que c'est déjà beaucoup ?

Adele regardait elle aussi la fillette qui s'en allait main dans la main avec ses parents. Edna acquiesça.

— Une fois, un horloger m'a dit que le temps trace des cercles et transforme les choses : la fin devient un nouveau début. Moi, je n'ai pas compris. Mais il me semble que les enfants le savent bien, eux.

Elle prit une grande inspiration. L'air frais d'une soirée d'été l'enveloppait dans l'odeur du blé. Le lendemain serait un jour parfait pour traverser les montagnes. Mais – elle ferma les yeux – son voyage était terminé.

Edna contempla l'horizon. Elle laissait les souvenirs filer et jamais comme à cet instant elle ne s'était sentie aussi forte et vulnérable à la fois.

— Toujours fâchée contre Max ?

— Il a été dépassé par son rêve, je ne peux pas lui en vouloir. Dans le fond, c'est pour ça que je suis tombée amoureuse de lui : il est gamin, il exagère et il invente des mondes qui n'ont jamais existé. Mais c'est un homme bon. Et puis, je crois que cela m'a servi de leçon. J'ai appris à ne plus me demander si mes neurones-miroirs sont défectueux. Je les trouve très bien comme ils sont.

Une véritable libération.

Edna était d'accord.

— Je repensais à ton voyage. Je suis désolée de l'avoir interrompu. Je veux dire… sans moi et Emil, à cette heure tu serais sur une plage en train de profiter de l'été qui arrive. Ou de boire du vin sur la place d'une petite ville donnant sur le lac. J'ai entendu dire que certaines ont des clochers très hauts et des arcades. Et sur les îles, les jardins semblent sortir de l'eau. Il y en a même une qu'on appelle « l'île jardin », dit-elle avec nostalgie.

— Je vous cherchais, Edna. Et c'est uniquement grâce à vous que mon voyage avait un sens.

Et maintenant, elles allaient devoir se quitter. De même qu'elle avait abandonné sa mère dans une clinique que cette dernière ne reconnaissait pas, loin de ses affaires, de ses chats et de tout ce à quoi elle était attachée. Même si cela faisait longtemps qu'elle avait oublié leurs noms et que parfois elle considérait sa fille comme une étrangère.

— Et Bert ? demanda Edna avec un clin d'œil. Tu ne m'as pas parlé de votre rencontre, de la fête…

— En effet, il y a beaucoup de villes à visiter, remarqua Adele en changeant soudain de sujet. Ce blog dont je vous ai parlé, le blog de Florian, il est très précis. Restaurants sur le lac, bons cavistes…

— Tu connais le *Killepitsch* ? l'interrompit Edna avec enthousiasme. Du jus aux herbes. Avec un certain degré d'alcool, je crois. J'en ai bu quand j'ai passé le col. Formidable, pour résister à la fatigue.

Elle se revit, allongée sous les étoiles avec Tenzin Lorenzo, chacun dans son sac de couchage, écoutant la symphonie du calme alentour, la gourde passant de l'un à l'autre. La montagne était déjà derrière eux.

— Il faut que j'y goûte. Si ça vous a donné la force de traverser les montagnes, Edna, j'en veux un stock. Pour m'accompagner et m'aider à tenir si je flanche. Qu'en dites-vous ?

— Que j'ai des responsabilités, désormais, répondit fièrement Edna.

— Ah bon ?

— Max m'a raconté l'histoire du Bed & Breakfast et il m'a semblé qu'il avait besoin d'un *testimonial* important. Je lui ai donné quelques conseils. Je crois qu'on est associés.

— Vous êtes sérieuse ?

Edna acquiesça.

— Je ne comprends pas…

— Cela veut dire, Adele, que je viendrai souvent vous rendre visite, juste pour m'assurer que mes économies sont bien utilisées. Et, soupira-t-elle, dans le cas où quelqu'un demanderait Emil. J'ai posé une seule condition : qu'on crée un refuge à son nom. Pour les perroquets moins chanceux.

Ceux qui étaient enchaînés ou qui avaient les ailes coupées, ceux qui avaient été arrachés à la forêt, vendus et qui auraient maintenant une immense volière et des noyers pour se reposer. Après tout, Emil aussi avait son cercle à compléter et pouvait remercier d'avoir été sauvé. Et les perroquets, pensa Edna en regardant les plumes de ce spécimen aussi antique qu'elle, survivent souvent à ceux qui ont pris soin d'eux. Ils se retrouvent seuls et abandonnés, tels des objets qui ne servent plus et que personne ne comprend. Là, ils trouveraient une maison.

— C'est fantastique, Edna. Lukas en sera très heureux.

— Et en tant qu'associée qui a investi une certaine partie de capital, en plus de sa propre image – #Edna & Emil –, je dirais que nous avons besoin de quelques jours de vacances pour faire une enquête marketing, pendant que Max s'occupera des détails à la pension, avant de nous rejoindre. Je ne crois pas qu'il aura quoi que ce soit à redire si je prends mon temps, conclut-elle en ajustant ses lunettes.

De là, on ne voyait pas la route. Il n'y avait que des prés, des collines, des toits, des fermes et des enclos. Pourtant, elle crut sentir une odeur d'essence et de freinage.

— Je crois que j'ai un sac à rendre…

Elle avait réfléchi à haute voix. Une pensée stupide, parce qu'elle n'aurait pas su comment retrouver Helmut. Mais Adele acquiesça, comme si c'était tout à fait sensé. Puis elle s'assombrit.

— Edna, cette histoire de Bed & Breakfast… Vous ne devez pas le faire uniquement pour moi, ou parce que vous vous sentez obligée.

Edna sourit.

— Une fois, quelqu'un a essayé de me convaincre que le meilleur chemin était de toujours faire ce qu'on voulait, en respectant les règles et, en fait, ce sont ceux qui en ont enfreint plus d'une qui m'ont sauvée. Je trouve cette idée très rassurante, donc ne t'attends pas à ce que je fasse le contraire.

Sa voix était ferme et profonde, empreinte d'une douceur inhabituelle. Aucun voyage n'avait un tracé sûr, quand il avait fallu une vie entière pour le programmer. Les choses suivaient leur cours, prenant parfois des formes bizarres et incompréhensibles. Mais à la fin il n'y avait qu'une bonne route : celle qu'on avait foulée avec ses godillots.

Adele sourit, le cœur enfin léger.

Emil vola sur l'épaule d'Edna. Ils regardèrent les collines inondées par la lumière rosée de la tombée du jour, ses reflets dorés combattant l'obscurité du soir.

Où qu'ils aillent, quelle que soit la distance entre eux, ils feraient toujours partie l'un de l'autre, pensa Edna. Des noms inscrits sur un papier accroché à une lanterne lumineuse qui montait, se frayait un chemin entre les ombres de la nuit : Edna et Jacob, deux enfants qui croyaient aux contes de fées, le perroquet aux plumes magiques et le coin de paradis où avait été faite la promesse qui les avait sauvés tous les deux.

Quelque part, là où les prés devenaient moins abrupts, accueillis par la plaine, il lui sembla apercevoir un muret en pierre sèche et deux enfants qui jouaient dans la lumière rouge sang du crépuscule. Mais c'était peut-être juste un autre conte de fées.

Remerciements

Chaque livre contient le travail et l'émerveillement d'au moins deux voyages : celui qu'il raconte dans ses pages et celui qui en a fait ce qu'il est, un objet avec un corps de papier et une âme de mots.

J'ai toujours pensé que ce sont surtout les rencontres, même les rencontres manquées, attendues ou espérées, qui génèrent la transformation. Edna et Emil ont eu la chance de trouver des personnes qui les ont écoutés, aidés et accompagnés jusqu'à la dernière ligne. Mais les voyages ont-ils vraiment une fin, puisqu'ils restent à l'intérieur de nous, prêts à être repêchés parmi les souvenirs chaque fois que nous en ressentons le besoin ?

À mon père. Je t'emmène partout où je vais, tu marches avec moi, tu es dans mon cœur et dans mes pas.

À ma mère, ma lumière, mon roc.

À ma sœur Ylenia, qui m'a fait découvrir H.D. Thoreau et la signification des possibilités qui sont juste au-delà des peurs. Je serai toujours là.

À Daniel, à mes neveux Nilak et Loki, dans les yeux desquels je me perds chaque fois que nous nous sourions.

À Edoardo, avec qui je partage ma vie, mes rêves et une famille de poils et de plumes. Et que je trouve auprès de moi sur les sentiers les plus sinueux. Tu m'as appris à voyager.

À Max Arduino, et à Isabella, ma voix.

Merci à ceux qui m'ont fait connaître les enfants de Souabe et qui m'ont permis d'en suivre les traces, à ceux qui ont écouté mes questions et qui m'ont aidée dans mes recherches. Le musée du Val Venosta, le Bauernhaus-Museum Allgäu-Oberschwaben Wolfegg, les Archives d'État de Ravensburg.

Merci à Mattia Signorini et Sara Benatti. Vous avez donné à Edna le courage de faire le premier pas, de regarder en elle et de traverser les montagnes.

Un merci infini à Vicki Satlow. Sans toi, sans ton intuition et ta manière unique d'arriver au cœur des histoires, rien n'aurait été possible.

À Elisabetta Migliavada et à la beauté des choses qui commencent. Pour moi elles ont ta douceur et ta détermination.

À Adriana Salvatori, qui a su écouter avec tout son talent. Elisabetta, Adriana, sans vous Edna se serait perdue plusieurs fois.

À toute la maison d'édition Garzanti. Merci d'y avoir cru.

Merci aux libraires, phares et guides. Je me suis toujours sentie chez moi dans une librairie.

À Mariarosa Lombardo, à mes collègues et à tous mes étudiants. Je ne vous le dis pas souvent, mais vous êtes formidables ! Je vous considère comme ma deuxième famille.

À ma tribu à quatre pattes et à deux ailes. Vous m'avez appris la fierté de la liberté, la loyauté, et que chaque goutte d'amour est une graine qu'il ne faut pas gâcher.

Et enfin, un merci particulier aux lecteurs qui m'ont accompagnée jusqu'ici, jusqu'au dernier mot, celui qui referme le cercle et avec lequel tout recommence.

À chacun de vous, une plume porte-bonheur et un vœu que vous pourrez laisser s'envoler avec une lanterne qui éclairera la nuit.

Composition : Facompo
Rouen

CET OUVRAGE
A ÉTÉACHEVÉ D'IMPRIMER
SUR ROTO-PAGE
PAR L'IMPRIMERIE FLOCH
À MAYENNE EN MARS 2021

N° d'impression : 97872

Imprimé en France